盧克警探系列②

A DI CALLANACH BOOK2

Perfect Prey

完美獵物

Helen Fields

海倫·菲爾德——著 楊沐希——譯

A THRILLER

謹將本書獻給布萊恩與約翰，
身為人父與祖父，他們會在彼岸讀報，
思索下方的喧鬧到底是怎麼回事。
很多的愛，來自永遠不會忘記你們的人。

第一部

1

死去的場所可以很糟，但更為駭人的死法倒是不多了。背景是田園詩般的夏日風光，一側是城市光景，遠處還有古老火山亞瑟王座的輪廓剪影。音樂入耳之前，你就能感受到貝斯節奏透過骨頭與搖擺的肉體共振。七月初的愛丁堡天色黑得晚，空中呈現一片粉紅、金黃與燃燒柳橙的色調。也許正因為如此，才沒有人注意到事情發生，但也可能是因為酒精、藥物與高漲情緒的交互作用。音樂祭進行得非常順利，尋歡作樂的人們連續三天在一個個樂團間穿梭、狂歡、滿足口腹與愛慾，他們習慣了衣物愈穿愈少，衛生狀況愈來愈糟。倘若要拍攝一張享樂的快照，這裡就是絕佳的場景。情緒沖刷著觀眾，他們有如一體，上下跳動，人群彷彿融合在一起，化身為一隻帶有一千顆沉醉面容的頭顱的野獸。

凶手如煙霧裊裊輕盈，游移在中心地帶，將利刃插回刀鞘，猶如劃過空氣的絲帶。切口非常平整，又直又深，血濺大地，肉眼可見的大範圍傷口，雙手也止不住血流。男孩連上救護車的時間都沒有。他即將失血過多身亡前，誰也沒注意到他。

盧克．卡倫納督察就站在那名男孩嚥下最後一口氣的地點。死者身分尚未確定，從發現他死亡至今，警方得到的線索極少。卡倫納心想，真是不可思議，幾千名群眾中，居然連一位目擊證人都找不到。

當時男孩規律的上下跳動戛然而止，緩緩抵著一旁的狂歡者，往左右、往前後坍倒，最終扶著腹部倒地不起。起初，他的動作讓周遭的人心生厭惡，因為打斷了他們觀看表演的興致。人們以為他醉了，或是嗑多了。直到一名光腳的少女在一灘鮮血上滑倒，人們才緊張起來，現場聲音太多，光是要對外傳遞消息就花了一段時間。最終尖叫聲壓過樂曲，此時，可憐的男孩才被翻了身，流出的內臟緊垂在身邊，猶如外星生物一般，陽光反射在鮮豔的血跡上。

制服員警就在不遠處。這是大型聚會活動，任何預防措施都不能少，至少，他們是這麼想的。不過先是警察，然後是急救人員，要想辦法穿過大批群眾，清空區域，維持現場，完全是應對上的災難。卡倫納仰頭嘆息，命案現場的踩踏痕跡比跨年的夜店廁所還要慘烈。飄浮的ＤＮＡ都足以占領一顆全新的星球了。讓鑑識工作陷入空前的挑戰。

屍體送往停屍間，命案現場能拍的照片也拍了。先前熱心人士、驚慌路人、警察、急救人員幾度搬動屍體，好不容易才將屍體放在慘遭踐踏踢飛的泥巴與草地上。首席病理學家艾爾莎．藍伯特難得保持沉默，只提出小心且善待遺體的指令，且要求迅速將屍體搬移到沒有攝影機刺探或歇斯底里鬼叫的地方。對於企圖保全現場完整的卡倫納而言，其間的諷刺難以言喻。隨後他跟著艾爾莎去她的辦公室。

卡倫納短暫一瞥，死者的表情說明了一切。雙眼緊閉，彷彿掙扎著想從噩夢中醒來，張大了嘴，像處在驚愕與尖叫之中。是喊著誰的名字嗎？卡倫納不禁好奇。他認識刺殺他的人嗎？男孩身上沒有證件，短褲裡有些零錢，手腕上沒戴手錶，脖子上倒是掛著一條串有鑰匙的項鏈。他因生命正快速消逝流露出恐懼，驚覺希望只是一輛擦身而過的巴士，而身邊的人持續唱跳，無論死亡來得多快，這感覺肯定就像一場無情的笑話。到最後，只剩下尖叫聲，和上方一雙雙倉皇受驚的眼神。卡倫納不由得思索，在朗朗晴空下孤獨地死在堅硬厚實的土地上，究竟是什麼樣的滋味？受害者最後對世界的感受徒留無法祛除的恐懼。

卡倫納研究了圓頂舞臺，操作音響與照明設備，祈禱任何一支架設的攝影機捕捉到有助破案的畫面：有人急著離開，與群眾反方向移動。麥道斯這處偌大的公園與運動場地位於城市南端，在尋常日子裡優美寧靜。母親會牽著學步孩童前來，還有散步的遛狗人士，慢跑的人繞著圈跑步。卡倫納腦中響起〈夏天近在咫尺〉（Summer is A-Coming In）的片段，這首歌來自艾娃・通納督察幾個月前拖著他去看的電影《異教徒》（The Wicker Man）原始版本。他覺得愛德華・伍德沃德（Edward Woodward）的演技極富感染力，放映機關掉許久之後，那些戴動物面具、即將展開活人獻祭的男男女女縈繞他的腦海不去。而且距離這名男孩殞落的喧鬧場地並不遠。

「長官，死者後方的人出面指證了，現在可以問話。」一名警員說完，卡倫納跟著他朝場地外緣前進，留下鑑識人員搭建出臨時的遮蔽處，將命案現場保留過夜。一對男女靠在樹旁，兩人披著同一條毯子，女人的臉上滿是淚痕，明顯顫抖，男人安慰著她。

「長官，他們是奈克與梅拉・德弗萊斯夫婦。」警員看了看筆記本。「來度假的荷蘭夫妻，在蘇格蘭待十天了。」

卡倫納點點頭，走向隱密的寂靜之中。

「我是蘇格蘭警署的卡倫納督察。」他說：「我知道這很震撼，也很遺憾你們看到的景象。我相信你們已經解釋過好幾次見到的場景，之後也會有人繼續請你們陳述，但不介意的話，願意從頭再為我說明一次嗎？」

男人以卡倫納聽不懂的語言對妻子說了幾句話，她抬起頭來，深呼吸。

「梅拉的英文不好。」奈克・德弗萊斯開口：「但她看到的比我多，我可以幫她翻譯。」

梅拉急切地說了幾句，不時啜泣出聲，奈克趕緊解釋：

「她在一名女孩尖叫時才注意到那個男孩倒下。梅拉彎腰試圖搖晃他，要他站起來。沒想到男孩很快往前跪倒，身體前彎。我們還以為他喝醉或生病了。梅拉直到挺起身子時才發現手上都是血，但當時以為是男孩的嘔吐物，或是哪裡受了傷。直到所有人退開，我們將他翻過來，才看到那道可怕的傷口。就像有人要將他一分為二一樣。」奈克不禁舉起手在面前劃過去。

「你們是否在他跌倒前看到任何人接近他，還是試圖接觸或經過他身邊？有任何人匆忙經過嗎？你們能不能詳細描述站在附近的人？」卡倫納問。

「所有人都在移動。」奈克回答：「而且我們專注在舞臺上，你知道的，那些樂團。我們在這裡沒有朋友，所以不太會往人群看。所有人都在跳動喊叫，四處走動，一下去吧檯、一下去廁所。我們只想著不要走散。男孩倒下前，我甚至沒注意到他就在我們前面。」

「他有說任何話嗎？」卡倫納問。

奈克向梅拉重複問題。

「她一開始朝他說話時，男孩似乎已經失去意識或是死亡。再加上噪音太多了，她也聽不清楚。」

「我明白了。」卡倫納說：「警員會帶你們去局裡完成書面報告，之後再送你們回飯店。」

「你不是英國人？」梅拉不太流暢地詢問，這是她第一次直接和卡倫納交談。

「我是法國人。」卡倫納回答：「呃，法國、蘇格蘭血統各半。如果因為口音聽不懂我的話，真是不好意思。」

「那男孩太短命。」她說的是法語，但卡倫納發現腦海裡浮現了英語，他已經可以快速轉換兩種語言。

梅拉·德弗萊斯想起了一件事。在流洩著音樂的現場群眾裡冒出女人的笑聲，笑聲響亮，即使她當時正彎腰查看男孩的狀況也沒有錯過。讓卡倫納感到疑惑的是梅拉的形容。那不是快樂的笑聲，她使用的字眼是，那聲音迴盪著邪惡。

2

「傷口來自單一凶器，但凶器可能是巧手特別打造。」艾爾莎．藍伯特說：「兩把手術刀完美並列，在兩把刀之間放置隔板分開四公分。這種結構會讓傷口無法縫合，即使一被攻擊就送往醫院還是會回天乏術。這兩道切口……」，她略做停頓，拿出皮尺。「長度是二十八公分。傷口因此掀開，形成巨大的開口。他的器官會位移，往下滑、往前滑，原本該好好待在腹腔裡的臟器，會在他跌倒翻身時流出來。他流出的某些器官上甚至還留有清晰的鞋印。失血過多也會讓他心跳停止。」

「我了解。」卡倫納疲憊地說：「死因沒有疑問。還有什麼是我需要知道的？」

「毒物測試要再等一會兒。沒有其他明顯的外傷，外表看起來挺健康的，他的肺說明他不抽菸，好孩子。」她戴著手套的手拍了拍屍體的手，露出陰鬱的微笑。「但是盧克，這個凶器，這樣的武器不是設計來防身用的，也不可能上工具行買到。某個人精心製作出來，愛撫且崇拜它。切口又深又平，而且看起來不需要費多大力氣就能劃入腹腔。打造出這件凶器的人引以為傲，考慮效率，也明白其中的技藝。這不是吵架昏了頭隨便抓個東西犯下的案件。」

「是謀殺？」卡倫納問完在屍體上方彎腰，想看個仔細。

「要是問我，我會說更像是一種儀式。」她說：「在夢中演練多次，練習完美執行。」

「他幾歲？」

「約莫十八到二十二歲。一百七十公分。活力十足，身體沒有多餘的脂肪，肌肉組成良好，但不是成天泡在健身房的人。鞋碼十號。咖啡色頭髮，榛果色的眼睛。沒有反抗的傷痕，他根本沒有察覺危險。」

「凶手接近時，死者沒有察覺對方是威脅？」

「很有可能。盧克，你看起來氣色不太好。你有睡覺嗎？」艾爾莎一邊問，一邊扯下手套，做起筆記。

「我睡得很好。」他撒謊。

「有好好吃飯嗎？你臉色很蒼白，雙眼又紅通通的。」

「我明天打電話問妳毒物檢測結果。」他覺得該離開了。「在那之前有什麼發現，妳有我的手機號碼。」

「替我向通納督察打聲招呼，好嗎？好久沒見到她了。我之前會和她母親定期在歌劇欣賞會上見面，但最近都沒遇到她。」艾爾莎一邊說一邊搔起背來。六十五、六歲的她身型嬌小靈活，氣勢十足。

「我會轉達。」他扯下身上的防護衣，扔進門口的垃圾桶。

回警局的路上，歡迎派對還陰鬱地杵在案情室裡。卡倫納直接望向警員崔普。

「長官，目前正在追蹤一條線索。」崔普說：「一名年輕女性打電話通報，說和男朋友在音樂祭走散了，但他遲遲沒現身。我已經派車去接她過來。」

「有她男朋友的名字？」卡倫納問，抓起咖啡，坐進電腦前面。

「席姆・索邦。」崔普回答，接著按下幾個鍵，等照片載入，和平常一樣，腦子快人一步。

幾秒間跳出一個社交平臺網站，還有幾張引人注目的照片。其中一張，男孩咧嘴大笑，顯得無憂無慮，看起來是個真性情的人。下一張，女朋友牽著他的手。毫無疑問，那就是艾爾莎不久前拍下的那隻手。

「就是他。」卡倫納說：「我們還掌握哪些資訊？」

「都在他的首頁。他沒有設定隱私，全世界都看得到。」二十一歲，蘇格蘭人，定居愛丁堡。

「有沒有前科？」

「還沒查到。」崔普後方的電話響起，一張字條遞了上來。「長官，死者的女朋友到了。然後，總督察貝格比想見你。」

「他當然想見我。」卡倫納起身。「崔普，你知道通納督察去哪兒了？沒什麼事，只是艾爾莎・藍伯特要問候她。」

「休假。」薩特警員從走廊上大喊：「她說明天可能也會晚點進來。長官，要我留字條嗎？」

「不用，薩特，謝謝。」卡倫納也喊回去：「不是急事。」席姆・索邦的女朋友可能已經懷疑起最糟的狀況，但還是在樓下把持住自己，真是奇蹟。也許她會想像只是一場誤會。儘管證據顯而易見，她還是抱著男朋友只是遇到朋友、忘了通知她就離開現場的微渺希望。她腦海中浮現各種他可能消失的藉口，直到她看見朝她走來的警察的表情，他心想。一看到警察的那一刻他們就明白了。

他一見到她就說：「我很遺憾。」自我介紹沒有意義，反正接下來幾秒鐘內，她也記不住卡倫納的名字。

「你沒辦法確定那就是他。」她低聲地說：「你還沒有問我關於他的事情。」

「我們在網路上找到你們的合照。」他拿出崔普印出來的照片。「這是席姆嗎？」

她啜泣起來，從照片前往後退開，彷彿這張紙本身就是武器。

「你見過他了？」她問。卡倫納拉出椅子讓她坐下。

「我看過了，我想是他沒錯。」

「你說什麼……什麼……」，她說不出話來。

「他身上有一處刀傷，致命的刀傷。過程太快了，救護車來不及送他就醫。」

「刀傷？我還以為是闌尾破裂或血栓……被刺死？這不可能，沒有人會對席姆做這種事！」

「就妳所了解，他曾經和任何人結怨？比如單純家庭不和或財務問題，哪些人可能找他算舊帳？」

「別傻了！」女孩忽然激動起來。依照女孩目前的感受，這種反應也是人之常情。她不理解的是，隨著時間一分一秒過去，追查案件的線索也會變得愈來愈渺茫。「他在慈善機構工作，不僅領最低薪資，下班後還去當志工。」

「妳能進一步解釋嗎？」卡倫納問道。

「他在街友庇護所工作，去城裡的流動廚房幫忙，還會組織募款活動。你這輩子不會再見到比席姆更溫柔善良的人。他捐出了自己所有的錢，而我們總是為了這件事吵架。」

「妳昨天是否察覺到任何不對勁？有人跟蹤他嗎？」

女孩搖搖頭，流露出了震驚的情緒。卡倫納曉得女孩只知道這麼多了。他請崔普安排進行正式的認屍，取得家庭狀況的細節。卡倫納必須找出線索，速度要快。殺害席姆．索邦的男人或女人肯定早已藏起凶器，並且破壞所有能定罪的證據。

「薩特！」卡倫納朝案情室大喊：「找出演唱會的錄影片段，今晚就要。順便別讓老大一直盯著我，好嗎？我還有工作得做。」

「我也是啊，督察。」總督察貝格比出現在門口。最近每次卡倫納見到他，都覺得他更福態了，體重增加得太快實在不健康。卡倫納剛加入蘇格蘭警署時，貝格比就不算瘦了，但現在無疑提早朝墳墓前進，他顯得有點困惑。「卡倫納督察，有任何問題嗎？」貝格比問。他這才驚覺自己盯著貝格比緊繃的襯衫鈕釦。

「沒有，長官，只是分心了。」

「這話沒什麼說服力。算了，我們現在掌握哪些線索？」卡倫納嘗試解釋目前毫無頭緒。「你覺得很有進展了？哎，總會有人看到什麼。明明幾千名潛在目擊者，我們卻一籌莫展？真他媽的太特別了。要公關部開記者會，立刻開。我們不能嚇到市民，要給個解釋。不會有人就這樣走到陌生人面前一刀劈了他。卡倫納，給我好好查。接下來四十八小時，我要看到有人進拘留所。」

「總督察……」

「我知道，你不喜歡開記者會。我完全明白。」貝格比退場，離開時還不住大口喘氣。卡倫納考慮追上去確認長官是否無恙，又覺得是結束警察生涯的舉動，隨即扭頭走回案情室。他飢腸轆轆，但一想到在報紙上吃炸魚薯條當晚餐又讓他想吐。接下來十二小時應該回不了家，局裡最健康的食物大概是櫃子後方遭遺棄的過期餅乾。卡倫納正要集中精神主持簡報，此時一只購物袋被塞進他手裡。

「大家是在吃東西，不是喝毒藥，別那樣看人，真討厭。這只會加劇你惡名昭彰的法式傲慢。」艾娃．通納督察一邊說，一邊將叉子塞進他另一隻手。「鮮蝦沙拉，買的。這樣就不用品嚐我可悲的手藝。」

「我以為妳休假，明天會晚點進來。妳是被降級去伙食部嗎？」

「不想吃就還我。」她查看手機，皺起眉頭。

「來不及了。」卡倫納打開包裝，大啖起來。「艾爾莎．藍伯特向妳問好。我是不是該覺得愛丁堡的菁英社交圈運作怪怪的？」他面露微笑。

「法文的叫人閉嘴該怎麼說？」她繼續盯著手機。艾娃當上警察後，慢慢疏遠她出身的特權階級。在她替心急的父母生下孫子之前，家裡對她的期待是成為醫生、律師或精算師，這種期待讓她心生反抗，最後她進了陰鬱的警察世界。但就算是警界，她也逃不開家族勢力，包括蘇格蘭警署的高階警官、政治人物、執行長，甚至是城裡的首席鑑識病理學家。

薩特警員打斷他們，拿出兩張Ａ４紙張，望向手錶。「貝格比總督察說他知道你很忙，所以幫你安排了記者會。」薩特忍住笑意。通納放棄了，大笑出聲。「長官，我整理了重點給你，媒體差不多一小時後會進來。」

「哇，直接派媒體馬戲團上場？看來明早這個時候，會有一堆女性看著你在報紙頭版上的臉蛋暈倒嘍。蘇格蘭警署最受歡迎的警探回來啦，是吧？」艾娃笑說。卡倫納加入愛丁堡的重案調查小組八個月，這段期間，艾娃從沒錯過任何開他玩笑的機會。他早年的模特兒經歷常讓他成為目標。

「那可不是我的主意。」卡倫納咕噥著，還用法語罵了句「該死！」。

「喂，嘴上放乾淨點。」艾娃責備。

「我還以為妳不懂法文。」卡倫納說。

「我裝作沒聽見不代表我不瞭解你，這可是兩個不同的概念，別誤會了。」艾娃說。

「妳沒事做嗎？」卡倫納無奈地說，對她搖搖頭，盯著她臉上的笑容。艾娃是那種會讓男人措手不及的女人。她看起來一臉無辜，一頭咖啡色的捲曲長髮，灰色的瞳孔會隨光線改變顏色。她隨時都能切入重點，而且似乎只知道直來直往這個選項。他剛從法國來到蘇格蘭的時候，思緒一團亂。他遇上太多事，那段時間情緒大受打擊。過去幾個月他覺得自己稍微振作起來了，艾娃在其中扮演要角，而他覺得和她在一起，他可以真正做他自己。

「地球呼叫卡倫納。」艾娃在他面前揮揮手。「我只是開玩笑。真的這麼糟？你真的一籌莫展？」

「比一籌莫展還慘。」卡倫納說。

「通納督察！」貝格比從走廊大喊。

「長官，我今天休假！」艾娃吼回去：「事實上，我現在甚至不在局裡。你只是在幻想。」

「可惜，我想像力可豐富了。帶一隊人去吉莫頓路，那裡有另一起命案。」

3

吉莫頓的這棟房子是低調的半獨立式建築，庭院樸素但精心打理，車道裡還停了一輛寶馬迷你。穿過高聳的木頭柵門可以通往後院。住宅樓上的窗戶很小，位於一角，應該是室內梯經過的位置，那裡有一塊特別狹長的玻璃，橫跨兩層樓，可以看到隔壁鄰居的車道。兩名制服警員駐足在柵門邊，鑑識人員、病理學家、攝影師組成的馬戲團還沒正式開工。這一帶很寧靜，街道還在睡夢中。

「怎麼回事？」艾娃・通納問起在前門站崗的警員。

「鄰居聽到巨響，然後是兩聲尖叫，就打電話報了案。敲門沒有回應，於是我們繞到後面，發現廚房後門是開啟的。長官，屍體在臥房，要我陪妳進去嗎？」

「不，你留在這裡，別讓任何人進來庭院。死者的身分？」艾娃問。

「海倫・洛特太太，四十五、六歲，應該是先生前陣子過世後就獨居。鄰居和死者交情不錯，我們還沒告訴她發生了什麼事。」

「很好。組上其他人都死哪兒去了？」

「還在麥道斯公園處理音樂祭的命案。沒人料到同一晚會發生兩起命案。」警員搓揉雙手。就算是七月，蘇格蘭凌晨時分的戶外也很難捱。

「說得對，愛丁堡一年的謀殺案額度都用完了。老天，媒體可要樂壞嘍。」艾娃一邊咕噥著，一邊朝後門的窄徑前進。

後門的門鎖被劈開。就算是入室強盜，手法也很專業，但不像一般的破門強盜案件，只偷窗口附近的東西。凶手在專業工具上花了不少錢，而他肯定很清楚自己需要哪些工具。艾娃從包包裡抽出手套與鞋罩，從廚房後門進去，進屋時還小心避免弄亂任何物品。外頭的門鎖壞了，沒有門鏈及第二道鎖。她暗暗咒罵起一般人毫不珍視自己的生命。

屋內很暗，不速之客進屋時應該也是。艾娃沒有開燈，想像凶手如何在屋內行動、判斷方向。照進屋內的街燈光線夠亮，不會太難。階梯樓板都沒有發出聲響，凶手很可能在完全不驚擾到海倫．洛特的情況下，一路走進她的臥室。階梯地板上散落暗黑的汙漬，扶手上還有一道明亮的痕跡，這些都預告了即將展開的命案現場。

兩層樓間就聞得到嘔吐物的氣味，起初只覺得刺鼻，隨著她愈來愈接近，味道也愈來愈濃郁。還飄著另一種氣味，艾娃推開主臥房門時傳來腐爛味，夾帶著人類排泄物的氣味。

進了臥室，她開燈，好看清細節，地板上的屠殺場景讓她不自覺倒退一步。第一眼沒看到屍體，屍體藏在一座木頭櫃子的抽屜下方。衣物翻倒得到處都是，只差女人的右腳與右手沒有蓋住。艾娃躡手躡腳走過去，將毛線衫的一角從女人臉上拉開。她的口鼻與耳朵都鮮血直流。地毯上的嘔吐物已經乾涸結塊，她皮膚皺摺裡的也是。死者有清澈罕見的湛藍雙眸，眼珠卻前突，直直望著艾娃後方某一點，就像恐懼凶手返回現場。她的眼睛剩不了多少眼白，眼白上蔓延的出血猶如古董花瓶上的裂紋。她的脖子與臉龐腫脹不堪，泛著深紫色，彷彿她脖子以上都是孩子的著色畫，整塊塗上了憤怒的色彩。

又大又重的五斗櫃就橫躺在她身上，從角度來看並不是意外。艾娃仔細查看櫃身損壞狀況。朝向天花板的櫃子背板已經破裂，四周的木板也往內坍塌。粉彩印花的床單上有淺淺的靴印。凶手從床墊跳上櫃子，增加致命的壓力，壓得女人喘不過氣。壓在下方的她肯定驚嚇不已。海倫．洛特那隻沒被櫃子壓住的腿扭曲成不自然的角度，伸向外頭的手指上有血跡，指甲斷裂垂下。艾娃拉起她的手，指甲接觸到五斗櫃。顯然櫃子的油漆表面上有著對應的抓痕。可憐的女人當時還有意識，還在為求生做最後的掙扎。艾娃不禁心想，死亡才是唯一的仁慈。當黑暗終於吞噬洛特太太時，她會非常感激。

「哦，我的天啊。」門口傳來一道微弱的聲音。「現在是怎麼回事？我早先才對盧克說我想妳了。但我顯然不想在這種狀況下遇見妳。」

「我需要妳盡可能告訴我凶手的資訊，單一凶嫌，還是一夥人？有凶器嗎？艾爾莎，給我足夠的訊息，讓我盡快著手調查。」艾娃說。

病理學家從頭到腳包裹在白色隔離衣中，看起來比平常還嬌小。她打開工具包，抽出溫度計與很多棉花棒。

「這個現場很棘手，沒多少空間，請妳的人出去，等我結束再進來。給我足夠的照明，還有，我需要攝影師。」

「沒問題。」艾娃說。接著，艾爾莎在屍體旁跪下。

「她還滿溫暖的。所以這名凶手，不管是獨自做案或多人行凶，我目前還說不準。總之，凶手應該還沒跑太遠。」艾爾莎說，她拿起小相機拍照，對著海倫．洛特的眼睛、嘴部、雙耳打起閃光燈。「死亡時間在四十五分鐘以內，目前我得到的只有這些。我打賭這名凶手，如果他是獨行俠，也必定是體型非常高大的男人。而且他需要極大的力氣與憤怒才做得出這種事。死者身上的傷害都來自這個櫃子，他根本沒有帶凶器。無論誰做的案，身上絕對沾滿鮮血，而他們清理前會保持低調。妳看臉上這一拳造成的腫脹變色。」艾爾莎指著海倫．洛特頭部一側。「顴骨多半斷了，下巴可能也是，重擊讓她跌倒在地，接著櫃子就往她身上壓。櫃子的重量壓得她喘不過氣，也很可能因為下巴骨頭斷裂叫不出聲。是意外還是蓄意，目前無從得知。這是非常罕見的命案現場，非常私密。我從未在車禍及工地事故之外看到碾壓致死的案件。血還濺來了這裡和那一頭。」艾娃隨著艾爾莎的目光，從櫃子一路望向地板，再到牆壁與衣櫥上。「就我看來，這暗示著不只一次的輾壓。」

「什麼意思？」艾娃問。

「恐怕意思就是，無論誰幹下這件暴行，都是一而再、再而三地跳上櫃子，每跳上去一次就造成更嚴重的傷害，最終讓死者身軀爆裂出血。我們晚點要移動家具與屍體時，會看到她身體周圍的出血噴濺成星形。」

「混帳。」艾娃雙手扠腰，低著頭。

「我打賭妳不會讓令堂聽到妳說這種話。」艾爾莎露出溫柔的微笑。「現在讓我來照顧洛特太太。」

艾娃回到樓下，一邊走，一邊打開所有的燈，然後透過無線電下達指令。她還沒走到廚房後門，技術人員就拿著燈與塑膠布前來。艾娃走到街上，四下張望。這裡是寧靜的住宅區，沒有監視攝影機，居民也沒有闊綽到足以建置自家的防盜系統。屋主在不在家一眼就看得出來，大半夜的，車子就停在車道上。匪徒（如果是入室竊盜）面對居民時肯定小心翼翼。

「警官，」艾娃對著她剛進屋時交談的制服員警開口：「有任何東西失竊或打劫的跡象嗎？」

「長官，手提包與裡頭的皮夾都在廚房餐桌上，除此之外，我們不想弄亂現場。」

她回到車上，打電話給貝格比。

「我是通納，老大，很糟。獨居女性死者，被家裡的櫃子壓死。」

「妳一定是在開玩笑吧？」貝格比嘆了口氣。艾娃想像得到他搔起腦袋，拿筆敲擊桌面的樣子。他聽起來很疲憊。「性侵？」

「不知道，要等洛特太太全面驗屍後才能確認。基本上軀體和一手一腳都壓扁了。」

「有嫌犯嗎？」

「一點頭緒也沒有，病理學家正在處理。大家都還在麥道斯公園，過來需要一段時間。幾乎可以確定凶手是男性，不確定是一人還是多人。死狀很慘，力道很大。目前只發現鞋印。警員正在向鄰居做筆錄。麥道斯命案之後，媒體會──」

「我知道、我知道。」貝格比說：「但還是要通知媒體。反正他們很快會得到消息，我們主動提供比較好。」艾娃聽得到電話另一頭總督察沉重的呼吸聲。他的胸口彷彿被話語卡住。

「長官，今晚不會出別的事了，也許你該回家。我和卡倫納都會接電話。」

「通納，妳別開始來這套。要是我得聽第二個女人唸我，早就犯重婚罪啦。給我封鎖現場，弄一點有用的線索回來。我最低的期待是妳的收穫比卡倫納在麥道斯公園高出百分之百。我得提醒妳，這不是多高的標準。」

4

卡倫納坐在面無表情的影片編輯旁邊，盡量不去看某位熱心人士留在辦公桌上的一疊報紙。他要做的只是清查這四支鏡頭拍攝的畫面，確認是否捕捉到任何可能的線索。所幸，只要開始了，這份工作的時間軸是有盡頭的。

前兩支影片由靜態攝影機拍攝，沒有人員操作。兩臺機器涵蓋前方的群眾，席姆．索邦所在地點是模糊的遠方。其他影像更難操作。一位攝影師在臺上游走，一下拍攝樂團，一下探向觀眾；第二位攝影師使用活動吊臂，拍攝更動態的角度。一分一秒慢慢看實在非常痛苦，直到他終於在人群中瞥見高個子的奈克．德弗萊斯。真是謝天謝地。

「暫停。」卡倫納靠向前，仔細望著螢幕。「這個區域可以放大嗎？」

編輯按下幾個鈕，然後往後靠，雙手枕在腦後。

「就這樣？」卡倫納說：「也太模糊了。」

「對啊，你應該也看過電影裡那種放大後還是超級清晰、連口袋裡的物品和寫在紙上的文字都一清二楚的橋段？那都騙人的。」編輯說：「這是同一個畫面，像素就那麼點大。你還是可以放大，只是看不清楚。要是我每次解釋這些情況都能得到一塊錢，我就是大富翁嘍。」

「放大後面，左邊一點。」卡倫納說：「這是席姆。從這裡開始播放。」

影像又動了起來，卡倫納看到了一臉雀躍的席姆，一下離開畫面，一下又入鏡。畫面粗糙，但無疑是他。他上身赤裸，和觀眾裡許多男性一樣脫去T恤，想必是受到高溫熱浪與群眾的影響。席姆跟著唱歌，手時不時在空中揮舞。他看起來很放鬆愉快。站在他右後方的是梅拉．德弗萊斯。

「他完全不曉得會發生什麼事。」卡倫納喃喃自語。攝影機從左側往右拍攝，席姆的臉望向螢幕遠處。「不！」卡倫納大喊：「要開始了。停住畫面。」編輯按下空白鍵。卡倫納搜尋畫面，沒發現新的狀況。「播放。」他說。又按了一下，席姆的臉差不多要完全離開螢幕了，此時，他似乎撞到某個經過他面前的人。「等等！停下來，就是這裡。」

卡倫納腦中一片空白。一道身影輕巧地穿過人群，從口袋裡掏出刀，從刀鞘中抽出刀，走過時，鋒利的刀鋒劃進席姆裸露的腹部，同時準備好布巾擦拭，免得血濺到旁人。那人在席姆倒地前悄然無息地離開。凶手可能會在人群中迂迴前進，穿過人群，直接離開現場肯定太顯眼。

「再放一次。」卡倫納指示。第二次，席姆完全沒轉頭。這次看得更清楚了。沒有分心，沒有對話，沒有注意彼此。要不是幾個模糊像素移動拼湊出晦暗色調的形體，在席姆倒地前經過他臉部下方，這樁命案的凶手簡直就像個鬼魂。「你要告訴我，我們沒辦法加強這部分的畫質，對嗎？」編輯只是揚起眉毛。「席姆的臉和接觸模糊身影的片刻，我要這段畫面，想辦法印出最清晰的給我。」

崔普走進來，手裡拿著他一路過來一邊翻閱的文件。

「長官，鑑識報告剛寄來了，什麼也沒有。」

「什麼叫做『什麼也沒有』？」卡倫納問。

「就像驗屍時得到的結果，死者體內沒有藥物，只有些許酒精。健康情況良好，死前沒有傷勢，只有腿看起來童年時期斷過。體內很乾淨。死因和你預期的一樣。」崔普流暢地說完。

「記者會後有任何新消息？」卡倫納問。

崔普變得有點激動。「長官，你還沒聽說？你手機又關機了，對吧？」卡倫納伸手進口袋，掏出螢幕全黑的手機。「有人架了一個網站，大家都可以上傳手機裡的音樂祭影片，目前已經多達幾千小時的影像了。除此之外就沒什麼有用的線索。還有一些民眾抗議。我想貝格比總督察可能在辦公室築起了堡壘。公關部應該會想找你，幾名記者想採訪案件。」

「你覺得有幫助嗎？」

「長官，不是我說了算。但有份報紙將你譽為『蘇格蘭警署的布萊德．彼特』，所以我覺得也許你不會想……」，崔普沒說下去。

「好了，那就這麼辦。崔普，總督察有空了嗎？」

「他說他只見帶好消息過去的人。」崔普離開前說了這句話。

「看來咱們今天都要失望了。」卡倫納咕噥著。

他走進貝格比的辦公室，發現老大正將一疊卷宗檔案交給一名未曾謀面的便衣警官。貝格比指了指椅子，但卡倫納不打算坐下。

「恐怕我們無法確定會在這裡待多久。」便衣警官繼續說，無視卡倫納。「顯然我們要和你們的地區小隊合作，而且也許會對你們的人馬進行在職調查。」

「昨天命案一發生，我的人都在忙。」貝格比沒好氣地應聲，閉上雙眼。「除非這位卡倫納督察可以帶來意外的好消息。」卡倫納望向窗外。「好吧，你需要多少辦公空間、設備、地區資訊，都沒問題。主要問題在於人力不足。」

便衣警官不置可否地回應，貝格比沒理會他，按下辦公室裡的小茶壺開關，猜測是懶得多走幾步路去走廊泡茶。卡倫納觀察眼前這名初來乍到的同僚。口音聽起來像上流社會出身，舉止和聲音也符合他的身分，加上那一直微微抬頭的姿態。

「好，我要開始工作了。我們會檢視團隊需求，貝格比總督察，之後還要重新討論人力問題。」他離開時沒有道謝，也懶得確認門是否關好。卡倫納替他關上門。

「長官，我需要知道什麼嗎？」卡倫納問。

「改天再說吧。」貝格比咕噥著說：「有嫌犯了嗎？」

「深色頭髮，身材矮小，結實，但只是猜測，凶手經過時沒有驚動其他民眾。可能是男性或女性。最精確的描述是近乎專業的頂級殺手。」

「督察，謝謝你，但請不要在任何人面前重複你這段話。通納督察還在她的辦公室裡調查她掌握的男性凶嫌，她和你一樣，也替凶嫌取了不甚恰當的綽號。你說的是專業頂級殺手，通納說的是『榨汁機』。說驗屍細節正確的話，應該是男性、強壯、體重驚人的重度精神病患。」

「一晚兩起命案，是不是有點不尋常？」

「不尋常？不管在哪裡都是一場災難！你知道今天的頭版寫什麼？」卡倫納依舊提不起勇氣看報紙。「不知道？哎，和你分享我的重擔吧。『街頭不安全，家裡不安全，愛丁堡的暴行之夜』，不是多響亮，但說得很精確，你不覺得嗎？」貝格比一屁股坐進辦公桌後方的椅子上，力道之大，椅子足足退後了五十公分。「我今年已經沒有預算付加班費了！兄弟，做點什麼吧。停屍間裡有兩具屍體，我完全不敢接電話。」

卡倫納沒等貝格比繼續唸下去。聽起來艾娃比他還慘，他抱著同病相憐的心情走向她的辦公室，連門都沒敲。一開門，就看到立刻分開的兩個身影，艾娃往後退，臀部撞到桌腳；男人發現被打斷，露出厭煩的情緒，沒有尷尬。卡倫納認出是才離開貝格比辦公室不久的便衣警官。

「貝格比沒替我們介紹，看來他今天挺忙的。我是艾德格總督察。」他說。

「卡倫納。」他向對方伸出手。「打斷你們了，抱歉。」

「不，你沒有，盧克，怎麼了？」艾娃一邊問，一邊撥開臉上的頭髮。

「我來看看妳還好嗎，老大說妳的案子很棘手。」

「那是最棒的案子，對吧？」艾德格插嘴。

艾娃走到辦公桌另一側，坐了下來。

「喬瑟夫從倫敦的國家網路犯罪部門調過來。即將發生一起網路攻擊，情報顯示犯罪組織在愛丁堡。」

「艾娃，別洩漏案情較好。我猜卡倫納還要煩惱自己的工作。」

「嗯。」卡倫納說：「晚點再來找妳。很高興認識你。」他關上艾娃辦公室的門，面露難色地將右手在褲子上抹了抹。

5

「哪個混蛋洩漏了驗屍報告！」艾娃高喊，甩上卡倫納的門，一屁股坐在椅子上。「這代表洩密者不是艾爾莎的人，就是警隊的人！現在狀況還不夠糟嗎！」

「妳有睡覺嗎？」卡倫納問。

「你聽聽看。」艾娃沒搭理他的問題，攤開手中握著的報紙，讀了起來：「『海倫．洛特，四十六歲的臨終關懷護理師在自家臥房遭人刻意壓死。』我處理過這麼多可怕的犯罪，但誰會想殺害一個照顧末期病患的護理師？『傷勢包括肋骨與胸骨多處斷裂，氣管塌陷，臟器嚴重內傷，造成內出血與窒息。鄰居在深夜聽到屋內傳來巨大聲響後報警。驗屍報告暗示凶手相當殘暴，策畫，讓洛特受盡折磨。死者的同事與病人都相當哀痛，他們形容她有如天使，將生命奉獻在照護工作上。』你知道城裡出現了預告謀殺案的塗鴉嗎？鬼才曉得那是誰開始的。我們剛又接獲通知，熱心民眾打算舉辦『奪回安全夜晚』的抗議遊行。以為現在人力超級充裕一樣。這一切到底怎麼回事？」

「洩密的事，妳往上報告了？」卡倫納問。

「當然。」艾娃氣呼呼地說：「兩位警員在市立停屍間訪問案件相關人，另一位資訊服務小組的同仁正在調查我們的路由器檔案，確定不是蘇格蘭警署洩漏資料。除此之外，他們還聯絡一些常見的媒體，確認是否有兜售資訊情事。但目前沒什麼斬獲。為什麼你不樂見的狀況總是會發生呢？」

「要咖啡嗎？」他問。

艾娃搖搖頭。「昨天，抱歉。喬……那個……」，她的聲音逐漸轉小。

「不關我的事。」卡倫納說。

「我和喬大學時代就是朋友。他前幾個禮拜打電話來，說可能要來這裡工作。你知道，有時生活就會突然銜接起來，好像沒有時間的隔閡一樣……」

「沒事，妳下班時想一起去吃點東西？要是我再不沖澡，我的衣服可要告我妨礙衛生了。」

艾娃低頭望著雙手。

「沒關係。」卡倫納說，艾娃說不出口的行程懸蕩在他們之間。「我明天再去找妳。別擔心那些報紙了，每天都有新消息，記得嗎？」

事實證明這是非常好的建議。雖然一晚發生兩起命案的報導還沒有結束，但媒體隔天的頭條已經聚焦在完全不一樣的目標上頭。

一群打扮得體的便衣警官霸占了最大的案情室。他們清新乾淨，顯然沒有徹夜檢查永無止盡的影片和照片卻徒勞無功。

「昨晚出了什麼事？」卡倫納經過時問起賴弗利警佐。

「自以為是的混蛋大批進駐，把這裡當自己家了。還逮捕一堆書呆子，哪個腦袋正常的人會在乎這些傢伙？相較之下，你看起來就和土生土長的愛丁堡人差不多。」

「和土生土長的愛丁堡人差不多，『長官』。」卡倫納提醒他。賴弗利不懷好意地笑了起來。

「哎，隨便啦。」賴弗利將三明治塞進嘴裡，轉身走開。卡倫納和他從第一天就互看不順眼。賴弗利是上了年紀的警佐，幹這一行數十年，對於督察的位置，他也有心儀的人選，沒想到是卡倫納調過來。合理假設，賴弗利搞出一堆不利卡倫納的狀況，放出不少難聽的風聲，就是想暗暗阻撓卡倫納，直到卡倫納偵破他在蘇格蘭警署的第一樁案件，才適可而止。總算，督察與警佐從差點大打出手，進步到容忍彼此，但言語羞辱不曾停過。至少與來自倫敦警察廳的大隊人馬形成強烈的對比。

卡倫納前往辦公室的路上，電話響了。他接起電話時，將外套扔在辦公桌上。這麼熱的天氣，腦袋正常的人頂多套上短褲和T恤。而襯衫加領帶正是升官的缺點之一。

「我是卡倫納。」他說。

「卡倫納督察，我留了幾條訊息給你。」這是開場白。「我是蘭斯．普羅孚特，線上新聞與時事部落格的記者。我希望能夠得到你對音樂祭謀殺案的說法。」

「你怎麼知道這個號碼？」卡倫納感到疑惑。

「總機替我轉接的。」

「這是工作不保的決定。」卡倫納說，想像起晚點他與接電話的蠢蛋可能的對話。「無可奉告。我們在記者會上能說的都說了。」

「總機沒問題，也許我讓她以為我是你的家人。」蘭斯補上一句。卡倫納嘆了口氣。「你們的公關常常忘記邀請線上媒體參加記者會，因此對於資料來源，某種程度上我必須……發揮一點創意。」

「普羅孚特先生，」卡倫納說：「我想我們對於發揮創意是否等同於撒謊這一點有不同的看法。恐怕我得繼續工作了。」

「你也不能針對昨晚的駭客醜聞提供意見？我聽說倫敦警察廳派了一支快打部隊調查員來愛

丁堡。」最後這句話聽起來非常諷刺。卡倫納決定不繼續默默面對提問，他拿起手機點開新聞網站，瀏覽標題。一個名為「埋沒之人」的組織駭入多間近期獲利引人瞠目結舌的銀行與投資人帳戶，轉走龐大資金。「反建制主義搞得挺不錯的。」蘭斯繼續說。

「我看就是普通的竊賊。」卡倫納說。

「我可不這麼想。」蘭斯說：「駭客將錢轉去做善事，從重症孩童安寧中心到動物之家，只留下四分之一。他們並不貪心。他們只是在宣誓，相較於急需資金的非營利事業，那些銀行賺得有多難看。」

「呃，但這不是重案組的工作。恐怕我只能再說一次：無可奉告。」卡倫納說完想掛電話，不過事實證明，要客氣地甩掉電話另一頭的記者可沒那麼簡單。

「有人稱他們為『騎士』，我真是一點也不意外。」蘭斯說。卡倫納在心裡責備自己的優柔寡斷。「剝奪單親媽媽與身障人士的福利，政客嘴上都說無可奉告；從一堆肥貓身上揩點油水，政府很快就動員起來了。」

「畢竟是犯罪。」卡倫納說：「我們不會對正在調查的案件進行道德批判。」

「你得承認手法很高明。目前失主必須上報每一筆未經授權的金錢轉出為犯罪行為，媒體就是這樣才得知犯罪細節。然後這些所謂的受害者得去每一間慈善機構把錢要回來。卡倫納督察，換做是你，你會怎麼做？在你已經無比浮誇的薪資收入中，你有四百萬英鎊的額外收入，戶頭裡還有三百萬。難道你會讓自己出糗，甚至堅持要社區退伍老兵協會吐出你的一百萬？『公開指責』這四個字可不足以描繪大眾對這些所謂的『受害者』有多麼不滿。真是了不起的把戲，沒錯吧？」

卡倫納沒答腔。的確是了不起的把戲。這件事顯然說明了案情室裡趾高氣昂的氣氛。

「總之，我只想請教一點。」蘭斯繼續說：「大眾只想知道他們的城市是否安全，你願意把握這個機會讓大家放心嗎？」

「我們正在調查謀殺案。」卡倫納說：「不是兒戲，也無需尋求公關曝光機會。放尊重一點。」

「聽著，我這樣問是因為我在乎發出去的消息。我不是為了迎合老闆的政治目的，也不是替只注重廣告收益的報社工作。沒人能更動我的文字。我就是我的老闆，我寫什麼，我負全責。算是幫幫我吧，一句話就好。你知道，我們不是全那麼糟。」

卡倫納點開蘭斯．普羅孚特公開在網路上的簡介。他的新部落格將近十萬人追蹤，一些比較大的媒體似乎也會引用他的發文。他嘆了口氣。讓人氣記者乖乖的，值得。而且也許事實會證明他們很有用。

「好吧，」卡倫納覺得無奈。「但不准提到姓名，就說是警方內部的不具名人士。謀殺案大多是熟人犯案，但這起應該不是。音樂祭凶手看起來是無動機殺人。無論如何，我們希望大眾保持警覺，並且歡迎所有市民向警方舉發任何資訊。」

「就這樣？」蘭斯問。

「別得寸進尺。」卡倫納說：「提到我的名字，我們就再也不聯絡。」

「這表示……如果我有更多問題，都可以聯絡你嗎？」

「不，不是這個意思。你再欺騙總機轉接，我就直接逮捕你。」理智終於恢復，卡倫納掛斷電話，又回頭研究新聞標題，仔細閱讀駭客案件報導。

艾娃的朋友，艾德格總督察，正在即將颳起風雨的公共關係泥潭中涉水而行。「埋沒之人」也許犯下大規模的欺詐和盜竊行為，但很難想像會遭受公眾多大的譴責。這則新聞夠大，足以轉移媒體的注意力，提供警方調查命案的喘息空間。卡倫納心想：好人可遇不上這種衰事。真不曉得喬・艾德格會將愛丁堡當成調查據點多久。他伸手拿咖啡，叼起一根沒有點燃的高盧香菸。

6

警員克莉絲蒂．薩特向卡倫納道過晚安後，返回她與新婚丈夫的家。她為了婚禮與蜜月延後警佐考試。卡倫納曾建議她不要犧牲自己，但她只是微笑帶過。麥斯．崔普回家見他的雙胞胎兄長，他們一起分租公寓。貝格比總督察回家面對容忍他超過三十年的妻子。連討人厭的賴弗利警佐都有人等他回家共進晚餐，拿遙控器轉著彼此選擇的電視節目，遺忘家以外的世界。

卡倫納回到空蕩蕩的公寓。

蘇格蘭是他的新開始，父親死後多年，他才回到這片土地。這意味著脫離了原本人生核心的社交圈與家人慰藉。顯然他目前仍在努力。職場、健身房、很棒的葡萄酒專賣店，在這些地方大家認識他，笑臉以對。然而在此之外，要想讓新朋友取代舊朋友可是相當耗神的事。

他打開電腦，等著載入電子郵件信箱，期待收到母親的信。同時確保艾絲翠．柏德沒有任何聯繫。艾絲翠是他在國際刑警組織的同事，後來不實指控他性侵，還跟著他來到蘇格蘭，他成天提心吊膽，擔心噩夢再度降臨。性侵指控完全子虛烏有，僅僅是艾絲翠那扭曲的想像力及迷戀的產物。這不重要。汙名已經烙印在他身上，共事多年的同事紛紛疏遠他，朋友提防他，保持距離，然後消失。他逐漸明白一旦背負起性侵指控，「無辜」只是技術層面的字眼。儘管他對自己說過無數次要活在當下，還是難以逃開過往的衝擊。畢竟過去著實影響此刻他的身體狀況。

煩躁不堪，失眠，身心俱疲，不想出門，卡倫納再度瀏覽起蘭斯．普羅孚特的線上新聞部落格。他盯著簡介，上頭條列出普羅孚特在美國與加拿大的工作經歷，他曾在幾間大型英國報社任職。他的新聞報導還不錯，沒有小報的聳動，也不像嚴肅的大報鑽牛角尖。針對駭客盜款案的社論寫得挺有意思的；還有一則國家網路犯罪部門的幕後報導，強調犯罪組織的能力遠遠超越警方——光是比較警方層層受限的預算，以及那些資賦優異的駭客能在私人企業賺多少錢就知道了。喬瑟夫・艾德格總督察的名字冒了出來，卡倫納閒來無事搜尋了他的背景。公立學校，法律文憑，辯論社主席，喜歡板球和英式橄欖球。未婚，仕途穩定。卡倫納拿起手機，想要傳訊息給艾娃，才輸入到一半，就聽見敲門聲。很晚了，超過了他習慣被人打擾的時間。不過按理來說根本沒人會來敲他的門。

「是誰？」他喊著，同時緩緩穿過客廳。沒有回應。卡倫納從貓眼望出去。他聽到走道傳來敲擊聲與細碎的微小聲響，但不見人影。他尋找鈍物，在廚房找到一個磨刀器，然後回到門口。貓眼死角又傳來更多瘋狂的聲響。卡倫納輕輕滑開門閂，高舉武器踏出門。

「拜託別傷害我！」走道上的女孩尖叫出聲，高舉雙手，身體向後貼在牆上。

卡倫納放下磨刀器，也舉起雙手。

「沒事、沒事。」他說：「我是警察。妳受傷了嗎？剛剛是妳敲門？」

女人爆出笑聲，呼吸變得急促，似乎處在驚嚇與感到有趣的情緒之間。

「對，是我。你沒應門，我還以為沒人在家。我沒事。我剛搬進你對面的公寓。」她一邊說，一邊指著卡倫納這棟改建過的住家公寓對面唯一的房門。他的新鄰居看起來高挑纖瘦，一頭金髮紮成馬尾，臉上掛著開朗的微笑。「我的保險絲燒掉了，但我完全不曉得配電箱的位置。我想去閣樓艙門看看，配電箱也許在那裡。我原本想如果你家格局和我的一樣，也許可以請你幫忙。真抱歉，顯然嚇到你了。」

「不，我才抱歉，我只是太小心了。我當然樂意幫忙。配電箱就在妳的晾衣間裡。我去拿手電筒。」

不一會兒，他就站在自家對面的房間裡，手伸進高處的配電箱裡，撥開塑膠蓋，房子立時亮了起來。

「很高興認識你，」她向卡倫納伸手。「我是兔兔。其實我的名字是蘿貝塔，但小時候我小妹還不太會發音，就叫成兔兔，才有了這個綽號，挺可愛的。總之謝謝你幫忙。我話太多了。聽著，我東西還沒搬完，但至少讓我請你一瓶啤酒？冰箱裡很多。」

「我該走了。」卡倫納望向手錶。「妳要在門上裝門鏈。」

「好，畢竟我一個人住。你呢？」兔兔問。

「我有裝。」

「呃，我是說，你自己住？」

卡倫納停頓半晌。兔兔打開冰箱，等他想到該怎麼回答的時候，她已經將冰涼的瓶子塞進他手裡。

「對。」他說：「我自己住。但我常不在家，妳該加裝妥當的保全裝置。」

「我會記得的。但知道你就住對面實在讓人很放心。」她似乎等他說點什麼，卡倫納這才發現還沒自我介紹。

「我是盧克・卡倫納。」

「這是外國的姓氏？」

「法國。」他說。

「哦，我的天啊。我朋友見到你的話肯定羨慕死了。乾杯，祝你健康，盧克．卡倫納。」她舉起手中的酒瓶碰撞他的瓶口。「祝福接下來晚上都有啤酒喝，還有朋友一起分享。聊聊你自己吧，你在這裡住很久了？」

「沒那麼久。」卡倫納回答，然後東張西望起來。公寓裡都是紙箱，大多是滿出來的衣服、電器用品和配件。一一整理會花上不少時間。

「很亂吧？」她順著他的目光望過去，連忙抬腳將兩個紙箱蓋起來。「我工作很忙，沒時間好好整理。我是髮型師和化妝師，從婚禮到電影都可以。你長這麼帥，真該來當演員。」

「警方不允許兼差。」卡倫納連忙說：「再過幾小時我就要回去執勤，現在真的該告辭了。謝謝妳的啤酒。」

「當警察一定很刺激。這禮拜死了那麼多可憐人，真是太可怕了，對吧？」卡倫納已經退回走廊上。「聽著，既然是鄰居，我留個電話給你，如果你需要幫忙隨時找我。」他還來不及拒絕，她就從口袋裡掏出一枝筆，拉起他的手寫下數字。卡倫納壓抑住想抽開手的衝動。「這是我的號碼。我睡眠品質很差，歡迎你隨時來電。我覺得住在這裡應該會很有意思。」又過了十分鐘，他才順利脫身。

他回到公寓時，收到一封崔普寄來的電郵：「長官，我現在過去。你今晚也許會想看看這兩段影像。」十五分鐘前寄來的。卡倫納將髒盤子扔進洗碗機，關起幾扇門。他等崔普敲門，卻聽到走道上傳來談話聲。顯然兔兔在他走後還是沒關好門，崔普來找卡倫納前就先攔截了他。

「警員。」他探頭出來。「我以為是急事，我們得快點進行。」

「盧克，抱歉。」兔兔高喊：「我們聊了起來，他很可愛。」

崔普看起來彷彿不知道下一步要往哪走一樣。

「崔普，你直接過來吧。」卡倫納命令。「兔兔，妳該關好門，很晚了。」

崔普進屋後，臉色就像甜菜根那麼紅。

「長官，新鄰居？看起來非常，呃，熱情。」崔普揚起眉毛，似乎想掩住笑意。

「警員，不是有重要的事？我幾天沒闔眼了，希望等會兒能睡一下。」

「當然，對。因為沒辦法直接在網上傳檔案，也沒時間進行加密，來吧。」崔普打開筆電，點開資料夾，裡頭有兩個檔案。第一段影片開始播放，卡倫納聽到席姆．索邦倒地時樂團演奏的那首熟悉樂曲。影片是在受害者前方幾排拍攝的，手機的主人顯然一邊跟著唱一邊自拍。背景裡一度有道影子閃過席姆面前。隨著影子從螢幕上消失，席姆的影像稍微失焦，他正低頭看著自己的腹部，看起來一臉困惑。然後他忽然側身彎下腰，畫面再也捕捉不到他。

「就這樣？」卡倫納問：「這根本沒有告訴我們凶手的任何資訊。」

「還有另一段影片。」崔普說：「注意螢幕右上角。」

崔普按下播放。又是手機畫面，這次顯然想拍攝現場廣大群眾，手機舉得老高，還三百六十度水平拍攝一圈。幾秒後，崔普按下暫停，手指著一處。

「這裡。」他說：「只入鏡一秒，但比先前的畫面要清楚。」

卡倫納仔細看。席姆被人群擋住，但他看到梅拉與奈克．德弗萊斯。他們左邊側身走過一個棕髮披垂著臉的人。凶手戴著巨大的深色太陽眼鏡。崔普繼續播放影片，那人忽然改變方向，遠離鏡頭，混入人群。

「男的女的？」卡倫納問。

「不確定。」崔普一邊說，一邊闔上筆電。「但身形不高，滿瘦的，才能在不引起注意下移動。白人，頭髮可能天生棕色，也可能染過，甚至戴假髮。穿著毫不顯眼，可能較難指認。」

「絕佳偽裝。」卡倫納向後靠在沙發椅背上，閉上雙眼。

「會是街友收容所的人？」崔普問：「席姆應該和很多有精神問題的人接觸，沒有人會留意這些人，也沒人認得他們。」

卡倫納搖搖頭。

「崔普，我倒希望我能相信這個說法。但你描繪的人遲早會因為其他原因遭到逮補，精神崩潰就招了，或喝醉炫耀起袋子裡的凶刀。眼前這樁案子不同，那是經過精心策畫的，講究謹慎，而且考慮周詳。除此之外，凶手的精神狀態得非常穩定。你能想像哪個精神錯亂的人走進上千人的環境裡，抽出武器，精準猛力下刀，然後冷靜地離開現場？慢慢走進群眾裡，確信你完成任務，乘著餘裕大搖大擺離開，同時藏起凶刀，確保你面對人群時身上沒帶血？這傢伙很熟悉如何下手，也許有病態人格，但不是精神問題，不是我們想的那樣。那是個沒有感情的人，沒有驚慌，沒有恐懼，不覺得危險，完全冷血。」

「長官，如果真那麼厲害，我們要怎麼逮住凶手？」崔普問。

「崔普，你知道嗎？我他媽的也不知道。」

7

貝格比面如槁灰。他們進辦公室簡報時，卡倫納短暫瞥見艾娃的神情，曉得她也很擔心。不一會兒，艾爾莎．藍伯特也加入了。

「天啊，老兄，你都吃些什麼？」艾爾莎高聲地說，還走到總督察前面，仔細看著他的皮膚，完全不像卡倫納和艾娃有所保留。

「艾爾莎，別又來了。」貝格比說：「妳以為我有時間上跑步機？」

「看來你倒是有足夠的時間塞入高脂高糖食物，酒也喝不少吧？」

「妳不介意的話，可以別在我的兩位督察面前聊這個？我們還有重要的事情得討論。」貝格比沒好氣地說。

「你不改變，就什麼都甭討論了。咱們的下一場對話就是你動也不動躺在床板上，我對著錄音機說話。」艾爾莎說。

「妳愛怎麼說就怎麼說吧。現在可以坐下來了嗎？」貝格比指著一張椅子。

艾爾莎又咕噥了幾句，但還是在椅子坐下。她從包包裡抽出一臺平板，猛烈地打起字來。

「兩位早安。看來咱們又回到熟悉的老樣子，誰要先開始？」他們兩人都沒來得及反應，她又自顧自說下去：「海倫．洛特，真是糟蹋人才。我認識幾位與她共事過的醫生，實在是愛丁堡的損失。沒有多少人能勝任她的工作。兇手使盡蠻力，我沒見過這種刻意造成的創傷。可怕的死法，而且她整個過程都感受到了。好消息是我們相信得到了他的ＤＮＡ。」

艾娃咕噥了幾聲，彷彿在感謝某位神明，接著說：「比對過系統了嗎？」

「嗯，但恐怕沒有符合的結果。我可以告訴你們，樣本來自白人男性。至少若你們逮捕任何嫌犯，我們都能進行比對。除此之外，犯罪現場很乾淨，沒有指紋，顯然戴了手套。也沒有找到毛髮。」艾爾莎說。

「在哪裡發現了ＤＮＡ？」艾娃問。

「死者額頭，髮際線上，就那麼一滴唾液，還混合些許血液。凶嫌一度靠近她的臉，顯然是興奮過頭，滴了滴口水，或噴了口唾沫，可能是朝她說話，或是想看清她的臉。我懷疑凶嫌咬到自己的舌頭或口腔內側，才會有血液細胞。不是受害者的血，樣本還很新鮮，顯然是她死時和她共處一室的人。」病理學家抽出兩份照片，一份交給艾娃，另一份遞給貝格比。「從照片裡可以看出是狂暴攻擊的行為。但我會說凶手曾事先計畫，但可能半途失控。一開始她臉上挨了一拳，力道之大，足以讓她倒地不起，無法抵抗。然後，五斗櫃壓在她身上，我說的是故意壓在她身上，不只是隨便推倒湊巧壓住她。櫃子壓在她身體正上方，位置剛剛好，她根本無法起身。而這個角度讓她的臟器受到最大的傷害。看來她是肋骨先斷，接著繼續加大壓力時胸骨也斷了。胃部的壓力讓這可憐的女人嘔吐，加上她沒辦法讓空氣吸進肺裡，開始感到窒息。她四肢骨折程度不一，全身都有擦挫傷。一根斷裂的肋骨刺進她的右肺，加速了她的死亡，此時她應該很慶幸能夠獲得解脫。因為這階段她的內臟已經受到致命的傷害。誠如各位所預料，內出血非常嚴重。她死亡時，腸子也跟著失禁。光是搬移櫃子就需要相當大的力氣，你們要找的是身強體壯的大漢，會做重量訓練，規律健身。他是故意犯下這樁命案打響自己的名號。」

「我不確定狀況還能變得更糟。」艾娃揉揉眼睛。

「我傾向同意妳的說法。」艾爾莎說。

「完全沒有好消息？」貝格比問。

「怕你沒注意到，我是病理學家。我從來不會帶好消息上門造訪。」

「我是說指認凶手上的好消息。」貝格比說。

「這麼大塊頭的人應該很難混入人群，這樣算有幫助嗎？而且他離開時，身上留有受害者的血，可能還有受害者的嘔吐物。現場沒有留下任何衣物或手套，所以確鑿的物證一定藏在某個地方。如果你願意冒險讓大眾回應，不妨向大眾喊話：在案發當晚，你是否發現誰的伴侶、兒子、兄弟、房東，隨便哪個男人，回家時疲憊不堪、身上還臭烘烘的，甚至帶有血跡。我保證一定有證據。」艾爾莎做出結論。

「音樂祭命案呢？」貝格比開口，隨後又沉默。他癱坐在位置上，下巴幾乎要頂到胸口。

艾爾莎望著他良久，然後接了話：「只能證實你已經知道的資訊。切口在他短褲的腰線上，我想那應該是低腰褲。他沒穿上衣，皮膚直接暴露在外。如果你們願意放下對這種殘忍犯行的反感，凶手的『手藝』實在精巧。這兩起命案可說是光譜的兩極，卻在同一晚接連發生，但最不可能的巧合總會一起出現，不是嗎？這時就要啟動老派的警察街頭工作了。」

「卡倫納，你的小組會比平常少一個人。」貝格比補充：「艾德格總督察需要一個了解當地的警員。網路攻擊後，他們加快了調查進度。」

「賴弗利警佐。」卡倫納想也沒想就直接反應。艾娃終於露出淺淺的微笑。「他比誰都了解當地。」

「他也是整個局裡科技程度最低的人。若是網路犯罪部門簡報，我聽懂的說不定比他還多。」

我調麥斯．崔普過去。畢竟你說你們目前還沒有任何頭緒。你們現在只是坐等神蹟出現。崔普很了解這些數位玩意。借調他兩個禮拜，你們也撐得過去。」

「長官，不要找崔普，他是優秀的警員，我需要他。」卡倫納一有事就找崔普。崔普總是一早進辦公室，很晚才下班，表示疲憊的方式是露出開朗的笑容。有時他老跟在身邊也有點煩，但在眾多老警察的憤世嫉俗裡反而讓人能稍微喘口氣。

「卡倫納，已經決定了。查出點成績來，然後再抱怨，也許到時我真的會聽進去。還有，公關部門非常火大，因為昨天有人繞過他們向媒體放話。找出這個人是誰，給我好好修理一頓。」

貝格比的電話響了起來，三人同時起身，曉得這是該離開的意思。

大夥兒分開時，艾爾莎在走廊上拉住艾娃的手臂。「親愛的，妳還好嗎？」她問。

「還過得去。」艾娃回答。

「妳爸媽呢？我好久沒和老朋友見面，這禮拜太忙了。妳幫我向他們致個意？」

「艾爾莎，沒這個必要，他們曉得妳多忙，所以我不該繼續耽誤妳了。」

「艾娃，請見諒，但妳知道大家都會亂想。」艾爾莎走近一步，稍微壓低了聲音。「妳母親錯過好幾次俱樂部的聚會。她平常都會出席，所以我們這些朋友很擔心。有人聯絡我，要我問問原因。」她讓疑問懸宕，臉上露出同情與關切的神情。

艾娃想撒謊。她曉得真相會打開一扇大門，這扇門會領著她向更多人說出實情。而這意味著她必須一直想這件事。事實上她已經滿腦子都是這件事。

「艾爾莎，她罹患癌症，正在接受治療。大家都很幫忙。」

「辛苦她了。」艾爾莎溫柔地緩緩開口：「妳也辛苦了。我不會再問了，別在這裡談，但我會惦記著你們。如果有什麼我能做的……」她沒說下去。

「我知道。我保證不會客氣。」艾娃說，盡量客氣地結束對話。

「好吧，隨時都能打電話給我。但這個案子，妳可要小心點。無論是誰殺害了海倫．洛特，他都是超越我們認知的極端暴力罪犯。」

卡倫納心想，艾娃處理過許多恐怖至極的案件。不過近距離的警察工作，面對不同程度的極度殘暴犯行，對任何人來說都太超過了。他假裝忙著翻看席姆．索邦的驗屍照，艾爾莎離開後，他以眼角餘光打量起艾娃。她一臉疲憊，看起來很不自在。她的好友娜塔莎不在身旁，這學期去美國擔任客座教授，艾娃少了平常會支持她的人，而卡倫納忙到沒注意到她的處境。要他捫心自問，他其實在逃避艾娃。他等艾爾莎離開。

「妳送我那根釣竿還沒下過水。」卡倫納說：「等這一切結束後，我們應該有點時間放鬆，就照妳之前的提議，帶我去湖邊看看怎麼樣？」

「我不確定我現在還能想這些。」艾娃說：「事情太多了。」

「我了解。」卡倫納說：「要不今晚一起看電影？暫時想點別的。」

一個人影出現在他身旁。卡倫納和艾娃交談時沒注意到這個人正盯著他瞧，而顯然喬．艾德格總督察大致捕捉到了他們的對話。

「真不錯，看到同事間互相支持總是很棒，但恐怕我和艾娃今晚要與她的父母共進晚餐。我好幾年沒見到波西與米蘭達了，迫不及待向他們分享我最近正在忙什麼。」艾德格說：「你那位年輕的警員也調來了我的案情室。他會和我的人馬一起工作，但他會擔任後勤，我們用人的標準很高。希望他別太受震撼才好。」

「他沒問題的。」卡倫納說，左側下巴的一絲肌肉產生反射動作。「你不該低估崔普。」

「很好，我們需要他們面對手邊的工作時機警又敏銳。親愛的，晚上見了。」他拍拍艾娃的肩膀。「卡倫納。」離開時還不忘點點頭。

卡倫納雙手插進口袋裡，深吸一口氣看著艾德格離開。

「他只是朋友。」艾娃說，聳了聳艾德格才碰過的那側肩膀。

「和妳父母吃晚餐？還以為妳受不了這些呢，或是，受不了他們。」

「你對我和我父母又了解多少？老天，你就是要發表評論？可不可以閉嘴，就這麼一次？盧克，你知道，我認識的人裡，最封閉的就是你，而你正在對我的家庭關係下指導棋。你也太自己為是了。」她停頓片刻，緊盯著他。「我還有工作要做。」

卡倫納站在原地，直到她繞過轉角處消失。他臉上掛著僵硬的笑容，步伐慎重緩慢，然後走回辦公室，甩上門。他猛力一腳踢在辦公桌下方，木頭像是碎了，而他的腳趾好痛。他抓起外套，往市區走。

從局裡前往麥道斯公園還滿遠的，但他需要透透氣。

街上的制服警員明顯比平常要多，在這種狀況下可以理解。當然，就算現在發生另一件命案，警方也很難應著天時地利人和恰好在場，但民眾看到制服警察總會多少感到安心。而事實是，眼前儘管湧上排山倒海的抗議與憤怒，生活還是要繼續。只不過席姆．索邦的女友並非如此；海倫．洛特整個大家族的生活也暫時停擺，在她駭人聽聞的命案後，家族裡還有人出面在新聞媒體上發表聲明。

也許塗鴉就是留給愛丁堡最明顯的一塊疤痕。起初是第一起命案隔天，眼尖的記者捕捉到其中一道塗鴉。卡倫納正朝塗鴉走去，彷彿朝聖。接近市中心，就在古斯里街快到牛門街的青年旅社的曲牆上，一道亮藍色的噴漆塗鴉，寫下永垂不朽的文字：「慈善社工！」憤怒的塗鴉藝術家費心添上標點符號，讓這個詞「看起來」有了聲音。媒體擁抱這種簡潔的表達方式，紛紛將這塗鴉放上他們同步表達憤慨的新聞圖片。

席姆．索邦不是生意熱絡的毒販，他不是姓名難以發音的非法移民，更不是親友認不得的特種行業人士。他是蘇格蘭的心靈象徵，是眾多犯罪事件裡最無辜的受害者，媒體表達得很清楚。卡倫納一直走，直到那片塗鴉映入他的眼簾。這次是另一個單詞：「臨終關懷護士」，這次沒有標點符號，紅色的字小小的。

之後就是有樣學樣的人，在這面牆上每一處宣洩他們的憤怒，因為他們平靜的生活遭到侵擾。卡倫納不怪他們，暴行的確很嚇人。他調查過許許多多駭人聽聞的案件，孩童的性販運、對東歐孤兒進行的藥物實驗、包裝成宗教戰爭的武器實驗，最後都擺脫不了金錢的因素。不過，眼前的案件不一樣，也許只是為了刺激。而那些噴在這座城裡牆上的塗鴉，在他眼中彷彿只剩下四個字：徒勞無功。

8

回到公寓，門下塞了一張紙條。

「**來找我，香腸燉菜做太多了，替你保溫。兔兔。**」

卡倫納考慮躡手躡腳溜進家裡，卻可能整晚都處在責備自己失禮的情緒之中，於是選擇比較輕鬆的道路。他敲門，兔兔很快就開了門。

「時間抓得剛剛好！」她說：「我正想出來看你到家了沒。看到字條了？當然嘍，我真蠢，所以你才會過來。來，快進屋，我正要開紅酒，一個人喝不如一起喝。」

卡倫納嘴裡含糊咕噥了幾句他覺得很累的場面話，此時兔兔已經拉來椅子，放在小小的桌子旁邊，將酒杯交給他。廉價葡萄酒，但還喝得下去。他對葡萄酒很挑剔（一部分是因為繼承了母系的法國文化），但食物聞起來很香。他在城裡走了好幾公里，也的確餓了。

「我終於整理好了，真是謝天謝地。還有幾箱東西要收，但看起來比較像家了。你要的話，還有番茄肉醬。沒有番茄肉醬我真是吃不下去。」

「不用了。」卡倫納說：「妳大致熟悉環境了？」他勉強擠出一句話，想起他的教養，他必須閒聊。

「哦，對，整天就在忙這個。下週六我要舉辦新居派對，我可以介紹你給我的朋友認識。你有空嗎？」

「我不確定。」卡倫納說，然後決定不管那天有沒有空，他都不會待在家裡。「我得隨時待命，不曉得會出什麼事。不過聽起來很有趣。」

「哦，但我已經和朋友談到你了。」兔兔說，然後將更多香腸堆到卡倫納盤中的番茄牛絞肉肉醬裡，還介紹起她朋友的生活細節，而那是整頓晚餐的話題。「老天，我差點忘了。之前有人來找你。我好奇你怎麼了，因為那位小姐並沒有敲門，只是站在門口，像在想事情。我從門口探出頭時，她嚇到跳了兩公尺遠。」

卡倫納覺得胃糾結了起來，然後放下叉子。要是艾絲翠再出現，他又得搬家了。他實在沒辦法接受她一直糾纏他。

「妳知道她叫什麼名字？」卡倫納問兔兔。

「她沒說，只是咕噥著說不重要。還說她明天會和你見面。」

「可以稍微形容她的長相？」卡倫納問。

「當然。身高一般，一頭咖啡長捲髮，灰色的眼睛，身材大概八到十號。她是不是你的女朋友？」

「我沒有女朋友。」此話一出卡倫納就後悔了。

「我也單身。」兔兔說，舉起酒杯來乾杯。「這樣很好，我們可以彼此陪伴。」

「我該搞清楚是誰來找我。」卡倫納說。但他已經知道是艾娃，他好奇她怎麼會突然造訪。

「謝謝妳的招待，但妳實在不該替我操心。」

「哦，不打緊。我們應該定期一起用餐。」

「我經常奔波，」他說：「沒辦法『定期』做什麼。但我應該偶爾會遇見妳。」兔兔的臉頓時垮了下來，卡倫納一臉尷尬。他應該更客氣一點，但要拒絕女性，客氣不是最好的方法。

回到家，他查看手機訊息，什麼也沒有。如果艾娃是為了緊急的公事跑來，應該會傳訊息或語音留言。他望向手錶，她可能正和她父母及喬．艾德格吃飯吧。不過，卡倫納心想，她親自跑來找他，肯定是重要的事。他踢掉鞋子，撥打她的號碼。

電話只響兩聲就接通了。他可以聽到背景的交談聲，遠方尖銳的聲音抗議她當著大家的面接電話。

「通納。」艾娃說：「請等等。」關門聲，然後是腳步迴盪在木頭地板上的聲響。

「艾娃，是盧克。」卡倫納說：「都還好嗎？」

「都好。」她言簡意賅。「出了什麼我必須知道的事？」

「沒有。」卡倫納覺得自己好像踩進泥沼中。「我只是……」

「哦，對，那女孩和你說我過去了。」艾娃說：「沒事，只是想找你聊聊……」她稍微停頓。「是老大的事。我很擔心他。這些可以明天見面時再談。」

「就這樣？」卡倫納問：「抱歉，我後來又去了麥道斯，在命案現場走了一遍。」

「你不用對我解釋，抱歉我讓你和鄰居尷尬了。她說她正等你回家吃飯。」

卡倫納抬頭，左右扭動脖子。

「她剛搬進來。她看起來很寂寞，但我真的沒有……」

「唔，你可能聽得出來我在我爸媽家，所以不能繼續聊了。晚點見。」艾娃掛斷電話。卡倫納將手機扔向沙發，倒了一杯較可口的葡萄酒。

「該死。」他說，然後脫掉西裝，走進淋浴間，將水調到他能忍受的最高溫度，握著酒杯就走進水柱中，不讓水花沖進杯子裡。

他應該要放下工作，好好放鬆。他在腦袋裡回到過去，回想起在里昂那些較輕鬆的日子。他住在他喜歡的公寓，陽臺可以俯瞰鄰近國際刑警組織總部的公園。還有女朋友。他沒有一個換一個，但身邊總有人能夠共享美食，週末一起兜風，去海邊滑水或揚帆出海。當然還有性。不是他二十出頭時必須與女人上床的狂熱，有時那種感覺會吞噬他。當他搬出他的模特兒臉孔及智慧施展魔咒時，他可以擄獲任何他想要的對象，現在回想起來，那是毫無情感枷鎖、雙方都很輕鬆的性關係。但無論是身為國際刑警組織的幹員、還是一個男人，艾絲翠·柏德與她的不實性侵指控都徹底摧毀了他。

他在不斷灑落的水花下低頭，一手伸向他的陰莖，希望它硬起來，滿腦子想著前一次與女性共度的春宵。他回想過往只求肉體歡愉的日夜，在沙丘上做愛，在飛機上做愛，在船上，在世界各地的旅館……而今它毫無反應。彷彿一直以來理所當然的肌肉現在忽然不存在了一樣，只留下一條軟趴趴的組織嘲笑著他。

然後，一張臉閃現在他腦海，他盡可能不去想的女人。這個畫面讓他顫抖，他極力抵抗，在感覺消失前，他肌肉下的組織稍微復活，在他手中痙攣了一陣。

卡倫納握著淋浴間的門把，力道之大，像要扭碎它一樣。他奮力怒吼，企圖讓自己恢復「男子氣概」。但是沒有，回歸正常不過是轉瞬即逝的期待。

「該死！」他以法語咒罵起來，一拳砸在淋浴間的玻璃上，接著只聽到滯悶的「咚」一聲，然後得忍受指關節的疼痛。「真是太可悲了。」他失控時就會說法語。但不管使用哪一種語言，他都覺得自己很可悲。他的肌肉的確短暫活過來了，雖然就那一秒鐘。這彷彿是他需要的證明，他並沒有生理障礙。「夠了。」他扯下浴巾，披在肩上。

走向臥室，他停下腳步望向鏡子。很少超過兩天不進健身房懲罰自己的他身材維持得很好，飲食上也保持節制，警局裡不小心一開門就會看到的洋芋片、酥皮點心和白麵包總會讓他目瞪口呆。他不喜歡腫脹沉重的感覺。在他能夠回嘴前，他母親就教育他飲食的重要性，水果、蔬菜、蛋白質，更多就過量了。但她已經很久不教育他了。從他保釋待審、短暫關押後，母親再也不聯絡他。他的小麥色膚色來自母親，他的深色頭髮也是，無論他在蘇格蘭住多久，他的膚色永遠不會蒼白到讓人以為他是當地人。他似乎沒有遺傳到父親的蘇格蘭基因。

他的手耙梳過頭髮，雙肩向後壓，確認肌肉張力，彷彿買肉時挑三揀四。他讓頭腦控制肉體太久了，什麼都試過，就是不肯接受治療。他提出辭呈前，也只在國際刑警組織心理學家的強制下尷尬面談了幾次。

他決定繼續，他打開筆記型電腦，跳過好幾個網站，直到一個看起來還算專業的網站，然後從外套口袋裡拿出皮夾。不到一分鐘，他就在沒有處方箋的前提下買好藥物，還將信用卡資訊留在網路上。這麼做不太聰明，但就算曝光，他也不會因此惹上大麻煩。買完藥，他稍微鬆了口氣，但讓他擔心的是他還得找人一起用才行。

9

距離席姆・索邦的命案已經過去三個禮拜，連續二十一天早上，卡倫納的小組變得愈來愈安靜，愈來愈挫敗。今天氣氛有點不同，不是來自他的案情室，顯然是走廊對面。大隊人馬，有男有女，聚集在局裡。他們全副武裝，顯而易見的激動神情只意味著一件事。卡倫納曉得他們正在開突襲前的簡報。崔普與他四目相視，卡倫納只能短暫點頭打招呼，然後這位被調走的警員就轉頭回去看白板，艾德格正指著大樓的藍圖，高聲下令。無論駭客偷了多少錢（或「埋沒之人」聲明裡所謂的「移轉」），肯定多到公共支出必須確保他們落網的程度。卡倫納不禁好奇駭客案與席姆命案在政府經費上的差距。他心想，不知道答案可能比較好，否則只是徒增痛苦與幻滅。

他開始接受追查席姆案凶手的證據已經從「微溫」走到「冰冷」。這樁命案很可能只是隨機殺人，也許認錯人，甚至只是席姆擦身而過的對象。葬禮過後，他的女朋友就離開愛丁堡，回到父母在新堡的住家，只留下轉寄信件的地址，以及一個訊息，表示案件毫無進展，她非常失望。卡倫納有同樣的感觸。

之後，他又失去兩名巡警，他們去查夜店外的性侵未遂，連貝格比也兩天沒追問案件進展了。卡倫納看著艾德格的人馬匆忙離開案情室，沿著走廊快步前進，就像接到祕密任務的中隊小組，只不過他們沒有持槍，他們的武器是搜索令和筆記型電腦。崔普跟著隊伍朝階梯走，看起來有點尷尬，又一臉無趣。

「長官，」薩特從他身後冒出來。「執勤制服警員報告一位老先生失蹤了整晚。妻子心急如焚，因為丈夫從來不會徹夜未歸。」

「重案組現在也要查失蹤人口了？」卡倫納嘆了口氣。

「但看起來不單純。這位老先生的手機和錢包在公園長椅的一堆書籍上尋獲，他叫麥可・史旺，今早本該出席社區的頒獎儀式。他在愛丁堡設立孩童識字課程，獲得民眾肯定。妻子說他已經期待頒獎好幾個禮拜了。」

「聽起來像是這位老先生忽然崩潰逃避。總之，薩特，我們過去看看，前提是艾德格小組沒開走所有的車。」

他們橫越城市，朝東邊的克雷登提尼高爾夫球場方向前進。卡倫納從史旺太太的口中得知，麥可・史旺從臥室窗外就能看到這一大片綠油油的景致，這位溺愛她的丈夫一直盼望退休後住高爾夫球場附近。諷刺的是，他花太多時間在他兼職的圖書館，至今還沒重拾球桿。

「史旺太太，他最近身體有任何不舒服或出現不尋常的舉動嗎？」薩特問，一邊啜飲咖啡，這是正在安慰母親的成年女兒招待的。

「沒有。我丈夫是習慣的動物，他會在特定時間出門、回家，甚至會區別週間工作和週末的服裝。如果他有任何煩心的事，肯定會對我說。你們應該知道，我是這麼感覺的，結婚多年之後就會這樣。不過，手機和錢包丟在公共場所？他從來不會這麼粗心。」女兒從快速消耗的盒子裡抽紙巾給母親，卡倫納望向手錶。圖書館通常不會這麼早開門，但管理員答應他們會提早過去。若麥可・史旺留有任何字條，很可能就會擺在他的辦公桌上。

到了圖書館，確定麥可・史旺昨晚八點三十七分打卡下班。薩特立刻使用無線電呼叫警局，調出從圖書館到史旺棄置手機、錢包位置的路線監視器畫面。管理員招呼卡倫納，讓他查看接待櫃檯上遺留的文件。

「史旺先生大多在這裡工作？」卡倫納問。

「對，負責借還書。這棟樓有兩層，一樓是圖書館，樓上是會議室，通常會安排教育課程或一些活動。作家偶爾會來這裡聊他們的書，其他夜晚會舉辦社區活動，你知道的，那些在地歷史協會和減肥俱樂部。」管理員靠上前，湊到卡倫納耳邊。「每個禮拜三，附近的酒癮和藥癮協會也會來，但我們不該提這個。出席的人有點敏感，你知道的。」

「嗯，但這裡就這樣？沒有員工置物櫃或私人空間？」卡倫納問。

「那面玻璃後方有個小工作區。行政事務用的，員工的外套或杯子也都集中放在那裡，免得礙眼。」

管理員打開另一扇門，進入圖書館大廳旁邊一個小空間，一半是牆面，一半是毛玻璃，辦公桌排成一列，是一群認真忙碌的員工留下的雜亂現場。

「老弟，就這樣。這是史旺先生的馬克杯。我相信一切都是個天大的誤會。他是好人，沒有人會想傷害他。」管理員拿起那只看起來用很久、還帶有缺角的杯子，杯身上寫著幾句制式標語「吃美食、喝美酒、讀好書」，他握緊把手，杯子緊貼在胸口。

「謝謝你。」卡倫納說：「我們會迅速調查完畢，讓你繼續忙今天的工作。」走過陳列書籍的大廳就是他們進來的大門，上樓的階梯有各個教室的標示，另一道側門上卻什麼也沒有。「這道門通往哪裡？」卡倫納問管理員。

「地下室。那裡存放目前沒上架的書、需要修補或替換的書，還有老舊海報、多餘的家具。比較像是儲藏室。」

「史旺先生有大門的鑰匙，他也有地下室的鑰匙嗎？」卡倫納問。

「他那副鑰匙上沒有，但辦公室有公用鑰匙。只要讀者問起沒上架的書，工作人員隨時能下去找。」

「你能幫我拿鑰匙嗎？」卡倫納問。

「我覺得他應該不會在地下室留下什麼物品，但我可以幫你們開門。」

管理員走在前面，卡倫納跟在後頭，查看時間。他原本該和負責媒體的警察開會，對席姆．索邦的案子提供一些無用的更新資訊。他想至少該打通電話告訴對方他會遲到。管理員拉開沉重的門，伸手到一旁打開電燈，沒有反應。

「配電箱？」卡倫納問。

「我去看看。」管理員說：「等我一下。」他前往大廳，卡倫納則踏進門裡，走了幾個階梯，進入地下室。門比他想像中還要沉重，然後在他身後緩緩闔上。這裡沒有窗戶，只有一片髒兮兮的玻璃艙口，爬著綠色和褐色的苔，看起來十幾年來沒人清理過，門後階梯上方透進來些微光線。空氣中瀰漫著腐敗的氣味，彷彿地下室旁就是條臭水溝，硫磺味的惡臭汙染了整個空間。

卡倫納拿出手機，點開手電筒應用程式，雖然耗電，但可以指明方向，避免繼續浪費時間。他走在幾排書籍之間，這些書擺放整齊，每一排的盡頭應該是裝雜物的箱子。孩子的玩具、一些服裝道具、不曉得該怎麼處理的老舊家具。他轉彎，讓手機照著地板，離開一排排書籍時，他雖沒看見，卻感覺有障礙物。他身後傳來聲響。他連忙轉身，失去方向感，一腳忽然打滑。他朝旁邊伸手想拉住可以穩住他的東西，另一隻腳也步上後塵打滑，他伸出另一隻手，不是往旁邊、而是往上，抓住碰觸到的第一件物品。是一件紡織品，光滑柔軟，一面是溼的。卡倫納跌倒時大喊一聲，整個人仰躺在地，無論剛抓住什麼，現在也鬆手了。痛楚重擊他的尾椎骨，他雙眼緊閉。過了一會兒，他重新拿起手機，將光線往上照。

他上方無疑就是麥可．史旺的屍體。史旺整個人水平懸吊在金屬橫梁上，脖子和雙腳都被固定。卡倫納舉著顫抖的手移動光源，屍體橫掛著，他只看得到部分的梁柱。吊起史旺的人幾乎將他的臉皮都剝掉了。卡倫納看過幾篇類似手法的文章，卻從未親眼目擊屍體被剝皮的現場。臉頰的皮膚周圍劃了一圈，從下巴開始，一路沿著顴骨往上，經過額頭，再從另一側下來。最後，就像被扒了皮的兔子一樣，他整張臉皮剝落。

卡倫納感受著掌心的黏膩，心下明白滑倒時伸手扯的就是這張臉。他不用看就知道自己正躺在一灘血上。

「警察，放下武器！」薩特在門口大喊，顯然以為卡倫納遭到攻擊，而且可能受傷倒地。

「薩特，我沒事。這裡沒有別人。」卡倫納還沒四處檢查，但他確定凶手昨晚就離開現場，還帶著史旺的手機與錢包。

「配電箱沒壞，看來是燈泡燒掉了。」卡倫納聽著管理員的聲音愈來愈近。

「薩特，叫所有人離開。封鎖現場。立刻聯絡病理學家，找鑑識人員過來。別走進來，我已經破壞物證了。」

他聽到指派的急切指令，還有遠去的腳步聲。

「長官，你確定你沒受傷嗎？聽起來不太妙。」薩特大喊。

卡倫納解開靴子的鞋帶，將靴子留在原地，才不會將更多物證踩得到處都是。

「失蹤人口確認死亡。我沒受傷，命案現場很難蒐證，我要徹底封鎖從這裡出去的消息。」

卡倫納小心翼翼朝門口移動，一邊走還扶著腰。他跌倒時肯定摔傷腰了，他的腿還有點麻。

「搞什麼？」薩特脫口而出。她打算伸手扶他，但卡倫納舉起一隻手警告她。

「別碰我。」他說：「如果地上有任何纖維物證，現在全在我身上。」

「老天，長官，你全身都是血。你確定你沒受傷？血實在太多了……」她沒說下去。

「深呼吸。」卡倫納說：「然後替我打電話給貝格比，他必須親自來看。我要封鎖整棟大樓，誰都別碰任何東西。確保管理員不要再進入這個區域。」他聽到自己顫抖的聲音。

「長官，狀況有多糟？」薩特問。卡倫納只是望著她。「是否請制服警員去通知史旺太太一聲？」

「恐怕這是我們的工作，但那得緩一緩。」他說。警笛聲持續接近。薩特朝建築物外頭前進，確保命案現場不受打擾。

卡倫納盡量保持不動，要讓他的每一件衣物都會被包裝起來，送去檢驗。他也盡量不去想褲管和從手上滴落的血。他見過許多恐怖的現場，但這場命案的駭人之處在於呈現手法。到底是出於多麼可怕又聳動的狂熱才想得出這種死法。他赫然驚覺，凶手連打碎燈泡的細節也事先想到了，如此一來人們就只能舉起手電筒「欣賞」他完整的作品。麥可．史旺的臉是張駭人的面具，血淋淋的，而這張臉將永遠在他腦海裡吶喊。他霎時頭暈目眩起來，只能深呼吸保持冷靜。

技術人員出現，拿著鑑識需要的大片塑膠布和電池燈光。卡倫納解釋現場狀況，讓他們在實務操作與心理上做好準備。他們沒有多問什麼。

艾爾莎．藍伯特抵達時看起來憂心忡忡，一絲不苟地指派任務。

她上下打量卡倫納，然後說：「你扶著後背。」

「我沒事。」卡倫納說：「只是滑了一跤。艾爾莎，這也許是最可怕——」

「盧克，我派車送你回家。」她拿出手機。

「沒時間了。」他說。

「你得讓急救人員評估你的心理狀況。如果你接下來兩小時內打算自行開車，我會盯著你，懂嗎？」卡倫納想要抗議，但決定作罷。「很好。」艾爾莎說：「回來現場，死者有受到任何折磨？」

「有，但不確定是死前還是死後進行。死者掛在梁上，與天花板平行。」

「如果人類能少一點想像力，我的工作會輕鬆許多。好了，脫掉衣服，我再請人送西裝過來。他們會在你的臉和手採樣。每一絲纖維都不放過。」艾爾莎說。

「你是怎麼回事？」貝格比大吼，氣沖沖朝兩人走來，差點扯破他身上的全套防護衣。「整個愛丁堡都發瘋了是不是？」

「你倒是正常得很。」艾爾莎溫柔地回應貝格比：「我的命案現場不需要更多打擾，你不介意的話，下去時腳步輕一點。」

「我們完全沒有凶手的線索，是嗎？」貝格比轉頭問卡倫納。

「長官，還不清楚。」卡倫納回答。但這時總督察已經穿過前往地下室的門，工作人員在一旁忙著打燈。

卡倫納聽到儲藏室傳上來一連串咒罵聲，是喘著氣又刺耳的蘇格蘭口音。貝格比顯得憤怒又不知所措，卡倫納完全可以理解他的情緒。接下來聲音停頓、傳出慘叫，然後是「砰」的倒地聲。有人喊叫起來。艾爾莎與卡倫納快步趕過去。只見貝格比側躺在地，一手緊壓胸口，雙腳不住痛苦地胡亂踢踩。

「叫急救人員！」艾爾莎對著最近的現場警員大喊。貝格比大口吸氣，又艱辛吐出，他的呼吸不像剛從幾公尺外下車的人，反而像馬拉松選手。艾爾莎鬆開他的領帶，解開他的襯衫，卡倫納從經過的警察手裡接過手電筒。手電筒燈光照亮了面如槁灰的貝格比，他滿臉都是汗。他繃緊了下巴，雙眼圓睜。卡倫納握起貝格比的右手，以為他會掙脫。但他只是靜靜回捏卡倫納的手，用力握住。他撞擊地面的膝蓋與手上都是血，他看起來猶如受害者，困惑、害怕、無助。

「幫我扶他坐起來。」艾爾莎對卡倫納說。他們讓貝格比靠著一堆箱子坐著，技術人員去拿毯子。「喬治，這是阿斯匹靈，我要你放在嘴裡慢慢嚼。」她將兩顆小藥丸塞進貝格比嘴裡。他面露難色，但還是努力咀嚼，他想穩住身子，手卻顫抖不已。「老天，我不該在這裡伺候你。我事情不夠多嗎？你真是嚇死我了！」

貝格比盡力回應，但只勉強發出氣若游絲的呼吸聲，然後嘴裡繼續咀嚼。艾爾莎查看他身上其他傷勢。貝格比稍微闔上眼時，她抹了下臉。要是卡倫納搞不清楚狀況，可能還以為她在擦淚。

急救人員來不及換上命案現場的防護衣與鞋套就走進來。他們讓貝格比躺上擔架，氧氣罩蓋在他的口鼻上，送他上救護車不過兩分鐘內的事，但卡倫納看出來艾爾莎的神情從擔憂轉成無奈。地上到處是染血的鞋印，貝格比偏偏倒在關鍵鑑識區域的中央地帶，然後看著拯救他性命的大隊人馬進進出出。所有人停下手邊的工作，雙手扠腰，不可置信地搖著頭。眼前只剩下雜亂無章又幾乎鑑識不出成果的工作。

「我陪他去醫院。」卡倫納說：「艾爾莎，可以麻煩妳打電話給艾娃嗎？她和總督察夫人很好。得有人接貝格比太太過來。」

10

卡倫納剛到皇家醫院，手機就響了。

「老大怎麼樣？」是艾娃。

「還不知道，醫生要等做完檢查後才肯開口。」

「出了什麼事？你們剛剛在哪裡？」

「命案現場。」卡倫納說。

「你開玩笑？場面肯定很恐怖，老大才會激動過度。」接著是一片寂靜。「好，我二十分鐘後到。警司已經打電話來問我到底怎麼了，她也正要過去，確保一切都在掌控中。」

卡倫納的下背部忽然灼痛起來。「我得掛了。」他說，然後拉著門把，想要保持身子挺直，卻不住喘著氣。

「先生，你還好嗎？」一名護理師關切。卡倫納想要點點頭，認為該開個小玩笑打發護理師離開。口中卻冒出一聲哀號，他再也壓不住疼痛感。「我需要一張床。」護理師大喊。一名志工跑上前，攙扶卡倫納，勾著他的手臂，護理師則拉開簾子，後方是張空病床。

不一會兒，醫生過來要他脫掉外衣，側躺上床，然後伸出手指沿著他的脊椎按壓。

「可以替我開點止痛藥就好了？」卡倫納沒好氣地說：「我和那位心臟病發的患者一起來的，警司馬上就會到了。她抵達的時候，我實在不能躺在床上。」

醫生拿筆似乎在寫些紀錄，同時露出無趣的神情。

「摔得很嚴重?」醫生問。

「對。」卡倫納說:「是滑倒,但不是太嚴重。」

「挺嚴重的,看起來你尾椎骨折了。落地的力道肯定非常大。傷勢不會限制你的日常活動,但接下來六個禮拜你會非常不舒服。」醫生說。

幾間病房之外傳來充滿權威又同樣不耐的聲音。

「感謝提醒我不是家屬,但我還是有權進去。貝格比總督察在我轄區的命案現場病倒,身為他的直屬上司……我就是他的老闆!好了,卡倫納督察上哪去了?」

醫生正用力觸壓卡倫納的脊椎尾部,進行診斷,卡倫納痛到翻起白眼、咬緊牙根。

「抱歉,妳說誰?」簾子外的護理師問。

歐韋貝克警司沒好氣地「哎」了一聲,繼續說:「警察,操著法國口音,高高的,女孩會喜歡的那種。」

「哦,知道了。」護理師說:「他正在接受治療,就在這裡。檢查後,妳就可以進去看他。」

「我還要等檢查後?」歐韋貝克直接拉開簾子走進去。

「我有病人。」醫生試圖制止。卡倫納連忙拉起身下的床單遮住下半身,但不怎麼成功。

「讓他出院不就好了?」歐韋貝克沒好氣地說:「貝格比心臟病發,卡倫納,你在這裡接受免費背部按摩。先生,衣服穿一穿,除非你真的死了,不然我現在就要聽簡報。」

「病人尾椎骨折,傷勢很嚴重。簡單來說他現在很痛。我必須請妳出去。」醫生說。

「沒關係。」卡倫納咕噥著說:「長官,我這就出去。」

護理師遞給他一件病人袍。

「你需要藥物、休息和進一步檢查。你完全不能工作。」醫生說：「我幫你開請假證明。」

「督察，又有屍體要送去停屍間，我沒誤會吧？」警司問。卡倫納點點頭。「你現在還能執勤，或是我要找人給你蓋上一條舒適的毛毯，用輪椅推你出去？」

「沒必要。」卡倫納說。

醫生望著他。「我幫你注射止痛劑。接下來兩週，你需要處方箋才撐得下去。別坐太久，也不要騎腳踏車、划船或舉重，以及做出可能會造成尾骨壓力的動作。」

「怎麼了？」艾娃出現在簾子一角。卡倫納嘆了口氣。

「顯然督察需要睡個午覺。」警司說。醫生白了她一眼，一般人通常會感到尷尬，但歐韋貝克似乎將這表情視為讚美。「我要去向貝格比的太太致意，再說一次，她叫什麼名字？」

「格莉妮絲。」艾娃說。

「好。你們兩個，五分鐘後來找我。」她昂首闊步地走開，醫生拿起針筒抽取藥劑。注射時，艾娃轉過身。

「老大怎麼樣？」卡倫納問。

「穩定。這次比較像是警告，不算嚴重發作。只是他今晚不能回家，他太太很難過，但他會活下來。」

「我相信警司會讓貝格比感覺好一點。」卡倫納咕噥著。艾娃竊笑起來。醫生清場，拉起簾子，給他們一點隱私。艾娃再次轉身，等卡倫納穿上鑑識的防護衣。

一分鐘後，艾娃問：「好了嗎？」

「比歐韋貝克冷不防闖進來好多了。她絲毫沒放慢速度，我還半裸，她就站在那裡。」

「你今天也過得太刺激了。」艾娃說：「聽著，艾爾莎打電話來，她將你遇到的狀況都告訴我了，難怪老大會有那種反應。你還好嗎？我可以找點藉口安撫歐韋貝克，叫車送你回家——」

「那麼早上我就不用回來工作了。」卡倫納開起玩笑。「如果妳不忙，下班後來一杯也很不錯。總比嗑止痛藥好。」

艾娃停頓片刻，然後望著他的雙眼。「聽起來是個好主意，在局裡見，我們可以一起出發。」

卡倫納直到下午兩點才離開醫院，下一站前往停屍間。他走進艾爾莎辦公室時，她正喝著咖啡等他。

「你走路怪怪的。」她說。

「我屁股摔慘了。」卡倫納回答。

艾爾莎忽然爆笑出聲。他一臉詫異。

「抱歉，親愛的，我不該笑。記得冷熱敷交替，確保坐墊夠軟，那真的很痛。你是在可憐的史旺先生下方滑倒摔傷的？」他點點頭。「我需要好好笑一下。今天太多事了。恐怕還沒結束。咖啡喝一喝，需要止痛藥就吃。咱們要過去花點時間和屍體相處嘍。」

卡倫納很清楚他不可能光聽口頭報告就逃得開屍體。雖然他這輩子看過數百具屍體，見證二十多次驗屍過程，但這次肯定會留下難以抹滅的記憶。他聽話吞了幾顆止痛藥，才穿上防護服過去。

「史旺太太正式認屍了？」卡倫納問。

「已經確認了，真希望我們能跳過這個步驟。」艾爾莎說：「我放回臉皮，盡全力讓她丈夫看起來稍微有點生氣，但打擊還是很大。我覺得退休後去托斯卡尼是不錯的選擇，你覺得呢？氣候溫暖，橄欖樹，美食。你去過嗎？」

「去過。」卡倫納說：「但艾爾莎，我不曉得妳要退休了。」

「督察，我也不知道。今天也許是這個念頭第一次冒出來，也許我的生命除了『這些』，還有別的可能。好，來吧。仔細看臉部周圍的切口痕跡，我們將皮膚的邊緣拉回去，拍了幾張照片，這樣比較好觀察。這是近看的痕跡。」她從屍體旁邊離開，走到電腦旁邊，敲下按鍵。螢幕上立刻出現一個畫面，卡倫納要是剛剛沒仔細聽，可能還不曉得眼前出現了什麼。

傷口兩側皮膚呈灰色，中間則是一道黑色的切口。切口右側皮膚比較光滑，沿著切線的左邊出現規律的破碎邊緣。艾爾莎指著不平整的一側。

「這是刀鋒造成的。」艾爾莎說：「凶器精細鋒利，肉眼看不出差異。我們必須將畫面放大好幾倍才看得出來。」

「為什麼傷口只有一側不平整？」卡倫納問，他從螢幕旁走開，回到屍體，看看能不能判別皮膚上的差異。

「你不妨想像成子彈，每一道微小的細節都能追溯擊發子彈的那把槍。」艾爾莎說：「仔細觀察的話，每一把刀的特徵也不同。找到那把刀，我就能告訴你是否與切口吻合。」

「這點有助於出庭作證，但無助於指認凶手。」卡倫納說：「所以我應該要找哪一種人？」

「對人體構造非常了解的人，不會因此作嘔的人。他享受排場。不過，這不是我找你來的原因。你看這個。」她按了一個鍵，另一張照片出現。同樣的，一側線條平滑，另一側在放大非常多倍之後出現破碎的邊緣。

「同樣的痕跡。」卡倫納走回去，低頭看著麥可．史旺的臉。「這張照片是傷口的哪個部分？」

「都不是。」艾爾莎回答：「那是席姆．索邦的傷口。」

卡倫納不自覺挺直身子，試圖消化這個訊息。

「但那是雙刃刀。眼前這把刀不可能是席姆案的刀。」他說。

「不是同一把，但很可能是同一批製作的手術刀，存在同樣的小瑕疵。殺害席姆的刀是凶手自行加工製作，這一把則更像傳統的手術刀。不過沒實際看到兩把刀，我不能在法庭上作證。這件事就我們兩個人知道，我會說，兩個案子的凶手是同一人。而且不只如此，過來。」她一邊說，一邊要卡倫納回麥可．史旺的屍體旁。「手術刀的進入點是顎骨左邊下方，這個動作要成立，受害者必須是躺著。要切得如此平整，凶手必須坐在受害者頭頂後方，像這樣。」艾爾莎站在躺著的史旺頭頂後方，將手上的筆當成刀子比畫起來。「從左側下巴開始一路往後，代表凶手使用左手。席姆案時我沒想到，直到今天為史旺驗屍，席姆案的刀子是從他身體的右側劃向左側。你手上的影片顯示出凶嫌就是從這方向離開。我想凶手之所以選擇這路線，就是因為以左手犯案。」

「還有什麼發現？」卡倫納問，他腦袋裡充滿各種可能。席姆案與史旺之間有了連結，但對音樂祭殺手的目擊描述是嬌小玲瓏，實在不像是能將成年男子綁上梁柱的最佳人選。感覺一切只是開始，可怕的還在後頭。他說出心底的疑慮：「狀況還會糟到哪兒去？」

「如果你要最糟的狀況，」艾爾莎回答，以為他在問她。「那就是一切同時發生。造成麥可．史旺心臟與大腦功能停止的原因是失血過多。席姆．索邦也是。史旺被剝皮時還活著，他過了一會兒才死。我很難仔細描述施虐過程。我沒在他身上發現服藥跡象，讓他能乖乖配合整個過程，但毒物檢測結果還要兩天才出來。貝格比總督察請病假，誰來接手他的工作？」

「目前幾樁還在調查的命案，我們直接向歐韋貝克警司報告。」卡倫納說：「驗屍報告也要給她一份副本。」

「明天會交給她。你的背需要好好休息，沒必要讓傷勢繼續惡化。」

「艾爾莎，連續殺人魔可能開始動作了。妳是這麼想的嗎？」他低聲地問。

「這是不能輕忽的可能。你和我看到太多徵兆了。當凶手享受殺人到這種程度，要阻止他們的方法就是逮捕他們，或殺死他們。」

「艾爾莎，關於艾娃手上那樁海倫．洛特命案的驗屍報告外流……」卡倫納開了頭。

「我知道你要說什麼。我同意，如果資訊是從這裡流出去，那真是災難。不過，盧克，不是我的人洩密。若你發現我錯了，我會負起全責。但事實是我的員工很尊重我們的工作，儘管工時長得要命，又忙又累。沒有人是為了高薪與榮耀來做這份工作，不喜歡的人早早就滾蛋了。這裡的每一個人都接受了關於洩密的訊問，我們每一道程序都有安全檢查。不是我們洩漏的。」

「我很難相信是警局的人，」卡倫納說：「安全權限不夠的人根本沒辦法取得那些資訊。而我看不出這麼做有任何好處。」

「現在別為那件事分心。」艾爾莎告誡他：「我得說，你手上的事已經夠多了。我相信你這兩樁命案出自同一個凶手。」

「就算真是如此，」他說：「妳可以別在網路上傳達這件事？老派一點，不要透過電子郵件寄報告，紙本就好。我不能冒險讓這案件進入公眾視野。」

「你這麼想當然更好。」艾爾莎說：「你去忙吧，好好保護這座城市的居民。他們這個月已經過得夠糟了。」

11

「崔普！」卡倫納大喊，一邊扶著腰在通往簡報室的走廊上緩緩前進。他突然停頓，崔普不在，艾德格借調他去駭客獵犬團隊了，現在崔普完全幫不上卡倫納的忙。他看見薩特，揮手示意要她掛上電話後就來辦公室找他。他將外套揉成一團當成靠墊，然後緩緩坐下。骨折的尾椎陣陣刺痛，使他無法專心。

薩特進門後立刻問：「有消息了？」

「都是壞消息。我想從麥唐納路圖書館到尋獲麥可・史旺物品的攝政公園之間，肯定有監視器畫面，得去找出來。我知道畫面會很黑，但我需要妳比對這些和麥道斯命案的畫面。」

「長官，那是完全不同的案子，你該不會認為……」薩特打住。卡倫納直盯著她。「哦，太糟了。好，我盡快處理。」她看起來很痛苦。卡倫納深有同感。

「薩特，先別說出去。快點著手，我下午會召開簡報，但消息不能走漏。」

薩特前腳才離開他的辦公室，艾德格就走進來。

「長官。」薩特向他打招呼，禮貌地點點頭。

「警員，妳有空的話替我泡杯茶。濃一點，不要糖。」艾德格說道。

卡倫納咬著牙起身，移動時，斷掉尾椎的刺痛感變得更明顯。他想提醒艾德格，薩特警員其實很忙，而且天外飛來一筆的命令裡加上「請」字，更讓人覺得比較能接受。但他保持沉默。

「長官，有什麼事嗎？」卡倫納咕噥著，伸手去口袋裡翻止痛藥。

「來找你談談崔普警員。雖然他沒有接受過我們小隊的訓練，但表現還不錯。謝謝你同意暫時借調。」

卡倫納一時啞口無言，更重要的是，他不曉得自己什麼時候可以坐下。

「長官，突襲進行得如何？我猜你對你的駭客掌握了實質證據。」卡倫納繼續說，顯然艾德格不急著離開。

「那是有效的練習。斬斷他的逃生後路，減少他的選項。他現在知道我們發現他的其中一個基地。他會發現要趁我們不注意進入系統，而且不留下痕跡已經愈來愈困難。」艾德格從袖口上挑起一處不存在的毛屑。「你知道，我覺得你讓通納督察處在很為難的境地，因為你下班時間還打電話給她。我鼓勵我的小組成員在工作之外發展友誼，但她需要心情上的『關機』。」

卡倫納坐了下來，顯然長官不會請他坐下，而他也不打算立正站好聽長官教他如何交朋友。

「我很訝異通納督察沒辦法直接對我解釋這件事。」卡倫納說。

「我很訝異你居然會要她承受這種屈辱。」艾德格挺直身子。「我和她認識很久，我們非常親密，可以說我們是密友。她向我傾訴，她必須和工作上的某些……層面保持距離，請你尊重這一點。」

卡倫納沒心情與艾德格閒聊，也沒時間和他繼續繞圈子。

「你說我？」卡倫納直接問。

「艾娃知道你會很激動，也許因為這樣她才不主動提。督察，我不曉得是因為法國血統，還是國際刑警組織出身的都這樣，但這裡的女性喜歡別人尊重她們的私人空間。」

好吧，話都說成這樣了。卡倫納再次起身，心想絕對不能露出痛苦的表情。

「總督察，我不曉得是因為種族歧視還是吃醋，但我對通納督察只有尊重，這點她非常清楚。而我看來，你並不是為她著想，只是有你自己的盤算。」

「當心點。」艾德格靠過桌子，直直望著卡倫納。「你應該不會希望我向你的主管提到你違抗上級。」

「請便。雖然我才上任沒多久，但貝格比總督察很了解我。我相信他和我一樣，不想一直看到倫敦警察廳耗在這裡。」卡倫納回答。

「我相信你說的沒錯，但貝格比不在，聖誕節前他能回來上班都算走運了。而我想你會發現我和歐韋貝克警司在很多情況都看法一致，顯然她不會希望手下的督察聲稱遭到同事性騷擾。你能想像這會造成的公關危機？」卡倫納大笑起來。艾德格等卡倫納笑完，然後走向門口。「想笑就趁這個時候笑吧。哪個男人有你的過往，未來都應該更謹言慎行。」艾德格等著擊到痛點，目光往下移到卡倫納身側握緊的拳頭。艾德格露出愉快的微笑獎勵自己，轉身離開。

卡倫納盯著前方的牆壁，呼吸變得急促。艾娃絕對不可能如此指控他，她曉得這樣會重重地傷害到他。她，不是任何人，因為他向她深入解釋那場不實性侵指控的全貌。但他也完全沒料到她會和新男友分享這種事的細節。他不禁想像那些對話的現場。不可能是在辦公室談。那麼肯定是深夜的親密對話，壓低聲音，不會被打斷。他快速拿起釘書機，猛力砸向遠處牆壁。

這時，一名制服警員拿著筆和一張太歡樂的大卡片走進來。

「長官，你要在給貝格比總督察的早日康復卡上簽名嗎？」

「出去！」卡倫納大喊，一屁股跌坐回椅子上。隨即大喊一聲「媽的」又猛然站起，劇痛在他尾椎爆發。他抓起正打算吃的止痛藥，直接扔進嘴裡，乾嚼起來。苦味很棒。

艾娃能和多少人談他的過往？而且偏偏和艾德格談？卡倫納從沒要她別說出去，畢竟事件始末早已傳到局裡一些人的耳裡，但很可能終會成為褪了色的歷史。難道她真的以為他在追求她？他們似乎是朋友，常在一起，有時會有其他人，但通常就他們倆。要是艾娃怕他，他怎麼從來沒感覺到？

薩特端著一杯茶進來。

「哦？」她說：「艾德格總督察說要喝茶，長官，你知道他還會回來？」

「他不會回來了。」卡倫納說完伸出手。「給我吧。」

薩特小心地端上茶，在牆邊跨出幾步，撿起躺在地上解體的釘書機。「呃，你要配點餅乾嗎？」她問。

「不用。」他大力將杯子敲在桌上，然後勉強擠出指令：「但是謝了。薩特，走吧，找人來接妳剩下的監視影像工作。妳跟我去麥唐納路圖書館。先打電話給艾爾莎．藍伯特，看她能否撥點時間和我們在現場碰頭。請告訴她非常緊急，等不了了。讓我們看看能不能多了解凶手一點。」

「好的，長官，給我五分鐘。我開車。」她說：「我想你現在應該不方便踩離合器。」

卡倫納怒氣沖沖地盯著筆電螢幕，他的確很火大。他受夠了他的過往，而他從未主動招惹遲遲不肯放過他的過往。也許是時候結束這一切了，也許為了繼續前進，他別無選擇。薩特準備好之前，他還有兩分鐘，足夠寫一封他一直沒心思寫成的電子郵件。

「媽，」他開頭打出來的是法語，腦子裡是以英語打草稿。他逼迫自己繼續打字，接受他的出生地就是他寫下未來的所在。寫這封信，他不允許自己流露太多情緒，不然會越了界。幾個月來，他的內心充滿哀傷與懊悔。在里昂候審的幾個月，母親漸漸疏遠他。出庭前幾天，她忽然人間蒸發。他努力聯絡她，卻只換來手機停話通知與未拆封的退信。她不曾嘗試解釋她這麼做的理由。她消失的原因幾乎可以寫成一部小說了。她不信任他，這一切對母愛來說是太沉重的考驗。

「媽，妳似乎決定斷絕與我的聯繫，那麼我再也不打擾妳。盧克。」他按下發送，蓋上電腦，然後披上外套。

12

卡倫納與薩特抵達愛丁堡市中心北邊的麥唐納路圖書館時，艾爾莎已經在外頭等他們了，她望著手錶。

「沒想到你今天還要繼續工作。」她拍了拍卡倫納的肩膀打招呼。「還會痛嗎？」

「都忘了有這回事。」卡倫納撒謊，抬頭望向圖書館的外牆。

「我會先進行創意發想。」艾爾莎微笑著說：「我下去地下室看看命案現場狀況，你們之後來找我，但別拖太久。我的客戶不太會抱怨，但我還是不喜歡讓他們等。」

圖書館是一座老舊雅致的三層樓建築，旁邊還有一個角樓。「窗戶都沒破，鎖上也沒有強行進入的痕跡，一樓還有保全系統，凶手到底怎麼進來的？」卡倫納問薩特。

「也許他先躲起來，」薩特說：「等人走光後才出來。」

他們經過維護現場的警察，低頭鑽過封鎖線，進入圖書館。卡倫納以全新的目光觀察圖書館的陳設。前門進去之後是大廳，樓梯可以前往會議室，階梯後面的門則通往偌大的視聽室，直走就是主要的圖書閱覽空間；光線絕佳，玻璃天花板經過特殊設計，訪客可以坐在桌前閱讀、工作，閱覽空間還設有提醒讀者監視器的布告。卡倫納找來現場的調查人員。

「麥可．史旺最後一次出現在監視器畫面上是什麼時候？」卡倫納問。

「你們看，」調查人員打開筆記型電腦，模糊的黑白畫面跳出來。「這是受害者，他離開工作人員區，穿過中央的閱覽室，朝大門前進。我們猜測他應該準備下班。」

「回去一點。」卡倫納說。畫面高速倒轉兩秒，卡倫納按下空白鍵，暫停畫面。「從這裡開始放。」

主廳後方的監視器顯示麥可・史旺從畫面右側前往工作人員區。他停頓，轉頭。離開畫面，然後又回來，朝大門走出去。最後幾秒是他們一開始看到的片段。

「他什麼也沒帶。」薩特說。

「事實上，你們仔細看，他回來的時候手裡拿著鑰匙。所以很明顯，他的確準備下班回家。」調查人員嘆了口氣。

「妳什麼時候會兩手空空下班回家？」薩特問。

「現在是夏天，」調查人員回答，一邊撥開眼睛前面的頭髮，口氣微慍，又像在辯解。「他不需要穿外套。我看不出來這有何採證上的重要性。」

薩特似乎還想說什麼，但開口前，瞥了卡倫納一眼。她不像是愛爭執的人，但他看得出來她有話想說。

「圖書館的工作人員帶你們看過史旺先生的私人物品了？」薩特沒搭理對方的挑釁，繼續追蹤她的思緒。

「當然。就是一般上班用品，杯子、筆、筆記本、讀到一半的書，還有幾封私人信件。我們都跟著程序走，所有物品都包裝且做了標示。」

「我們可以看看？」薩特問。調查人員喊來一名制服警員，對方走開，回來時拿了一只大塑膠袋，裡面是幾只小塑膠袋，每個袋子裡都有一項物品；袋子表面都貼上標籤，標示分類編號、時間、日期與地點。卡倫納和薩特一一檢查。

「這個。」薩特拿起裝了一張厚紙卡片的袋子，卡片的邊角有燙金的葉子裝飾，文字是斜體，顯眼處寫著麥可．史旺的名字。薩特讀起上頭的文字：「誠摯邀請您出席愛丁堡市社區成就獎。」頒獎典禮就在他喪命後的早晨舉行，卡片上寫得很清楚，要出席必須帶這張邀請函。

調查人員看起來沒那麼火大了，在筆電上不曉得忙起什麼。

「應該是他忘了。」她沒好氣地說。

「我不覺得，」薩特直接對卡倫納說：「史旺太太說他期待這天很久了，他肯定整天下來滿腦子都是頒獎典禮。我相信他走向門時，不是要下班回家。」

薩特將監視器畫面倒轉，然後再次播放。

「長官，你看。」她伸出手指，指頭點在正在移動的麥可．史旺的臉上。「他應該是聽到了什麼聲音，或是因為什麼而分心了。我們曉得他之後就拿鑰匙朝前門走。我猜他是要幫人開門，不是要出去。所以才沒有帶走邀請函。」

卡倫納再度盯著監視畫面，然後轉頭面向薩特。

「再提醒我一次，薩特，妳為什麼錯過上一次的警佐考試？」他問。

「長官，我去度蜜月了。」薩特說。

「確保妳下次記得去考，這是命令。」卡倫納說。

「我擔心這半年會很忙。」薩特說：「說不定好萊塢星探會看上我，或是我報名參加烹飪實境秀《廚神當道》，然後我就開了一間餐廳。」

「這點我存疑，」卡倫納說：「我吃過妳的烤三明治。說真的，妳上次去考，肯定就考過了。別再等了。」

「督察。」艾爾莎．藍伯特在門口高喊：「我只能再待幾分鐘。有消息說城裡發生新案件，我的小組已經先過去維護現場，再不談我就沒時間了，之後行程會很滿。」

他們前往地下室，匆忙穿上白色的連身防護衣和鞋套、戴上手套。命案現場和卡倫納仰天跌倒時掠過眼前的「快照」已經不一樣了，現在每個角度都有燈光，麥可．史旺的屍體當然也早就運走了，但那景象遲遲懸宕在卡倫納的心底。

「兩個疑問。」卡倫納提出問題：「凶手是如何讓史旺先生下來這裡，又是怎麼將他掛在金屬橫梁上？」

「如果是他主動讓凶手進圖書館，」薩特說：「對方肯定是他認識的人，或看起來不具威脅性的人。」

「好，假設都有可能，凶手順利進來後就說服他打開地下室的門。」

「凶手有武器的話就簡單多了。」艾爾莎從資料夾裡取出厚厚一疊A4照片。「亮出刀子或槍可能是第一個問題的答案；但要將一名男子吊上離地兩百一十公分的高處，可沒那麼合理了。凶手必須先放下武器，因為這種結要同時使用兩隻手來綁。」艾爾莎指著放大的繩結特寫。兩張照片都是同樣的綁法，一張綁手腕，一張綁腳踝，然後另一條繩子穿過腳踝的繩結，再穿過手腕的繩結，最後繞在受害者的脖子上。

「脖子上的繩子和死因有關？」卡倫納問。

「說真的，幾乎沒有，窒息顯然不是死因。繩子很可能是他被剝皮時，用來固定他的身體。當然，剝皮時他必須躺平。而且他一吊上天花板，頭就固定住了，直到屍體被發現。脖子和喉嚨周遭沒有內傷，只有外面的瘀青和皮膚擦傷。」

卡倫納走去那天他跌倒的地方，就是麥可．史旺那張臉的正下方。

「史旺站在這裡，被綁起手腳，凶手此時手中沒有武器。他被另一條繩子從腳踝到脖子固定住，仰躺著，意識仍清醒，任由對方剝皮。」

「他體內沒有藥物，頭部沒有受傷。我相信一開始他是清醒的，但不久之後會因驚嚇與痛楚而暈厥。他也許還是會醒來，再來就等著失血讓他心跳停止、腦部缺氧。」

「他那時可能已經被吊起來了。」卡倫納說。

艾爾莎拿出另一張照片。照片裡頭是死亡的麥可．史旺，被綁在橫跨天花板的金屬大梁上，臉朝地板。攝影者不曉得怎麼爬上高處，捕捉到和屍體平行的角度。畫面殘忍血腥，令人暈眩。

「沿著他身體的繩子繞過和屍體成為直角的金屬橫梁，再穿過腳踝的繩結，就能形成一道繩圈，將他的雙腿拉離地面，然後將另一頭綁在書架底層就好。」卡倫納指著老舊的金屬書架，上頭的書本讓整座書架顯得很沉重。「只要簡單的配重就能穩定屍體。艾爾莎，麥可．史旺多重？」卡倫納問。

「不到七十公斤。滿輕的，這點可能也有關係。不過要拉升到那麼高，也還是很吃力。」她說。

「不見得。」卡倫納思索。「要是凶手將繩索一端綁上重物，也許能形成一組滑輪系統，利用懸吊的重物將屍體拉上去，大幅減少人為拉力。身體夠強壯的成年人就能輕鬆拉他上去，實在很聰明。」

艾爾莎掏出手機，嘖了一聲。

「我要走了。我補充一件事，史旺先生臉上皮膚劃開後就立刻被拉了起來；他的雙腿被拉升得比頭高，於是血就從臉上的傷口不斷流下來，屍體正下方才會形成那麼大灘血。照片你留著參考。」她將照片交給他。此時，她的手機又嗶嗶作響。艾爾莎滑開螢幕。「天曉得出了什麼事，一分鐘內湧進一百則訊息。」

「謝了，艾爾莎。」卡倫納咕噥著，仔細望著麥可・史旺照片上那張臉。病理學家已經走到門口，卡倫納冷不防大喊：「艾爾莎，有沒有可能凶手先拿刀子在他臉上劃了一圈，才將他吊到天花板上，然後爬上椅子或桌子，在他懸吊空中時扯掉他的臉皮？」

艾爾莎站在原地好一會兒。「完全可能。」她終於開口：「這樣也能解釋為什麼他的衣服和身體其他部位沒有沾到太多血。不幸的是，這表示他皮膚被割開、吊起來之前，他整個人的意識是清醒的。這個階段他不可能昏過去。」

「妳是說他眼睜睜看著自己的血不斷滴落地面，而身體就這樣動彈不得掛在梁上，唔，等死？」薩特問。

「凶手非常邪惡，但我不會輕易使用這種字眼。總之你該假設最糟糕的狀況，光憑這點，你就更有動機逮捕凶手。」艾爾莎說。

「我想那張照片遠超過我需要好好工作的動機。」薩特回應。此時艾爾莎已快步離開。

13

卡倫納的手機震動起來。他沒看過顯示的號碼，掛掉，讓來電轉進語音信箱。他在地下室漫步，感受凶手和麥可．史旺的移動路徑，想著要設計出如此精巧的畫面該多費心思。就是這樣，凶手像在打造裝置藝術般的展示品。出自最病態的心靈、最汙穢的靈魂，但的的確確是裝置藝術，絕非臨時起意的衝動殺戮。

就算犯罪現場架設明亮的燈具，整個地下室的書架、層疊堆放的紙箱，以及荒廢一旁的家具之間還是存在許多死角。卡倫納讓手機充當手電筒，照亮地面，僵硬而緩慢地前進；他下背依舊疼痛，表情變得略為痛苦。凶手可能掉了手術刀卻沒發現，或是手從手套抽出來時、掏出刀子時，從口袋掉出了些小物品。地下室散落著銀河般浩瀚的DNA，到處都是，有人坐過的椅子、借閱過無數次的書，以至於超過一世紀來回踩踏的鞋印。鑑識小組能夠釐清凶手身分的機率實在和中樂透差不多，但也許這就是凶手選擇在這裡犯案的原因之一。

薩特看起來面容蒼白，她的髮際上都是汗，一隻手還半掩著嘴。無論當警察多久，他們都無法倖免於因殘暴所感受到的驚駭。

卡倫納起身，忽然感到一陣荒謬，他居然以為證物會憑空出現。他又瞥向薩特，她的狀況似乎沒有好轉，他指向牆邊的舊椅子。

「坐一下吧。」他說：「貝格比會離開一段時間，我又受傷了。我可不想繼續失去同事。」薩特一屁股跌坐在椅子上，喘著氣。卡倫納聽得出來壓抑嘔吐的呼吸聲。此時手機又在口袋裡震動起來。

「長官。」薩特說。

「沒看過的號碼又打來了，到底是誰胡亂給出我的電話？總機那些笨蛋實在——」

「長官！」薩特又喊了一聲，這次指著牆壁。

卡倫納抬頭。他的警員正盯著牆上一片破舊的軟木塞公布欄，上面張貼了歷史悠久的海報、圖書館募款活動和作家見面會的廣告文宣；還有一些人事公告，好比買賣或提供服務人員的聯絡方式；最上方是一張照片，沒有浮誇的構圖或元素，照片中只有一個女人朝自家車道走去。卡倫納掛斷電話，走向照片，捕捉畫面細節。他喘了口大氣，驚覺他認得這間棕黃色的平房、鍛鐵柵門，還有這名年約六旬的女子，她的臉有些模糊，微風吹亂了她的白髮。

「是麥可．史旺的遺孀。」薩特低聲說。

「而且是在她完全不知情的狀況下拍的。凶手曉得他們住在哪裡，認得他的妻子，鬼才曉得凶手還掌握了哪些事。」卡倫納說：「貼在上面是為了在折磨受害者時提醒他。這就不難想像死者為什麼沒有抵抗。」

「他有孩子與孫子。」薩特說：「只要稍微掌握死者的生活，凶手應該也會知道。怎麼有人能夠做出這種事？不只是殺人，還扯下臉皮。」

「史旺太太完全不曉得自己遭到監視。」卡倫納仔細看著照片。「所以才這麼可怕。凶手可能盯梢數小時或數天，照片登錄起來，送去證物室，順便拍下副本。我要妳直接去史旺太太家。如果她能告訴我們這是什麼時候拍的，也許我們就能得知這一切策畫了多久。」薩特手機響了，她接起電話，往旁邊走幾步交談起來。卡倫納正準備走向出口，脫下防護衣。

他才剛踏上人行道，手機又響了起來。

「喂？」卡倫納沒好氣地說。

「我是蘭斯．普羅孚特，我們先前通過電話。線上新聞部落格網站，記得嗎？」

「普羅孚特先生，我以為我們的對話已經結束了，我在忙，所以……」

「督察，你對最近發現的屍體有什麼看法？我們已經得到照片了，所以可否給我一、兩句話，談談蘇格蘭警署的調查重點，或是發表一些讓大眾安心的話？」

「你怎麼會拿到麥可．史旺的屍體照片？」卡倫納氣憤地說：「你敢公開照片，我會在你打開家門前就送你進監獄。」

「不是麥可．史旺，是垃圾子母車裡的年輕女性。今天早上有人將她的照片寄到我的電郵信箱。不幸的是，其他受歡迎的媒體也都收到了，顯然不是獨家爆料給我。你不知道？大半個愛丁堡市區都被封鎖了，到處都是警察。」

「薩特，妳得到消息了？」卡倫納對她喊。

「受害者是白人女性，二十出頭，應該是勒斃，棄屍在大垃圾桶。長官，病理學家肯定是因此才趕著離開。」薩特回應，手指正快速游移在手機螢幕上的對話。「通納督察在現場組織隊伍。他們叫我們回局裡，警司要親自召開簡報。」

「好，普羅孚特先生，無可奉告，但我會派警員去你辦公室裡檢查你的電腦。我要那些檔案。需要備份的快點備份，你有十分鐘的時間。」卡倫納說。

「哦，拜託。至少在你摧毀一切之前，給我點東西發表。」蘭斯哀號起來。

「蘇格蘭警署此時無可奉告。」卡倫納說：「就這樣寫。」他掛斷電話，對附近幾名制服警員大聲描述蘭斯・普羅孚特的狀況，要他們取回他的硬碟。「薩特，去拿車。回警局前順路去棄屍現場。」

二十分鐘後，他們已經盡可能停在靠近維利非街一帶，命案封鎖範圍整整超過馬路的兩個出入口。利芬街和葛林蓋爾聯排街道都封鎖了，還有利芬聯排街道，那是前往麥道斯公園的徒步小路，封鎖線也圍住一大片公園。

薩特離開，她去找小隊成員。卡倫納朝艾娃走去，她正與艾爾莎・藍伯特認真討論現場狀況，她們站在臨時搭建的白色遮篷裡，才能阻擋無數窺探的目光。但其實照片已經在媒體上曝光了，這麼做似乎沒有太大差別。

艾娃看到他，招呼他過來。遮篷裡有個藍色的子母車。有人將犯罪現場的防護衣及設備交給卡倫納，他心想剛剛實在不該先脫掉。

他湊到艾爾莎旁邊，看個仔細，順便問起：「死因？」

「除非驗屍時發現其他致死原因，不然幾乎可以確定是勒頸窒息。」艾爾莎說。

「盧克，我需要更多警力支援。」艾娃說：「你能回局裡和警司說一聲？加班限制必須取消了，這裡需要的工時成本遠超過目前能支出的薪資。」

維利非街路口傳來尖叫聲，然後是一串慌忙移動的腳步聲，接著是大吼大叫。卡倫納將目光從垃圾桶裡二十出頭的年輕女性身上移開，她的下半身還在麻布袋裡。艾娃隨即從遮篷中走出去，控制局面。

「待在原地。」她下令：「警官，請管控好現場民眾。」

一名女子瘋狂尖叫著闖了過來。艾娃想攔住她，但衝撞力道太大擋不下來。女人將艾爾莎推去一旁，直直朝大垃圾桶跑去，雙手緊握桶子的邊緣往裡頭看。她所造成的聲響在此刻完全停下。她整個人跌坐在地。一秒之後，一個男人出現在她身後。他看了女人一眼，腳步踉蹌，猛然跪在人行道上，碰撞女人的肩膀。他們保持同樣的姿勢好一會兒，不時搖晃身子，微微顫抖，直到艾娃坐在他們身邊。

「你們知道她的身分？」艾娃問。

女人想要開口，嘴張開了又閉緊，沒有出聲。制服警員跑過來，艾娃瞪了他們一眼，神情像在說，讓民眾闖進犯罪現場，你們永遠也別想往上爬了。

「帶先生與女士到旁邊休息，照顧好他們。需要的話可以進行醫療協助，並請他們確認與死者的關係。」艾娃說。制服警員拿來毯子蓋在這對顯然哀傷至極的男女身上，溫柔地說服他們往車子的方向前進。

艾娃捏了捏她的鼻梁，咬緊牙根。

「連稍微喘口氣都不行嗎？屍體一具具出現，我們似乎總是最後一個得到消息。」她咕噥著說：「他們怎麼知道來這裡找我們？」

卡倫納掏出手機，搜尋「屍體」、「愛丁堡」、「快訊」，只花幾秒鐘，每個網站都報導了案件。不過，這些新聞網站並沒有蠢到冒著被告的風險刊登出死亡女孩的照片，只刊出女孩和犯罪現場的詳細描述，精確到連她身上的打扮都一清二楚。

報導開頭如下：「維利非街一處子母車發現年輕女性屍體。死者約二十多歲，一頭金髮，身穿童軍服，較引人注目的是她脖子上一條五彩繽紛的編織圍巾。警方尚未發表說法，也還未確認女子的身分。」

「長官，」一名離艾娃稍遠的制服警員開口：「他們是堡卡斯基夫婦，已經確認死者就是他們的女兒愛蜜莉。她二十四歲，昨晚在對面大樓出席一場童軍會議。她一直沒有回家，父母以為她在市區的友人家過夜。新聞報導了那條圍巾，他們才驚覺死者可能是自己的女兒。」

「警員，謝謝。」艾娃說：「我馬上過去親自和他們談話。」

艾爾莎拍下照片，艾娃和卡倫納同時望著屍體。編織圍巾在女孩脖子上繞了好幾圈，勒得很緊，毛線纖維都拉撐了，兩端最後還用力塞進她嘴裡。她雙眼突出，眼白因為出血而染成深紅。

「盧克，到底怎麼了？短短幾個禮拜裡四起命案？就像城裡有一群野獸。」艾娃快速擦去淚水，轉身背對手下警員。卡倫納認識她並不久，但是彼此感情很好。他從來沒見過她在犯罪現場情緒失控。她是職業警察，強悍又專業。他想伸出手，給她一點安慰，此時艾德格的話語冷不防在他內臟蠢動。也許艾娃的確需要空間，也許她想清楚畫定他們友誼上的界線。

「有時候就是會同時發生，也許根本沒辦法解釋。」他說：「我會替妳向歐韋貝克報告。應該馬上召開記者會，媒體報導該止血了。他們怎麼這麼快就拿到屍體的照片？」

「你沒聽說？」艾娃說：「一開始就是媒體先報導的，是他們通知警方，還提供地址。有人希望她曝光，而且要引起媒體軒然大波。幫我對歐韋貝克說，我晚點會親自向她報告。你如果遇到艾德格，也幫我轉告他，我接下來二十四小時都會很忙，好嗎？」

「當然。」卡倫納退了一步，腦袋裡思索著該不該提供官方程序與行政工作以外的支援，顯然艾德格填補了空缺。他讓艾娃去找那對夫婦，他們不該透過媒體得知女兒的死訊，實在太悲慘又侮辱人。他轉身找薩特一起回警局。

卡倫納直接前往貝格比的辦公室，歐韋貝克警司暫時在那裡辦公。他進去時，她正在講電話，好聲好氣地以充滿安慰也肯定的口氣連番說著「是，長官」、「不是，長官」。五分鐘後，她放下電話，抬起頭來。

「卡倫納，你坐。市區有一處三平方公里的大封鎖，媒體想修理我；還有一組美國的紀錄片劇組想要訪問我，因為他們想拍一部謀殺狂潮橫掃愛丁堡的兩小時特別節目。」

「長官，我剛才——」

「督察，你先別開口。」她拿出鏡子與口紅。「你目前的工作就是陪我，別說廢話。我們現在去發表聲明。媒體都是我們的朋友，就是聖誕節會互寄卡片，但忙到沒時間見面的那種朋友。我們要表現得非常熱心，但什麼資訊也不會提供。偵辦這種案件我們只有一個機會，我們可以快速破案，提供死者家屬公平正義、放下心中的大石，然後帶著喝采功成身退；或是讓案件持續進逼蘇格蘭，你和通納督察就去遠方放一個永無止盡的長假，然後我會向上面搬出你們的無能。總之，眼前有個瘋子殺手到處肆虐、逍遙法外，但我可不會讓自己陷在爛攤子裡，成為最後的眾矢之的。懂了嗎？」她塗抹著口紅，在鏡子前揚起一側眉毛，仔細打量了一會兒。「好，我們走。」

會議室鬧哄哄的，實在很難想像這個空間裡還能再擠進一具攝影機、一支麥克風，甚至是一個人。不同於過往的記者會，今天登場的不是媒體早看膩的貝格比總督察，當歐韋貝克踩著高跟鞋、頂著完美的髮妝，以及彷彿能劈開金屬的強硬姿態現身時，全場鴉雀無聲。介紹與形式上的宣布過後，警司開始自由發揮。

「貝格比總督察不在的這段時間，我會親自監督重案組。我會仰賴通納督察與卡倫納督察迅速破案。請放心，凶手落網之前，我不會允許我的人馬休息。誠如各位所知，我們手邊有四樁命案，我只接受最高的辦案標準。這是我們欠死者與家屬的，我們一分一秒也沒有忘記他們。同一時間，我們很感激媒體朋友一直以來的支持，也要求各位的理解與判斷力。我曾經和你們之中許多人合作，」歐韋貝克露出恰如其分的哀傷微笑。「而我希望你們曉得當我能夠發布消息的時候，我會親自發布。」

「警司，最新一起命案的死者身分確認了嗎？」在一片記者的腦袋間，問題拋了上來。

「死者愛蜜莉．堡卡斯基今早遭人尋獲，如各位所知，她的遺體在維利非街。她是博納利小學的教師，昨晚以童軍服務員的身分出席會議，之後遲遲沒有返家。雖然目前還在案件調查初期，但我們相信她當時穿過麥道斯公園，準備回車上，此時遭到襲擊。她應該是在公園遭到殺害，然後被棄屍在維利非街。」

「警司，四個命案是否來自同一個連續殺人犯？」另一個聲音高喊。歐韋貝克眼睛連眨也沒眨，卡倫納不禁佩服起她來。她沒有停頓，以流暢而溫柔的嗓音回答，這種語氣要去拍巧克力廣告也很適合。

「席姆．索邦、海倫．洛特、麥可．史旺、愛蜜莉．堡卡斯基四起命案的作案手法大相逕庭，時間地點也毫無關聯。我們目前還沒在調查過程中看出任何模式，因此請勿使用連續殺人犯的字眼驚動大眾。不過，或許可以從接近的作案時間找到解釋。如各位所知，毒品藥物在暴力凶案中扮演重要角色，愛丁堡夏日音樂祭、慶典或派對肯定會吸引一些不受歡迎的人物。我們還沒排除受害者是否認識凶手，而統計數據說明熟人犯案的高度可能性。」

「為什麼蘇格蘭警署還沒發布麥可．史旺命案的細節？」站在前面的男人提問。卡倫納認出那是蘭斯．普羅孚特。他頭髮稀疏，身材高䠷，穿著一件表明自己是滾石樂隊歌迷的T恤。

「我們還在與史旺先生的家屬聯繫，要確認一些非常技術性的鑑識問題。我們希望在接下來四十八小時內能向各位正式報告。」歐韋貝克說。

「警方突襲一處位於紐因頓的倉庫，行動是否與命案有關？」前方的一位女記者接著提問。

卡倫納心想，要是這些記者不是進媒體業，統統來當警察，調查工作肯定會很成功。此時愛丁堡的狀況，他們顯然比他了解得多。

「我無法提供詳細資訊。我只能說妳提到的突襲與倫敦警察廳特殊小組正在進行的調查有關，但那和命案毫無關係。」卡倫納心想，看來是艾德格的駭客案。那個案子似乎也毫無進展，但他需要崔普回來。卡倫納心想有機會得再和艾德格談這件事。「此刻恐怕我還得趕去其他地方。」歐韋貝克繼續說：「大家若有任何問題可以直接透過媒體聯絡人提出，也歡迎將報案熱線附於報導上，鼓勵大眾提供案情資訊。非常感謝各位的耐心及提供協助的努力。」

她起身，稍微停頓，讓攝影機捕捉她最好看的角度，然後向卡倫納點頭，要他一起離開。她顯然不懂他先前為什麼會在這種鬧劇上花那麼多時間。

他們一離開會議室，她就說：「很好，展現出統一陣線是好事，讓他們知道我們是一個團隊。」

「說到團隊，我們需要更多人手，可以請長官解除加班限制嗎？我猜我們得將一些鑑識工作委託其他地區進行。艾爾莎．藍伯特的團隊工作量太大了。如果沒有更多資源，一些重要物證根本無法及時回報。」

「寫電郵提出要求。」歐韋貝克正要離開。「每十二小時提出一份進展報告，卡倫納，給我抓到凶手，否則就搭飛機回巴黎。隨便找個藉口說明為什麼麥可．史旺的命案細節遲遲沒發布，不然小報記者會塞爆愛丁堡每一間旅館，將這裡寫成全球恐怖之都。」

卡倫納回到辦公室，真是一團亂。眼前沒有確切的架構，但他腦海裡閃過一些隨機的資訊。他抓起白紙和筆，寫下目前困在愛丁堡停屍間裡四名死者的姓名，還有死因：窒息、剝臉皮、刀傷、壓死。麥道斯公園是四起命案間唯一的連結，話雖如此，但還是在公園的不同地點。他在死者名字旁加上年齡、職業與地址。除了索邦與史旺命案的凶器是刀子外一點關聯也沒有，怎麼看都看不出所以然。假使鑑識人員不能在國家資料庫裡找出線索，要想破案就得走別條路。

14

卡倫納在來電紀錄裡找到蘭斯．普羅孚特的號碼，撥了過去。

「督察？沒料到你會打電話來。你難道想得意地說，我的硬碟已經被當成物證了？彷彿我今天還過得不夠糟一樣。」

「跟我說說你今早收到的那封電郵，夾帶照片那封。」卡倫納說。

蘭斯嘆了口氣。「信一早就寄來了，一開始還以為是病毒郵件。後來報社的朋友打電話來問我有沒有收到。他們的實習生一下就開了檔案，完全無視程序，但那孩子才十七歲，你能怎麼樣呢？總之，那些照片壓縮在一個可以下載的檔案裡，回信地址沒反應，也查不到寄件者資訊。彩色照片，應該是手機拍的，景象很嚇人。你說得出名字的每一間媒體都收到了。女孩屍體不同角度的三張照片，都是她被扔進子母車之後拍的，一張是子母車的外貌，還有一張拍路標。過曝，有暗角，我會說照片是晚上開閃光燈拍的，不是早上。」

「你知道第一個抵達現場的是誰嗎？」卡倫納問。

「不知道，不是我，可以確定也不是警察。第一個下載檔案的記者肯定在發表報導前會先去確認過。」

「吸血蟲。」卡倫納咬牙切齒地寫著筆記。

「我可以引用這句話？只不過你那可愛的警司可能會覺得這個詞沒辦法促進警媒友好。」蘭斯大笑起來。

「你還想不想拿回你的硬碟？」卡倫納問。

「督察，只是開個玩笑。不管怎麼說，我同意你的看法，我的同行的確偶爾有些道德問題。不過，我希望從不同的角度報導；就我看來，受害者的角度已經沒什麼好寫的。這匹脫韁野馬已經徹底脫離馬廄。我要從塗鴉去寫，評估大眾的抗議。我一直在城裡拍照。你對於懷德高中牆上的文字有什麼看法？快到牛門街十字路口那頭？」蘭斯問。

「普羅孚特先生，我目前還有比塗鴉更緊急的事要擔心。如果你想清掉塗鴉，請打給市議會。」卡倫納說。

「是嗎？我倒覺得你是出於絕望才聯絡我。」卡倫納沒有回答，同時暗暗提醒自己為什麼不常和記者私下聯絡，因為這種感覺就像與大蛇搏鬥。要不是普羅孚特提醒他電郵裡的照片，卡倫納肯定不會打這通電話。「你老闆發消息說要開記者會的時候，我正要去懷德高中附近拍塗鴉。我後來過去了，但覺得很困惑，甚至有點擔心。我猜那應該是很重要的線索，你要不要和我在那裡碰頭？我想聽聽你的看法。」蘭斯說。

「你可以直接——」但電話掛斷了，其實話沒說完也無妨。卡倫納看向手錶，過去只要幾分鐘，應該半小時就能搞定。雖然不想承認，但他挺好奇的。他違背自己的判斷，出門去找蘭斯·普羅孚特。

卡倫納出門前沒仔細思考地點，但現在感覺起來很合理。從停屍間停車場過去一小段路就是懷德高中，牛門街穿過舊城區，從乾草市場延伸到荷里路德，在歷史上，極度富裕與極度貧窮的兩種人住在這條路的兩端，是令人尷尬的床伴。從命案發生後，那一頭的牆壁就成了一張不斷延伸的帆布、批判社會的塗鴉溫床。

他走近這面牆，同時間一輛老舊破爛的摩托車騎到他身旁。騎士下車，摘掉安全帽，安全帽似乎沒貼上貼紙固定就可能整個散掉。騎士友善地拍著卡倫納的肩膀打招呼，似乎很意外。

「你來了！」蘭斯說：「我必須說，我沒料到你會來。還是頭一遭遇到態度這麼開明的警察。」

「事實是，我可以順道去麥道斯公園。而且這是第一次也是最後一次的容忍。我通常不喜歡在通話時被掛電話，別裝神弄鬼。」卡倫納說，然後不經意向那臺老舊的 BSA Bantam 摩托車投以羨慕的眼神。他已經好幾年沒騎車了，忽然間，這輛車看起來、聽起來就代表了自由。

「你看看吧，那就是我找你來的原因。如果我錯了，就當我是天字第一號的大白痴。你覺得那是什麼？」蘭斯指著彩虹般爆炸的塗鴉。

「哦，來真的？」卡倫納問。

「拜託，老兄，都不能先討論的嗎？好啦，你注意到塗鴉左方這一大片藍色噴漆？」

卡倫納一眼就看到了，最新一批充滿驚恐的局外人對於慘遭暴行而死的人們的哀悼方式——「小學老師！」。大寫的字母彷彿在尖叫，就像市區那些裝飾磚牆的塗鴉一樣，簡單明瞭，義憤填膺。馬路對面就是死者的陳屍處，太恰如其分。

「你想說什麼？」卡倫納問。

「我搶先其他媒體同業之前離開記者會，也許幾個走得比我快，但頂多一、兩人。然後我直接來現場拍照，想趁今天發表在部落格上。我原本文章都快寫完了，回辦公室要發文時，才注意到塗鴉。」

卡倫納的腦袋因為幾天下來的超載，已經很吃力了。而他現在感覺這番話毫無條理。

「塗鴉原本就在。」蘭斯強調：「據我所知，當時在場的記者沒有人知道死者是學校教師，更別說是小學了。服裝是童軍服務員，沒錯，光從我們收到的駭人照片裡的制服就看得出來。但她其實是老師。所以我再次確認過，你看這裡。」蘭斯向前跨了兩步，指著牆壁。「這裡、這裡和這裡，都被別人的塗鴉或噴漆蓋過去，然而原本的塗鴉都是小學老師加上驚嘆號。」

「這些塗鴉在記者會之前就在了。」卡倫納抽出手機，準備拍照。

「我可能誤會了。」蘭斯繼續說：「但我仔細看過蓋在上面的塗鴉，我會說這些文字在昨天死者穿上制服出席童軍會議之前就出現了。」卡倫納尋找證據，記者說得對。不一樣的人在不同的時間噴漆蓋過去，一些塗鴉看起來已經有點風化。「督察，你現在可以提供任何看法嗎？」蘭斯問。

「我有疑問。」卡倫納說：「你為什麼不大肆報導這件事？」

蘭斯望著他，問道：「事情不對勁，對不對？」

卡倫納搖搖頭，說不通啊。假設凶手想引人注目或在公眾間造成恐慌才宣布下一個目標，為什麼要選在這麼隱密的位置？要不是眼前的記者想弄清楚這件事，根本不可能有人注意到。而且又為什麼要因為想打出名號，冒著落網的風險前來噴漆？

「我需要暫時封鎖這裡。」卡倫納說：「但我不希望任何人知道原因，你至少能幫我這個忙？」

「卡倫納，記者不全是壞蛋。」蘭斯說：「我和你一樣，希望這混蛋落網，你永遠不知道誰會是下一個受害者。我當然可以保持緘默，但我可以要求回報？不多，就一點能讓我寫進報導的說法。需要糊口的素材啦。我的網路報導需要透過廣告賺錢，也就是讀者流量。」

「我會給你素材。」卡倫納承諾：「是我欠你的人情。我能向你要先前拍攝的牆壁照片？說不定接著還會出現不一樣的圖案。不過現在我們得快點離開，別讓人注意到我們正在調查塗鴉。」

他送記者回摩托車旁，伸出手。「普羅孚特先生，我很感激。」

「督察，你可以叫我蘭斯。」他溫暖的大手與卡倫納握手。「保持聯絡。」

15

一小時後，橘色錐形路障封鎖了這個區域，大批「專業工程師」仔細搜查懷德高中的人行道與排水溝。警察開著無標示警車，向停屍間每位工作人員詢問是否看到任何徘徊牆面附近的人。停屍間外雖然架設了保全監視攝影機，但沒有一個鏡頭對準塗鴉區域；因此所有可能塗鴉的人都會經過那一帶滿滿的監視器下方，而警方根本無法從那幾百、甚至幾千名路人當中，過濾出可疑人物。

拍了照，在塗鴉旁的街道採取DNA、纖維、可能的證據，卡倫納發現他們再微小的物證都不放過，還特別將層層疊疊的塗鴉依先後順序記錄下來，然後這批假工程師就閃人了。沒有大張旗鼓，沒有震天價響的警笛，可能根本沒有人注意到他們。

卡倫納派了另外兩組人馬去其他知名的塗鴉地點，拍照、記錄牆上的細節。他回到警局，案情室裡擠著不耐的人群，分成四區塊——索邦、洛特、史旺和堡卡斯基，團隊的成員免不了相互重疊，連卡倫納也幾乎忘了哪個案子結束在哪裡，而另一起案子從哪裡展開。格拉斯哥與亞伯丁派來制服警員增援街頭見警率、保護犯罪現場，同時跟進調查行動。卡倫納一進會議室，艾娃就開始報告。

「好，我們開始。」卡倫納先前沒注意到她標準的英式口音，但自從她和艾德格走得很近之後，口音變得非常明顯。艾娃經常抱怨雖然她和這裡的湖一樣很「蘇格蘭」，但她的家人還是毀了她融入的機會，因為他們送她去南部上學。她將一縷捲髮塞進耳後，在筆電的鍵盤上按了幾個鍵。她說：「資訊更新，今早媒體一報導愛蜜莉．堡卡斯基的童軍穿著與色彩繽紛的編織圍巾後，她的親友立刻認出她。圍巾是她的學生在今年年初織給她的禮物，她當時獲得教師協會的優秀教師提名。她才當老師兩年，和家人一起住在市中心西南部的博納利。家人並未注意到愛蜜莉曾被跟蹤或騷擾。校方則表示她看起來很快樂，不曾抱怨，他們的用詞如下：『還有大好人生等著她』。整體而言，堡卡斯基自信開朗、熱愛戶外活動、人緣非常好。鑑識病理學家已經確認死因為窒息，凶器就是她脖子上的圍巾。愛蜜莉的一隻鞋掉在麥道斯公園，距離維利非街東邊出口小徑不遠。她離開童軍會議時天已經暗了，其他服務員在會議後還繼續參加社交晚會，沒有人注意到她離開。我認為可以假設凶手尾隨她進公園，將她拖進樹叢中，並殺害她。男性凶嫌一直等到路人離開後，才移動屍體，將屍體裝進麻布袋。就是子母車裡尋獲屍體時那只大袋子。」

賴弗利警佐舉手。卡倫納這陣子很少見到他，他轉去艾娃的小隊，支援海倫．洛特命案。

「長官，妳強調『男性凶嫌』，我們有任何理由假設凶手是男性？」

「三個理由。」艾娃說：「以圍巾勒死愛蜜莉需要很大的力氣，這是從纖維拉撐的幅度所推測。死者的氣管完全被壓毀，但並沒有手指掐住的痕跡，而她皮膚上印有織品的紋路；其次，愛蜜莉身高一百五十八公分，要移動她的屍體棄置在垃圾車需要一定的體力；最後，謝天謝地，我們找到一位目擊證人。」

眾人騷動，警員間傳出明顯鬆了口氣的聲音。艾娃等現場安靜下來才繼續。

「約莫凌晨兩點，有目擊者看到一名高大的身影扛著布袋走出公園。男子身著暗色服裝、打扮邋遢，戴帽子，可能因為扛重物，低著頭前進。推測身高一百八十五公分，身材壯碩。目擊者還以為是流浪漢扛著睡袋和隨身物品，從公園出來找地方過夜。男子從麥道斯公園穿過利芬聯排街道，進入維利非街後即不見蹤影。目擊者是女性，夜歸返家途中，當時正要回到她位於利芬聯排街道的住所。」

「那男人完全不在乎被人看到？」賴弗利警佐繼續說：「怎麼確定他就是凶手？」

「警佐，這是最單純的解釋，除非大半夜的還有兩個人扛袋子走出來。死亡時間估計是晚上十一點左右，這表示凶手躲在樹叢裡至少一小時才敢溜上街。我想這足以證明他在意目擊者。」艾娃做出結論。

賴弗利使出一如既往的魅力與敏銳扮演著唱反調的角色。艾娃將注意力從他身上移開，點開維利非街一帶的地圖，開始分配挨家挨戶盤查問話的工作。

卡倫納溜了出去。他覺得自己還無法掌握實際的狀況，他一直想到艾爾莎對於兩起刀殺命案凶器可能是同一批手術刀的推論。而照片與驗屍報告遭洩漏給媒體，洩密調查依舊一籌莫展。沒有兩起命案是一模一樣的，蘇格蘭警署的資源已經達到極限。

卡倫納關上辦公室的門，上了鎖，然後他打開筆電。

「死了太多人。」等待電腦開機時，他盯著空白的螢幕喃喃說著：「這不是巧合，這是戰役。」

他在搜尋引擎輸入愛蜜莉・堡卡斯基的名字。前兩頁無可避免都是她死亡的消息，來到第三頁，卡倫納看到他想找的資訊：她的個人資料。她的畢業資訊出現在大學網頁中，還有一篇她父親的相關報導，她父親是富有的銀行家，文中提到愛蜜莉，還有雜誌社交版面的照片。終於，他找到愛蜜莉任職學校上傳的影片連結。卡倫納點進去，又等了一會兒。

影片是一段粗糙的電視訪談紀錄。畫面上的愛蜜莉站在教室裡，身旁是天真無邪的小臉蛋，有人扯著她的袖子，或從她身後冒出來，興奮地直對鏡頭笑。

「我受寵若驚。」愛蜜莉說，她的雙眼散發著光彩。「我非常榮幸，我的學生居然寫信讓我入選優秀教師獎。」

「我們聽說他們還為妳準備了意外的驚喜。」螢幕之外的訪談人繼續說：「是他們自己做的。」兩個年齡約六、七歲的男孩和女孩走進畫面裡，他們高舉圍巾。從愛蜜莉的表情看起來，孩子手裡捧著的就像是中大獎的樂透彩券一樣。她雙眼泛淚，卡倫納心想，完全達到訪談人想要的效果。她擁抱孩子們，然後將圍巾在自己脖子上纏了好幾圈，還說她每天都要圍著它。

卡倫納按下暫停。愛蜜莉．堡卡斯基的生命遭到凶手無情地剝奪。除此之外，喜愛她的孩子們永遠也無法理解這個世界為何如此殘暴。凶手選擇謀殺一位典型的完美女性。

卡倫納回到搜尋引擎，輸入「麥可．史旺」。這次花的時間比較短，一下就找到他要的訊息，是一篇愛丁堡當地報紙的新聞報導。

「住在克雷登提尼的麥可．史旺先生因多年支持愛丁堡的兒童識字課程，入圍今年的傑出獎。他是麥唐納路圖書館的志工館員，熱愛高爾夫球。街坊咸認入圍的史旺先生是社區最佳資產，他不懈的努力改善了窮困地區的前景。」還有一張麥可．史旺的照片，他一手攬著妻子站在自家後頭，另一隻手高舉高爾夫球俱樂部的銀色獎杯。

卡倫納回到搜尋引擎，這次他沒有輸入「愛蜜莉．堡卡斯基」，而是「愛丁堡小學老師」，這次列在搜尋結果的第一個連結就是他先前播放的愛蜜莉獲教師獎提名的影片。他正要輸入「愛丁堡圖書館員」時，有人敲響他的辦公室門。

「現在沒空。」卡倫納大喊。

「是崔普。」外頭那人說：「長官，警司要我來見你。」

「進來吧。」卡倫納喊著，同時拼錯了他要搜尋的關鍵字，重打一遍。崔普想開門，門把只發出喀啦聲響。卡倫納大步走過去。

「抱歉，長官，不曉得現在時機不對。」崔普說。

「你得等一下。」卡倫納沒好氣地說，連忙跑回螢幕前。「我似乎快想通了。」他一邊說，一邊看著第一條連結。那是他才讀過的報導，麥可．史旺與孩童識字課程。「崔普，海倫．洛特的職稱是什麼？她的護理專業？」

「臨終關懷護理師，我想是在愛丁堡某間安寧之家。那個案子我不太清楚，當時我已經調去艾德格總督察的小隊。事實上，長官，我正是來說這件事……」

「海倫．洛特得到資深服務勳章。如果搜尋她的職稱，加上『愛丁堡』，會先查到幾個徵人訊息，一些大致資訊，但第一篇新聞報導就是她，連她的名字都不用輸入。」

崔普的眼神跟隨卡倫納指的地方移動，望著螢幕上的報導。

「關聯是什麼？」崔普問。

「他們每個人都是。」卡倫納說：「除了席姆．索邦，我還沒查他，但洛特、史旺、堡卡斯基最近都有得到表揚的媒體報導，很容易就能找到他們，資訊也多到能查到他們的位置、跟蹤他們。連孩子都辦得到。」

「好，這是手法，但沒有解釋他們為什麼會成為目標。」崔普說：「這些報導是同一位記者寫的？還是同一份報紙？」卡倫納搖搖頭。「同一個頒獎場合？」

「不，關聯是受害者在社區扮演的角色。他們從事的都是幫助他人的工作，具有關懷社會的特質。他們都是好人，也成為媒體的焦點。這些命案不是衝動犯案，凶手充分掌握每一位受害者的行蹤、興趣、工作地點，以及他們住在哪裡。這些不是街頭隨機發生的劫殺案，連愛蜜莉・堡卡斯基也不是。勒斃她的圍巾對她來說意義重大，以圍巾絞殺她富有意義，某部分可說是玷汙了她。」

「長官，你要我朝這個方向繼續追查？也許還有報導能夠提供我們更多線索……」

「崔普，你目前調去艾德格的小隊，我無權命令你。就算我們人手不足，警司還是會希望倫敦警察廳得到他們要求的協助。」

「警司放過我了。國家網路犯罪部門的調查取得一定的進展，而且感覺你更需要我。他們得到一間網路安全公司的消息，鎖定該公司的一名員工為嫌犯。艾德格總督察說來自愛丁堡的協助已經夠了，所以可以放我離開。」

「自以為是的混蛋。」卡倫納低聲說著，繼續飛也似地在筆電上輸入文字。

「長官，我不確定我該做何回應。他似乎在這裡沒交到幾個朋友，可能只有通納督察。他們幾乎每晚都一起下班。」

「每晚？」卡倫納轉頭望向崔普。

「呃，應該只有我注意到的時候……」電腦運轉得很大聲。「很好，」崔普望向卡倫納面前的螢幕。「證實了你的想法。」

卡倫納將注意力放回螢幕，大大的彩虹圖片，加上中間載入的文字。左邊選單是條列的部落格標題，還有推特、臉書、Instagram連結。部落格作者孜孜不倦地發表與人權、慈善事業、社會公平正義有關的文章與活動。卡倫納往下拉，最底下是作者照片，似乎是在某個非洲村落拍攝的，畫面裡的他和他死時一樣打著赤膊，是席姆・索邦。

「你輸入什麼關鍵字？」崔普問。

「愛丁堡慈善工作者。」卡倫納伸手去拿桌上的塗鴉照片。「我輸入的是噴在牆上的那些塗鴉字眼，而部落格最後一篇發文提到他要去參加的音樂祭。」

16

到了午夜，卡倫納終於穿過要找艾娃的人龍，走進她的辦公室，她就坐在辦公桌前。崔普先前已經將相關的網路搜尋結果與塗鴉照片送了過來。她眼袋很深，衣服起皺。卡倫納遞給她一包從附近書報攤買來的鹹味爆米花，然後端著咖啡坐了下來。

「為什麼是爆米花？」她問，現在連爆米花也無法讓她露出微笑。

「我猜最近不能去看電影，妳肯定出現了戒斷症狀。」艾娃沒有打開包裝，直接將爆米花移向一旁。在強烈的燈光下，卡倫納看著她鬆垮的襯衫袖子，還有突出的顎骨與頰骨，然後說：「妳瘦了。」

「哪有時間吃東西？」她將塗鴉照片一一排在桌上。

「妳生病了？」卡倫納問。

「我只是忙。跟我說說這些照片。」她說。

卡倫納從頭整理一遍。

「我已經聯繫筆跡專家來鑑定塗鴉，但他們對於不是寫在紙上的字跡束手無策，再加上是大寫的噴漆字，不適用一般手寫筆跡的規則。噴漆本身很常見，在任何DIY家具行都買得到。我覺得這是受害者的來源，這是他們之間的連結。」卡倫納說。

「但凶手不只一位。」艾娃說：「殺害席姆．索邦的凶手嬌小玲瓏，是我們從音樂祭畫面上看到的；而另一名可靠的目擊者明確指出愛蜜莉．堡卡斯基命案的凶手人高馬大。我猜你對麥可・史旺的調查沒有更多的進展？」

「艾爾莎・藍伯特懷疑殺害索邦的刀和劃開麥可・史旺臉皮的刀是同一批，切口一側都有同樣的刮擦痕跡。」

「很好。」艾娃推開照片，頭往後仰，閉上眼睛。「所以我們要麼有兩名凶手，甚至三名。我們不確定，但顯然不只一人。」

「一個凶手會好一點嗎？」卡倫納喝了一口咖啡。

「別耍嘴皮子，」艾娃說：「你知道我不是這個意思。」

卡倫納深呼吸，他不是來找艾娃吵架的。他們都在同一個團隊裡努力，但此刻似乎每個人都停滯不前。

卡倫納深深吸了一口氣。「我們知道洩漏給媒體的照片是從哪裡流出去的？肯定是凶手拍下的照片，追蹤他的手機或電腦或許是我們唯一能夠找到他的方式。」

「你也知道警方的數位科技部門是怎麼回事。我們永遠慢一步，因為我們負擔不起私人企業的高額薪水。能夠破解這些的年輕人根本不會為了基本薪資來替政府工作。」艾娃又嘆了口氣。「檔案經過加密，還繞過很多臺英國境外的路由器。我們只能查到這裡。」

「我們掌握的不只如此。」卡倫納說：「海倫・洛特的驗屍報告也外流了，那類資料外洩會留下痕跡，我們只需要一位具備足夠技能追蹤的專業人員。更重要的是，似乎有人在愛蜜莉・堡卡斯基屍體尋獲前，就在牆上噴上了小學教師的塗鴉。」

艾娃看起來相當困惑。「不可能。」

「記者會公布她的身分後，有人立刻拍到照片。塗鴉不可能這麼快寫上去，還有其他塗鴉蓋在上面。」

「你是暗示凶手殺害愛蜜莉之後，直接在那面牆噴上她的職業？就像登記新的戰利品一樣？」

「目前都只是間接證據。」卡倫納說：「但我認為凶手先將死者的職業噴上牆，然後才進行謀殺。而且從塗鴉層層疊疊的狀態看來，應該是很久以前就寫上去了。」

艾娃上下扭動肩膀，應該是坐了好幾個小時，稍微活動身軀。「卡倫納，有什麼理論就直說。已經很晚了，而我完全聽不懂你在說什麼。」

「我認為是殺害愛蜜莉的凶手留下下一名受害者的訊息，也許是做案前幾天就留下來的。如果我們能搞清楚凶手怎麼辦到的、什麼時候寫的、為什麼要寫，也許就能阻止這一切。在那之前，我們只能盯著牆壁，搶得先機。」

艾娃的辦公室大門打開，艾德格走了進來。經過卡倫納身旁時，他什麼也沒說，直接走到艾娃的位置，放下幾盒食物，還從另一個袋子裡抽出一瓶紅酒。

「督察，我相信你還有事要忙，不然就會邀請你加入我們。」艾德格說：「你的警員回去了？我放他走了。看來重案組還在苦苦掙扎。」

「夠了，喬。」艾娃打開餐盒，吃起熱騰騰的白飯。

「親愛的，妳介意嗎？工作時我們必須維持彼此的階級。」

「盧克，我很抱歉。剛剛的推論真的很有幫助。我們可以明天一早再繼續討論？」艾娃說。

「當然。」卡倫納起身。「我們已經在幾處知名的塗鴉地點安裝隱藏的監視器，二十四小時監控。總督察，你的駭客案件進行得如何？銀行家和股東都向慈善機構討回錢了嗎？」

艾德格替艾娃倒完酒才開口。

「兩週後會展開逮捕行動，我們建立了一些人脈，進行了祕密問訊。我的小隊正低調地蒐集情報，小心翼翼、預先計畫、專業工作，就是這樣，卡倫納督察。我們面對的嫌犯擁有全世界最聰明的頭腦。不能貿進，所以我才會過來，愛丁堡地區的警力顯然無法勝任這種程度的工作。」艾德格起身直面卡倫納。

「那就是我的地區警力。老實說，我認為我們擁有足夠的能力勝任所有工作。我沒胃口了。」艾娃推開大部分沒碰的紙盒，一口氣喝完她的酒。「我要走了。我想我一天能夠容忍的狗屁就那麼多。」她穿上外套，抓起車鑰匙。「兩位，明天見。」

「妳不去我那裡過夜嗎？」艾德格說：「我特別請人整理過了。」艾娃在門邊短暫停步，只稍微轉頭望向卡倫納。

「我想我需要獨處。」她淡淡地回應。

卡倫納凌晨兩點到家，又餓又累，門上貼著一張字條。他默默地打開門鎖，進了門才拿下字條。

「嘿，盧克，我找朋友過來吃比薩喝啤酒，期待你加入，他們都很想見你。兔兔，許多親吻。」卡倫納將紙揉成一團扔掉。他沒心情面對他熱情的鄰居，顯然更沒心情認識她的朋友。他們很可能還在走廊對面，於是他決定不要煮飯、洗澡，或進行任何會暴露他已經到家的行為，直接倒上床。

他在被窩裡翻來覆去，毯子拉起來蓋頭又扯下。他驚覺自己的身體很累，腦袋卻不肯停下。想讀點書卻徒勞無功，他的眼睛一直在同一段文字上飄移，最後只能放棄。終於，他決定拿起手機，上網尋找他可能錯過的受害者相關報導。

幾番搜尋徒勞無功，他閱讀起一篇「埋沒之人」最近的駭客報導。是標準的紀實報導，這位認真的記者跑去愛丁堡首屈一指的網路安全公司「網路弩砲」，詢問網路犯罪的根源，以及該如何溯源，才能找出策畫網路攻擊的幕後黑手。網路弩砲執行長勞夫．霍格的回應理所當然充滿了技術性字眼，內容也很複雜，而他的目的只是要讓客戶相信雖然收費高昂，但公司非常重視，同時努力保全客戶的資料，不受駭客入侵。儘管這篇文章和艾德格努力想把錢還給有錢人一樣無聊，卻還是讓卡倫納腦中浮現一個點子。他撥打崔普的電話。

「我是崔普。」一個含糊的聲音接起電話。

「我是卡倫納。」他說。

「哦，該死，我是說，抱歉，長官。天啊，現在幾點了？」崔普似乎有點驚訝。

「去外面講……我三小時後要上班。」背景傳來模糊的低沉聲音。卡倫納完全沒考慮到現在幾點，以及他的手下還有私生活。

「聽著，崔普，抱歉，現在三點。我天亮再打來。」

「沒關係。」崔普低聲回話。卡倫納聽到電話另一頭的腳步聲，然後是開關門的聲響。崔普的聲音稍微正常一點了。「長官，怎麼了？」

「你在艾德格的團隊裡待過。我現在需要聯絡網路弩砲的人，要請他們查出是誰匿名寄愛蜜莉．堡卡斯基照片給媒體、以及洩漏驗屍報告的人。你有認識的人嗎？我想一早就聯絡。」

「長官，我不該提起那邊的調查。艾德格總督察說得非常明白，那裡的工作超越一般安全職權範圍，不能使用電郵和簡訊。駭客可能正在追蹤我們的調查，所以不能在網路留下任何線索；

尤其不能和局裡其他單位的人討論。」

「太荒謬了，我們是同一陣線。而且我是資深警官，我要的只是一個可以聯絡的人。你肯定有認識的人？」

「艾德格總督察說我可能會因此丟了飯碗，他還要我拋開對部門長官的忠誠，理解在他那裡工作的價值。」

「已經死了四個人！政府對國際金融產業的保護應該要擺去第二位了吧？目前調查根本是停滯狀態。」

電話另一端的崔普陷入沉默。卡倫納知道這名下屬非常熱心，似乎天生如此，充滿熱情，對工作無比認真。他不願意幫忙的態度實在難以想像。

「長官，我的處境夠棘手了。我努力工作，保持低調。我不希望引起不必要的關注。」

卡倫納花了幾秒鐘才聽懂崔普的話。他想起剛剛電話背景的聲音。男同志在蘇格蘭警局，或任何警局裡，可能都不太好過。雖然這個世代的接受程度較高，但警局的環境依舊充斥沙文主義的空洞言論。這樣就說得通了，而崔普應對的方式就是凸顯其他特質，當個好人，有點技術宅，總是熱心助人，讓人不要聚焦在他的「某些」特質上。

「崔普，沒關係。」卡倫納說：「如果他們這麼重視，那你就該保密。再睡一下吧，我們局裡見。」

「長官，」崔普壓低聲音。「網路弩砲是蘇格蘭最好的公司，可能也是全英國最厲害的公司，但你不能找他們談。艾德格總督察要警方和業界專業人士保持距離。」

「我懂。」卡倫納將手機從耳邊移開。

「不，長官，我覺得你——」崔普還沒說完，卡倫納已經掛斷電話。艾德格就是個控制狂。卡倫納目前只能在艾德格同意下與網路弩砲正式聯絡，但要卡倫納求他，那他不如死了算了。

他打開網路弩砲的網站，點進「我們的團隊」欄位瀏覽，然後他注意到班．波森。波森是「深層網路巡弋系統」的負責人，履歷非常驚人，卡倫納認得他曾任職的好幾間公司，但他在同一個地方似乎都沒有待上很久。更重要的是搜尋引擎的媒體報導，兩年前科技商業雜誌稱波森是「智能世代裡最了不起的程式設計師，他讓團隊裡的其他人僅剩湊數功能」；他的科技同業也票選他為「改變科技未來的最佳人選」，那時他才十九歲。其他文章詳細闡述波森如何預防駭客攻陷世界知名藥廠的資料庫，主導調查工作，追溯俄國的幫派。卡倫納眼神呆滯地盯著報導，直到最後一段，撰文者將波森寫得像他正需要的人才。波森不曉得怎麼辦到的，能夠繞過某些網域，躲過大眾的視野。如果卡倫納不能直接聯絡波森，就得想辦法私下找他幫忙，讓艾德格永遠不會知道。這意味著也要瞞著艾娃才行，畢竟要她隱瞞床伴實在太不公平了。

17

早上九點，卡倫納前往萊斯街。他認得他要找的那棟大樓，距離艾娃最喜歡的電影院很近。現代感十足的玻璃金屬結構裡有許多公司行號；網路弩砲就位於令人景仰的頂樓，朝前俯瞰萊斯街，後面是格林賽德街。從前門大搖大擺進去根本是自找麻煩，卡倫納把車子開到地下的多層樓停車場，按對講機找保全。保全非常謹慎，特別下來檢查他的警徽，才讓他上樓去接待櫃檯。

卡倫納到了大廳，沒有直接在櫃檯留資料，反而轉往洗手間，拿起手機撥通網路弩砲的電話，指名找班．波森。總機替他轉接，等了一會兒，總機又接起電話。

「波森先生正在忙，我可以留下你的電話，請他回電。」

「我需要立刻聯絡他，」卡倫納說：「他的車子有狀況。要是我不能和波森說上話，那我就得直接找警察了。」

「請稍候。」她說。

「我沒有出車禍，強烈建議你停止詐騙。你找錯人了。」這是開場白。班．波森是美國人，卡倫納沒料到這一點。西部口音拖得長長的，有點低沉。這和卡倫納腦中原先的印象完全不同，他原本期待是更加一絲不苟、更富學術氣息的人；這麼說也許不公平，但當他想到電腦專家，他會想到那種人

「波森先生？」卡倫納確認。

「當然。」對方回應。

「我在一樓的接待大廳，我需要和你談談。你的車子沒問題，但我的確是警察。這次是非正式見面，所以如果你不介意，我寧可不要登記上樓。」

「如果你要談公司的事，就必須聯絡執行長。所有諮詢都要透過他。」

「這是私事，」卡倫納已經準備好吃上閉門羹。沒必要的話，誰想和警察談話。「是正在調查的案件。我需要你的協助。」

「你並沒有解釋為什麼要這麼神祕兮兮的。你不能坐電梯上來頂樓？」班問。

「網路安全最近都是負面的報導，你們執行長在新聞上提過。」

「給我兩分鐘。」班掛斷電話。

卡倫納原以為會引來不滿或爭執，或至少他需要更有說服力一點。兩分鐘剛過，他的手機就響了起來，不明來電。

「地下二樓停車場，電梯對面角落的銀色奧迪。」是班的聲音。卡倫納找到車子時，駕駛座上已經有人了。他走向駕駛座一側，車窗打開約五公分。「身分證件。」班說。卡倫納拿出警徽放在窗邊，班先拍照，然後在網路上搜尋卡倫納。「上車。」班解鎖副駕駛座的車門。

卡倫納上了車。他沒想到這一趟會讓班．波森如此起疑，心裡不禁有點七上八下。要是談話中他讓班不舒服，班可能還會向警司投訴。

「卡倫納督察，我要錄下我們的對話。這樣我們一開始就能把話說清楚，你沒有搜索令，我也沒有遭到逮捕，甚至沒有聽到我應有的權利。」班又開口。他放在公司網站上的照片拍得並不好。他一頭金髮，雖然在蘇格蘭的鬼天氣下，他還是皮膚黝黑，身材很好。整體而言，他看起來比較像住在海邊、扛著衝浪板的人，而不是辦公室裡的電腦專家，擔心如何保護公司資料庫。

「我同意，」卡倫納說：「你說的都對，但我這一趟是非正式造訪，我希望你答應不要聲張這次的見面。」

「你不是來這裡談駭客案？這要先說清楚。」

卡倫納暗自咒罵。對話被錄音，他已經越界了。艾德格的小隊行動應該要保密，完全不提到那邊的任務似乎是讓對話進行下去的唯一方法。

「我是為了愛丁堡最近發生的命案而來，你一定多少聽說過。」

「連我在聖地牙哥的親戚都看到報導了，他們沒想到美國還比蘇格蘭安全。」班的口氣像開玩笑，但是表情認真，看不出情緒。「你確定你要問我的事和網路安全漏洞無關？但這很怪，你需要我協助命案，卻不能直接聯絡網路弩砲？」

卡倫納說不出話來。這人太聰明，不能隨便搪塞過去。

「駭客事件正在調查，但那個案子與我無關。我需要電腦專家協助我釐清命案證據，只是目前我得不到上面許可與網路弩砲直接聯繫。恕我無法透露更多細節。」

「為什麼找我？」班直截了當地問。

「你是網路弩砲深層網路的負責人，這領域沒有人比你強。我需要追蹤一封電子郵件的路徑，查出寄件人身分。這封信加密得很好，我們內部資訊人員無法破解。你看起來是我最好的人選，要是找別人得花更多時間。還有，我們沒有額外預算，而且將保密的硬碟送到外部公司也不見得安全。」班沒有說話。「我知道我要求很多，我可以自己給你一些錢，當然沒有業界包案那麼多，而且是從私人帳戶提供，我需要你查兩個無關的事件。應該不會花你太多時間。」

「你根本不曉得會花我多少時間。」班關掉手機，向後靠在椅背上。他望向手錶。「說明一下狀況。」

卡倫納深呼吸，他正要將敏感的訊息透露給他完全不信任的人。沒錯，這個男人受過網路弩砲審查，因為他顯然能夠接觸高度機密性的資料，但這不代表他完全沒有問題。真正的癥結在於，卡倫納還有其他選擇嗎？警方沒有足夠的經費外包調查工作給網路弩砲，而有人對外洩漏命案消息，他已經不確定還能夠相信誰。其餘調查管道似乎也碰壁了。接下來是正常程序對上實務調查，他只能選擇實務調查。

「這是機密。」卡倫納說：「我要你保證我能信任你。」

「我還坐在這裡洗耳恭聽呢。」班說：「別硬碰你的運氣。」

卡倫納嘆了口氣。「愛蜜莉．堡卡斯基的屍體照片外流。我能肯定是凶手主動寄給各大媒體。凶手應該是希望在警方封鎖消息之前就流出照片，但是檔案加密嚴實，我們無法追蹤。警局內部的驗屍報告也外流了——雖然我無法想像停屍間的員工或警察幹出這種事。事實上，我們的內部調查也遇到瓶頸。我認為有人從外部駭入電腦系統，非法取得報告內容。」

「我為什麼要幫你？」班緩緩開口。他不慍不火，雙肩下垂，語氣是詢問而非不悅。

「因為你辦得到。」卡倫納說：「而且我不懂，有能力的人怎麼會不伸出援手。你能幫助我嗎？」

「我不能在公司處理，因為都有紀錄。我家才是我私人的地方。讓我進入收到信件的電子信箱，我們從那裡開始。別盼望奇蹟。雖然我的能力遠超過蘇格蘭警署，但要萬無一失掩蓋足跡也不是完全不可能。」

「給我你的手機號碼，」卡倫納說：「我晚一點傳郵件地址給你。我得先向對方確認，那人應該願意幫忙。」

班從口袋裡掏出另一支手機，將卡倫納的號碼存進記憶卡。一秒後，卡倫納的手機震動起來。

「好了。」班說：「這個號碼可以傳訊，但我不會用這支手機接電話或傳郵件，所以別這麼做。這部電話無法追蹤，三角定位關掉了。」

班又升起了警戒。他不願意留手機號碼，卡倫納也不怪他。今天早上的事太不尋常，而加入追蹤連續殺人犯的團隊的確會讓人提高警戒。

一小時後，卡倫納回到警局，走進一場熱烈的談話，而這場「談話」是賴弗利警佐的獨角戲。

「哦，他回到他媽的警局裡了，是不是？不敢相信他還願意回來呢！」賴弗利在案情室裡沒好氣地嚷嚷著。

「警佐，我就在你後面。」卡倫納說，他很清楚紀律對這位資深警官幾乎沒用。這名老警官就愛擺出蘇格蘭警署老一輩的做事態度。「你的意見請留到私人時間發洩。」

「我們正在等你。」賴弗利說，完全不在乎旁人都聽到了他的話。

「很好，看來有進度。你願意快速向大家說明嗎？」

「麥唐納路圖書館到攝政公園棄置史旺物品之間的監視器，拍到了凶手。你看看。」賴弗利按下播放鍵，螢幕上出現一個正在過馬路的模糊身影，逐漸往遠處走去。那人胸口似乎抱著一疊物品，戴著柔軟的大沿帽，遮住口鼻，頭髮也塞在裡頭。

「怎麼知道是凶手？」卡倫納問。

「拍攝時間是天剛亮，獨自行動。你再看這個。」賴弗利說：「畫面不太清晰，但還是看得出來。」他又按下播放鍵，另一臺攝影機的畫面看見那人繼續往前走，拍攝角度不同。那人的臉幾乎沒有露出來。行進途中似乎什麼掉在地上，立刻彎下腰撿起。「我們無法提高畫面的解析度。」賴弗利說：「但技術部的小伙子還是努力放大畫面，然後得到這個。」賴弗利換到下一張模糊的停格畫面，出現的是那人掉在地上的物品。卡倫納看見那東西上頭有個巨大的綠色波浪型圖案，一端是紅色的橢圓形，以及字母 terpillar。

「直接說吧。」卡倫納說。

「長官，是那本暢銷童書《好餓的毛毛蟲》。」賴弗利很快接著說：「國際刑警組織的天才警探可能沒聽過，但蘇格蘭每個孩子都讀過。棄置在公園的史旺私人物品中就有這本書。」

「有拍到凶手最清楚的畫面？」卡倫納問，伸手想繞過賴弗利，去倒轉監視畫面。

「別碰我的電腦。」賴弗利沒好氣地說，撥開卡倫納的手，重新控制鍵盤。「沒有清楚拍到臉，頭髮、眼睛什麼都沒有，只有比較完整的身形。」螢幕上出現一抹幽暗的身影。那人捧著書時清楚可見明顯的胸部輪廓。「是女人。」賴弗利沒必要地補了一句。「腿也很細。外套蓋住腰線，看不清楚，但肯定是女人。」

「而且她是伸左手撿起掉落的書。」卡倫納說：「這就是我們的索命狂魔。還有其他畫面可以幫我們釐清更多細節？」

「應該還可以透過與建築物比較，估計出她的身高。」賴弗利說。

「警佐，一小時內完成。然後將這個人的身高比對席姆．索邦命案凶嫌的身高。給我最清楚的停格畫面，還要一份分析報告，確認是否符合。我就在辦公室。」

卡倫納轉向咖啡機，喝了一口散發著融化塑膠味的咖啡，一臉嫌惡。他坐回座位，撥打蘭斯．普羅孚特的號碼，卻轉進語音信箱。

「蘭斯，我是盧克．卡倫納，我今晚要你幫忙。我必須進入你工作的電子信箱，我要找個地方做這件事。我可以帶人去你的辦公室？我知道我應該要回報你，我有些想法了。回電給我。」

他才放下話筒，歐韋貝克警司就走了進來。

「卡倫納，彙報進度。」她一屁股坐下，伸展穿著絲襪的長腿。他心想：很適合絆倒我。

「麥可．史旺的凶手是女性，我們正在比對席姆．索邦命案。兩個案件的嫌犯身形很像，鑑識病理學家也推論兩案可能使用同一批刀具。」卡倫納說。

「很好，我需要團隊更有組織感。你負責史旺和索邦案的調查，通納督察負責洛特和堡卡斯基命案。卡倫納，加班時數有限，我不希望上面因為超過預算找我麻煩。」

「長官，這是很不尋常的案件。我們需要盡可能最多的人力與時數——」

「這和你訓練時遇到的案件一樣，你理當有能力勝任。別因為有人真的死了，就搞得好像什麼都辦不到。你現在有兩項證據指向同一名凶手，這樣應該輕鬆多了。督察，你沒聽到時間一分一秒過去的聲音嗎？我聽起來可響亮得很。如果在你起床前炸彈就爆了，你又沒帶回好消息，等著打包滾蛋吧。沒有更多的人力，加班還是最低限度，拿你原本的薪資做好這份工作。」

她走了出去。卡倫納不禁思索，要往上爬到高位究竟需要何種特質。他將咖啡杯從桌上拿到嘴邊，然後發現自己永遠不是高階主管的料。手機震動，是蘭斯．普羅孚特的訊息。

「來我家。聖托瑪斯路七Ａ，八點，帶啤酒來。期待回報實際一點。蘭斯。」

卡倫納快速通知波森，然後查看艾娃是否在辦公室，她正在講手機。他等她掛電話。

「娜塔莎怎麼樣？」卡倫納問。他搬來愛丁堡後，艾娃的朋友裡，他只認識這位。

「她很喜歡紐奧良，也許不急著回來。」艾娃說：「你知道嗎？今天是她的生日。」卡倫納搖搖頭。「我們以往會在她家過夜，幫她慶生。這是我們小時候的傳統。我們會熬通宵，看那些拍得很糟的恐怖電影，吃垃圾食物。這是十年來我第一次沒辦法替她慶生。」

「她一定也很想妳。」卡倫納說。

「但我又慶幸她不在，這樣我就少了一個要擔心的人。」

卡倫納不覺得她真心這麼想。艾娃介紹他們認識之後，他看得出來這對姊妹淘多麼仰賴彼此。她們為對方填補上家人與工作之外的空隙，她們的溝通方式只存在兒時好友之間，善意的語言、擁抱、真摯的建議、玩笑，必要時也會說重話。他在前一個大案子裡曾與娜塔莎合作，他對她的堅毅印象深刻。現在他期待她回來，和艾娃好好談談。但目前這種談話，他連開頭都覺得不自在。

「聽著，如果妳覺得不關我的事，妳不妨直說。我總認為妳和艾德格……他似乎是個奇特的選擇。我剛來的時候，以為妳是不會受階級影響的人。我覺得他是妳所鄙視的那種人。」

「局裡那麼多人當中，我以為像你這樣的人應該會明白生活不如我們想要的簡單。我以為我可以期待你不要批判。」艾娃說。

「我沒有批判。我只是不明白，除了那些顯而易見的地位以外，妳覺得妳能在他身上得到什麼？」卡倫納說。

「顯而易見的地位？你覺得我是因為攀權附貴才跟他交往？天啊，盧克，我從沒想過你會說這麼侮辱人的話。我在你心裡是這樣的人？」

「艾娃，別這樣。我只是想搞清楚這到底是怎麼回事。」卡倫納說。

「對，他的確出身很好，工作體面，而且和你一樣能用流利的法語點菜。他也許沒當過模特兒，可能也不玩高空跳傘，但我不會因此否定他。」

「我不懂妳為什麼要扯私事進來。」卡倫納說。早在七年前他進入國際刑警組織之前，他週末都和朋友一起度過，享受各種奢侈的嗜好，滿足腎上腺素飆升的需求。他覺得那段人生算是荒廢了，身邊淨是些自私的人。之後他運動只是為了健身與逃避。他最後一次高空跳傘已經是幾個月前了，還因此被列入蘇格蘭跳傘區的黑名單；因為他當時不打算開傘，是自動系統救了他一命。當時他內心在黑暗裡掙扎，而艾娃應該很清楚不該提起那件事。「妳知道嗎？算了。我誤會了，就這樣。」

「我所到之處背負著各種期許，我只是想找到一些平靜。這樣算要求太多？」

「完全不會。」卡倫納起身。「我們的調查工作分開了，我負責索邦和史旺，妳負責洛特和堡卡斯基。我要崔普和薩特在我的小隊，妳可以自行選擇妳的人，沒必要重疊。不管哪些話冒犯到妳，我都向妳道歉。」

「你也該向艾德格總督察道歉。你踰矩了。」艾娃說。

「艾娃，妳想和妳的男人一起平步青雲，隨便妳，但別期待我跟著拍馬屁。要看到高處的風景，肯定有比跟在妳屁股後面更好的位置。」

艾娃迅速站起身。這一巴掌非常大力，她出手時完全沒有遲疑。卡倫納沒有伸手碰觸脹紅的臉頰。

「現在就滾出我的辦公室。」艾娃壓低聲音。

「我的榮幸。」他拉開門。賴弗利就在走道上，完全沒有掩飾他已經站在這裡好一會兒，就靠在對面的牆上。「警佐，什麼事？」卡倫納大吼。

「兩起命案，同一個女人，身形與身高符合。沒有臉部特徵，她遮得很好，不想引人注意。長官，你是對的。不過，你的臉似乎有點紅？」賴弗利竊笑起來。

「準備聲明，盡可能整理出最多細節。別提到書名，才能排除浪費時間的閒人。找媒體聯絡人，說我下班前召開記者會。」

「要先冰敷一下嗎？否則上電視可不太好看。說真的，看起來像有人好好修理了你一頓。長官，你不申訴嗎？」

卡倫納靠向賴弗利，在他耳邊說：

「如果你再不動作，賴弗利警佐，你可能會有趕走我的機會，但你會在病床上提出申訴。」

賴弗利露出微笑，向後退開，深深地揪了卡倫納的臉一眼，然後決定閉上嘴。

＊

兩個小時與敷了兩包冰塊之後，卡倫納站在鬧哄哄的記者、麥克風、攝影機前面。不同以往的是，今天媒體站了整整兩圈，到處是口譯，見證愛丁堡死亡率大幅攀升的消息公諸國內外。卡倫納不打算浪費時間，直接提出事證。

「我們沒有嫌犯的臉部畫像，但我們推估這名女性嫌犯的年紀為二十幾歲至三十出頭，一百五十八公分，身材嬌小苗條。在我們掌握的畫面裡，她戴著帽子。我們還有兩張拍到身影的照片，希望各位協助發布。」他一邊說，投影機上出現照片。「晚一點會提供檔案給各位，一旁請附上通報專線。這是目前調查的實質進展。」

「督察，這名女子認識受害者與他們的家屬嗎？」一名記者高喊，完全無視最後提問的禮節。

「就我們所知不認識。」卡倫納回答。

「她是隨機挑選受害者的？」另一名記者加入。「你對愛丁堡居民的安危有什麼建議？」

卡倫納嘆了口氣。他不想扯到那裡去，但是他必須好好回答這個問題。塗鴉是還在研究的線索，他可不想洩漏。

「我們建議市民結伴同行，避開麥道斯公園一帶，避免晚上活動。在外與家裡顧好私人物品，鎖好門窗，若有保全系統記得啟動。」

「就這樣？」一個聲音高喊：「只是請大家鎖好窗戶？督察，已經死了四個人。在家裡、在公司、在晚上，還有在大白天的群眾之中。愛丁堡此時此刻還有哪裡是安全的？」

媒體聯絡人連忙在卡倫納又讓警局形象陷入泥沼前起身，然後說：「媒體朋友離開前請來找我拿紙本聲明稿，通報專線和嫌犯畫面會寄給各位。若有其他問題就和平常一樣透過電子郵件聯絡。」

卡倫納得到暗示，隨即從會議室後門撤退。還沒回到座位，手機就震動起來。

「一塌糊塗！我不在時不准開記者會，最後警告。」歐韋貝克警司真的很討喜。卡倫納從辦公桌上抓了一個資料夾就逃上車。是時候挖掘真正的進展了。

前往蘭斯．普羅孚特住家前，他順道外帶了中式料理、買幾瓶啤酒。有求於人，還是讓人填飽肚子後再說。

他才剛到，就驚訝地發現班．波森已經進到屋內，在蘭斯的筆電上忙碌著。卡倫納稍作休息，蘭斯準備起餐具。

「我還以為你會在外面等我。」卡倫納對班說。班正在瘋狂地敲著連接記者筆電的電腦。

「你不介意的話，我想我還是別在街上閒逛比較好。」班頭也沒抬，卡倫納打開一罐啤酒。

「我覺得你不會想讓人看到我們在一起，還是這裡有別的花樣？」

卡倫納將啤酒交給班，他接過去，但沒喝，直接放在一旁。

「我不明白，」卡倫納說：「你覺得還有什麼花樣？」

「我要你的電郵密碼！」班朝著正待在廚房讓餐具碰撞出聲的蘭斯大喊。

「Mooncat129。」蘭斯走回客廳時說：「督察，我猜我能信任這個人，畢竟我剛剛已經把我的網路貞操帶交出去了。」

「我進去了。」班說：「但是要將資料傳進我的電腦需要一點時間。所以，卡倫納，告訴我，為什麼找我？我是認真的。這絕對不是在網路弩砲網站上隨便逛逛的決定。」

「的確如此，」卡倫納夾了一盤麵條，擺上幾片看不出哪種肉的蛋白質上去。「網路弩砲應該是全蘇格蘭這領域最好的公司，但加州男孩怎會淪落至此？我以為矽谷會提供更好的工作前景，更別說天氣和車子。」

「卡倫納，這段對話也要錄音？還是我們快點處理眼前的工作？順帶一提，這臺筆電很乾淨。而我們之間除了這個案子，不會再有其他關聯。別想從我這裡得到其他東西。」班一邊說，手一邊放上筆電螢幕，彷彿隨時就要蓋上離開。

蘭斯插嘴：「卡倫納督察，我可以叫你盧克？你身上有警察總是問太多的特質。這位年輕人看來只是想幫忙，為什麼不針對重點就好？雖然我還是不太清楚到底是怎麼回事。有誰能說明一下嗎？還有別忘了你欠我的人情。」

「那封寄給你的電郵，我正在回溯它的路徑。」班接了話。

「警察肯定早就試過了。」蘭斯說：「我很感激能幫忙調查，但你的手下之前不就是因此帶硬碟回去？」

「嗯，這我們知道就好。他們試過，也失敗了。我認為值得再試試，我是對的嗎？」卡倫納問班。

「你們警局的人根本派不上用場。」班大笑起來。「還是他們外包給別人做？」

「我們請倫敦的某間公司試過，他們有些進展，最後卻說不可能查到實際路徑，因為這封信在不同國家轉了很多次跳板。我那時要求更多經費，但顯然我只是在浪費時間。」

「在電腦世界裡沒什麼是不可能的。」班說：「這就像在說數字是有限的，但總會多出一個。無庸置疑，這封信的封包很嚴謹。」

「我愛這玩意兒。」蘭斯放下盤子，坐在班旁邊。他靠過去緊盯螢幕，彷彿答案就在眼前。

「解釋你在幹嘛。」

「你不能刊出我的名字。」班說：「也不能提我和誰合作，懂嗎？」

「讓我搞清楚狀況。」蘭斯說：「你們都不在我家，都沒有和我一起喝啤酒，都沒有談在我電腦上搞調查的事。而我明明就是記者，你們還是覺得這種安排很恰當。」

「如果你覺得這是個問題，我這就走人。」班說。

「孩子，就這樣抽腿？」蘭斯咕噥著。「好，你沒來過。快解釋給我聽這怎麼運作的。」

班按下幾個鍵，整個螢幕忽然出現自行向下捲動的資料畫面。他向後靠，雙手擺在腦後，彷彿程式正施展著魔法。

「每一封電子郵件都有印記，有點類似你寄信時舔信封留下的ＤＮＡ。現在的問題在於你可以申請假帳戶，竊取別人的身分，使用一次性手機，一切都是用完即丟，基本上統統追蹤不到。不過，這封信本身最終會連向一道ＩＰ位址，也就是電腦獨特的網際網路協定編號，無論這封信抵達目的地前繞了多少路，ＩＰ位址是不會變的。所以我們可以知道比如詐騙最初是來自俄羅斯、奈及利亞、愛爾蘭還是任何國家。」這時電腦嗶了一聲，班切斷兩臺電腦間的連線。

「你用的是什麼軟體？」卡倫納問。

「你上網買不到，也不會在商店裡包裝得漂漂亮亮的東西。」班說：「這傢伙很內行。普羅孚特先生，這封信在世界上跳了好幾國才抵達你的信箱。不是外行人手法，檔案一開啟，原始寄件人的資料就自動銷毀了。很高明的手法。」

「真他媽的。」卡倫納咒罵起來。「所以根本無從查起。」

「不見得。」班又敲起鍵盤。「也許會查到某些地理標記，確切的個人資訊查不到，但肯定是從蘇格蘭寄出的。」

「女孩屍體照是在愛丁堡拍攝的，這不意外。」卡倫納雙手掩面。

「你提過另一件事，要追另一條線索。」班提醒他。

「驗屍報告細節外流。」卡倫納說：「但那可能是任何人做的，可能關乎內部恩怨，或只是駭客。」

「給我一分鐘。」班開始打字，是卡倫納這輩子沒見過的速度。

「我不能讓你進入鑑識病理學家的內部網路。」卡倫納說：「我得先通過層層行政管理系統。」

「你真的認為我需要許可才能通過這道可悲的防火牆？」班說：「我已經在資料庫裡了。」

「這些檔案沒有加密？」蘭斯問。

「有，但用的是標準加密軟體，這就是問題所在。一旦你寫好破解加密的程式碼，接下來只要插進去就好。進入這種檔案只需幾分鐘。政府網站多半使用很薄弱的數位防護，完全擋不住攻擊。你們該看看私人企業花多少錢保護資料。好，我看到過去十二個月來所有的驗屍報告。叫什麼名字？」卡倫納略顯遲疑。「督察，現在退縮可來不及了。擁有半個正常腦袋的十二歲孩子都駭得進來。是誰的報告？」

「海倫．洛特。」蘭斯回答：「只有她的案子流出其他受害者沒有的細節，對嗎，盧克？」

卡倫納點點頭。

「這裡有一次帳號不明的登入行為，登入和登出之間檔案沒有變動。看起來像系統故障，但這很可能就是駭入點。」班再次敲起鍵盤，卡倫納加入兩個男人的行列，也望著螢幕。「好吧，這不算實質證據，但可以證明。這裡也使用了同樣的銷毀機制，回溯路徑就會撞上某個區段，所有檔案會像詭雷一樣自我銷毀，所以查不到使用者身分。」

「說明白一點？」蘭斯問。

「這不是巧合，程式寫到這種程度絕對不是巧合。當你追蹤原始的IP位址時，你會發現洩漏照片和駭進停屍間報告的手法一模一樣。到了某區段，軟體察覺有人檢視時，會進行自我銷毀。這是很聰明的設計。我只要跟著線索，就會按下自我毀滅的按鈕。」

「多少人可以設計出這種程式？」蘭斯追問。

「全球嗎？不算少。」班說：「但在蘇格蘭？你要找的凶手，不僅有能力或足以串起這一切，同時懷有行凶的慾望和動機。這樣的組合不常見吧？符合以上描述的人應該不多。」

「我得和通納督察討論。」卡倫納說：「這兩個案子今天早上分配到她手中。你介意和她開個會，向她解釋你剛剛說的一切？」

「艾娃．通納？」班回問。

「你認識她？」卡倫納略感意外。

班猛力蓋上筆電，喝了第一口也是最後一口啤酒，然後拉上外套拉鍊。

「你知道，我來是因為我真的想幫忙。我質疑過你，所以才問一堆問題，還查過你的背景。國際刑警組織、子虛烏有的性騷擾指控、曉得體制如何壓制小人物。我以為你也許是真心的。但這下不就露出馬腳了？拿無辜死者的命案為面目模糊的大人物賣命？好吧，卡倫納，我祝你一切順利。請向艾德格說這招不管用，我不會和他的女朋友談心，牽扯進去這一切，我受夠警察了。你得找別的方法。你敢拿今晚我對你說的話搞什麼創意發揮，我可是有記者可以作證，進了法院就祝你好運。」

他氣呼呼地往外走，大力甩上門，留下卡倫納與蘭斯張著嘴愣在原地。

蘭斯伸手拿起一瓶沒開的啤酒，拉開易開罐，然後說：「盧克，說起惹人厭你真的很有一套。」

18

卡倫納直接驅車前往崔普住所，要問一個他不能明說的問題。更重要的是，他需要崔普不能回答這個問題。

他抵達時已經過了十點。來應門的男人看起來二十出頭，也許比崔普還小個一、兩歲。

「晚安，我是盧克．卡倫納……」

「我知道你是誰。」男子說：「你最好先進來。麥斯！你老闆來了。」

崔普在另一個房間不知弄掉什麼東西，發出巨大聲響，他出來時一臉尷尬。

「長官，出了什麼問題嗎？我不曉得你剛聯絡我。我確定手機有開。」

「我沒打電話，對不起，我向兩位致歉。」卡倫納說。

「哦，他是唐肯。我平常和我哥分租公寓，但他出差，所以唐肯來住幾天。」

「你不需要解釋，我無權打擾你的隱私。」卡倫納望向略顯戒備的唐肯。「我也抱歉開這個口，但我們能否單獨談談？」

「當然，唐肯，抱歉，可以請你迴避嗎？」崔普問。

「我去泡茶。」唐肯說：「需要什麼嗎？」他望向卡倫納。

「不了，但謝謝你。」卡倫納停頓，唐肯離開後，他才再看著崔普。「你警告我別和網路弩砲的人聯絡，但我整個腦袋都想著命案，完全沒時間思考你警告背後的原因。」

「長官，你千萬不能聯絡他們。那是人脈網路很緊密的產業，警方的任何聯繫都會傳出去……」

「班．波森。」卡倫納說。崔普短暫睜大雙眼。卡倫納曉得這個名字是崔普最不希望聽到的名字。崔普結巴著想開口，但卡倫納伸手阻止他。「別說話，你什麼也沒有做錯，我只是必須知道。我從沒問你任何話，你也只有叫我別接近網路弩砲。如果出了什麼事，我一個人承擔。」

「長官，我這麼說可能不恰當，但艾德格總督察實在是讓人頭痛的混蛋。要是他知道你聯絡了——」

「崔普，我什麼也沒做。」卡倫納說：「所以別擔心艾德格。忘了我來過，也幫我向唐肯道歉。我這就離開。」

卡倫納將車子開得很慢，思索他是該回家，還是繞去艾娃家解釋出了什麼事。但這樣就得冒著見到艾德格的風險。還是搖擺不定的局勢，先別讓艾娃扯進來比較好，不只是因為她目前幾乎不可能釋出同理心傾聽他的處境，她先前那一掌倒是打醒了他，他並非故意說那些話。艾德格就是那種會惹他發怒的人，他則將氣出在艾娃身上。

回到公寓，卡倫納脫下靴子，開了紅酒。在蘭斯家，他因為要開車沒喝多少，現在沒差了。夠了就是夠了。他跌跌撞撞闖進倫敦警察廳的駭客調查，剛好向國家網路犯罪部門視為首要嫌犯的人求助，崔普的表情說得再清楚不過。不只如此，班．波森似乎完全清楚怎麼回事，無論艾德格和他的人馬多麼機靈低調，班早就知道了。看來班一直關注案件調查進度與艾德格，對於他和艾娃的關係也一清二楚。卡倫納思考著班是否掌握了他不曉得的事。他會不會駭入他們的電子郵件或訊息？竊聽他們的電話？

卡倫納的心思飄移起來，浮現喬．艾德格和艾娃在一起的畫面。隨即又拋在腦後。艾娃做什麼、和誰在一起都不關他的事。就算他認為他這位朋友最不該和艾德格交往，那也是她的私事。

卡倫納一口喝完杯中物，又繼續倒酒，倒到一半時，他聽到有人在喊他。

「盧克！你在嗎？我是兔兔。聽到你關門的聲音，我這裡有你的包裹。」

卡倫納咬緊牙根，開了門。兔兔穿著短褲和T恤，看起來是很省布料的款式。她露出溫暖的微笑。

「好久沒看見你了。」她拿出大大的咖啡色信封遞給他。「我們之前開派對，我留了張字條給你，你不能來真是太可惜了。」她望進他身後的公寓。「現在是不是不方便？」她說：「今晚在新聞上看到你，感覺那些記者讓你不太好過，真是太可怕了。說真的，他們肯定不清楚你工作多認真。你吃過了？我可以立刻弄點東西給你吃，一點也不麻煩。」

「我正要睡覺。」卡倫納說：「也許下次。」

「我明晚沒事。」兔兔靠在門口。「我不介意下廚。你喜歡吃什麼？我的牛排配薯條很不賴。」

「調查還在進行，我沒辦法確定時間。」卡倫納望向手錶，只想回去喝酒。「我甚至不曉得自己幾點能到家，也許等這一切結束後再說。」

「當然，這樣很合理。但如果你需要幫忙，我可以去超市幫你買點東西，或幫你吸個地板。如果你有需要，你的鑰匙可以交給我。」

「我想保留我的隱私。」卡倫納回應。兔兔立時脹紅了臉。聽起來像責備，但他沒心情也懶得改口。「謝謝妳幫我拿包裹，改天見。」

他退後一步，關上門。兩秒鐘後，他聽到兔兔往回走的緩慢腳步聲。他想撥打艾娃的號碼，還是作罷，抓起酒瓶上床。無論他想喝得多醉，放下他與艾娃爭執的重點，酒精的效果畢竟不夠強。他想起今天是娜塔莎的生日，於是改變決定，他沒打給艾娃，而是打給娜塔莎。

撥號聲聽起來不一樣，等到他驚覺是打去紐奧良時已經來不及了，他完全不曉得美國南部現在幾點。

「盧克？」娜塔莎說：「怎麼了？艾娃沒事吧？」

「妳怎麼知道是我？」他問，思索為什麼起身講話這麼吃力。

「你的名字出現在我的手機上。我相信你的手機也會顯示。」娜塔莎大笑出聲。「現在是蘇格蘭時間晚上十一點，你還好嗎？」

「只是想祝妳生日快樂。」他揉起眼睛。

「你口齒不清，你喝酒了？艾娃在你旁邊？」

「不在。」卡倫納說：「艾娃和豬頭總督察在一起，我有說錯嗎？」

「你用蘇格蘭腔罵人愈來愈順了。」娜塔莎說：「我都忘了喬在愛丁堡。你不喜歡他？」

「根本沒注意到他的存在。」卡倫納說完，喝乾杯子裡最後一點酒。

娜塔莎嘆了口氣。他聽到她緩慢的鼻息。

「盧克，你和她談過了？」她問。

「自從她早上甩了我一巴掌後就沒有了。我不覺得她現在有心情理我。」

「她這陣子壓力很大。我覺得喬的問題就是她表現出來的症狀。」

「娜塔莎，四具屍體了，死狀極慘。艾娃是對的，我也很慶幸妳不在這裡。我只是打電話來祝妳生日快樂。」卡倫納倒回枕頭上。他終於準備要睡覺了。

「你已經說了。但你必須聽我的，而我不能替艾娃開口，她非常注重自身隱私。給她一點時間。盧克，她需要你，我也知道你對她是什麼感覺。」

「不重要了，她今天說得很清楚。算了吧，待在遠方，直到這一切結束。城裡不安全。」

「謝謝你的關心，但我更擔心你。我該和艾娃談談嗎？如果她知道你這麼難過，她心裡肯定過意不去。」娜塔莎說。

「不用，」卡倫納咕噥著。「沒什麼需要解決的。我很高興她找到對象。」他掛斷電話，將手機扔在地上，翻過身。他床邊是兔兔送來的信封，他明天又要向別人道歉了。他惹人嫌的速度遠超過他偵辦案件的進度。

他一把扯開包裝紙，從信封袋內拿出薄薄的紙盒，塑膠與錫箔壓製的蓋子裡是長長的藍色藥丸。他全部扔向牆邊，閉上眼睛。那些藥是他克服不舉的困獸之鬥，終於到了，而他現在完全不曉得當初為什麼要訂這種東西。

19

隔天早上，媒體旋風與公眾壓力絲毫未減緩。有市民見到一名男子拖著年輕女孩上車，男人隨即遭到私刑，雖不致命，但傷勢慘重。攻擊他的民眾遭逮捕後聲稱男人符合愛蜜莉．堡卡斯基嫌犯的外型，而他們成功阻止了另一起命案。說真的，那男人約一百九十公分高，身材壯碩，的確符合蘇格蘭警署讓媒體發布的外觀描述。但攻擊者不知道的是，男人其實只是將他喝得爛醉的未成年女兒拖回車上，免得她晚上隨某個年紀是她兩倍有餘的知名皮條客跑了。卡倫納猜想當這場攻擊事件的受害者能夠開口之後，這對父女恐怕得展開一場漫長的事故談話。

一整天，恐慌報案不斷打電話進來。每個人都以為自己看到持刀的人；獨居者在黑暗中聽到動靜，深夜加班的人在窗口看到陌生臉孔。沒有模式的犯案意味著城裡任何人都不會感到安心，各種誤報讓調查毫無進展。接電話的人手不夠，實際參與調查的警力也不夠。

卡倫納並不想面對艾娃，但他無意間得到她偵辦的案件細節，也許能提供有幫助的線索。他拖到了十一點，才硬著頭皮敲她辦公室的門。

「進來。」她抬起頭。那表情說明一切。「現在沒心情，如果你期待我因為打你巴掌而道歉，那你——」

「妳甩我巴掌，我該請妳吃晚餐。」卡倫納說：「那是我活該，沒那麼客氣的女性應該會加上膝擊。」

艾娃睜大眼睛咬緊下唇，努力不讓嘴角上揚。

「下次我會記得。」她終於開口。

「我不記得我們到底從什麼時候開始無法進行理性對話，但我想也不重要了。事情就這樣發生，每個人都一樣。」他說：「我的小隊目前緊繃又防禦心很重，彷彿愛丁堡的街頭正遭到襲擊。我昨晚打電話給娜塔莎。」

「她怎麼說？」艾娃靠向前。

「只說我已經知道的事，也說妳因為案件壓力很大。所以我才過來。我有個來源，一名記者。他正在調查命案，分享了一些資訊。那些阻擋寄發愛蜜莉·堡卡斯基照片的電郵回溯追蹤的軟體上，有一串自製的程式碼，鑑別度很高；同樣的程式碼也運用在海倫·洛特外流的驗屍報告上，因此想追溯源頭是不可能的。那些報告肯定遇上了駭客，而非內部洩漏。」

「你怎麼知道這些？」艾娃走到牆邊的白板旁。

「我說了，我認識一個記者……」

「記者的消息來源是誰？這不是外人能接觸到的資訊。」

卡倫納來到決策點，他已經想好該怎麼解釋，也毫不遲疑。「是匿名來源，會保持匿名，但確定是專家說的。我沒有理由質疑這件事的真偽。」

「盧克，我們找人分析過，沒有人能夠證實這兩件事有關。你必須提供你的消息來源，進一步驗證。」

「我沒有消息來源。我只是想幫忙。對了，喬的駭客調查進行得如何？」他曾向自己承諾不會問，他甚至懷疑自己真的想知道這些事。但是話都出口了，卡倫納決定雙手一攤。「他們查到任何嫌犯的身分了？」

「我想我們還是別談論喬，你覺得呢？我們似乎對此沒有共識。」艾娃說。

「我之前就是個白痴。我當時想保護妳，也許還有點吃醋，畢竟酒友就這樣被偷走了。」卡倫納露出微笑，但心裡笑不出來。艾娃沒有微笑以對。

「我和喬之間……就很複雜。」她說：「我知道你認為他不適合我，一切來得很突然，但時機剛剛好。總之，喬不會向我談工作，你也不用覺得被我冷落。他們調查的保密程度比軍情五處的聖誕派對名單還要嚴格。」

「真的？足以組織一整隊人馬，卻沒有風聲外洩？真是了不起。」卡倫納說。

「頂多是一般的訊息。他們正在調查的駭客『埋沒之人』似乎是跨國組織，首腦的根據地在愛丁堡，但身分一無所知。喬懷疑他們甚至有辦法得到警方內部通訊內容。雖然還沒展開逮捕行動，但目標應該很明確了。」

「真了不起。」卡倫納說，臉上露出假惺惺的同理神情。「不過，這至少代表他會繼續待在妳身邊。」他起身。

艾娃在白板上快速寫下潦草的字跡，是卡倫納剛剛分享的資訊，然後她放下筆。

「你是認真的嗎？」她說：「我以為你也許……」她沒說下去，話語聲拖得很長，陷入令人心煩的沉默。

卡倫納追問：「也許怎樣？」

「呃，既然你現在接受了喬的存在，我想你也許今晚想看場電影？我晚點傳時間地點給你，好嗎？」

「我很樂意。」卡倫納朝門口走去。他一直覺得他和艾娃是在逃避真正的對話。他們以前要開口很容易，不用假裝，不走形式。最近她變了，但他說不出哪裡不一樣。可能真的是因為調查的壓力，或者，喬的出現讓艾娃以不同的眼光檢視自己的生活。至少他現在有了機會，他們也許能夠挽救過往的親密感。

一個小時後，艾娃來了訊息，通知晚上的碰面地點。卡倫納努力消化堆積成山的文件，指派命令推進案件調查動力，但所有人都知道他們累了。過去無數命案的凶手與受害者彼此熟識，那條警方常走的路多半能讓凶手落網。然而對陌生人施暴致死的命案非常罕見，除非發現符合資料庫的ＤＮＡ樣本，甚至目擊者，否則根本無從著手。

晚上十一點，卡倫納在戲院外頭等候，這是他偶爾會和艾娃來看老電影的戲院。都是深夜，當然嘍，影迷們大多上床睡覺或去酒吧了。今晚放映的是希區考克的《北西北》。

他們入座時，卡倫納問：「今晚不吃爆米花？」

「我不餓。」她拿出隨身酒壺，打開兩個充當杯子的金屬蓋子。她將一個遞給卡倫納，另一個留給自己。週間工作就喝酒，實在很不像她。卡倫納從加入蘇格蘭警署後，就對她的自律嘖嘖稱奇。今晚，她倒了兩杯蘇格蘭單一麥芽威士忌，然後喝了起來，還將腳擱在前方的位置上，沒有其他觀眾意味著沒有人會抱怨酒氣或被擋住視線。

卡萊．葛倫目睹一個人在餐廳遭到謀殺，卻很不智地讓自己成了嫌犯。此時，艾娃靠上卡倫納的耳邊。

「為什麼這些人會被殺？」她問。

卡倫納起初不曉得她是聊電影，還是他們手上的案件。艾娃的金科玉律就是誰也不能在電影放映時聊天。他沒想到她會打破自己的規矩，先前他幾次開口，都被她制止。

「妳是指愛丁堡？」他問。艾娃點點頭。「我不知道，妳的凶手是男性，也許和性有關，力量、掌控、厭女。他施暴的力道暗示一定程度的心理變態。」

「但你的凶手是女人。」艾娃說：「她選擇的受害者截然不同，還布置得像個藝術品似的。我案件裡的小學老師塗鴉早在命案前就噴上去，所以這算什麼？暗殺？也說不通。如果要某個特殊對象死，說清楚就是了。在信封裡裝一堆舊紙鈔去找某個你永遠也不會認識的人，讓他們幫你搞定，這樣就好了。凶手只是在吹噓，還是想在犯案前就被逮到？」

她向後靠在椅背上。卡倫納沒有答案。同樣的問題也在他腦袋裡不斷循環播放。他們將注意力放回銀幕上。火車之旅，卡萊．葛倫與伊娃．瑪莉．桑特的親密時刻之後，艾娃再度倒酒，又喝了起來。

「兩名凶手同時出現，都有兩名受害人。還大張旗鼓公開那些該死的塗鴉，算是某種新型的本土恐怖活動？」艾娃說：「也可能是在提醒我們，國內民眾的安危正慢慢被侵蝕？」

「如果是組織性的恐怖活動，早就有人出面承認犯案了。我感覺更像對愛丁堡的心理恐怖攻擊。」卡倫納接著說：「但我們無法追查所有來電，而事實上民眾提供的線索和命案一點關係也沒有。」

艾娃嘆了口氣，聽起來很失落。卡倫納希望他們共同面對的重擔能夠輕鬆一點，但現在愛丁堡停屍間裡正躺著四具屍體。他的「希望」反而更讓人意識到何謂徒勞無功。

艾娃放下威士忌，調整坐姿，然後頭靠在卡倫納肩上。突如其來的肢體接觸，他要穩住才不至於退縮，性侵指控過去很久了，但肢體接觸還是讓他畏縮。這可是艾娃，代表獨立和沉著的艾娃。她從來不會依賴他，不管是實際上的倚賴，還是心理上的依靠，她工作時遇到瓶頸時不會，遭懲處停職時更不會，甚至當她被變態罪犯綁架後也不會。她選擇以剛毅、幽默、獨立來撐過這一切。而這小小的舉動，雖然彷彿微不足道，而且瞬間即逝，卻很不像她。卡倫納閉上雙眼，艾娃的頭重重地靠在他肩上。他浮現異樣感，彷彿一個重擔輕了，卻背上另一個重擔。她抬頭望著他。

「還有受害者，」艾娃繼續說，彷彿不曾停頓。「全是好人好事代表，連一張罰單也沒有。但要說他們是什麼神祕邪教的信徒又另當別論。凶手似乎刻意挑選正直的人，不只是殺害他們，而且手法既可怕又駭人。老天，凶手像是在比賽。」沉默之中，卡倫納想要擺脫艾娃枕在他肩上的畫面。她拿起杯蓋，喝下剩餘的酒。

「塗鴉算什麼？宣布下一個目標？」卡倫納問。

「可能是。」艾娃說：「聲明他們選擇的目標類型，才不會搞錯那是誰的作品。走吧，別在這思考，去我家。」

他們留下脾氣失控的詹姆士．梅遜，從放映廳門口離開。計程車送他們抵達艾娃的住所。她直接走進廚房，倒了更多威士忌。卡倫納放下酒杯，沒有繼續喝。

「他們要不是透過塗鴉交換訊息，就是私底下彼此認識。」艾娃說。

「兩個變態殺手協議的計畫？那肯定存在更具體的關聯。也許是透過緩刑認識？還是同一名心理治療師的患者？」卡倫納提出建議。

「應該會有紀錄，但若認識他們的專業人士，例如緩刑觀護人或心理治療師察覺有異，肯定早就露餡了。而且我們有海倫．洛特凶手的ＤＮＡ，卻不存在於英國所有的資料庫裡。行凶方式如此殘忍的凶手，怎麼會完全沒有案底？」

「機率低到像同一座城市裡兩個殺人魔同時出現，還保持聯絡。」卡倫納補充。

「你覺得是伴侶行動？他們一起合作？現代版的情侶殺人魔？我覺得我從來沒有這麼近距離旁觀過邪惡。」艾娃踢開一雙運動鞋，走了出去，移開一疊待洗衣物，才能好好地躺在沙發上。她家很亂，並不是說她之前都沒整理，但現在這地方顯然缺乏照料。彷彿她只是偶爾出入這個家的訪客。

卡倫納不禁想，也許這是因為她總在艾德格那裡待著。她困在新男友及吃力的工作量之間，以至於一切看起來都那麼不尋常。想到喬・艾德格就讓卡倫納覺得不舒服。他起身。

「別動。」他對艾娃說，從扶手椅上拿起毯子遞給她。「妳看起來躺得很舒服，我自己出去。我們今晚再想想，也許明天會有進展。對了，我很喜歡今晚一起看的那一小段電影。」他走到門口時，她叫住他。

「我們是對的，對吧？凶手的確正在進行令人髮指的競賽。」

「對。」卡倫納說：「我想的確如此。艾娃，晚安。」他確保門鎖關好，顯然她已經進入夢鄉，不會起身來鎖上室內的第二道鎖。

卡倫納需要叫計程車或警車來接他。他今晚可能睡不著，思緒太混亂，直接回警局是最簡單的選擇。他心想，最好順便外帶點食物回去。

冷不防擊向他後腦這一拳的力道之大，足以讓他感到天旋地轉。要不是他即時伸出手，臉就會直接仆跌在人行道上。卡倫納蹣跚著撐起身體退開，穩住呼吸，想高喊求救，很快地一團軟軟的東西塞進他口中，布袋同時套上了他的頭。暗中襲擊者將他的手臂往後扳，束縛很緊，一推就讓他別無選擇只能往前走。襲擊者不只一人，都沒開口。沒多久，他被推上一輛廂型車，頭壓在地板上，腳踝遭到捆綁。他想起麥可·史旺的死狀。他想掙扎，又發覺不過是浪費體力，毫無用處，只能乖乖配合。卡倫納靜候更糟的事態發展。

20

時間若非衝刺飛逝，即為痛苦拖沓，卡倫納實在說不準。他想要翻身，希望身下不要繼續顛簸，然後取下頭套。同一時間，他也知道旅程一結束，他就得面對身分不明的敵人，任憑對方擺布。在他努力擠出任何足以討價還價的條件前，他束手無策。他的頭隱隱作痛，腎上腺素飆升，他揣度著他的計畫。

他會告訴襲擊者他是警察，局裡正在等他回去。他可以用法庭上求情來談條件，當然，他也可以求對方饒他一命。

集中精神時，他可以聽到竊竊私語，兩個男人正在交談，指派命令，從語氣聽來，另一個人是在提問。團伙裡似乎沒有女性。雖然他一開始很恐慌，但看起來可以排除是麥可．史旺的凶手。他放緩呼吸，試著控制身體和胡思亂想的腦袋。他必須好好思考，這是組織完善的襲擊，綁架他的人非常專業。他沒見到他們藏匿，也沒看到可疑車輛。他確定不是隨機的街頭犯罪，無論那些人是誰，他們就是在等他。

那就是認識他的人了，知道他的職業，也不在乎攻擊綁架造成的後果。卡倫納回想這幾年的偵查工作，如果他必須列出所有他結怨的人，這趟車程最好非常漫長。許多罪犯樂得看他中彈，還有很多人願意親自開槍。

廂型車忽然停下，一個人拉著他的膝蓋，然後是他的腳。

「出去！」一道聲音下令，將綁在卡倫納腳踝的繩索割斷，推著他往前，另一雙手阻止他往後倒。他腳下傳來小石頭的沙沙聲，幾乎沒有噪音，只有一些來自市中心微弱的背景聲——車聲、人聲、做生意的喧囂聲、家戶間的聲響。他繼續往前走，地面變得柔軟，然後又變得結實。接著是開門聲，門聽起來很厚重，卡倫納從鉸鏈轉動的聲響判斷這扇門很沉。門關上的金屬聲引起回音。他走在門裡的水泥地上。他們的腳步聲在牆壁、天花板及地面上迴盪。卡倫納估計對方至少有三個人。朝下坡處盲目走去，他的呼吸沉重起來，品嘗起空氣，仔細聽周遭的動靜。他抽著鼻子吸氣，空間聞起來潮溼陳舊，溫度比外頭低很多。

到了走廊的盡頭，又開了另一扇門。進去時，一隻手按低卡倫納的頭，在他身後甩上門。這裡非常冷。終於，袋子從他頭上抽開。但他沒被綁縛在椅子上，也沒有燈光直接照在他的臉上。透過手持的小提燈，卡倫納看到對方總共四個人，都穿著同樣的黑色衣服，戴手套，踩著靴子，臉上還覆著巴拉克拉法頭套。卡倫納靠在一處沒有油漆的粗糙牆面，這個空間天花板很低，沒有窗戶。他沒開口，他們會讓他知道他們到底想做什麼，不急。然後呢？他們很快就會提醒他，他們才是掌控一切的人，而他的命運掌握在他們手中。

第一拳幾乎將他打到沒力。他癱倒、氣喘吁吁，無法控制腹腔神經叢的抽搐。接著是踹在左大腿上的一腳，撞擊他骨頭的力道猛烈，痛楚往下傳送至他的腳踝，往上衝到他的髖部。他勉強擋住第三擊，只換來臉上額外幾拳。

「夠了，你們想怎樣？」卡倫納吐出法語，將帶著血的唾沫吐向牆邊，舌頭血流不止。一手拍向後腦，足以讓他脖子顫動起來。

「說英文，你這死法國佬。」其中一人說。

卡倫納沒注意到自己說了母語，他現下完全靠本能行事。

「這是要幹嘛？」卡倫納氣喘吁吁地說：「你們達到目的了，顯然想從我這裡得到什麼，直說就好了吧？」

三個男人稍微轉頭面向第四個人，那人至今還沒出手。他站在最遠的地方，雙手環胸。

「你和奇怪的人做朋友。」他說：「想跟我們聊聊嗎？」卡倫納聽不出口音。男人的英語很流利，但語氣輕快，非常陌生。

「我不曉得你說什麼。」卡倫納說：「我是警察……」

第四個人走近，一把抓起卡倫納的頭髮往上扯，讓他從牆邊起身，然後站到他身後。

「孩子，我很清楚這一點。你最近工作是不是受傷了？」他提起靴子，直接往卡倫納的尾椎踢下去。痛楚讓他說不出話來，先前才要復原的患部又慘遭重擊。他覺得自己像被踢成兩半，他倒在地上，翻身縮成一顆球，咬緊牙根抵擋潮水般襲來的黑暗，試圖保持清醒。

第四個男人悠哉地走回他剛剛待著的角落。「許多條子都私下收一手，或直接貪汙，我看多了，督察，你是哪一種？」

卡倫納花了一點時間才壓抑住噁心的作嘔感，然後開口：

「我不曉得你他媽的說什麼。我沒有收任何人的錢。」

第四個男人朝其他人迅速點點頭，一張照片塞到卡倫納面前。他花了幾秒鐘眼神才能對焦，認出那張照片。照片上他正走進蘭斯・普羅孚特的家，那晚他在蘭斯家與班見面。

「想起來了？」第四個男人問。

「那是記者的家，他只是和我分享一些情報，一切都有紀錄。你們為什麼跟蹤我？」

「還有誰在場？」另一人上前，舉起拳頭，站在卡倫納面前。第四個男人伸手擋在那人面前，拳頭才沒有立刻飛過來。

「你們覺得還有誰？」卡倫納問，盡量坐直身子，保持能抵禦的姿態。

「我的孩子，在場的還有一名竊賊，他組織策畫的犯罪金額遠超過英格蘭銀行金庫大劫案那數百萬英鎊。」

另一張照片出現，班正走進屋裡。他們是跟蹤班，不是跟蹤卡倫納，這些人是警察。卡倫納不曉得該鬆口氣，還是該更害怕。這些人代表法律，顯然也以為他們能夠凌駕在法律之上。

「這是巧合。」卡倫納說：「我根本不知道他是關係人，這是誤會。」

「哦，是嗎？」第四個人走向前，手指緊緊掐住卡倫納的頸項。「我們沒辦法追蹤年輕的波森先生在忙什麼，他永遠不在日誌上寫的地方，永遠搶快一步。難道是因為他得到局裡內應的非官方協助？」

「我是去談我的案子，不是你們的。我明白你們正在查重案，但那與我無關。」卡倫納加重語氣：「我從來沒注意過波森這個人。」

「是嗎？你沒問過你手下那個自以為聰明的小玻璃？」

「如果你是說崔普，那他什麼也沒說。恰恰相反，他說得很清楚，他得到的命令就是什麼也不能說，對我也不能透露。」

「你向他打聽過我們的調查？你問過他波森的事？」第四個人問。

「崔普不肯說。」卡倫納大吼。

「你確定？長官？」一名暴徒手下強調「長官」二字。「我們曉得崔普警員喜歡帥哥，真不敢相信他沒有暗戀你這種歐洲屁股。他一定很想博得寶貝督察的好感吧？你也是同志吧？你會給手下任何特殊獎勵嗎？」

「他不是同志。」第四個人插嘴：「他差點就因性侵定罪了，對吧，兄弟？」

卡倫納起身，恐懼消失，取而代之的是憤怒。不曉得怒火會要了人命還是讓人自討苦吃，端看動手後的情況。

「是誰下令調查我的人？」卡倫納質問：「你們他媽的無權刺探崔普的私生活，還有我的。性侵指控子虛烏有，你們對我很了解？那你們就會知道。」

第四個男人上前，他的鼻息直接噴進卡倫納嘴裡。男人想要開打，卡倫納很清楚。只不過一動手可不會只有他們兩個人。

「崔普什麼也沒說，這是一場不幸的巧合。而波森追蹤到涉及命案的駭客。」卡倫納再次重申，語氣盡量保持平靜。

「你承諾要回報波森什麼？」第四個人問。

「什麼也沒有。」卡倫納焦躁地回應。

「他只是好心幫忙，是嗎？你信？」另一個人問。然後他們大笑起來。此時卡倫納第一次質疑自己，先前他對班的懷疑在這一刻證實了。假使班知道警察正在跟蹤他，為什麼會答應幫忙？除非他在等待時機尋求回報。

「督察，很棒。」第四個男人拍拍他的背。「從你的表情看來，你終於想通了。」他的手伸向卡倫納的喉嚨，將他猛力壓向牆面。「我不曉得你幹了什麼，或還沒幹什麼，但那個美國混蛋從富人身上偷走不少錢。他進入那些人的銀行帳戶、電子郵件、私人通訊，用不著解釋他該有多緊張，他這輩子可是坐牢坐定了，懂嗎？你敢搞砸我們的調查，就去監獄裡當他的室友。給我離班・波森遠一點，別再聯絡他，不要寫電郵，不要傳訊，不要再請他幫忙。」他將卡倫納拉向前，這才再次把他的身體往牆上撞。他那疼痛不已的頭骨又撞到磚塊。「我們會替你開門，我建議你待在這裡好好休息二十分鐘。你走回家之前，也許會想沉澱一下衣服上恐懼的味道。」

他們捧腹大笑起來，但是笑得太虛假，也笑得太久。卡倫納這才驚覺，這些人和他一樣都害怕第四個男人。你以為他這一分鐘是你的朋友，下一分鐘卻成為你最可怕的敵人。事實上，你以為你們站在同一陣線？那可一點也不重要。

他們朝門口前進，其中一人撿起套在卡倫納頭上的布袋，塞進口袋裡，什麼證據都不留。層級低的三人走在前面，留下第四個男人在昏暗的空間裡回頭提出最後的威脅。

「不准再和艾娃・通納搞什麼深夜約會，不然下次艾德格總督察會留下更持久的訊息。卡倫納督察，別說出去啊。喬・艾德格的友人們地位很高，高到他們朝你吐口水，你都要等一個禮拜頭髮才會溼。倘若你出事，你的手下也會跟著完蛋。孩子，你可是責任重大。保持沉默你會成為烈士，這樣想比較不會痛苦。」

他的腳步聲在走廊上迴盪許久才消失。卡倫納確定他們離開後，才讓自己癱坐在地板上，評估傷勢。他的下巴隱隱作痛，後腦疼得不得了。整整五分鐘，他顫抖到站不起來，他盡可能再休息一陣子，和綁架他的一夥人拉開距離。

當他終於走到外頭，看到走廊其實是個金屬隧道，還有鋼鐵的凸起條紋。而且看起來壞掉的配電面板還沒脫落前，電線已經是老鼠窩了。他朝外頭微弱的亮光走去。至少和他們承諾的一樣，門是開的。

附近的告示牌替遊客指向前往地下碉堡的入口，這解釋了他剛剛遭到毆打的地點。他跟著指標朝主要大門走去。愛丁堡的老舊防核碉堡改建成觀光景點，但不是每條隧道都開放。有些隧道不會為教育導覽開放，但他僅僅在裡頭待上如此短暫的時間，已經學到不少。終於，卡倫納走上克萊米斯頓路。差不多距離市中心以西五公里，距離莫萊菲區不遠。而任何一名計程車司機只消看他一眼，都會立刻揚長而去，他也不能冒險讓人認出他就是前幾天記者會上的警察。要是叫警車來接他，又會引起騷動。他只好徒步前進，雙腿痠到不行，頭痛到不行，肚子上的傷會讓他接下來兩天連吃東西都成問題，所幸新鮮空氣讓他感覺稍微舒服一點。

他明白業界或警隊裡的許多成功人士其實是衣冠禽獸，他們就是靠著野心、智慧、適應力與輾壓對手來壯大自己。所以他不懂，在自己的地盤上看到這群人為什麼還會覺得驚訝。倫敦警察廳肯定投注不少資源要逮捕班．波森。也許這是有錢人的堅持，所以他們才讓喬瑟夫．艾德格來搞定這件事。卡倫納心想，艾娃是否知道他的情人有這種能力，隨即他又拋開這個想法。艾德格讓艾娃盲目，要是她真的明白這男人迷人的英式面具下是什麼模樣，卡倫納很清楚她肯定無法容忍。她當然有權知道一切。稱職的朋友是要讓她自己看清楚，還是現在就插手？不過，他每次和艾娃談艾德格，到最後都是不歡而散；再加上卡倫納還要保護自己的手下。那夥人威脅會摧毀他與手下的名聲，他覺得他們是認真的。他該如何權衡他的職責、以及與艾娃之間的友誼？他踉蹌走進家門，答案還沒想出來。太陽升起，卡倫納倒上床，跌入黑暗又不安的睡眠之中。

21

敲擊聲，一開始在他腦袋裡，然後在他腫脹的腦殼外，此時，他醒了過來。他望向時鐘，已經過了下午一點。跟隨敲擊聲的是吼叫聲，他連忙跑向公寓的房門，匆忙套上運動褲和T恤。

「長官、長官，你在裡面嗎？你沒事嗎？」薩特的聲音隆隆襲來。這時卡倫納猶豫起來。

「薩特，我在。」卡倫納喊回去：「我沒事。怎麼了？」

「呃，長官，你能開門嗎？」薩特說：「就我在門外大吼大叫的。」

卡倫納看著門邊的鏡子。他的臉像做壞的拼布，紅紫相間，還帶點灰綠色，瘀青中央呈烏黑，遮都遮不掉。

「薩特，出了什麼事？」他依舊對著緊閉的房門往外喊。

「大家打電話找不到你，歐韋貝克警司下令要在一小時內帶你回警局。能讓我進去？如果不能看到長官，我就得被迫破門了。」

「該死。」卡倫納咬牙咒罵，於是開了一點小縫讓薩特確認他沒事，沒有不速之客拿刀子抵著他的喉嚨。這畫面的諷刺感讓他幾乎要笑出聲，但他忍住了。

「老天，長官。」薩特說：「你要叫醫生嗎？」

「不，沒事。我睡過頭了，就這樣。」

「長官，你得讓我進去，現在就讓我進去，不然我會向歐韋貝克報告。」

卡倫納想翻白眼，卻發現連小小一個舉動都會引起巨大的疼痛，他只能投降。

薩特警佐拉著卡倫納到窗邊射入的陽光下，她檢查他的傷勢，同時吹起了口哨。

「你需要大量瀉敷山金車和金縷梅水，我們回局裡前可以順路去藥行購買。還有哪裡受傷？」卡倫納拉起T恤。不只是想讓薩特看，他自己也很好奇。他的肋骨上浮現紅黑交錯的條紋，靴印清清楚楚留在他胃部一帶的皮膚上。他還沒餘裕去想下背部的痛，尾骨上那一踹造成的傷害比他先前摔倒時還嚴重。「有止痛藥嗎？」薩特問。卡倫納指向廚房。「長官，你不介意的話，我建議你先去沖澡。我來泡咖啡，找些止痛藥。」

卡倫納點點頭。

「薩特，妳不問這是怎麼回事？」卡倫納略感好奇。

「除非你想告訴我，不然我沒立場過問。只要你沒事就好。」

「我去沖澡。」他說：「打電話回去，說我病了，今天就在家工作，好嗎？」

「我不確定這樣可以讓邪惡的警司打退堂鼓。因為她有急事找你。」正走向浴室的卡倫納停步。「出現了新的塗鴉，今天早上一名制服警員巡邏轄區時發現之後，就趕快打電話回報。」

「上面寫什麼？」卡倫納問。

「『導護媽媽』。我先替你泡咖啡。」薩特前往廚房。

卡倫納決定認命，接下來幾個小時只能靠撒謊蒙混過去。他套上鞋子綁起了鞋帶，這時薩特拿著她的手提包走過來。

「你可能需要協助，就是……呃，你知道，你的臉。」她說。

「抱歉，薩特，但妳應該也沒辦法。」他說完，她一邊抽出各種刷子和一管一管的化妝品。

「妳覺得這樣有用？」卡倫納問。

「不會比你現在糟。無意冒犯。」

「沒事。」卡倫納覺得止痛藥的藥效開始作用了。「試試看吧，只要能夠減少我得解釋的時間都好。」他讓薩特雙手並用，在他臉上塗抹著一堆米黃與膚色的東西。

「我盡力了。」她說：「你確定看醫生不會是比較明智的作法嗎？」

「明智和我能不能撥出時間是兩回事。」他苦笑。薩特拿出小鏡子讓他確認她的成果。目前看起來比較像只出了場小車禍、或是從健身房的跑步機上摔下來；之前他一臉就是「遭到痛毆」的慘狀。他說：「謝謝妳，潛藏多種天賦的女性。」

「趕快出門吧。」薩特笑了笑。「警司現在肯定更火大了。」

「別管歐韋貝克，」卡倫納說：「直接去新塗鴉出現的地點，我想先親眼看過。鑑識人員過去了嗎？」

「還沒，得由你下令。通納督察認為要接觸前，還是得先問過你。」

「派人監控了？」卡倫納問。

「安排在對面的建物裡，也看過當地的監控畫面。當地居民似乎有點好奇，但沒有引起騷動。民眾應該還不清楚塗鴉和案件的關聯。不過，要是下一位受害者符合導護媽媽的身分，風聲可能就會傳出去。塗鴉在一處原本空白的牆上，沒有和其他塗鴉混在一起。一旦民眾發現那是凶手的留言，常在愛丁堡噴漆塗鴉的人都可能遭到私刑攻擊。」

諾森伯蘭街連著尼爾森街，這一帶是住宅區，相對上較寧靜。這條街可以通往其他房舍，都是愛丁堡標誌性的四層樓、棕磚城堡風格建築。塗鴉對面是一間看起來很樸實的酒吧，但似乎沒有人注意到這丁點微不足道的犯罪行為，很可能是趁酒吧關門之後，深夜才噴上去的。周遭不是熙來攘往的地區，熄燈後路人就很少了。卡倫納無法理解為什麼這裡會成為凶手宣布下一次殺戮的地點。寫在這裡可能永遠不會被注意到。

「凶手怎麼知道要去哪裡找另一個凶手的塗鴉？」卡倫納喃喃自語。他們距離牆面很遠，先開車經過，再將車子停在遠處的路邊，車頭朝著手持旅遊書的薩特，做為她在這裡閒晃的掩飾。

「你覺得他們是向彼此宣布自己的下一個目標？」薩特提出疑問。

「通納督察的理論是兩名凶手在較勁，選擇最完美的受害者，讓命案在城裡成為最熱烈的話題。我認為塗鴉可能就是殺戮的標記。」卡倫納說。

「他們溝通是為了得到一種滿足感，向人們昭告勝利？」薩特說。

「也許是。」卡倫納聳聳肩。「或是要看媒體反應。但反正媒體已經將愛丁堡寫成世界的煉獄，我猜凶手覺得他們贏了。將塗鴉照交給字跡專家，也許法庭上用不著，但我想知道我們能不能在塗鴉之間找出連結。接下來這禮拜二十四小時監控這裡。我要知道誰經過、誰看了塗鴉、誰又繼續噴上去。這是我們目前取得最佳的照片證據。任何符合凶手敘述的人經過都要立刻跟監，呼叫支援。」

「懂了。」薩特說：「但抱歉，我還是要問，你要在這裡再待一會兒，還是回局裡？」

「走吧，」卡倫納說：「我的紀律聽證會已經拖太久了。也許我們路上可以停下來幫警司買條巧克力，說不定她心情會好一點。」

「你不覺得她已經夠討喜了嗎？」薩特笑了笑。

歐韋貝克本人倒沒那麼討喜。她居然能夠毫不停歇整整咆哮好幾分鐘，唯一慶幸的是她滿腦子只擔心她的公眾形象，完全沒有看卡倫納的臉。她責怪他的尾椎痛，稱止痛藥吃多了，害他醒不過來，也聽不到手機響。這推論倒是有幾分真實。

「有鑒於你輕率的調查能力，我們現在只能枯等下一具屍體出現。受害者的職業明明清楚地寫在牆上，你下一步打算怎麼做？不管你的方法是什麼，關鍵字絕對是簡單快速、萬無一失、不用花大錢。」

卡倫納緩緩開口：「這時公開受害者的職業會造成民眾恐慌。而且想必會有更多通誤報的電話，反而讓無辜市民遭到攻擊。不過，要是我們毫無作為，等著某位導護媽媽出事，大眾也會責怪我們無能。」

「有多少人？」歐韋貝克問。

「目前總共有一百五十八名導護人員替愛丁堡市議會工作，其中一百零二名是女性。」卡倫納快速回答，幸好他開會前就先打電話去市議會了解。「我們會私下接觸可能的目標，而消息遲早會走漏。因為無論我們是否要求，她們都會透露給媒體。加上她們會尋求警方保護，要求在住家外進行二十四小時監控。要試圖避免下一場命案發生，很可能導致所有調查工作戛然而止。」

「督察，不是我們，別將所有人拖進你的後勤噩夢裡。這是你的調查，不管怎麼說都是你和通納督察的案子。我們曉得塗鴉是出自哪一個凶手？」

「不清楚，而且那也只是推論。除了『小學老師』的塗鴉，我們實在無法判定還有哪些塗鴉是嫌犯留下的。雖然筆跡專家指出兩個樣本間確有相似之處，但那畢竟是噴漆，不是手寫字。我們無法找出確切的連結。」

「一百零二名潛在受害者，卡倫納，了不起，你也許可以聯絡蘇格蘭警署的律師團隊，準備替即將到來的怠忽職守打官司了。也許我該直接為熱門媒體下幾個警方不適任的標題，省得大家浪費時間。真是一團亂，通納呢？」

「長官，不清楚。」卡倫納回話。他同樣很好奇，但他並不是急著想見艾娃，化妝與謊言可瞞不過她，他也不打算告訴她真相，這是他昨晚就做出的決定。

「找到她，在她微溫的屁股底下點一把火。卡倫納，逮捕犯人，將檔案交給檢察官。我想在下一次專業考核之前將罪犯送上被告席。事實上下一次專業考核也不遠了。」

卡倫納正想喘口氣，就看到賴弗利警佐站在咖啡機旁邊。

「長官，真是嚇到我了。」賴弗利說：「你今天脂粉味更重了。」

「警佐，通納督察呢？」卡倫納懶得理他，逕自問道。

「一小時前醫院聯絡她去一趟。你是被『蓋布袋』修理了一頓？但一番整修後可更帥了。」

「貝格比有狀況？」卡倫納繼續無視。

「有的話，你覺得我還會站在這裡？你知道，我畢竟還是有些敬重的長官。」賴弗利大笑起來。卡倫納彎腰去拿他的咖啡，臉上不禁露出痛苦的神情。「就我所知，總督察飛到某個陽光燦爛的地方養病去嘍。看來你也該盡早啟程。」

「賴弗利，要我離開你這討喜的傢伙？」卡倫納喝了一口嚐起來像摻著咖啡因的熱鹹水。

「我為什麼要這麼做？」

卡倫納傳訊息給艾娃，告訴她局裡的狀況。很快地，愛丁堡市議會的資深行政人員抵達他的辦公室。

四個小時後，卡倫納眼前一字排開是八十六名導護媽媽。雖然他們找的是一百零二人，但出席率算不錯了。有人放假，有人聯絡不上。制服警員已經出動聯絡剩下的十六位。

「我們有理由相信，妳們之中有人將成為犯罪目標。」卡倫納開口，無視人群裡的戲謔口哨聲，他繼續解釋：「今天請各位來，與最近城裡發生的幾起命案有關。」他稍作停頓，這一次不再出現開玩笑或嬉鬧的聲音，震驚明明白白寫在她們臉上。「我們也許搞錯了，我們非常希望這是一個誤會，或是錯誤解讀證據，但我們認為必須事先警告各位。」

「你的意思是，我們之中有人會被殺掉？」前排的女人直截了當地問。接下來就要進入問題的疲勞轟炸。換做卡倫納是她們的一員，也會有這些反應，而眼前要做的就是完整說明情況，讓她們冷靜下來。他望著這一片大海般的面容，卻也曉得命案的潛在受害者裡並不存在集體名詞。

「這只是可能的威脅，沒有實質證據。但是妳們需要提高警覺，避免獨自行動，以及可能遭受攻擊的公共場合。隨時隨地攜帶手機和個人安全警報器。也要確保家戶安全，停車時記得鎖車門，陌生人造訪千萬別開門。」

「這樣要維持多久？」另一個人站起來。「我們該躲到什麼時候？只要我們之中有一個人死，其他人就安全了，是這個意思嗎？」

「對啊，你們能做的就這樣？警察要怎麼保護我們的安全？」第一個開口的女人轉頭對其他人說：「這樣不對吧，各位女士？為什麼我們只能自己保護自己？」此話引發更多人的不滿。

「我們無法集中保護各位。」卡倫納說：「但我們的建議是，如果妳們在別的地方有親戚，也許可以出城一陣子。市議會也宣布不會強制工作。我們希望各位採取的預防措施，和命案剛出現時我們對廣大市民的要求一樣。只不過妳們必須更注意一點。」

「就這樣？」一個女人高喊。「更注意一點？拜託，我老公是不是該請假在家裡照顧我？」

「我才不會嚇到逃走。」另一個人回應：「他們可以試試看，我才不會把自己鎖在家裡。」

「重要的是，請各位對此務必保密。我不能強制要求，但各位接受媒體採訪的話，事態可能會惡化。凶手要的就是曝光度，我們寧可不要順他們的意。」

整場會議和他預期得一樣糟。卡倫納聽了一個小時輪番上陣的憤怒、恐懼、困惑和侮辱，然後結束這場會面。

他在車上打電話給艾娃，她沒接，他不禁好奇起來。他留言談導護媽媽的狀況，然後請她有空時回電。沒多久，他收到一則訊息。

「布勞頓街三十號，一小時後見。」卡倫納盯著號碼，這是蘭斯．普羅孚特的手機。他懷疑是艾德格為他安排的新樂子，但又想大庭廣眾應該不是。他先回家換衣服，然後從公寓走兩分鐘抵達該地址。原來是卡倫納經常造訪的一間葡萄酒鋪，但他沒注意過地址。店裡有很多架子，足以擋住門面櫥窗看進來的目光，提供隱私的對話空間。

蘭斯穿著帽T，拉起帽子遮得低低的，還戴著一副卡倫納沒見過的眼鏡。

「蘭斯，」卡倫納側身接近。「這是喬裝？」

記者小心翼翼地瞥了他一眼，確認兩旁的走道，然後將信封遞給他。卡倫納拆開信封，蘭斯看似專注在酒標上。信封裡有一支拋棄式手機，還有一張字條和一支電話號碼。他讀起字條。

「我低估你了。我知道他們的盤算，希望他們不會發現你的行動。我沒辦法警告你，也擔心他們追蹤你的通話。因此準備了這份禮物。這支手機專門用來聯絡這支號碼，打電話或傳訊都可以。你需要協助，他們策畫的層級遠超出你們警隊。別說出去，尤其是通納督察。讓我知道你掌握了哪些證據，我會盡力幫忙。警察裡有好人，我們也是。」

沒有簽名，沒有必要，班已經證實他有能力入侵警方通訊，艾德格根本沒料到，而班肯定已經駭入他們的電話或電郵，曉得艾德格的人對卡倫納做的好事。這代表背後有跡可循，同時也意味著班可以證實他們綁架卡倫納。督察考慮將一切證據上交警司，揭穿艾德格這個惡徒的真面目。當然，現在的歐韋貝克絕對無法忍受這種事，兩名凶手在城裡肆虐，倫敦警察廳的黃金男孩團隊還惹出醜聞。卡倫納又想到自己對外洩漏機密檔案，歐韋貝克不僅可能聽不進去，事情也會立刻壓下去，而他可能會被調去外赫布里底群島，流放邊疆。告艾德格的御狀完全沒有好處，可能還會讓他稱心如意。卡倫納決定靜待良機，反正他還有更多要煩的事。他抬頭看向正盯著手錶的蘭斯。

「你怎麼拿到這些的？」卡倫納問他。

「快遞送到我門口，但不是我熟悉的物流公司。班也留字條給我，要我自己小心，還要盯著你別出事，他說我遭到監視。果不其然，過去二十四小時裡，我家外頭徘徊著一輛沒見過的車子。而且你剛出現時，看起來就像要去參加監獄劇的試鏡。我覺得我已經一腳踩進了我這輩子最大的新聞裡，結果完全不能寫！我會有危險嗎？監視我家的人在保護我？」

「他們是警察。」卡倫納說。

「哦，謝天謝地。」蘭斯喘了口大氣。「我原本真的很擔心。」

「嗯，」卡倫納說：「你的確不需要太擔心，但還是一切小心。我們常以為穿制服的人是好人，但總是事與願違。」

「你這是什麼意思？」蘭斯問。

「別讓他們進屋，什麼也別說，離班遠一點。」

「說得倒簡單。他在我電腦裡植入某種軟體，能夠將我寄出的訊息自動編碼，我猜是為了你的方便，我顯然成為你們的中間人了。告訴我，我應該不會到頭來被構陷什麼子虛烏有的罪名……」他的聲音愈來愈小，速度也放慢下來。「這是他們幹的好事，對嗎？抱歉，我太遲鈍了。但他們不是警察嗎？……所以班才叫我不要和你公開見面？」

「知道愈少愈好，那句話是這麼說的吧？」卡倫納繼續說：「蘭斯，你是第一個注意到塗鴉模式的人，新塗鴉出現了。我們認為這兩個凶手是透過塗鴉吹噓下一個目標，這是一場冷血的競賽，就像在標記殺戮。你覺得一切說得通嗎？」

「你是暗示這兩個凶手計畫了一切？如果只是輪流殺人，為什麼需要公開這些訊息？」

「新的塗鴉就在諾森伯蘭街，尼爾森街附近。你想過去看的話，拜託低調一點，現場二十四小時有人員監視。再讓我知道你的想法，我們知道就好。」

「你已經通知潛在受害者了？」

「對。」卡倫納說。

「所以當消息洩漏出去——肯定會洩漏，我可以寫獨家？無論警方搬出任何冠冕堂皇掩飾真相的說法，我都可以先報導？」

「我沒有意見。」卡倫納說完，手機在口袋裡震動起來，是崔普打來的。通話品質很差，卡倫納只聽到斷斷續續的聲音，以及背景聽起來像是有人在喊叫。

「快來……通納督察……聯絡不上你……海瑪……荷里路德路……」有限的手機收訊終於放棄斷線。卡倫納將信封快速塞進口袋，轉頭面向蘭斯。

「城裡出事了。蘭斯，謝謝你轉交這封信，低調點，我再聯絡你。」卡倫納沒等他回話，就起身跑向他的車。交通順暢的話，去荷里路德路只要幾分鐘。他踩下油門，直奔而去。

22

卡倫納還沒抵達，他以為遠遠就會聽到警笛聲，卻一輛警車也沒看到。無論出了什麼事，看來蘇格蘭警署掩蓋得很好。他將車子停在鄰近的街道上，朝「海瑪」走去，那是一間瑞典風格的酒吧，他經過幾次，但從來沒有踏進去。正面是玻璃牆面，只看見幾根歪斜的白色柱子。他想搞清楚自己到底錯過了什麼。酒吧裡很多人，遠處聽不清楚，玻璃上的倒影也讓他看不清細節。崔普警告他的事件到底是什麼？他什麼都沒看到。卡倫納低頭開門，努力佯裝不是警察，然後他很快明白了到底是怎麼回事。

他一進去就是一陣歡呼。這不是愛丁堡市民平常的週五夜晚，半個警局的人都在場，從制服警員到支援的工作人員、他的小隊，連艾德格的手下也在。崔普推擠過人群，朝他走來。門鎖上了，香檳塞進卡倫納手中。

「怎麼了？」卡倫納的口氣透著疑惑。「我們目前有一百多個潛在受害者，人手已經相當吃緊，誰還搞出這些？」

崔普還來不及解釋，艾德格這時爬上桌子，手裡高舉一瓶香檳。

「謝謝各位加入這臨時通知的慶祝行列。」艾德格說。

「老天，崔普。」卡倫納拉著崔普的手臂。「告訴我，他們沒有逮捕班．波森，他也許是現在唯一能夠協助……」

「狀況遠比我想像得要驚喜，我想向大家介紹我的未婚妻！」人群自發後退，大家都朝艾娃的方向舉起酒杯。

「長官，我們接到電話。艾德格總督察堅持每個人值班後都要過來。我以為你聽說了。」崔普說。

卡倫納盯著艾娃。霎時成為焦點讓她露出侷促不安的微笑，她啜飲著香檳，毫無生氣的目光迎向上前祝賀的同事。艾德格一副沾沾自喜，她的鞋尖點著另一隻腳。

「長官，要坐一下嗎？」薩特忽然開口。

「薩特，我沒那麼震驚。」卡倫納有點意外。

「我擔心你的傷勢。」她靠向桌子，喝起可樂。「等下要開車。」她解釋。「得直接回局裡，誰曉得下次能闔眼是什麼時候。」

「這場派對必須結束，我受夠了。」卡倫納察覺到自己的情緒。

「長官，別衝動。」薩特壓低聲音。

卡倫納的臉色很難看。喬瑟夫．艾德格不只下令找人揍卡倫納一頓，讓艾娃以為他配得上她，現在他還讓無辜的人生命受到危險。艾德格爬下桌子時，卡倫納大步走過去。

「我要我的小隊和所有制服警員立刻回到警局。」卡倫納當眾宣布。「無論你們手裡握著什麼，統統放下，去案情室報到，然後──」

「卡倫納督察。」艾德格高喊：「大家要回去了，我只向朋友借了半小時的場地。倫敦警察廳很清楚命案毫無進展，你們當然非常缺人。只是你的手下需要鼓舞一下士氣，他們還在待命。我都控管得很好，你別擔心。」

陷入尷尬的沉默，卡倫納一時無話可說。艾娃已經不見人影。

「長官，你的電話。」賴弗利警佐從人群遠方高喊，揮舞著手機。「很急，抱歉打擾了。」卡倫納推擠過人群，從賴弗利手中接過電話，邁著步子朝街上走。電話沒有人應答，賴弗利出現在他身後，伸手要回手機。

「警佐，這是怎麼回事？」卡倫納問。

「你也許需要換換氣。」賴弗利回答。

卡倫納深呼吸幾次後冷靜下來，然後說：「謝謝。」

「我不是為了你，畢竟那傢伙真的很討厭。長官，你最好想點辦法。我聽說貝格比總督察不打算回來了，位置會空出來，咱們可不希望艾德格閣下申請調來蘇格蘭警署。這也許是你來之後，咱們第一件有志一同的事。」他說完後緩步走開。這麼多年以來，卡倫納第一次感覺到自己如此孤立無援。

貝格比要離職，艾娃要展開新人生——而她的對象會確保她不會再和卡倫納往來，母親也不回他的信，而賴弗利居然扮演起他的盟友。卡倫納又看著酒吧裡正結束的派對。他出糗了，掃興又裝模作樣。艾德格肯定樂壞了，艾娃會覺得丟臉，重案組成員想必很尷尬，真是場災難。他覺得自己清醒的時候總會留下一串自我厭惡的足跡，未來看起來也不會明亮到哪裡去。

他飛速驅車回家，他不該開那麼快，他想忘記艾娃手指上戴的那只鑽戒。回到公寓，他打開筆電，將至今命案的所有資訊統統整理成一個檔案。這些資訊可以肯定殺害愛蜜莉・堡卡斯基和洩漏海倫・洛特驗屍報告的人懂得編寫程式，或是得到高手相助；而這些命案無疑也牽涉到索邦和史旺命案。若他必須私下找幫手，那也只能如此。要是班・波森真的是艾德格的嫌犯，卡倫納也只能接受這個事實。

他將檔案傳給蘭斯，附上簡短說明請他轉交，但沒明說轉交對象。蘭斯曉得該怎麼做。然後他傳訊息給班。

「檔案寄出，感謝協助，無以回報。」卡倫納再次懷疑這位程式設計師出手相助的動機，但又覺得那不是他該煩惱的事。不到一分鐘，手機震動，回音來了。

「有空研究，不期待回報。別太憤世嫉俗。」

卡倫納大笑出聲，別太憤世嫉俗，現在的他怎麼能不憤世嫉俗？他「唯二」能夠相信的人是記者和嫌犯。艾娃的判斷變得偏頗，她的一切對他而言變得如此陌生，連臨時舉辦訂婚派對的場地都怪異至極，不像她平常會去的酒吧。她會去的地方應該要有壁爐，還有太多人坐過的皮質沙發。是她變了，還是卡倫納其實根本不了解她？

他想喝杯酒，休息片刻，看看電視，驅趕腦袋裡的喧鬧，但他一直感覺到艾娃的頭如鬼魅般枕靠在他的肩上。他們第一次見面時的談話，她對他開的玩笑。他向她坦白時，發現她對他毫無偏見與批判。無聲勝有聲的漫漫長夜，分享童年時期的寶藏。釣魚時，她教他擲魚線，他笨手笨腳，勾到了她的頭髮，接下來半小時，他忙著將魚鉤解下來，包紮她耳後的刮傷。他想起她頸子纖細的曲線，稍微曬黑的膚色，還有光滑的肌膚，以及當他的指尖往下梳開她的頭髮時，面對突如其來的親密接觸，他們同時陷入的沉默。艾娃率先搖搖頭，恍如大夢初醒，她拿起釣竿，忙著清理。不過，接下來幾分鐘，她完全不看他的雙眼。

他一直握著的葡萄酒杯忽然從手中滑落，砸在牆上。他忽然意識到是自己扔出去的。他穿過公寓，遠離破碎的玻璃杯，重重捶在他的書桌上。他原本想扔掉的藥物就擺在桌上。他從塑膠包裝裡擠出兩顆藥丸，吞了下去。

他走進淋浴間時，水還很冷。他要的不是舒適。他意識到自己的計畫非常糟糕，他穿好衣服，走向他公寓對面那道門。兔兔幾乎是立刻開門。

「盧克，我想說你應該回來了。餓了嗎？冷凍庫裡還有很多食物。我的新沙發剛到，我們可以喝點氣泡飲來慶祝一下。你還好嗎？」

卡倫納跨進門裡，與兔兔四目相視。她穿了一件牛仔襯衫，衣襬在前方打結，下半身是迷你裙。他緩緩伸出手，活動下巴，深呼吸，此時第一波腦內啡在他體內釋放。他伸出手指勾著她襯衫打的結，用力拉扯，一方面是要鬆開那道結，同時將兔兔拉向他。她揚起一側眉毛，略顯緊張地微笑著，但還是讓自己撲進他懷裡。

「我以為你沒興趣。」她說。此時，他親吻她的頸子，雙手伸入她的髮絲，舌尖沿著她的鎖骨移動。「你想去比較舒適的地方嗎？」她問。

「好。」他說，讓她帶路前往廚房，兔兔從冰箱裡拿出氣泡酒，抓起兩個杯子。卡倫納倒酒，走向客廳，舒適地坐在沙發上。兔兔向他乾杯，露出微笑。

「我一直期待這樣的發展。」她說：「那天來你家門口的女人讓我很好奇，我向她提到你的時候，她的神情變得很奇怪。我想你們之間肯定有什麼。」

卡倫納發現她正說的是艾娃。後來艾娃沒對他解釋那天來訪的目的。

他從兔兔手裡拿走酒杯，開始吻她，嘴脣用力壓在她脣上，一手攬著她的肩膀。他想讓她別繼續說話，好拋開腦中艾娃的身影。她歪著頭，舌頭滑過他的嘴角。他將襯衫從她肩膀往下拉，解開固定住衣服的幾顆鈕釦，將襯衫扔在地上，此時她正將他的襯衫往上拉。他的雙腿夾著她的下半身，他們稍微側躺，他的手游移到她大腿內側。她閉上雙眼，仰起頭，靠在沙發的扶手上，他碰觸她時，她低聲喘息著。他感覺到藥效發作了，重新點燃他哀悼已久的男性雄風。兔兔一手移到他的牛仔褲上，握住硬挺的部位。這次他不會軟弱。

兔兔抬頭，他正要脫牛仔褲，但她輕輕拉住他的手。

「我們要不要慢慢來？」她問：「我們有整個晚上的時間，而且這裡不是非常舒適。」她拿起酒杯，一杯遞給卡倫納，她喝起自己那一杯。他努力掩飾臉上的挫敗感，飲酒時勉強露出微笑。「你怎麼會下定決心？」兔兔接著說：「我本來要放棄了，以為你並不在乎我。搬進來第一個晚上，幸好你替我接回電力，我真不敢相信你就住在對面。朋友還開我玩笑，說我才剛搬進新大樓，對面就碰巧住著職業稱頭的帥哥，而且還單身。我向很多人談到你。」

卡倫納坐起身子，感覺他的尾椎與肋骨開始抗議。他一直無視這股痛楚，但這時下背部的折磨回來了，翻身時也感覺到肺部的刺痛。

「你禮拜五晚上可以過來吃飯嗎？我們有八個人。會先在這裡叫外賣，然後去酒吧。」

「我不確定。」卡倫納一邊說，將過分甜膩的酒水一飲而盡，然後將杯子擺在桌上。他不記得自己的胯下抽痛得如此厲害過，彷彿彈簧扭曲已久，積蓄了無法抵擋的能量。與此同時，他的頭也隱隱作痛，他心裡湧上一股氾濫的渴望，隨之襲來的是高漲的驚慌，擔心自己也許會失去控制。

「要放點音樂？」兔兔問：「你喜歡什麼音樂？」

他認為自己該離開，兔兔是好人，但和他不是同一種人。她很討喜，而且沒有惡意。他今晚根本沒想清楚，難以啟齒的真相是，他是專程來利用她的。

「我得走了。」他說，起身時，頭痛不已，下背部也抗議起來。

「你可以在這裡過夜。」她伸手要拉住他。

「不行，一早得工作。」

「多留一會兒，我們可以看部電影？」她問。卡倫納在她眼中看到哀求，然後是失望。他就是個徹頭徹尾的大混蛋，至少他該拒絕得委婉一點。

「我不該過來。」他說：「這是一個錯誤。」

「那就禮拜五？還有我的朋友，一定很好玩，你會喜歡他們的。」

「我想我那天應該會忙著工作，妳知道那是怎麼回事。」他穿回襯衫，但沒費心扣上釦子。他身體發燙，彷彿身體只是個器官，勃動不已，即將爆炸。他吻向兔兔的臉頰。

「我明白。」她低聲地說：「如果你改變心意，我就在這。好鄰居就是這樣，對不對？」她想要微笑，但她只能替自己倒一杯氣泡酒來掩飾眼淚。卡倫納離開。

回到公寓，他直接走進淋浴間，咒罵他這自私的毀滅之舉。兔兔不該淪為他企圖修復自己的工具，面對挫敗，她的反應遠比他期待得還要優雅。他連自家的私人生活也搞砸了，兔子不吃窩邊草，大家不是都這麼說的嗎？

他離開的時候，身軀彷彿被一頭要求進食的野獸所占據，蠢蠢欲動。也許是慶祝，他的身體回復正常，但他無法想像與兔兔發生關係。她的確很迷人、熱情又討喜，但他並不想要她。他以為過了這麼久，只要做愛就夠了，但那是虛假的崇拜。他並不是出於自由意志與思考能力走到這一步。他是靠藥物戰勝身體，誆騙自己的大腦。如今卻處在藥效發作卻無法發洩的尷尬狀態，想休息，還得等藥效過去。治療他的不舉沒有特效藥。藥物可以修復肉體失調，但癥結在他的腦袋，而修復一點進展也沒有。

23

他七點就醒了，一嘴化學藥劑的味道，他直接去泡咖啡。在他記憶裡，昨晚是一張畫了一半的素描，他選擇不要填入留白，畢竟有些事他無法彌補。

他查看訊息，確保昨晚沒有攻擊事件。愛丁堡的導護媽媽似乎都安然無恙。額外警力徹夜巡邏，以防出事。歐韋貝克警司不想替超時人力負責，但那是她的問題。一旦命案偵破，要是貝格比不回來，卡倫納已經做好心理準備會調去別的地區。哪裡都容得下他，當然，除了法國。

聽到震動聲，他的第一個反應是查看手機訊息。手機沒有顯示，他才想起還有第二支手機。他沒注意到那支手機仍是開機狀態。

「有發現，十點聯絡。準備紙筆。」

班昨晚顯然比卡倫納更有生產力。他看向手錶，還有兩個半小時要耗呢。

＊

填補這段漫長時間的是等在警局外頭的大批媒體，他正要走進局裡，攝影機就開始拍攝，問題連發，鎂光燈閃個不停。警方已經察覺塗鴉的意義，這件事眼看很難再瞞過凶手。

大報與大型電視臺都在場，令卡倫納作嘔的是他們現在需要一名真正的導護媽媽成為受害者，如此一來報導才會圓滿。他找來公關部，整理出一份聲明。他讓蘇格蘭警署的公關團隊處理剩下的工作，這時他想起對蘭斯的承諾——消息曝光時，他會是第一個報導的媒體。快十點了，要讓蘭斯再等幾分鐘，他得先和班聯絡。卡倫納抓起筆記本，回到車上，等另一支手機響起來。

「你在哪裡？」班劈頭就問。

「車上。」卡倫納說：「查到什麼了嗎？」

「目前只有些數字。」班說：「但這只是開始，我傳張圖給你。你看看。」

卡倫納打開檔案，毫無頭緒。

「La 55.957410754899907/Lo -3.19568574178561。」

他把手機放回耳邊。「收到了，但我完全不懂。」

「那是GPS座標，就是導護媽媽塗鴉出現的地點。」班若無其事地說著。卡倫納潦草記了下來。他沒想過去查GPS座標，塗鴉出現的位置看起來像是隨機的。「我搜尋了所有的塗鴉地點，查路名、GPS，想得到的關鍵字都用上了。唯一符合的就是座標。」班繼續說。

「你查了所有列出受害者職業的塗鴉地點？」卡倫納問。

「我在城裡找到四個塗鴉的座標。」班說。

「在哪裡？」卡倫納確認。「是網站還是搜尋引擎？」

「沒那麼簡單。」班大笑起來。「我是在暗網找。暗網裡頭充斥著那些見不得人的骯髒事。多數電腦用戶根本不曉得暗網存在，也只有少數人進得去。」

「你找到分享座標的人了？」卡倫納停筆，閉上眼睛。這正是他期待的一刻，真正的進展。這一刻，他終於能夠確定停屍間檯子上不會再擺上屍體。

「我目前找到一個加密網站，限制存取，只能靠邀請。之所以搜得到GPS座標，因為它們是數字。我的軟體捕捉到同樣順序的彈回數字。要深入就得多下點功夫。」

「你得展示給我看。」卡倫納說：「如果這是可以追查的線索，我需要自己追查。」

「太冒險了。」班說：「你知道我被跟蹤，也曉得他們幹得出什麼事來。督察，你還得考慮你的前途。我相信艾德格總督察的男孩肯定警告過你。」

「那不重要。你必須向我仔細解釋這一切。」卡倫納說。

「工作時間偷溜出去比較簡單，三小時後見，我傳地址給你，叫蘭斯帶筆電，這樣我就能同時將檔案留給你。」班掛斷電話，訊息立刻傳來。卡倫納看得出來是市中心的地址，但他沒聽過這間咖啡店。

卡倫納回到案情室，發現他的警員們正盯著電視。畫面上一位樂不可支的老太太正在接受訪問，聊起她過往在愛丁堡市區外最大的中學擔任導護媽媽的經歷。下方字幕說明她是葛拉蒂絲・塔斯偉德，高齡八十。她去年退休，腦子似乎和中年人一樣靈活。採訪者正在總結精華。

「所以，葛拉蒂絲，妳覺得她們現在心情如何？那些將生命投注在城市道路上，保護孩童交通安全的女性？」

「她們應該快嚇死了，親愛的，妳不覺得嗎？」葛拉蒂絲說：「戰爭的時候，我們面對各種敵人，我們會統一陣線。當然，那時候社區間彼此都認識，大老遠就認得出陌生人。現在可能連鄰居出了事也不知道。」

「擔任導護媽媽的感覺如何？妳能分享這份工作最困難的地方嗎？」記者決定將感人的受訪者拉回正軌，繼續談戰爭只會流失觀眾。

「正確來說是交通指揮員。」葛拉蒂絲糾正。「我猜駕駛們十分欠缺耐心，有些人根本不會放慢速度。我看過一名女駕駛就這樣輾過一隻帶著小鴨硬闖馬路的鴨媽媽。這女人根本沒停車。」

「妳是否擔心自己的工作會讓妳成為目標？」

「不，親愛的，誰會想傷害導護媽媽？」葛拉蒂絲還笑了幾聲。

「如果想傷害妳工作夥伴的人正在看節目，妳想對他們說什麼？」

「我會叫他們做正確的事。如果他們想見血，就見他們自己的血。將刀子轉向刺自己。」葛拉蒂絲憤怒地說。記者轉移目光，一手壓在耳機上。

「我敢說她沒料到會是這答案。」一位制服警員說。

「槍口對準自己，或手邊有什麼都好。」葛拉蒂絲不放棄。卡倫納盯著螢幕，葛拉蒂絲身材嬌小，偌大的椅子讓她看起來像個孩子一樣。她頭髮全白，指節扭曲。而她吐出的驚人之語正是蘇格蘭此刻多數人的心聲。

記者終於插嘴：「那麼關於警方，你對他們在偵查上有什麼建議？盧克・卡倫納督察這禮拜才開過記者會，妳想對他建議什麼？」

「哦，親愛的，我知道他，他是法國人。看看他們在戰時的表現就知道了，早早捲鋪蓋閃人，讓希特勒占領大部分的法國！」

黑影閃過，接著是突然插播的廣告時間，連觀眾都聽得到轉播控制室的驚慌。建議凶手自殺已經夠令人震驚了，歧視法國人的言論則完全越界。崔普關掉電視。

原本靠坐在桌邊的賴弗利起身。

「我挺喜歡她的。」賴弗利笑著說：「我要趁艾德格總督察的網路白痴大隊出門掃蕩時喝杯咖啡。我上次走去咖啡機，看見其中一個智障在杯子裡加椰子油。我問他要通便嗎？他給我上了一堂脂肪吸收課。」

薩特打斷他，接著說：「長官，他們打算在這裡待多久？警佐說得對，他們實在很煩。」

「他們想待多久就待多久吧。」卡倫納說。

「我聽說一個禮拜內就會結束了。」一名制服警員高聲回應：「昨晚他們有人打電話聯絡他們投宿的地方，正巧提到這件事。」

「別管網路犯罪部門的人了。」卡倫納說：「我們要尋找曾被表揚的交通指揮員，得過獎或任何殊榮的都可以。」

「長官，我們正在進行。」薩特回答：「找到幾百則結果。孩童票選導護媽媽競賽、學校提名的傑出社區成員，去年所有工作超過十年的交通指揮員都受邀參加了特別紀念活動。你不會相信愛丁堡多感謝這些交通指揮員。」

「沒有決選名單？」卡倫納揉揉眼睛。沒有人回答。他讓其他人繼續忙，然後回到自己的辦公室。

艾德格的人馬已經逼近班．波森，但班正開始展現協助破案的長處。卡倫納面臨明確的抉擇，他可以非法警告班，警方即將來到的突襲行動，讓他保住自己的調查；或是不動聲色，讓他目前唯一的線索消失得無影無蹤。他盡量不去想艾德格對他幹的好事。他反而想到，當同事遇到同樣的困境時，他會提出什麼建議。他對班了解極少，而班出手相助的動機也令人存疑。也許這位駭客早就打好算盤，無論他是否開口，卡倫納都會覺得自己有義務向他通風報信，或得仰賴他相助。

經過一個小時盯著文件、指派命令、腦袋裡反覆思索同樣的問題之後，卡倫納做出他離開法國後就發誓絕對不會做的事。他拿起電話，打去位於里昂的國際刑警組織總部。

尚—保羅曾是他最好的朋友。他們在國際刑警組織共事時，會一起度假，還曾同住過一陣子，共餐的次數多到卡倫納數都數不清，各種回憶，包括查獲紐約的國際性侵孩童犯罪組織，以及打賭去撒哈拉沙漠徒步旅行。直到尚—保羅安排卡倫納與艾絲翠．柏德約會，引發一連串風波，最後是性侵指控。尚—保羅和許多人一樣，慢慢疏遠他，但在卡倫納所有的朋友與同事之中，傷他最重的莫過於尚—保羅的背叛。這一切對尚—保羅來說肯定不好受，最好的朋友是性侵犯，還可能會被視為一丘之貉？尚—保羅是否曾因為他們的情誼而受苦？但他顯然不像卡倫納，丟了工作，還得離開國家。艾絲翠決定不再提告時，他們的友誼注定再也無法回到過往。現在卡倫納需要幫忙，而這是尚—保羅欠他的。

「尚—保羅。」他接起電話。卡倫納沒想過對方聽到他的聲音時的反應，他拋開回憶，專注在眼前。

「嗨，尚—保羅，」他說：「我是盧克．卡倫納。」他選擇說英語，也很清楚這位朋友的英語相當流利。卡倫納試圖假裝說英語對他來說是再自然不過的事，但事實上並沒有那麼了不起。他只是想強調他的新生活，儘管他連說母語的機會也遭到剝奪。電話另一端傳來明顯的吸氣聲。

「盧克，」尚—保羅說：「你好嗎？」

「很忙，我們在愛丁堡有些狀況，四樁命案，我們得做足出現更多受害者的準備。」

「聽說了，」尚—保羅說：「這算正式聯絡？」

「不太算。」卡倫納回答：「過了這麼多年，還需要這樣？」

長長的靜默。卡倫納聽到關門聲，他想像尚—保羅的辦公室，這位朋友會把腳蹺在桌上，閱讀或做筆記。若需要關門，他會伸腿一踢，讓門帶上。他倆此刻彷彿共處一室。

「沒有授權，我什麼也不能做。你很清楚程序。」

「如果只是你的私下研究，而不是有人詢問情報，那就沒問題了。你可以想辦法讓這個名字和你的案件扯上關聯。」卡倫納拒絕繼續被敷衍。而他在尚—保羅的語氣中聽到羞愧，他希望羞愧感足以讓這位昔日同事答應進行非正式的背景調查。

「這個名字碰巧和蘇格蘭的重大案件有關？」尚—保羅問。

「他在跨國犯罪上很有一套，不是蘇格蘭人，之前在矽谷工作，快點想辦法。」

「為什麼打來？」尚—保羅問，語氣聽起來有點哀怨。卡倫納感到一絲不悅，要說那段過去會讓人自怨自艾，可輪不到他。

「也許是因為我想你了，也許是因為我得做好這份工作，因為有人命在旦夕，有差別嗎？我需要背景調查，什麼都得查，家庭狀況、工作經歷、教育背景、犯罪紀錄、交往狀況。」

「我有多少時間？」尚—保羅問。卡倫納鬆了口氣，他可以不用找藉口迫使對方合作。他認為這位朋友對過去還是多少感到內疚。

「現在電話上就查。我等等要開會。」卡倫納說。

「名字？」尚—保羅問。

「班・波森，美國公民，目前在愛丁堡居留、工作，也許有網路犯罪相關的前科。」

「正在查。」尚—保羅說：「為什麼不能光明正大來？透過正式管道應該無傷大雅，聽起來是合理的要求。你在迴避什麼？」

「網路犯罪是別人的事，不幸的是我和負責警官之間有利益衝突。」

「你就是要讓大家都不好過，對吧？」尚—保羅一邊說，一邊輕笑出聲。

「我重新出發之後就沒什麼好過的選項了。」卡倫納說。他沒打算說這些，但在他幾番猶豫該吐露哪些字眼之後，充滿憤怒的話語居然還梗在他喉嚨中。

「盧克，我不曉得該怎麼做，我根本不知道那一晚到底發生了什麼。你什麼也不肯說，我怎麼知道你是無辜的？」

「你怎麼會相信我幹得出那種事？」卡倫納問。

「拜託，你的經歷實在太可怕了。但你必須相信，如果能夠重來，我願意改變那一切。」卡倫納想要相信他，但在遙遠的長途電話裡說這種話倒是挺容易的，只是現在聽起來顯得軟弱且太遲了。

「我要的是資訊。事情已經發生了，你只能想辦法接受。我手邊有夠多事要煩了。」卡倫納淡淡地說。

然後是一陣靜默。卡倫納幾乎可以看到這位老友的臉，尚—保羅感到焦慮的時刻，他會拿出口袋裡的小包菸草，開始捲菸。他可以閉上眼睛捲菸，手勢嫻熟。也許這些都是卡倫納的幻想，但他覺得在尚—保羅不怎麼平順的鼻息之間，夾雜著捲菸紙摩擦的聲響。他忽然憶起那段創傷，不禁嘆息自己怎麼會同時感覺如此憤怒與嚮往。

「查到了。」尚—保羅壓低聲音。「班傑明．山謬．波森，一九八七年七月二十九日出生，據聞是國際駭客組織的一員。父母在他十三歲時車禍身亡，多次轉學，輾轉於不同親戚家。十四歲時，駭進學校電腦，刪除學生的懲處檔案。智商非常高，但行為可議。十六歲時在舊金山最後失控的和平遊行中遭到逮捕，但只得到口頭警告。矽谷新創公司找上他，但他後來遇上幾個知名的綠色和平激進分子。檔案上沒有其他犯罪紀錄。在紐約住過一陣子，替許多科技公司工作。看來波森在程式界稱得上頂尖，NASA做過他的背景審查，打算挖角他，但他拒絕。之後他任職於多家賺大錢的藍籌科技公司。這裡提到一個組織，『埋沒之人』，但沒有資料。最近有人查過他的背景，肯定是你提過的調查。認識其他駭客，其中兩人出過庭，但並未定罪。他們是左翼的反建制者。」

「有『埋沒之人』的資訊嗎？」卡倫納問。

「有消息指出，他們也許和去年英國政客的花銷醜聞有關。暗指『埋沒之人』可能駭進電郵信箱，洩漏了一些檔案，但未經證實。」

這就是關鍵。無論誰施壓艾德格盡快破案，那些人都是為了自身的利益想逮捕波森，甚至只是為了報仇。許多位高權重者臉上沾染不少泥巴，要洗乾淨可沒這麼快。

「波森的私生活呢？」卡倫納問。

「沒什麼。在加州出生，有個姊姊，但檔案裡沒提到她。母親是教師，過世時四十一歲，父親過世時四十三歲，當時還是在職警官。這也許能夠解釋和平遊行出事後，波森為什麼能得到預警、全身而退。他們會保護自己人。」尚—保羅的聲音拖得老長，這句話透著無比的諷刺意味。

「這樣就夠了。」卡倫納說：「尚—保羅，謝謝，別擔心，我不會經常聯繫。」他掛斷電話。

「水準之下」很地下，不只是在駭客暗中來去的世界如此，而是這間店地勢真的比較低。午餐時間，街上都是上班族、購物者和觀光客，就算如此，卡倫納還是仔細確認過是否被跟蹤。他經過「水準之下」兩次，在其他商家前徘徊，然後才走進去。他沿著老舊的石頭臺階往下走，望進積灰的鐵柵條窗戶，進入店內。這間咖啡店位在婚紗店下方，只提供低咖啡因的茶與咖啡，還有各種花草茶與不含酒精的有機飲料。

一個女孩在門口攔住卡倫納，她身上的穿孔多到數不清，操著東倫敦口音。她上下打量他，然後問他有什麼事。

「來喝咖啡。」卡倫納說。店裡只坐半滿，多數客人隻身前來，盯著螢幕。

「我們目前沒有座位。」女孩說：「大間的連鎖店可能才有你需要的服務。」

「我和人約在這裡碰面。」卡倫納說，驚覺自己被體重只有他一半、略帶神祕感的二十出頭歲小女孩擋在門口。她的笑容不失禮貌，但很明顯沒有要放他進去的意思。他猜想裡頭不只是提供低碳足跡的健康飲料那麼簡單。

「你和誰有約？」女孩抬了抬一側的細眉。

「如果妳不介意，我想還是不提名字比較好。」卡倫納說。

「恐怕我們太忙，沒辦法安排座位。」她雙手環胸。

卡倫納有點進退兩難。看這狀況，他總不能亮出警徽吧，女孩並沒有做錯什麼。

「聽著，這很重要。我的朋友給我這裡的地址，如果我現在就走，我可能會錯過他。」卡倫納說。

女孩雙手扠腰，望了望咖啡廳盡頭的門，門開了。

「你可以進去了。」女孩說。卡倫納繞過櫃檯，朝咖啡廳後方走去。「等等，手機留下。下次確保你朋友邀請你之前，先告訴你這裡的規矩。」她伸出手，卡倫納遲疑了。他的手機裡有不能外流的號碼與細節，他考慮據理力爭，這時班從後門探出頭來，對他點點頭。

「沒事的。」班說：「寶莉是會叫的狗，但她不會咬人。」幾名客人大笑起來。寶莉沒搭理他們，直接從卡倫納手中接過電話，塞進收銀櫃檯後面的抽屜裡。

「謝謝。要喝點什麼？」她問，彷彿先前的對話不曾發生，他只是從街上隨意走進來的客人。

「義式濃縮咖啡，謝謝。」卡倫納說。

寶莉轉頭，拿起一壺咖啡，倒了一杯遞給他。

「低咖啡因對你比較好。」她說。

卡倫納曉得什麼時候該屈服。他謝過她，朝咖啡店後方移動。

蘭斯已經到了。卡倫納進來時，蘭斯和班不懷好意地笑了起來。

「你生著一張可疑的臉。」蘭斯說：「她直接讓我進來，什麼也沒問。」

「寶莉只是替我著想而已。」班一邊說，一邊將自己的電腦與蘭斯的筆電連線。「她可不喜歡邀請警察來這裡開會。」

「你女友？」卡倫納說。

「如果你不介意，只談重點。私人問題會讓我緊張。」班看向手錶。「差不多一個小時後我要回公司，有客戶諮商，我不能待太久。給你看看目前的發現。」他輸入一連串密碼和帳號，速度快到卡倫納跟不上，最終抵達一個頁面，左上角有個閃綠光的游標。螢幕上的另一個圖像是下方的黃色小瓶子。瓶子慢慢消失，完全消失後，班重新整理頁面，圖樣又出現了。

「那是什麼？」卡倫納問。

「塗鴉的GPS座標。我懷疑它們出現在這個網站的聊天室資料夾裡，但我目前還進不去，沒辦法告訴你狀況。」

「這是什麼網站？不能直接給我們網址嗎？」蘭斯問。

「暗網。」班說：「就像聯邦調查局之前關閉的毒品市集『絲路』，它們都會加密，你需要對的軟體，還要知道怎麼操作。幾乎所有登入暗網的人只會讓電腦遭到駭客入侵，暗網的網站大多是陷阱和詐騙。」

「沒辦法得知是誰在網站上貼文或瀏覽？」卡倫納問。

「說到網路，沒什麼『不可能』，只是要花時間。這個網站是為特定用戶打造，需要由管理員進行身分審核。問題在於，我查不到我們面對的是什麼樣的網站，可能是色情片、戀童癖、毒品，甚至軍火交易。」

「所以需要設定一個用戶檔案，而這個人渣用戶可能會對這些爛東西感興趣？貨真價實的暴力與邪惡的變態。」蘭斯說。

「沒錯。」班回答：「問題在於，你不能憑空捏造出一個人，能夠架出這種網站的人肯定有把握審查新用戶的申請資料。捏造的身分很快會破功。」

「真實身分應該沒問題。」卡倫納說：「要是我們提出的確存在、而我碰巧能掌握其背景的人呢？肯定會對這種網站感興趣的人？」

「卡倫納督察，這是竊取身分，我們必須提供真正的細節。如果你有屬意人選，我就得先調查對方的背景。而你願意為此負起全責？」班疑惑地問。

卡倫納向後靠在椅背上，雙手抱在腦後。「我和一名記者分享工作機密，共進午餐的對象又是……」他話沒說完，又接著說：「我只能私下行動，追查的消息也不能告訴我的部下。如果這一切曝光，借用罪犯的人頭只是我要面對的罪名中最輕微的一條。」

班笑了笑，在筆電上打開一個新的頁面，然後問：「我猜你已經想到了人選？」

「當然。」卡倫納喃喃著，想起他來蘇格蘭警署調查的第一起案件。「羅里．韓德，他過去因幾件重大性侵而被定罪，但最近沒犯下重大刑案，所以沒受監禁，還可以使用網路。他去年故意背下兩起命案的罪名，就為了得到驗屍報告與犯罪現場照片。他對這種網站很感興趣。身分審查應該無疑會通過，一切都說得通。」

「我需要細節，諸如生日、最後的地址，可以的話最好有護照號碼。」班說。

「沒問題。」卡倫納說。

「但是羅里．韓德會收到電郵的驗證碼或密碼？」蘭斯問：「韓德不就知道狀況了？」

班接話：「我可以控管他的信箱，就像放張漁網在信箱前面篩選能放行的訊息。我們不需要的資訊會直接寄給他；我們感興趣的，他完全不會收到。」

「就算他懷疑，也不會向警方求救。」卡倫納補充：「他是登記在案的性侵犯，而且因緩刑得定時報到，不會對我們構成威脅。我更擔心時機點。我們必須等待網站負責人，也就是管理員，不曉得他要花多久才會讓韓德審核通過。我手邊有超過一百名女性等著凶手現身，要搶在她們受害前逮到凶手。有什麼辦法能夠加快速度嗎？」

「一件一件來。」班說：「我們得先成為羅里．韓德。在你看到游標閃爍的欄位輸入他的電郵信箱。這時雖然無法進入，但管理員可以查看企圖登入者的身分，我們等待邀請就好。恐怕我們沒有捷徑。」

寶莉探頭到門邊，將一盤餅乾、三個小杯子及一壺盛裝綠色液體的玻璃茶壺遞了進來。

「班，還需要什麼嗎？」她問。

「不用，謝謝。」班倒了一杯花草茶。寶莉留在原地，蘭斯正要開口。

「抱歉，我們正在談事情。」卡倫納盡量不去看女孩，語調上也盡可能客氣。

「寶莉的話沒問題啦。」班說：「寶貝，妳總是替我們擋掉那些可疑的傢伙，對不對？」

「臭美國人！」寶莉笑著說：「以為叫我寶貝就沒事？好，我這就走。我知道我不受歡迎。」

「我猜妳禮拜五晚上應該有空？」班在她轉身要走時朝她喊著。

「白痴才在猜。」寶莉丟回一句，在身後帶上門。

「原來不是女友。」蘭斯笑著說。班瞪了他一眼，蘭斯喝了口茶，然後說：「我認為散布愛蜜莉．堡卡斯基的照片和外流驗屍報告，都是為了博取目光。不過警方並未透露麥可．史旺命案的任何細節。」

「海倫．洛特的驗屍報告外流之後，我特別下令任何細節都不得上線。」卡倫納說。

「沒錯。」蘭斯繼續說：「也許這就是愛蜜莉．堡卡斯基的凶手親自拍下照片、廣發媒體的原因。」

「向外界隱瞞麥可．史旺命案細節是有原因的。」卡倫納說：「凶手下手非常殘忍，不適合公布。一切要等開庭才會曝光，而此刻他的家屬不該面對這樣的媒體報導。」

「我並不希望家屬受苦，我也許是記者，但我也有良知。不過呢，為什麼不透露一些錯誤的訊息？發表正式聲明，透過我，表示史旺先生死得非常痛快，一點也沒受苦，甚至根本來不及意識到發生什麼事。」

「你覺得凶手會跳出來糾正？」班問。

蘭斯點點頭。

「老兄，你真有種。我可不希望那種人跳出來改我的稿子。」班說。

「如此一來，也許我們會得到另一個追蹤他們的線索？」蘭斯問。

「有可能。」班說：「但我不能保證什麼。」

「『有可能』已經比等待下一具屍體出現好太多了。」卡倫納說：「蘭斯，讓我先通知史旺太太一聲，然後我們再討論內容。」

門開了，這次毫無預警。

「班。」寶莉說：「你得回公司了，我們接到通知，警方正在到處問話，你的名字冒了出來。」

卡倫納一手梳攏頭髮。

「你知道這一切？」班問卡倫納：「你猜怎麼著？還是別回答好了。」

「班，就算我告訴你，你也無計可施。如果你開始刪除電腦裡的檔案，他們肯定會知道⋯⋯」

班靠上前在卡倫納耳邊低語：「卡倫納督察，我沒有請你保護我。如果艾德格以為我會笨到在工作電腦裡搞工作以外的事，那他表現得比他的學業成績還蠢。不過，他們今天展開最大規模的跟監，對你而言，這意味著今天也許不是共進午餐的最佳時機，我倒是還好。有人替我注意，那你呢？」

24

卡倫納直接驅車前往克雷登提尼，造訪史旺太太。他知道自己很難解釋清楚——他此行不是要給她答案，而是要撒出一張新的偵查網，而其中涉及公然撒謊。

「督察，然後呢？」史旺太太問：「你口中的凶手覺得他們希望大眾得知真相，之後呢？他們會不會公開他們拍下的麥克照片？你就是在等這個？」

她淚流不止，卡倫納早就料到了。警察的工作不見得能消除人們的痛苦，有時警方必須在知道會造成痛苦的情況下，相信為達目的要不擇手段。卡倫納等她止住啜泣聲後才開口。

「我相信凶手沒有照片，不然早就曝光了。但他們可能會訴諸文字。我們需要他們有所行動，才能追蹤他們的通訊。我會要求公開細節的媒體保持謹慎，特別是因為他們無法證實來源。會有風險，因此我需要提前通知妳，然後才會展開進一步行動。」

「要是我不答應呢？要是我說，失去丈夫對我們來說已經夠悲慘了，我不希望家人繼續受到折磨呢？你會接受這一點，重新考慮嗎？」

「史旺太太，妳看過報導，更多人的性命受到威脅。恐慌籠罩整個城市。」卡倫納說。

「我可不意外。」她說：「你知道那些病理學家認為麥可拖了一個小時才斷氣，一個小時！你該做的是挨家挨戶拜訪，調查每一個人，詢問他們那天晚上在忙些什麼。而你現在要讓媒體公布消息，期待凶手自投羅網？老天，如果這是你所想得出最好的辦法，那麼愛丁堡人不只是該恐慌，他們該逃命了！」

卡倫納束手無策，他再怎麼解釋也無法減緩這件事對家屬的衝擊。而史旺太太說得對，卡倫納的確不會改變主意。他們別無選擇。

開車回市區的路上，一輛警車疾速駛過。卡倫納起初沒注意到，直到第二輛警車出現，接著是另外兩輛警車及一輛緊急應變小組的廂型車。他查看手機，沒有訊息和未接來電。他出於本能跟了上去，在車流裡追逐閃爍的警示燈。

大批警車停在芬霍恩街與格蘭治巷交叉口，這裡是愛丁堡市的布萊克福德區。此處坐落新舊住宅，街道靜謐，綠籬修剪整齊，一切井然有序。街角有一棟三層樓高的集合住宅，看起來極富七〇年代風格，封鎖線圍住住宅。卡倫納才下車，手機就響了起來。他還沒聽到賴弗利的聲音就已經看到人了。

「警佐，我已經到了。」卡倫納俯身穿過封鎖線，朝看守的制服警員亮出警徽。「怎麼回事？」他將手機放回口袋。

「長官，是導護媽媽。一樓的女住戶今早和朋友有約，她說她們每天都一起搭公車進城，而今天她朋友沒去公車站，她才折返回來，卻發現朋友家門遭到破壞。」

「屍體呢？」卡倫納問。

「問題就在這裡，沒有屍體，你最好上來看看。」賴弗利已經罩好鞋套、穿好防護衣。卡倫納跟著動作，讓鑑識人員知道他到了，還抓了一雙手套。

「失蹤女性姓名？」卡倫納問。

「茱莉亞．史汀普，六十四歲，離婚，獨居。一子一女，目前都聯繫不上。老人家沒有手機，住在二樓的套房公寓。」

卡倫納站在公寓前門的階梯上，左右張望。這裡的鄰居彼此認識，封鎖線後是愈來愈厚的人牆，每張臉都一語不發，手勾著手，獨自站著的人則低著頭。每個人看似都在等待最糟的狀況。旁觀者靜默地瞧著忙碌的鑑識人員，感覺實在很不協調。其他公寓已經清空，警員讓居民往外移動，進行問話。

卡倫納爬上階梯，大樓不是那種想像力起飛的豪華建築，裡頭原本藍色的門已經褪色，現在是斑駁的灰色，牆面被尼古丁燻成焦黃色。這棟樓顯然很久沒有翻修了，並不舒適，比較講究功能，租金則介於政府津貼與看顧路人通過車水馬龍道路所賺得的額外薪資之間，一名導護媽媽還算負擔得起。

茱莉亞．史汀普的公寓大門是敞開的。卡倫納慢慢走進去，試著想像眼前白衣技術人員如工蟻般的隊伍不存在時的景象。沒有一處家具是完好的，小飯桌傾倒，兩張椅子翻躺在地上，其中一張的椅腳斷了。不成對的磨損扶手椅也往後倒，茶几被砸爛。桿子上的窗簾被扯下來，另一塊簾子無力地披在拉棒上。瓷器與杯盤被摔碎，沒吃完的食物在廚房的亞麻油地氈上留下一道凝結的痕跡。卡倫納走進浴室，架在浴缸上便利沖澡的旋轉沐浴椅也裂了。醫藥櫃裡的藥品雜物散落在洗臉臺、地板和窗沿上。

走進臥室，床單和老舊拼布被從毯床上拽起、扭成一團，只靠一角壓在床墊下，彷彿床單被毯在驚恐間仍緊抓床鋪不放。抽屜翻了出來，衣櫃門開著，露出散亂不堪的衣物。整個屋子彷彿遭到颶風摧殘，沒有一處是完好的。

卡倫納走向床邊桌，拿起倒下的相框。畫面上的女人看起來約莫五十多歲，戴著一頂觀看賽車時群眾避之唯恐不及的大寬帽，手裡拿著一杯香檳，彷彿贏得樂透大獎。她有一頭蓬鬆的捲髮，滿頭理髮師巧手下的誇張大捲。不過女人的身型讓大捲髮自慚形穢，她占滿畫面，全身整套粉紅與綠色的服飾，在她身上彷彿瀑布流瀉。她的體型就算要走上公寓階梯都很辛苦，還能工作根本是奇蹟。沐浴椅的存在已經說明她健康狀況不佳。

「長官，真要命。」賴弗利在門口探頭。

卡倫納將照片交給他，算是回應。

「替照片建檔，告訴鑑識人員，編目好之後我們用得到。如果短時間聯絡不上家屬，發新聞時只能用這張照片。血跡在哪裡？」

「廚房。」賴弗利從經過的現場警官手中接過證物袋。

卡倫納轉去廚房，盯著鑑識人員的進展。血跡噴濺呈滴狀分布，不像之前命案現場那樣流成一大灘。血跡從餐桌滴到廚房，彷彿是她一邊走、一邊企圖止血。採完樣本，拍下照片，血跡分析師在平面圖上記錄起血滴的路徑軌跡。

「找到武器了嗎？」卡倫納在現場大喊，回應是一聲聲的「沒有」。並不意外，先前的命案現場也找不到凶器，只有愛蜜莉．堡卡斯基的圍巾，但顯然那是為了營造效果。

門口的門鏈垂落，將鏈子固定在門框上的螺絲掉在地上。有人說服茱莉亞．史汀普開門，她開門，查看對方的目的，但不信任對方，沒拉開門鏈。問題在於對方怎麼進入大門？大樓只有裝對講機，看不到畫面。她的「訪客」可能說服她開大門，或是伺機尾隨其他住戶上樓。

「看得出來少了哪些物品嗎？」卡倫納問起旁邊的警官。

「她的錢包不在手提包裡，公寓裡到處找不著。除此之外，實在不太確定該找什麼。這裡經過劇烈的打鬥，我不確定他們怎麼能把每個房間都搞得一團亂。」技術人員說。

卡倫納正準備離開，賴弗利踏進門口。

「真是糟糕，」賴弗利說：「肯定有人會聽到些什麼吧？」卡倫納望著他。「什麼也沒有，根本是低調的教堂老鼠。每個人都在家，我是說，每一個人，上下左右對面的鄰居，卻完全沒有人注意到大樓裡有陌生人，沒有人看到她被綁架。」

「饒了我吧。」卡倫納伸長脖子，扭動肩膀。

「長官，對你這樣的國際天才來說太超過嘍？」賴弗利接著問，但少了一貫狡猾的笑容。

「老實說，他們很早就睡了；有的還重聽，電視開得很大聲，只是現在……」他環顧室內，這裡混亂到稱得上是一種成就。

「我們有兩個還沒落網的殺人犯。」卡倫納說：「一個很低調，基本上像幽靈一樣，絕不留下痕跡，大白天也能神不知鬼不覺行動。她的手段和外科手術一樣精準，策畫完善；而殺害海倫．洛特的罪犯全靠蠻力與殘暴，一點也不細膩，但放眼屋內，入侵者怎麼可能在沒人聽到、看到的情況下做出這些事？門鏈還繫著，大門卻被踢開了？」

「靴痕也被擦掉了。」一名鑑識人員在他們身後說：「這裡什麼也沒有，門鎖上有一堆指紋，但門板下半部沒有鞋子踢過的痕跡。」

「可能凶手脫下靴子後摸上樓，然後光著腳踢門。」賴弗利說。

「為什麼要帶走受害人？」卡倫納問：「我不懂凶手的目的，特地將這位女士從眾多住戶的公寓大樓裡帶走？我們目前沒見過凶手做出這麼冒險的舉動。」

「有什麼難的？刀架在脖子上，承諾不會傷害她。很多受害者什麼話都信，真是了不起。史汀普女士的朋友報警稱她有嚴重的糖尿病，需要定期用藥，腎臟還有併發症，視力不佳，聽起來可能很快就不能繼續工作了，而且身體狀況根本不適合久站。」賴弗利讀著筆記本上的資訊。

「凶手帶走最脆弱的人。她在社區工作，差不多快退休了，身體不好，符合模式。我得和她的主管談談。聯絡上家屬就通知我。找到家屬之前，不准對媒體透露消息。」卡倫納下令。

「是，正在進行例行工作，挨家挨戶問話，說不定有人看到他們離開，或注意到可疑車輛。附近沒有公共監視器，都是私人的。只希望能找到目擊者。」賴弗利又問：「長官，你要回去舒適的辦公室了嗎？」

「不，賴弗利，我想我會先去健身房，順便來點運動後按摩，然後做場日光浴。」卡倫納嘆了口氣。「好了，控制現場，盡快拍公寓的照片給我，確保照片不是透過網路傳輸，不能外流。還有別再說蠢話，行嗎？我目前的生活中已經充斥夠多蠢話了。」

賴弗利張大了嘴，卡倫納轉身離開。讓警佐接不上話只是微不足道的勝利，但這很可能是近期卡倫納唯一能夠慶祝的事。

卡倫納回到辦公室，崔普讓茱莉亞．史汀普的主管在電話線上稍候，再將電話轉給卡倫納。督察坐下來，等著接受疲勞轟炸。

「督察，找到她了嗎？」主管問：「媒體不斷追問，我根本不曉得怎麼回答。」

「茱莉亞在自家失蹤，但沒有屍體，我們希望妳說無可奉告。因為此刻我們不曉得她人在哪，狀況如何。妳能和跟我聊聊史汀普女士？我們聯繫不上她的家人。我想確定她為什麼會吸引凶手的目光。她曾在哪些場合露過面，例如社區的頒獎典禮等活動？」

對方沉默了好一會兒，清了清嗓。

「我不確定我能說多少，」她說：「顯然我們必須尊重員工的隱私，我不希望這些資訊被公布……」

卡倫納的白眼都翻到天花板了，他很慶幸自己和電話另一端的女性不在同一個辦公空間。彷彿嫌四起命案與一樁綁架案不夠累一樣，他現在還得說服一名公務員分享資訊。

「內容會保密。」卡倫納咬牙保證。

「唔，你保證的話，我想我可以說說我聽到的狀況。史汀普女士月底就會離開崗位，已經決定找人取代她，她很不適任。」主管說。

「我注意到她的健康問題。」卡倫納說：「但我不認為那會引人矚目，不像其他的受害人……」

「你不明白。」主管打斷他。「許多家長都投訴過史汀普女士，她遲到、早退，常常就靠在牆邊，揮手叫孩子自己過馬路。兩週前，一位家長向她反映行為不當，史汀普女士的回答，呃，很不符合愛丁堡市議會對員工的期待。你知道，她用了一些字眼，然後警方來調查，她待在家裡，我們才不至於採取更嚴厲的行為。之後開了一場紀律聽證會，她顯然不太高興。」

「妳說的事沒有公開，」卡倫納說：「目前沒有人知道她即將被資遣？」

「老天，沒有，完全沒有人知道。我們處理這種事情非常謹慎。而史汀普女士同意人資部門的決定，她也覺得這份工作太吃力。她自願離開當然是最好。」

「我明白了。」卡倫納說：「妳是否知道有其他媒體的報導可能會讓她成為目標？」

「只有兩個月前的一封員工通訊報。」主管說：「當時放上導護隊成員的團體照，有男有女。如果幫得上忙的話，我可以傳給你們。」

「太好了。」卡倫納說：「如果妳想到其他的線索，請盡快聯絡我。有任何進展，我們也會通知妳。」

卡倫納忙著從警方的全國系統中打撈出羅里·韓德的資訊，花不了多少時間。韓德三個月前出獄，沒有護照，緩刑犯每兩週須定點報到。卡倫納記下他的地址、手機號碼、社會保險號碼、生日，然後統統傳給班，一點懊悔的感覺也沒有。只是濫用身分而已，羅里·韓德值得更嚴厲的懲罰。

五分鐘後，崔普拿著列印出來的導護隊團體照走過來，坐在前排中央直盯著鏡頭的人就是茱莉亞·史汀普。照片下還有一封通訊報的郵件內容，這份報紙會張貼在愛丁堡任何一棟公家機關大樓，從求職中心到法院、成人教育機構到圖書館都有。很難想像哪個人經過，取走報紙，然後挑選這個女人做為受害者，只因為她的體型很好認，而她也不難找。事實上，這女人看起來就一副不會反抗的模樣。

第二部

25

「管理員」（在他心裡，這是需要加引號強調的頭銜）確定辦公室的門鎖好了，然後上傳工作系統的程式碼，替私人筆電插上線。他告訴助理，他要進行一場視訊會議，不希望受到打擾。這是很合理的藉口，因為他必須鎖門，阻擋任何意外的來訪。

他登錄暗網的網站，他是這個網站的建立者、設計師、網路管理員，監控所有細節，確保安全程式碼萬無一失。他建立了六個不同的安全等級，包括二十個字元的密碼、隨機的個人訊息問答、拇指指紋掃瞄、須在時限內解開的數學方程式。每一個層面都是他親自設計、打造。編碼軟體輕易就能下載，但他需要確保他想吸引的用戶找得到門路進來。

今天有三個新用戶申請加入網站，遠超過他的預期，態勢開始加溫了。他擁有一群口味獨特的全球觀眾。在美麗新世界裡，若這是一場實境節目，他現在就是百萬富翁了。

他瀏覽申請者的姓名：美國猶他州的崔維斯·史托巴、丹麥的阿思可·隆德，以及蘇格蘭的羅里·韓德。他在第三個名字略作停頓，稍微查詢，不用一分鐘就找到對方的地址。這是巧合嗎？韓德是愛丁堡人？還是為了接近現場才前往愛丁堡？他的申請資料上沒有介紹人的帳號，「管理員」不喜歡這樣。他比較傾向原用戶將網站分享出去，因為這意味著他必須進行更仔細的背景調查。

一般的網路搜尋引擎通常是第一道搜尋工具，但往往查不到重要的資訊，今天可不一樣。羅里·韓德是個忙碌的孩子，一件件平凡的性侵案件讓他坐了段時間的牢。有趣的是，媒體詳細報導他去年企圖攬下雷吉納·金博士殺害三名妓女的命案，這種行為讓韓德在監獄裡多待上好一陣子，因為真凶本不該逍遙法外。

「管理員」檢視完韓德先前的罪名，開始審查他在當局登記的個人資訊。這名變態罪犯顯然有動機加入網站，但比起其中一些成員，他似乎又還不夠格。現在網站用戶來自世界各地，大部分是俄羅斯人，中國人也不少，當然還有大批美國人。在網路上，「個人」會消失，這樣才能悄聲無息待在虛擬世界裡。他的追隨者喜歡這樣，躲在公眾雷達之下，藏匿在政府行政監管的大網之外，窩進屬於他們的各種小小世界。這陣子，更重要的是，他們喜歡待在「管理員」打造出來的世界裡。

牽涉到比特幣的交換，沒有人在暗網上使用真實貨幣，金錢容易追蹤，太好管控了。事實上，這個網站賺回來的比特幣遠超出「管理員」預期，但這不是重點。關鍵在於讓對的人待在對的地方。他的自負讓他感到一絲愧疚，但他隨即拋開羞恥感。他為什麼不能覺得驕傲？他一手策畫，耗費大量時間學習程式，架設之初還要冒險聯繫那些可能感興趣的人。他的確有資格得意，但時機還沒到，現在開心太早了。他還有任務要達成呢。

「管理員」傳了一封電郵給羅里．韓德，信內附上一個需要他點擊的連結。一旦韓德按下連結，「管理員」就能查看他的電子郵件、檢視他的網路使用狀況，觀察他刪除的檔案夾裡藏著哪些駭人的祕密；數位世界裡各種難以觸及的小角落，以為別人找不到也看不見的小地方，這裡才是一個人露出真面目的所在。而他可以透過這些資訊來威脅上百名網站用戶，也可以搖身一變成為漫畫裡的網路英雄，剷除世界上的大批變態、施暴者和加害人。換作是別人，可能會沉醉在其中的權力關係，更不堪的人會從網站用戶信箱裡的內容來滿足性慾，但他的目的則更實際一點。

他又花了十五分鐘研究另外兩位申請人，接著將注意力放回網站。警方終於想通塗鴉的聯繫方式了，也差不多了吧？他差點就要匿名提點他們了。溝通方式非常簡單，每一位網站成員要提名一種職業做為目標受害者，「管理員」會私下聯繫其中一位殺手，將塗鴉噴在指定地點，通知對方行凶。格鑼通知聖庫芭下一個受害者身分，聖庫芭也負責通知格鑼，就這樣下去。每一個步驟都有其意義，提名與票選會讓成員覺得戲劇化，還有參與感，而他們的亢奮是格鑼與聖庫芭殺人的催化劑。塗鴉則會引起大眾關注，也能讓警方看出背後的模式。最重要的莫過於這些步驟打造出一個世界，在這個世界裡兩名變態殺人魔會吸引世人的目光。目標是從全球網路媒體報導隨機挑選，真是不幸。警方目前焦點落在這裡，不過蘇格蘭警署那些腦袋不靈光的警探離凶手還遠得很呢。萬中選「二」的殺人犯可不簡單，「管理員」從眾多申請者中挑選出他們，就是看上了他們一直逍遙法外，而且沒有案底。

隨著競賽進行，肯定需要變動某些規則——哪有計畫會一直那麼順利？挑選兩名選手時，他覺得格鑼是進行最後殺戮的正確人選，他將徹底釋放他的戲劇性與恐怖感；但觀眾更喜歡聖庫芭，光天化日下在群眾裡大膽作案，然後華麗轉身離開。在圖書館摧毀生命時也充滿詩意，而圖書館本該是文字提升人類思想的場所。目前看來，聖庫芭是兩人當中手段較為細膩的。事實上，格鑼讓人不放心，他的蠻力殘暴的確關鍵，但「管理員」需要確定最後一個目標的殺戮必須成功。順序要重新調整，但這並非世界末日。重點在於讓聖庫芭在對的時間出現在對的地點。而格鑼從現在起的所作所為只是為了娛樂大眾，同時讓警察有點事做。

他登出前的最後一件事是在網路上張貼幾篇文章，這些內容爬上搜尋引擎前幾頁需要一點時間，等時機成熟時，其他人就能迅速搜尋到。基礎工作不能省，不能只是碰運氣。他手機嗶了一聲，提醒他該返回正職了。這段時間，他還是需要做這種工作。

26

艾娃・通納督察站在歐韋貝克警司門前，不斷轉動手指上的金色戒指，指環上有一枚太大的鑽石。戒指戴上後有點鬆，摘下來倒是很方便，昨晚喬入睡後，她順手就取下了。戒指的重量讓她覺得不舒服。

「請進。」歐韋貝克高喊。艾娃走了進去。

「通納督察，坐。」歐韋貝克說，她散發出善意，艾娃繃緊神經。「我猜我得先說聲恭喜，明智的女孩選對了對象。」

貝格比雖然老派，但絕對不會叫她「女孩」。這兩個字從同樣身為女性的警官口中說出來，感覺更為冒犯，還是，這樣才讓人比較能接受？艾娃想要集中精神，她太敏感，還有點失常。

「長官，找我有什麼事？」艾娃問。

「調查進行得如何？」歐韋貝克問：「有任何進展？」

「我們重拍了愛蜜莉・堡卡斯基命案的示意影片，今晚會在電視上播出。我們收到太多假通報與錯誤指認，根本在原地打轉。我正在等國際刑警組織對海倫・洛特命案現場的ＤＮＡ結果，因為要比對跨國資料庫，資料量龐大，所以需要一點時間。」

「說到國際刑警組織，有人向我投訴卡倫納督察。」歐韋貝克說。

艾娃心想，原來這才是找我來的原因。

「是誰？」艾娃問。

「妳說什麼？」歐韋貝克拿了一杯艾娃不想喝也沒有要求的咖啡給她。

「是誰投訴他？」艾娃直接將咖啡放在桌上。

「那不重要。有趣的是妳竟然曉得他最近在忙什麼。他似乎不常出現在局裡，我很擔心他的進展。」

「塗鴉就是卡倫納發現的，」艾娃說：「證實茱莉亞．史汀普遭到綁架。這是我們調查工作至今最重大的突破。」

「也不過如此。他負責的那起音樂祭命案，明明大白天人山人海，案子卻完全沒有進展，我實在不敢相信。」

「這些命案都不是臨時起意，由專業人士精心策畫。就算卡倫納尚未掌握實質的線索，但他也盡力了。投訴內容是什麼？」

「很多，我會感謝妳的意見。馬上會有一些調整，而我必須知道每塊拼圖該拼在哪裡。」

艾娃皺起眉頭。歐韋貝克這番話拐彎抹角，實在不像她。她心平氣和的時候往往比她故意尖酸刻薄還惹人厭。

「長官，希望妳不介意我這麼說，我想妳應該直接問卡倫納，我沒什麼好說的。還有什麼事嗎？」艾娃問。

「妳趕時間？」歐韋貝克揚起一側眉毛。「聊聊妳婚後的打算吧。妳打算留在愛丁堡還是搬去倫敦？」

「我沒想那麼遠。」艾娃臉紅了。「事情發生得太快。」

「眾所周知，艾德格總督察在倫敦警察廳前途無量。我以為妳會很期待搬去倫敦，妳在那裡很快就能找到適合的職位。而且，我以為妳會考慮生孩子。」

「長官，妳有小孩嗎？」艾娃問。沙啞的嗓音足以讓歐韋貝克瞪她一眼。

「我沒有。」歐韋貝克說：「但我知道喬很期待展開家庭生活。我以為你們討論過了。」

艾娃起身。歐韋貝克可以命令她留下來談工作，但她無法逼艾娃透露她的生活。

「如果沒有別的事，我得去案情室了，人力很吃緊。」艾娃說。

「還有一件和卡倫納有關的事。妳最近是否注意到他和誰走得很近？」歐韋貝克皺起眉頭。

「或是他透過哪些管道辦案？」

「沒有。」艾娃說：「我們只有工作上的交流，就這樣。」

「哦，我以為你們工作之餘也是好朋友。」歐韋貝克說：「有些人似乎到哪兒都會惹麻煩，妳說是吧？」

「卡倫納督察私底下發生了什麼事？」艾娃問。

「通納督察，我還以為妳趕時間。妳的小隊在等妳了。」

歐韋貝克打發她走。她走回案情室時經過卡倫納的辦公室，不曉得他在不在，她考慮敲門，片刻後就逕自走回自己的辦公室。卡倫納最近很少出現在警局，但看來仍有人故意中傷他，如果艾娃和他處境對調，她會想知道到底是誰在背後說三道四。

她一屁股跌回自己的座位。訂婚派對上，卡倫納的行為像笨蛋一樣，闖進來命令大家回去工作。之後喬的反應很體貼，認為卡倫納被迫離開法國生活，而她馬上就要展開新生活，也許這樣的落差讓他難以適應。也許沒錯，但……卡倫納的反應太幼稚了。

艾娃考慮打電話給在美國的娜塔莎，她還沒通知好友自己訂婚的事。娜塔莎和喬多年沒見，艾娃知道他們互看不順眼，所以一直沒提她和喬復合。不過，喬的確變了很多，而他現在是艾娃需要依賴的對象。娜塔莎會理解的。

制服警員放了一張字條在她桌上，開頭是「國際刑警組織」，其他字寫得很小。艾娃凝神細瞧。跨國DNA資料庫比對出殺害海倫．洛特凶手的DNA，原先的欣喜很快就轉為無奈。比對結果是空白的，意味著他們的確在另一樁命案資料比對到符合的DNA樣本，但沒有追查到凶手。她研究那樁案件的摘要。

「案件發生於二〇一一年五月四日，斯洛維尼亞首都盧布爾雅那，死者是二十三歲的男性，陳屍於公共停車場棄置車輛的後車廂裡，三個禮拜後才遭人尋獲。路人聞到車裡的異味後報警。手段極其凶殘，死因是腦部嚴重受創，凶器是和屍體一起出現在後車廂裡的榔頭。死者指甲裡的皮膚碎屑提供了DNA樣本，可以推斷他反抗時抓傷了凶手。驗屍報告顯示死者的頭部與軀幹遭榔頭重擊二十四下，DNA在斯洛維尼亞警方資料庫裡沒有找到符合的對象。死者不久前才搬來此地。行凶動機不明。也沒有指認任何利害關係人。」

凶手在斯洛維尼亞犯過案，又在蘇格蘭犯下兩起命案，誰曉得他還在哪裡殺過人？沒有案底，可以隨意進出歐洲各國。這些案件都有明顯的暴力行為，但在斯洛維尼亞，他還刻意掩蓋足跡，隱藏屍體，爭取逃亡的時間。要爭取時間離開表示他可能和當地有淵源。這只是假設，但很合理，艾娃要找的人很可能是斯洛維尼亞公民。她叫來一位警佐。

「繼續追蹤這份國際刑警組織報告。我要知道斯洛維尼亞警方是否公布過他們擁有凶手的DNA，如果沒有，我們的凶手就不會費心掩飾他是斯洛維尼亞人的事實。一有消息立刻傳訊息給我。並且通知媒體，我今晚要召開記者會。」

27

格鑼坐在導護媽媽對面。他以為她會害怕，但她若非搞不清楚狀況，就是他所見過最勇敢的女性。當然，還可能是因為失智症。他懶得把她綁起來，她的狀態實在不像能夠逃跑去哪裡。

他的英語不好，蘇格蘭口音更是棘手，但他仍適應得不錯。愛丁堡比倫敦歡迎他，他在英國首都待了幾個月就走了。離開斯洛維尼亞後，波蘭是他的第一站，但感覺離家太近。之後他試過巴黎，卻發現他一上街就引人側目，無法融入人群中。他的體格太高壯了，而且在巴黎，大老遠就看得出他不是法國人。就算在移民中，他還是顯得格格不入。英國就在一海之外，這趟渡輪之旅彷彿抹除了他的過往，逃亡生涯終於能畫下句點。之後，機會來了，他在伯明罕時發現了那個網站。而伯明罕猶如一碗人湯，每個人摩肩擦踵，雜沓推擠。他終於能再次肆意妄為，進行他的實驗。

他的真實姓名是阿方茲．柯比塔，出生在山區，與父親和兄長同住的鄉村男孩，而且總是他們的笑柄，出事都怪他。如果他們能夠看到此刻的他就好了——眾人懼怕，還受到少數重要人士的青睞。

「導護媽媽，」格鑼將三明治塞進嘴裡，才開口，吸飽唾沫的麵包屑噴得到處都是。「妳餓了嗎？」

「畜生。」導護媽媽說。她一次只說一個詞，這樣格鑼比較好理解。一開始，她對他噴了一堆話語，他大多都聽不懂。

「叫妳吃，妳就吃。」格鑼將最後一點三明治扔過去。食物撞到箱子，彈到地板上。他不需要清理，這禮拜還沒過完，他已經把這裡搞得一團亂。何必擔心一點迷途的食物呢？他是老大，誰也不能告訴他該吃什麼、該怎麼吃。再也不用像他和父親同住時，每當食物灑在地板上，父親就會將他在地上拖行，逼他像狗一樣，從破裂骯髒的磁磚上將食物舔乾淨。

「我要上廁所。」導護媽媽說。

「妳就上啊。」格鑼告訴她。他不喜歡囚禁人，還要照顧他們，真要命。直接殺掉輕鬆多了。

「我膀胱無力，我的藥物都有利尿作用。」

「聽不懂。」格鑼的臉湊了上去。他不允許自己脾氣失控，一拳下去，一切就結束了。因為他還沒有想好該怎麼殺害她。一定要很特別。他必須從那個婊子聖庫芭手中將失分追回來。聖庫芭是她的帳號。他現在對她的樣子更清楚了，因為她殺害圖書館員時一時疏忽被監視器拍到。

格鑼（Grom）是柯比塔的帳號，在斯洛維尼亞語裡是雷霆的意思，相較於真實的名字，他更喜歡這個稱號。其他人知道他是格鑼就好，那是勢不可擋、穿破天地的一擊純粹能量。這名字還是他自己想的。

「我—需—要—尿—尿—你—明—白—嗎？」導護媽媽從口中慢慢吐出怨氣。

格鑼彎腰在她耳邊大吼，想知道她對雷擊有何感覺。他縮回臉，以為可以在他盯著瞧的一對眼睛裡看到恐懼。但什麼也沒有。

「我那隻耳朵有點聽不見。」她說：「現在可以帶我去廁所嗎？」

格鑼抓起她的毛衣前襟，帶她去廁所。導護媽媽在裡頭待了非常久，然後坐回原本的椅子上。格鑼讓她待在客廳裡，消耗些時間，等媒體累積足夠的關注，然後再將自己的作品展現在世人面前。

在那場音樂祭，聖庫芭處理了她的第一個受害者，大白天當著上千名群眾面前，然後，老天，全身而退。太完美了，他都哭了。接著換他展露頭角，將海倫・洛特壓成地上的一灘爛泥，她全身上下不可能有哪根骨頭沒斷。他變成殺人機器，冷血殘酷，不屈不撓，充滿獸性。沒想到聖庫芭接下來的殺戮還是輾壓了他，也許不是在大庭廣眾之下，但她在網站上的描述還是贏得諸多荒謬的讚賞。他沒有放棄、直接跳上離開蘇格蘭的船，原因在於媒體一直沒有說明那起命案細節。聖庫芭還沒有得到她該有的戰利品。他對付愛蜜莉・堡卡斯基的手法簡單粗暴，卻讓愛丁堡市民走夜路都人心惶惶。現在，意外的機會終於來了，聖庫芭還沒有得到下一次殺戮的指令，不過遊戲規則也不重要了，重點是他能贏就好。心理學家對於他的心理狀態與做案動機肯定能爭論上數十年。

「你是哪裡人？」導護媽媽問。

「斯洛維尼亞。」格羅回答。

「聽都沒聽過。」她笑了笑。

「妳聽過南斯拉夫？」格羅拿起筆記本，想要專注策畫一場完美的謀殺案。

「該死的外國人。」導護媽媽咕噥著。「我可以泡杯茶喝嗎？」

28

聖庫芭（Sem Culpa）在她的母語葡萄牙語中是「無罪」的意思。她正在冥想。她早上的例行公事非常嚴格，跑步、做瑜伽、泡熱鹽水、自慰，還有最後的冥想。

她從出神的狀態恢復過來，伸展身軀，盯著鏡子。她的頭髮修得比平常還短，但這個長度可以讓她躲在帽子下，戴任何假髮都可以，必要時也可以穿上男裝，看起來頗具說服力。目前她的髮色是無聊的咖啡色，但這顏色能夠襯出她的瞳孔，讓她整體看來比實際二十八歲還年輕。

門外傳來謹慎的敲門聲。她裹著浴巾，站向一旁，讓客房服務人員送午餐進來。加了辣椒的炒蛋、酪梨、礦泉水與新鮮的石柳。服務人員離開時，她順手將一張捲起的五英磅交給他，然後抓起叉子。她飢腸轆轆，但不會變胖。她每天對身材斤斤計較，這樣才能保持在巔峰狀態，以及維繫戰鬥或逃跑時的力量和反應速度。打開電視，她瀏覽每一臺新聞頻道，然後停在蘇格蘭新聞。

看來格鑼（這是什麼地位低下的小混混名字？）採取行動了。一名導護媽媽在自家失蹤，聖庫芭自從將萬中選一的受害者職業噴上牆壁後，就不耐地等他出手。屍體還沒出現。但慢條斯理不是格鑼的模式。他每一件命案都像青少年性愛，又熱又溼、笨手笨腳、磨磨蹭蹭又悶哼不止。一點也不精巧，毫無藝術感可言。就她所知，根本沒有刺激到須冒險的程度。不過，她也承認，拍下甜美的愛蜜莉的照片，然後請管理員洩漏給媒體是不錯的點綴。

她對麥可・史旺下的功夫並未得到媒體關注，這一點讓她大為不悅。管理員顯然可以駭入鑑識病理學家的檔案，但聖庫芭沒想過該帶一臺照相機。不過，她對於專業的執迷又來了。露出馬腳的就是照相機，天底下最容易讓人定罪的莫過於手機或硬碟裡的命案現場照片。她保持冷靜，媒體遲早會瘋狂報導整起命案細節，讓最堅毅的讀者與觀眾都無法直視。

同一時間，她必須靜候最後一個目標的指令，多半要等格鑼完成最後的挑戰，指令才會下來。她還有時間規畫，細節依受害者而異，好比性別、年齡、地點等等，她可以先幻想如何好好地呈現屍體。這是她的驕傲，她的喜悅。格鑼就去追逐永無止盡的惡名吧，她的目標是打造出極致的恐怖。

她關掉電視，拿起素描本和鉛筆。繪畫是她的另一項熱情。黑色線條能夠表達無盡的痛苦，無盡的慘痛，彷彿情緒能吸附在紙張上，而非只是描繪上去。還沒有下一道傑作的靈感，聖庫芭盡全力畫起麥可・史旺生命盡頭的線條與陰影。短時間內畫完，算是畫得不錯。史旺的嘴形成痛苦的深淵，凝結的血液是扭曲軀體努力穩住他的奮力一搏。雙手張開，彷彿墜落的天使，長腿在身後飛翔，優雅輕盈。聖庫芭屏息凝視，回想起他的哀求，直到她拿出他的妻子在他們簡陋小屋外的照片。

之後，麥可・史旺證明了自己是男子漢。她很滿意。如果他讓她失望，那麼大費周章不過是白費力氣。那些報導闡述他對社區的貢獻、即將獲頒的獎項，還有他在孩童識字上的努力。當他明白會死的不是他、就是他那位嬌貴（更好綁架）的妻子時，他不再多說一個字。他自願委身危險之前，只不過他的淚水減緩了效果，那是絕望，那是軟弱。

聖庫芭可不軟弱。她是一根永遠找得到靶心的箭。葡萄牙對她來說太渺小了，她父母的裝腔作勢，根本控制不住她。她從一間間私立學校退學，父母只好找來一連串徒勞無功的家教來指導她。終於，幾年過去，大學的曙光亮起。里斯本大學接受她的申請，雖說他們根本不會拒絕她，畢竟她的家族多年來都是學校的有力贊助者。這只是她的早年，她踩著躊躇的步伐，朝真正的自我前進。那時她還是雅美莉亞，這名字意味著勤奮。至少在這一點上，她證實了父母是正確的。

大學就是在耗時間，課表、繳交期限，全是小孩裝大人的把戲，她恨死了。大學應該扮演中繼站的角色，一起生活，一起讀書，交換想法，享受日子。結果呢？教育她、服務她、一起生活的都是蠢蛋，只會傻笑，惺惺作態，施加壓力，她都要枯萎了。她因此解放，開啟新的冒險。

和毒物有關，工業用的砷，不難取得，還有大學食堂的燉菜。最終沒出人命，令人失望，但這是一次覺醒，她第一次真正的高潮。

沒多久她離開校園，發覺大學教育或朝九晚五的生活在數位年代不見得能賺錢。一年後，她成功經營起一個社交媒體宣傳網站。她與客戶隔著距離，用不著提供私人資訊，只要知道網路怎麼運作，而其他人對網路又有什麼目的即可。她從公司賺來的錢加上父母的零用錢，只要她想住五星級飯店，她隨時都能去住。

她不常與家人聯絡。她生日和聖誕節時會有些留言，每個月會寄來敷衍的近況電郵。但他們不會求她回家，和他們住在一起，彷彿只要她繼續待在外頭，對他們來說就值得慶幸。

隨著她愈發深入數位世界，她逐漸走進暗網的扭曲路徑之中，這是好幾年前的事了。之後她成為遊戲裡的明星玩家，她在暗網上買到公開市場裡沒有販售的刀具，找到在更折磨人的場景中能夠使用的性愛裝置。器官市場蒸蒸日上，湧入的金錢非常可觀。當她發現自己阮囊羞澀時，這樣賺錢倒是挺愉快的。她使用手術刀的技巧也是一流的。

「管理員」在另一個網站找上她，邀請她加入。一開始，她很確定這是陷阱；慢慢地會員變多，身分須經驗證，需要符合資格才能進入討論區。聯邦調查局與軍情五處一度讓他們不好過，暗網稍微收斂了點，但程式設計師總是能夠搶先一步。這陣子編寫程式的軟體基本上萬無一失，任何通訊都查不到原始的ＩＰ位置，彷彿在暗夜的大海上，從一艘沒有燈光的船向另一艘船呼喊，乘著人們不敢涉險、席捲而來的大浪，盛大地搖曳著。

她蓋住煙霧探測器，點燃火柴，聖庫芭將她的素描送回記憶的國度，在那裡，沒有人會找到這張圖，也不能用這張圖傷害她。

29

艾娃應該直接去化療部門，她不喜歡讓母親一個人待在那裡。但現在她滿腦子都是卡倫納，他今天又沒進局裡，手機也轉進語音信箱。只剩他的公寓了，但她並不期待會在那裡找到他。他的手下在案情室，他一個人在家工作，這畫面讓人難以想像。不過，她必須找他討論記者會的內容。他們也許終於有了突破，應該要當面告訴他。歐韋貝克似乎蓄勢待發，艾娃感覺得到，歐韋貝克問起卡倫納的行蹤時，態度變得非常含糊，而且完全不肯透露她口中的申訴內容。無論艾娃和卡倫納最近溝通多不順暢，她都決定讓他先有心理準備。

艾娃按下他公寓的對講機，沒有回應，她又按了一次。就算他在，似乎也不打算理人。艾娃離開，手正要拉車門。她又想，卡倫納的公寓是二A，按理說他愛聊天的鄰居應該是二B。也許他不接電話是有原因的。她有責任搞清楚這一切。她無視自己可能跨越了紅線，直接按下二B的對講機。

「喂，我是兔兔。」一道活潑的聲音傳來。

「嗨，抱歉打擾了。我想聯絡盧克．卡倫納，我們之前在他門口見過面。」

「我不確定他在不在。」兔兔說，聲音變得微弱。艾娃猜測，她可能不喜歡另一個女人來找盧克。也許看到訂婚戒指能讓她放心一點？這枚戒指終於派上用場了。

「妳能幫我開門嗎？我是警察。我需要找他討論要緊的公事。」

「當然可以。」兔兔立刻開了門。

艾娃爬上樓梯。

「我一整天沒聽到他公寓的動靜，而且我今天一直有訪客。」艾娃還沒走到二樓，就聽到兔兔的聲音。「妳打過他的手機？」

「有。」艾娃捶起卡倫納的房門。她此時就該離開，但兔兔站在這裡，她不得不繼續對話。「妳最近見過他嗎？」艾娃問。兔兔大笑起來，是短促帶點逞強的笑容。她眼裡閃著淚光。艾娃頓了一下，又問：「妳還好嗎？」

兔兔聳聳肩，靠在牆上，一路往下滑，直到跌坐在地上。

艾娃逼自己不要看手錶，她曉得時間一分一秒過去，而這女孩想找人談談。

「我單身好久了，我以為我再也遇不到好對象。」兔兔開口：「盧克應該是好對象？」

「他是。」艾娃思索該等待盧克出現，還是現在立刻閃人，她曉得對話繼續下去很可能會侵犯同事的隱私，她感到一絲內疚。不過，這女孩可能知道什麼，讓她找到盧克。

「我們是朋友，每次遇到時都會聊一下，我還兩次煮東西給他吃。他看起來很累，總是深夜才回來。」

「他工作太忙了。」艾娃說：「妳見過他和誰在一起，或誰來找過他嗎？」

「只有妳來過一次，還有另一個警察，崔什麼的。」

「崔普。」艾娃說。

「就是他，除此之外沒有別人了。盧克似乎很寂寞。我從事美妝美髮，加上我很外向，職業上一定要的，所以我常想介紹朋友給他認識，但他總是在工作。」

艾娃心想，他們不是同一類人。她很清楚這是來自刻板印象的判斷，但也算合理。盧克注重隱私，不上酒吧，也不喜歡派對，幾乎和她一樣。娜塔莎去了美國，她母親診斷出癌症，然後喬出現，帶來她以往會避開的派對與晚餐約會。之後，她就很少和盧克相處了。此時，艾娃手機響起。

「抱歉，等我一下。」她接起電話。「我是通納。」

「長官，我是布雷克警佐。國際刑警組織回應了，斯洛維尼亞警方不曾公開已掌握凶手DNA的消息，因此凶嫌不會知道我們已經掌握他的國籍。」

「很好，記者會時間確定了？」艾娃問。

「兩小時後。媒體部門正在規畫。已經通知歐韋貝克警司，她微笑以對。」

「好，我先去換制服，馬上回辦公室。」艾娃掛斷電話。「抱歉。妳知道的，狀況不斷。」她笑了笑。

「我猜有人需要妳，感覺不錯。」兔兔說，淚水又湧了出來。

艾娃終於可以看手錶了。記者會前的準備要不了多久，她已經趕不上母親的化療，而如果她再等一下，也許就能碰上盧克。兔兔看起來狀況很不好。「若妳不嫌麻煩的話，我還有幾分鐘可以喝杯茶。」艾娃說。兔兔的臉明亮了起來。

卡倫納將車停進停車場時，接到蘭斯的電話。

「我找史旺太太談過了，」卡倫納說：「她知道我接下來要做什麼。」

「從你的聲音聽來，她應該不太樂意。」蘭斯說。

「你會發表嗎？」卡倫納問。

「我是記者，你覺得呢？」

「很好。」卡倫納說：「我說，你記下來。根據驗屍發現，卡倫納督察今日證實麥唐納路圖書館命案受害者麥可．史旺死時並沒有受到任何痛苦，上引號，幾乎立即斷氣，下引號。卡倫納督察還表示，受害者受傷後完全失去意識，警方推斷凶手立刻逃離現場。隨後史旺先生的屍體在圖書館地下室的地板尋獲。就寫這樣，應該足以引發凶手的怒火。你上傳後和班說一聲，好嗎？」

「正在寄副本給他。」蘭斯說：「班跑在你前面。網站管理員已經檢視羅里．韓德想加入他們變態俱樂部的申請了。韓德的電郵信箱和電腦硬碟目前受到遠端存取。」

「只要確保班等到你消息發出去後的空檔再行動。如果能掌握到任何網站聊天室的資訊，也許就能救出茱莉亞．史汀普。」卡倫納說。

「你的導護媽媽。謝謝你費心沒讓我第一個刊登這則新聞。無論發生什麼事，我都會幫你，你也要確保我下個月還付得出房租？」蘭斯問。

「如果你一下登太多獨家，會被察覺事有蹊蹺。要感覺真實一點。」

「你對凡事都有一套說法，是吧？我會先張貼在我的網站，確保所有社群媒體都曝光後再出門。我猜我們等下在記者會上要假裝不認識？」蘭斯問。

「什麼記者會？」卡倫納問。

「通納督察的記者會。」卡倫納沒說話。「還是讓你自己搞清楚好了。有任何動靜，我會請班傳訊息給你。」

卡倫納掛斷電話，查看手機通知。他在史旺太太家時手機關成靜音，之後忙到沒時間調回來，他漏接了兩通艾娃的來電，還有一通從警局打來的電話，以及崔普的訊息。

「歐韋貝克下令六點全員穿制服召開記者會，通納督察主持。您要報告史汀普案的進度。長官，詳情請聯絡賴弗利警佐。」崔普居然在訊息裡也能充滿敬意。卡倫納嘆了口氣，撥電話去案情室。

「警佐，什麼進展？」卡倫納問。

「我們在茱莉亞．史汀普住所附近的公寓與街道挨家挨戶拜訪時，有鄰居陳述聽到敲擊聲，但感覺更像是家戶自行施工，而非打鬥。目前我們不確定敲擊聲和綁架是否存在關聯性。那天晚上路邊還停了三輛住戶平常沒見過的車子。」

「這在附近很罕見嗎？」卡倫納問。

「不算太特別，」賴弗利說：「總會有訪客、過夜的友人、快遞貨運，我們特別感興趣的是一輛廂型車。一開始注意到是因為都深夜了，車子卻停在擋住人車的位置。目前只取得部分車牌，但上頭有可識別的保險桿貼紙。」

「算是起點。」卡倫納說：「將陳述和部分車牌交給所有警員，警告其他政府公務人員，像停車計費員、巡邏員警、掃街大隊。也許有人注意到駕駛，或看到車子停進車庫。確保沒有人直接展開接觸。」

「長官，這就去辦。」賴弗利原先的尖酸刻薄都煙消雲散，這倒是提醒卡倫納事態已經變得非常險峻。他立刻回家換衣服。

二十分鐘後，卡倫納走上公寓大樓。他還有些時間沖澡，填飽肚子，然後趕回警局，他得準備茱莉亞．史汀普失蹤案的聲明。他跑上階梯，抵達二樓，掏鑰匙要開門時，就聽到兔兔開了門。

「你回來了。」兔兔說。

卡倫納心想要多快結束對話。自從他臨陣脫逃後，就沒有再見過她。她那時很難過，但他並沒有要扭轉現況的意思。

「你真的很難找。」艾娃從兔兔身後走出來。「謝謝妳的茶，很高興認識妳。」

「沒事，謝謝妳聽我說話。知道你們忙，我就不打擾了。」兔兔關上門。艾娃站在走廊，雙手環胸。

「妳在她家待多久了？」卡倫納有點意外。

「遠超過我應該在外頭遊蕩的時間。兔兔需要人傾訴。」艾娃說：「我打電話找不到人也很煩。」

「今天很多事。」卡倫納打開家門。「妳要進來？」

進屋後，艾娃在門邊徘徊，然後才開口：「我要召開記者會，我想找你談談，但找不到你，我很擔心。」

「妳可以聯絡賴弗利警佐。我下午都和他在一起。」

「你離開警局也沒說一聲。你知道，你是有責任的。你的小隊也許經驗豐富，但他們還是需要看到帶頭的人。」艾娃感覺到他們之間又緊張了起來。他們最近似乎每次相處就會起爭執。

「盧克，我不是來這裡唸你的。」

「兔兔對妳說了什麼？」卡倫納問。當她走出兔兔的家門時，他就想吼出這個問題。對於艾娃特地前來侵犯他的隱私，他不禁生起一股怒氣。也許艾德格說服她來監視他？卡倫納走進浴室，一邊走，一邊脫衣服，留她一個人站在玄關。

「你為什麼這麼在意？你有什麼話想對我說嗎？」艾娃跟著他過去。

「我們現在要討論私事？」卡倫納問：「妳現在應該更擔心妳做的決定吧，不是嗎？」

「別把我扯進來。」艾娃說：「見鬼了！看看你肋骨的瘀青！」她走向他，伸出手觸摸他軀幹上紅黑相間的線條。他根本忘了他的身體被揍得多慘，他的臉倒是復原得很快。他並不打算讓她看到這些。「盧克，你捲進了什麼麻煩？拜託告訴我，無論發生什麼，我應該幫得上忙。」

卡倫納握住她的手指，她繼續盯著他的身體。他想坦白一切，告訴她，她的未婚夫到底幹得出哪些事，但現在他們之間彷彿畫了一道鴻溝，而他們彼此都非常清楚。

「妳不用擔心我。」他放開她的手。「妳的未婚夫應該並不樂意看到妳在這裡，而我衣服正脫到一半。」

艾娃咬著下唇，移開目光。

「有人投訴你。」她說：「我不清楚細節，但歐韋貝克問起你最近在忙什麼，我說我不知道。」

「謝謝。」卡倫納說。

「不用謝，這是事實。我真的不曉得你這段時間都在幹什麼。」

她出現在他的臥室裡真的很奇怪。他們曾經一起在她家度過的時光，吃飯、開會、搬東西或借東西都好，但從來沒這麼接近過。他想改變話題，此刻的感覺讓他極度不自在。「艾娃，記者會的重點是什麼？」卡倫納問。

「我相信殺害海倫．洛特和愛蜜莉．堡卡斯基的人是斯洛維尼亞人，沒有案底，但國際刑警組織的跨國資料庫裡有他的ＤＮＡ和另一起命案的關聯。凶手沒有落網。」

「很有進展。」卡倫納說：「現在我可以沖澡了嗎？」

「我沒有要阻止你。」她雙手環胸。這是以往的艾娃，趾高氣昂到無法隨便打發。

卡倫納拉開牛仔褲的拉鍊。

「好。」他一邊說，一邊脫下牛仔褲。艾娃站在原地，望著他的臉，紋風不動。他走進浴室，半掩上門，內褲丟在地上，然後走進淋浴間。

「你以為我會因為你沒穿衣服，就像個蠢女孩一樣跑走？我們才談到一半。」艾娃靠在浴室門口。

卡倫納盯著浴室牆壁，水流聲讓他冷靜下來。他希望兔兔沒有跟艾娃分享他們那晚的災難，但是她怎麼想其實也不重要。特別是他眼前有更急迫的問題。

「你去茱莉亞．史汀普犯罪現場為什麼不聯絡我？你在躲我。是因為我和喬訂婚？」艾娃終於開口。

卡倫納忍不住笑了出來，關掉蓮蓬頭，抓起浴巾。他擦身體的時候，艾娃轉頭望向他臥室窗外的街道。

「妳最近似乎有點不一樣。」他在衣櫥裡找衣服。「那裡不需要我們同時在場，妳為什麼想跟著我到處跑？」

「我沒有到處跟著你。你加入蘇格蘭警署之後，我們就樂意分享彼此的案件，互相協助，畢竟擁有同一陣線的戰友總是比較輕鬆。我們真的需要溝通，你又封閉了你自己。」

卡倫納扔下浴巾，開始穿衣服。他可以看到艾娃的肩膀隨著呼吸起伏，指甲深深陷在環抱身軀的手臂裡。他拿出制服，穿好襯衫，然後坐在床沿。

「艾娃，」他說：「我有一個可能會對妳造成危害的聯絡人。不是實際的傷害。我是說，妳的警察生涯及其他相關的一切。」

她轉頭看著他，雙手垂下在身旁。

「如果你的聯絡人會傷害我，那他也會傷害你。歐韋貝克說的就是這個？」

「我不知道。」卡倫納說：「之後就這樣，妳必須知道的事，我會告訴妳，但妳必須離我遠一點，直到這一切結束。我不想傷害妳。」

她坐在他身邊，把玩起她襯衫鈕釦的一處線頭。

「好。」她說：「而你為我高興，對嗎？我和喬訂婚？我必須確定你接受這件事。」

「為什麼？」他問。

她聳聳肩。他看著她咬緊下唇，雙手緊張地到處摸索，她垂頭喪氣，很不像她。

「當然，」他說：「我替妳高興。但如果我們不快點出發，歐韋貝克可能會繼續大發雷霆。我來開車。我們去妳家拿制服。然後路上想想記者會要說什麼。」他起身。

她伸手，要他拉她起來，露出戲謔的微笑。

「抱歉闖入你的臥室。」她壓抑著笑意。他這時可以吻她。「但下次如果你自以為可以在我面前脫個精光，我就會逮捕你。」

「妳是該付錢，不該逮捕我吧？」卡倫納抓起汽車鑰匙。

「如果我想花錢找樂子，我會去喜劇俱樂部。」艾娃說。

「我不確定那裡對妳來說夠養眼。」盧克笑著說。

他鎖門，她推擠過他身邊，朝階梯走去。「真高興這麼多年來，你把持住了你超級巨大的自我。」

30

聖庫芭聽到手機通知的聲音，沒搭理，繼續剉指甲，然後聽到手機叮個不停。她設定只要新聞提到席姆．索邦和麥可．史旺命案的關鍵詞，她就會收到通知。忽然間，史旺的名字鋪天蓋地出現。她坐下來，先看第一篇報導，很滿意她原本不受關注的殺戮再次成為重點新聞，但滿足的情緒在她理解原因後全然消失殆盡。

她的目光掃到「沒有受到任何痛苦」、「立即」、「完全失去意識」、「屍體在地板尋獲」，她放聲尖叫起來。這時她是否待在飯店裡、其他房客會不會聽到、她駭人的慘叫聲會如何影響別人，甚至是否會被錄下來都無所謂。

她被惡搞了！

她一一翻出每篇報導，發現來源都是同一個人，盧克．卡倫納督察。他很清楚他說的不是真相，而他以為這麼做就能讓她上鉤？她事先採取預防措施，驕傲地證明了她在犯罪現場不會留下蛛絲馬跡，變裝上也精心下了功夫，而這名警察真的以為這麼做她會現身？這不只是侮辱，根本太不尊重人了。

她抓起筆電，發了一條加密訊息給管理員。然後她再次拿起素描本與鉛筆，前後左右搖頭晃腦起來，舒緩脖頸的壓力，開始作畫。

格鑼已經受夠這個老女人了。連續兩天，她只會抱怨和便溺，而現在她餓了。他以為此刻的她根本不會想要進食，她該害怕才對。他拿愛蜜莉．堡卡斯基的屍體照片給她看，她的反應卻是想要靠枕。他一開始聽不懂，她一直對他喊「枕頭」，直到他被迫點開翻譯軟體。導護媽媽讓他覺得噁心，他完全不明白為什麼會有人選她當目標。海倫・洛特是護理師，算是不錯的獵物，值得費心殺害；穿著童軍制服的愛蜜莉・堡卡斯基則非常討喜可愛，他確定她還是處女，二十幾歲的處女，現在很少見了。當時她苦苦哀求，還對他說道理，懇求他住手。愛蜜莉問他是否想聊聊，在那最短暫、最美好的時刻裡，他因此愛上了她，更別說殺死她後還能逍遙法外。她純潔無瑕、充滿關懷、內在和外在都美。最後她完全屬於他一人。愛蜜莉在他懷中斷氣，她的氣管和小鳥的氣管一樣被壓得粉碎。他想慢慢來，享受這一刻，但他施加的壓力實在無法煞車。她斷氣後，格羅讓她坐在他的腿上，縮在樹叢之中，享受危險的甜美滋味，他激動到顫抖。學生送的圍巾原本是一份禮物，對他來說也別具意義。

他打開筆電，等待蘇格蘭警署的最新聲明。他們正在召開記者會，他想知道警察到底追上了沒。

主持的女警官又高又瘦，符合格羅在性虐關係裡主導一切的女王想像。桌上的名牌說明她是歐韋貝克警司。她塗著深色脣膏，他喜歡將這種顏色胡亂抹在女人臉上。他調高直播影片的音量。

「……失蹤女性證實是愛丁堡的導護媽媽。我們有理由相信做案男子為斯洛維尼亞籍。我們呼籲民眾，注意到符合描述的斯洛維尼亞男子，請立即通知警方。請不要接近或向他交涉。我們必須強調，他也許很危險。」

格羅在木頭地板上跺起腳。他們怎麼查到他的國籍？他沒有留下線索。他在母國沒有犯罪紀錄，他從來沒有遭到逮捕，巴黎的命案，警方可是定罪了另一個男人。

他低頭，環抱雙膝，喘著大氣。他需要冷靜下來。這裡沒有他的蹤跡，他是持羅馬尼亞的假護照入關，而他在愛丁堡也沒有社交生活。他深夜去連鎖超市買食物，總會拉起帽T的帽子。他完全沒有使用過本名，問題在於警察到底是怎麼知道的。

會議室裡正在接受媒體提問，一隻隻手舉了起來，像是乞食的雜種狗。

「警司，案件看來進展緩慢，根本沒有發布太多新訊息。警方還能再加快調查進程嗎？」一名記者問。

「調查進展可以說相當零碎，我接受這個事實。」穿著制服的「女王」瞪著身邊的警察。「但這是因為案件的本質，調查上本來就不容易。而且這些命案格外棘手。」

她起身，展示身高與傲人的身材。格鑼心想，他想會一會這位女士。在黑暗中，只有他們倆。他會稍微玩弄她，然後徹底摧毀她。她也許會很享受呢。他曾在別的女人臉上見過那種自以為是的神情，而她們在他結束一切前，都會坦白說她們想要他。

隨著警察一一離開記者會現場，格鑼點開他的翻譯字典，查找「零碎」（piecemeal）這個字眼，意思是一小部分，或一次只有一個片段。他喜歡這個想法。這樣可以得到他們的關注，他們肯定會忘了聖庫芭。

他大步走向已經停止抱怨的導護媽媽。他的態度終於讓老傢伙閉嘴了。她抬頭望著他，呲牙裂嘴，朝他的臉吐口水。這次他不介意，她馬上就會為自己的行為道歉了。沿著他臉龐滴落的唾液是她恐懼的表現。

格鑼抓起她的手。她盡力掙脫，但她的反抗完全無法扭轉局勢。他用力將她壓制在桌上，從口袋抽出刀子，開始下刀。

31

班下午很忙。「水準之下」咖啡廳的寶莉說得對，他回去公司的時候，警察還在那裡。當然，喬瑟夫．艾德格總督察不會親自出馬，他如此位高權重，初步的查訪怎麼可能會要他弄髒自己的手呢？

班外帶了咖啡和貝果，面對一片混亂，還費心假裝意外。都是老套了，明目張膽問候老闆手下幾名員工，氣氛緊繃，有問題的員工會變得心虛。警察對公司產生興趣，風聲會傳得比牢裡還快。連網路弩砲的會計專員都得打電話給那些有影響力和背景的客戶，解釋目前的狀況。最後那些客戶的公司必須聯絡他們的律師，確保他們的資訊不會遭到存取。諷刺的是，那些資產數十億的銀行與投資公司堅持要艾德格進行調查；但也是同一批人，不希望他們的隱私淪為法庭的呈堂證供，因此網路弩砲是班能夠找到最安全的工作。

整整三個小時後，班才回到座位，操作新電腦，原本的電腦被主管收走，檢查任何不尋常的活動。下班後，他順道去「水準之下」感謝寶莉，而一如他們仍處在萌芽的關係階段，她拒絕了他每天約她出去小酌的邀請。

「得洗個頭。你知道，我喜歡清爽面對一早來喝咖啡的客人。你走吧，回你的男人窩去。」她每天都這麼回答。

班一月起在愛丁堡工作，來自格拉斯哥的朋友介紹他「水準之下」這間咖啡店。寶莉三個月前開始在這裡工作，牙尖嘴利，還有公開說出來會惹上麻煩的幽默感。班喜歡她。倫敦強悍女孩的鼻音、不斷打量的雙眼、厭惡一切的建設。要他老實說，他認為這女孩也喜歡他，但想歸想，她實在很難約。有時他開口，在她拒絕之前，她會先輕嘆一聲，或露出淺淺的微笑，就是這種反應讓他燃起希望。他不會放棄，對的女孩就算拒絕一百萬次也還是值得。

班在「水準之下」喝咖啡，順手將羅里・韓德的申請寄出去，胡思亂想著寶莉一貫的拒絕態度。沒多久，回音就來了。他點開管理員傳來的連結，很清楚如此一來就能存取韓德的電腦。沒什麼好擔心的，這臺變態的電腦裡肯定儲存了管理員期待的檔案。

蘭斯寫信來，提醒他留意網站對麥可・史旺假造死亡報告的反應。所謂「反應」，的確符合卡倫納的期待，甚至遠遠超過。班撥了卡倫納的手機。

「快找可以上網的地方。」班對他說。

「艾娃，我得接這通電話。我會在我的辦公室。」卡倫納掩著手機。班在背景聽到另一支手機響，然後是一個女人的聲音。她的口音和寶莉很像，正統英國腔，但母音比較圓潤，子音比較清脆。肯定是通納督察。

「你口袋裡還有另一支手機在響？」她問。

卡倫納含糊應了一聲，然後班聽到迴盪的腳步聲，接著是開關門聲。

「怎麼了？」卡倫納問：「我從記者會上溜出來。」

「麥可・史旺明天會上頭條。無論你怎麼解釋都沒用。」班說，他的血液脈動撞擊他的耳朵，他將下載的檔案在螢幕上放大。「這些照片傳送的方式和愛蜜莉・堡卡斯基的照片一樣，只要開啟就會自毀傳輸路徑。我已經從蘭斯的信箱收到了。要是其他的記者從記者會回來後收到，你應該只剩十分鐘準備聲明。但狀況很糟，糟到無以復加的狀態。我把連結寄給你。」

卡倫納等了幾秒，然後點開。電郵上有四個附件檔案。他迅速上前鎖門，然後坐回位置，打開第一個檔案。

不是照片，而是鉛筆素描，這位藝術家的畫筆精湛，同時也是個變態殺人魔。犯人的腦袋非常清晰，這位藝術家就是構思並執行命案的凶手。他的構圖視角和卡倫納跌倒在地仰望麥可·史旺屍體時一模一樣，抬頭看著那張已經不是人臉的臉，血淋淋的臉皮垂下擺盪著。素描是黑白的，但仍是駭人的傑作。史旺的臉在畫面上放大，就像他正吊在你頭頂一樣。凶手連天花板的細節也照顧到了，屍體的擺放方式更是毫無疑問。卡倫納咒罵起自己聲稱屍體在地板上發現的決定。

「卡倫納，你還在嗎？」手機裡班的聲音聽起來很微弱。卡倫納忘了他還在電話上。

「等我一下。」他開門，探頭進走廊大喊：「崔普，現在就給我找個律師來！」沒等回應，他快速走回來看第二個附件。是另一張畫，仔細描繪麥可·史旺即將分離的臉部和皮膚。史旺眼中泛淚，肌肉扭曲，拉扯的組織和滲血愈看愈不舒服。不需要豐富的想像力就能想像當時伴隨的聲音。卡倫納想移開目光，卻發現他辦不到，他終於注意到崔普來到旁邊。

「哦，老天，真要命，長官。這是誰幹的好事？」崔普真的往後跳了一步，才把持住自己。

「媒體都收到了。」卡倫納說：「我需要禁制令阻止任何人在各大媒體發表這些素描，現在就要。派一組人去史旺家，請薩特去安撫家屬，讓史旺太太有心理準備。」

「目前還沒公開？」崔普問。

「這一刻還沒。」卡倫納打開第三個檔案。

「長官，那我們怎麼會收到？」崔普問。卡倫納低頭看手機。

「是線報。」卡倫納輕描淡寫地回應。「現在快動起來，找到通納督察，也要先知會她一聲。」

崔普連忙離開辦公室，卡倫納繼續看第三個檔案。

標題是「你需要的物品」。列表第一項是「吸入型氨氣」，嗅鹽——所以麥可．史旺才不致昏迷；還有「外科手套，很多雙外科手套（因為染血很快會變得滑溜不堪）、繩子、電線繫帶、美工刀、阻隔噪音的封箱膠帶、一位上了年紀的圖書館員、一個願景。」

卡倫納咕噥了一句法語。

班問：「你說什麼？」

「我說，一定是開玩笑吧。我完全沒料到會出現這些。你能追溯來源？」

「不行，但我可以告訴你，其中包含羅里．韓德申請暗網會員網站的同樣程式碼。」班說。

「塗鴉的座標、發送麥可．史旺素描的電郵，還有這封信都是來自同一個地方？班，這到底是什麼網站？」卡倫納問。

「還不清楚。如果申請成功，我們就能看個仔細了。在我們得到密碼之前，我也沒辦法繼續追下去。」班說。

班一邊說，卡倫納點開最後一個檔案。是一首詩。

他展翅迎向我，

腥紅天鵝[1]，咧嘴繆思。

他那生命的熱愛滋養我，

1　麥可．史旺的姓氏Swan意為天鵝。

悲痛的淚水豐富我。
我躍入他身下，抹除他的缺陷，
膚淺之物，不復存在。
鋒利刀刃打造不朽，
傳世之人，出自吾手。

「我得掛了。」卡倫納對班說，聲音變得沙啞。

班沒多說什麼，直接掛斷電話。他的感覺和第一次看到這些檔案時一模一樣。那些人不是普通的精神病患，他們在腦袋裡以為自己高人一等，能夠凌駕他人；而每一次的殺戮，都讓他們覺得自己更加強大。

班再次檢查他的監視器。他在自家外走廊、高樓公寓窗外都裝設攝影機，幾臺會自動錄影。白天有人進公寓，動態感應就會啟動，發出通知。他看得到街上的便衣警察，他們每天變化，開不同的車子，還偽裝推銷員，或是坐在車上看報，彷彿只是等著接出門約會的青少年家長一樣。不過總是有人盯梢。如果他們闖進來，他們可不會喜歡裡頭的東西。

他煎了蛋白蛋捲（一日加州人，終身加州人），然後設定通知。一旦管理員決定讓羅里・韓德加入暗網俱樂部會員，他就會立刻醒來。

32

「管理員」累了。工作了一整天，到家時卻看到妻子貼在冰箱上的待辦事項。包括替她準備晚餐（她只負責週末，她的工時現在就是這麼長）、將衣服從洗衣機拿出來晾乾（大多是她的衣服，因為纖細的材質不能使用烘衣機），還有更換床單（她連乾淨床單都拿出來了，以為他會配錯顏色）。而他還有工作要忙呢，惡人真是不得閒[2]。

現在警方玩起了手段，想刺激聖庫芭因愚蠢的「大眾表演」露出馬腳。她回應的方式完全在預料之中，而她的天分遠遠超乎「管理員」預期。無論如何，蘇格蘭警署只會得到「管理員」選擇公開的資訊。他所做的一切都無法追溯，也嚴格禁止網站會員直接向媒體爆料。一旦會員落網，他們只要交出密碼，遊戲就會在達成真正目的之前畫下句點。

「管理員」先拿出洗衣機裡的衣服，一一掛在晾衣架上，皺就皺吧。如果妻子想要平整的亞麻衣服，等她終於回家後，她可以自己燙。晚餐是燉飯，餐廳買的，但他將燉飯盛進烤盤，還加點雞肉，假裝是他親手做的。食物進了烤箱（還換好了他媽的床單）。他走進書房，讓椅子抵在門把下。妻子不見得會提早回家，但很難說，還是謹慎一點。

他登入網站，今天流量很高，聖庫芭的幼稚塗鴉與爛詩讓會員們很興奮。檔案寄給媒體時，也同步向會員公開，這樣才公平吧？聖庫芭有權駁斥那些批評她作品平淡無奇、毫無藝術性可言的

---

2 No rest for the wicked，出自聖經，原指壞人在地獄裡飽受折磨，連喘息的片刻都沒有，亦可引申為忙碌之意。

報導。警方也許利用他們的手法陷害聖庫芭，但他們同時也幫助「管理員」推動一個遠大的計畫。

連格羅的殺戮都比先前更奇特了。活生生用抽屜櫃壓死護理師的手法殘暴至極，絞殺愛蜜莉．堡卡斯基則是讓全國人民為之悲痛；不過，這次的綁架讓大眾嚇壞了（還沒嚇到阻止他們挖掘更多資訊就是了），他們黏在社交媒體上等候最新進展，這場綁架案可說非常高明。等著尋獲受害人屍體，而不是等她逃出來。不，實話早該說清楚，他們等著看遭綁的導護媽媽會遭遇哪些令人震驚、昏厥、引發抗議的謀殺手法。

「管理員」準備幾篇網路搜尋引擎內容，一些文章、部落格、報紙參考資料，統統上傳。這些資料在搜尋引擎排序前幾頁會維持短短一段時間，文章主角讓公眾聚焦太久，倒也沒多大幫助。處理好這件事，他替幾位等待加入的申請者開通會員。人愈多愈好，只要是對的人就好。每個會員都能替必要的謀殺案繼續火上澆油，而他們只要敢報警，他們就是共犯。他們全都成了人質，只有「管理員」清楚他們的真實身分。最後，他查出格羅要求的私人住家地址，多虧了當地政府預算抓很緊的網路安全系統，這些任務才能一一達成。

大功告成，他繞著屋子散步。他們搬進來很久了，但還是有需要填滿空間的感覺。他們還沒在這裡打造出專屬於他們的故事，但這天會到來的，沒有小孩，妻子口口聲聲說想生，但他們也要偶爾做愛才能達成這個目標。他懷疑他的妻子覺得小孩是能訂購的，她只要下單，小孩就會被送到門口。所有人都與她息息相關，得到她的熱情、她的認真、她的專注，他卻什麼也沒有。他擁有自己的夢想，而她從未欣賞過他的潛能。真是可惜了。

他正要走上三樓，大門開了。已經過了八點，她一樣若無其事地走進家門。

「嘿，親愛的，我回來了。哇，晚餐聞起來好香啊。寶貝，我有時間沖個澡嗎？」

33

歐韋貝克摳起指甲。她指尖的指甲油已經參差不齊，小時候啃指甲的壞習慣最近又回來了，真討厭。今早她的指甲看起來非常漂亮，早在停滯不前的調查進度和令人失望的消息出現之前。然後總警司打電話來。這種電話常讓她覺得像是在玩進退難以捉摸的蛇梯棋專業競賽一樣。

「歐韋貝克警司。」總警司開口，沒稱呼她的名字，名字是留給好消息用的。第一根手指滑進她的嘴角，她的牙齒開始進行破壞。「希望現在是講電話的好時機。」

「對，長官，非常適合。」她說。

「哦，真是掃興。我本來以為妳會忙到沒時間接電話。而這指的是有進展的意思。」他笑著說，語氣聽起來很輕鬆。

她移到下一隻指甲。「這個、我們不是沒有進展，長官，只不過……」

「太好了，我正期待有些好消息。我們什麼時候可以期待有結果？」

「目前還沒走到那一步，長官，但我們正穩定追查線索。」歐韋貝克說。

「我的老天，還在追查線索？」第三隻手指已經排上啃咬的隊伍。「妳需要任何協助？」

「長官，不用，我們調查組織得很好，但還是感謝您的提議……」

「妳不需要協助，但妳拿不出積極的成果報告？歐韋貝克警司，我就是喜歡妳這一點，妳自立自強。」總警司拉高了嗓門。「我會確保在警政委員會上提到這件事，我們想提供協助，但是妳拒絕。我相信他們會和我一樣刮目相看。」

「長官，謝謝。」歐韋貝克謙卑地道謝，第四根指甲也咬壞了。「事實上，我想討論加班限制。」

「對，我知道。」總警司好聲好氣地說：「妳一直掌握得很好，我知道妳善於組織，確保預算不會超過上限。所幸我們有妳在位置上，實事求是管理預算和市民安全。真讓我放心。這週結束前可以提交結案進度報告，對嗎？我相信妳已經很有把握了。在這案子裡一直露臉也是好事，讓大眾知道負責任的人是誰非常有幫助，非常盡責。」

長官掛斷電話，歐韋貝克右手的指甲也全毀了。她試圖牢牢抓住委員會底層滑溜的蛇尾，組織的遊戲她早已參與多年。成山的文件，講不完的電話，三張尼古丁貼片之後，她才下班回家。幾大杯琴通寧後，指甲的狀態似乎也無所謂了。

雖然宿醉，但她隔天還是大清早起床，修復咬壞的指甲。今天是嶄新的一天。總警司要成果與代罪羔羊。歐韋貝克也許只能提供一項，也許兩樣都行，但後者不會是她自己。

包裹懸掛在歐韋貝克家大門內側的信箱口，顯然昨天郵差送來時沒人發現。她出門上班，朝丈夫隔空兩度飛吻（他不想染上脣膏印，她也不想影響妝容），順手拿起包裹，然後踩著高跟鞋小心翼翼走出去。他們的車道滿是坑洞。她向丈夫反應多次，但他還是什麼都沒做。有時候，她心想若不是她獨自包辦家裡大小事，她丈夫很可能就在書房裡看報紙看到斷氣，或搞他不曉得在忙的什麼鬼嗜好。

包裹上只寫「歐韋貝克女士」，以及他們家的地址，大小和菸盒差不多，以牛皮紙包裝。該死的郵差現在連好好將郵件塞進信箱裡都做不到？她把包裹扔到副駕駛座上，咒罵起在車道上築巢的鴿子。牠們再不快點滾蛋，她的烤漆可就糟了。

開車去警局不用很久，但足以讓她罵好幾句髒話。這些人開車都不打方向燈是怎麼回事？還有那些讓小孩在人行道上來回奔跑的母親，害她經過時只能龜速前進，免得擔心有小鬼衝上馬路，她從很久以前就替這種人在爛家長地獄保留了一席之地。

歐韋貝克昨晚在網路上將記者會的影片看了一遍又一遍。至少洛特和堡卡斯基凶手的國籍有了突破，但接下來肯定會需要加派人手管制反移民的活動。這個案子可以成就她，也能摧毀她，她還不打算考慮摧毀這個選項。

歐韋貝克的車跨停兩格車位，她邁著步子朝辦公室走去。今天的首要任務是追導護媽媽綁架案的新進度。她收到通知，茱莉亞·史汀普的女兒現身在母親住家門口，要找她媽一起吃比薩。都什麼年代了，居然還有人不看電視、不聽廣播、不瀏覽網路新聞，實在難以置信。但顯然這位四十歲的「姑娘」在格拉斯哥逛了一整天，什麼都沒看，連手機也是。

媒體肯定會大做文章，一再訴說史汀普女兒心如刀割的震撼情節，看到母親家門口圍上犯罪現場封鎖線，從破碎的木門看到裡頭的混亂與侮辱。幾乎可以拍電影了。如果那個空有帥臉的卡倫納不在他的法國屁股上催點油的話，奧斯卡金像獎馬上就會提名將愛丁堡史上最聳動殺人狂歡事件改編成電影的導演。歐韋貝克不喜歡卡倫納，這是私人恩怨，她身為大女孩接受這一點。去年，督察職位空出來的時候，她有屬意的人選，但環節動了起來。在對的人耳裡低語了幾句話，無疑還請了幾頓飯，然後操著異國黃金口音的人就冒出來。國際刑警組織肯定在性侵指控後樂得甩掉他，她倒是不相信他幹得出性侵這種事。從她與長相如卡倫納般帥氣男人的交往經驗中，她曉得他們自大到不會性侵任何人，而當妳躺下時不自動張開雙腿，他們就會以為妳是女同志。所以她嫁對了丈夫，明智的選擇。她的丈夫也許外表平凡，也挺無趣的，但他很安全，毫無威脅性。

歐韋貝克將包包甩到桌上。

「麗茲，紅茶加檸檬，我要渴死了。」她對助理大吼。包裹從她的包包裡掉出來，可能是另一份免費樣品。自從她在水療會館度過週末、登記了一堆沒屁用的療程後，她一直收到這類試用品。唯一能讓她看起來沒那麼疲憊的，似乎只剩下煩寧這種抗焦慮藥物。她快速吞了一顆，鏡子裡的她看起來沒那麼凶狠了。

拿起銀色的拆信刀，她劃開黏住盒子的膠帶，還有第二層包裝紙。無論裡頭是什麼，似乎都小到不值得如此大費周章寄過來，也許意味著這項產品價格過高，還沒什麼效。她打開最後一層包裝，在桌下踢掉高跟鞋，靠上前去看助理幫她泡茶了沒。不，還在玩弄她的電子郵件。

「麗茲，現在就給我端茶過來！」她實在不該擺出這種態度對下屬說話，但老天，難道所有命令都要她說上兩次才行嗎？還有，誰會抗議呢？大家都怕死她了。

歐韋貝克轉頭瞥了手裡的東西一眼。灰色的，上頭是堅硬的邊角，底部凝結著咖啡色的物質。

「哦，操他媽的見鬼！麗茲，從那該死的電腦前面滾開，去找鑑識人員過來！順便帶卡倫納督察來。要是他兩分鐘內不出現，叫他之後就不用來上班了！」椅腳滑過地面，鞋跟在走廊上傳來急促的叩叩叩聲響。歐韋貝克盯著面前的半截指頭，手指掉在她正準備交給警察總監的進度報告上，已經打好字，準備要簽名了。現在這份報告顯然該回收了。

最後一張包裝紙裡附上了字條，上頭只寫了兩個字。字條擺在她珍貴又磨得發亮的胡桃木桌上。她特地花錢搬這張桌子過來，只因為她完全不想整天盯著蘇格蘭警署原本那張老舊的辦公桌。

卡倫納很快出現在門口。

「待在原地。」歐韋貝克下令。「直到鑑識人員結束，先別進來。」

「發生什麼事？」卡倫納的目光落在她桌上那塊有機物。

「卡倫納，這是人的指頭，還有張字條。」她沒有碰觸，指著那張紙。「紙上寫著『零碎』，實際的意思卻是大大的『去你的』。派一組人馬去我家，包裹原本擺在我家大門裡。」

「是的，長官。」卡倫納說。

「然後找出這個混帳王八蛋。他不只有我家地址，還計畫照三餐送上導護媽媽的不同部位！」

34

卡倫納將歐韋貝克的命令委派給下屬，然後直奔回辦公室，鎖上門，撥電話給班。沒接，他現在應該在公司，可能正忙著開會討論昨天警察的造訪，以及網路弩砲在維護公司形象上該有何作為。

卡倫納不能冒險前往網路弩砲的辦公室。艾德格的人之前就跟蹤他，如今又有人向歐韋貝克提出申訴。他們也認得蘭斯，因為曾拍到卡倫納與班進出他的公寓。崔普又在艾德格的團隊裡待過，實在沒有多少選項。

「薩特！」卡倫納對著走廊大喊。薩特從案情室探頭出來。

「長官，我正要去歐韋貝克警司家裡。一有發現就打電話回報。」她說。

「派制服警員去就好，我需要妳。」他走回辦公室，等薩特過來。她今天打扮休閒，襯衫沒紮進去，頭髮也放了下來。也許這樣最好，他需要她在人群中不太起眼。

「長官？」她才走進辦公室，他就伸手到她身後，關門上鎖。「呃，一切都沒事吧？」薩特的目光停留在門把上。

卡倫納坐了下來，直盯著第二支手機，期待電話響起，這樣就不需要讓薩特陷入偵查手段的灰色地帶。手機沒響，他別無選擇。

「薩特，坐下。」卡倫納從筆記本上撕下一張紙，然後抓起一枝筆。

「長官，我不用坐，沒關係。」薩特顯得焦躁不安。

「我鎖門是因為不能讓別人聽到這場對話。我想保護妳。」卡倫納說。

「長官，我不需要保護，也不需要別人迎合我，只要我準備好，我就會——」

「薩特，聽仔細了，我要妳五分鐘後出門。去這個地點。」卡倫納寫下網路弩砲的地址，將紙張交給薩特。「到接待櫃檯，要求找班．波森。」薩特從口袋裡掏出筆，想寫下名字。「別寫，記住就好。不要說妳是誰，也不要亮出搜索令。如果他在開會，或妳找不到他，只要請對方轉達，他家裡有急事。請他立刻打電話給我。」

「班．波森，網路弩砲。好的，長官。」

「妳絕對不能對任何人說妳要去哪裡，就說我派妳出外勤。記住地址之後，撕掉那張紙。」

門把轉動起來，低聲咒罵，然後是踢踹門下方的聲響。

「卡倫納，你能開門嗎？」艾娃聽起來像是壓抑著怒氣。

「再一下就好。」卡倫納說。

「不行，現在就開門。」艾娃說：「無論你在忙什麼，都要先擱到一邊去。」

他開了門。

「我得和薩特談完。」卡倫納說：「再等我一下？」

「不行，不能等。警司桌上有一截斷指，斯洛維尼亞人就在某處倒數計時，等著將其他肢體寄過來。」

「長官，我這就出發。結束後，打電話給你？」薩特問。

「不，不要打電話，直接回來。」

「好，我開局裡的車去。」薩特說。

「沒有記號的車。」卡倫納說：「不要引人注目。」

艾娃盯著薩特，又轉頭看卡倫納，然後伸手阻攔正要離開的警員。「薩特，妳要去哪裡？」

「是私事。」卡倫納說：「薩特，妳快出發。」

「警察工作沒有私事。如果這和調查有關，那我有權共享資訊。」

「呃，長官？」薩特望向卡倫納。他雙手扠腰，抬頭望向天花板。

「薩特要去追蹤一條線索，需要很小心。這時分享資訊會造成危險。」

「薩特，妳自己去？」艾娃問她，薩特沒回話。「我猜答案是肯定的，這和命案調查有關？」

「是的，長官。」薩特咕噥著。

「薩特警員不准去。」艾娃坐了下來。「除非你告訴我，你派她去哪裡，我要評估風險。」

「通納督察，妳不該插手。」卡倫納靠向前。

「你該注意到你手下的女性同仁懷孕了。而她顯然出於敬業的態度，選擇不報告這件事。警員，是這樣嗎？」

薩特輕點了一下頭。卡倫納深吸一口氣。

「是這樣嗎，薩特？」卡倫納問。

「長官，妳怎麼知道？」薩特問。

「妳的皮膚容光煥發，但妳看起來很累。妳衣服沒紮，每天穿平底鞋，而且妳不喝茶了，這一點最明顯。妳該公開這個消息。無論妳要做什麼，妳都知道目前街上每天都很危險。這次的調查更是如此。」

「只是去一間公司，不會有危險。」薩特亮出紙張，強調重點。

艾娃伸手搶過紙張，卡倫納甚至沒看到她起身。

薩特喘著氣，走上前一步。

「長官，拜託……」薩特說。

「薩特，妳出去，除非我能評估妳參與行動的風險，不然妳就待在案情室。還有，恭喜妳。」

卡倫納咬牙切齒地說。

薩特沒說話，然後快速走出辦公室。

艾娃將紙條塞進牛仔褲口袋裡。

「我能看上頭寫什麼嗎？」她問卡倫納。

「妳會打開一個妳蓋不上的盒子。」卡倫納逕自走到她面前，靠在桌邊，雙手環胸。

「歐韋貝克問我的就是這個？也是你常不在局裡的原因？」

「一部分。」卡倫納說。

「觸法了？」艾娃壓低聲音，湊上一步。

「我想要阻止兩個殺人兇手。如果因此稍微越界，真那麼重要嗎？」

「要看是什麼界線。」艾娃說：「而且如果和堡卡斯基、洛特命案有關，對我隱瞞資訊可不是好主意。」

「我會和妳分享。」卡倫納說：「但妳不該介入我是怎麼得到資訊。」

艾娃轉過身去，盯著卡倫納牆上的照片、筆記、地圖、圖表，盯著四名死者的臉，然後轉回來面對他。

「茱莉亞・史汀普離死亡還有多久？幾小時？說不定已經死了。我們知道她受到虐待。無論你要採取什麼行動，你都必須讓我加入。」艾娃說。

卡倫納盡量壓低聲音。「艾娃，我辦不到，別逼我。」

「不是你說了算。」她朝門口走去，抽出口袋裡那張紙。

「網路弩砲。」她說。

「老天，妳太固執了！」卡倫納說：「不只固執，還讓人火大。」

「我在哪裡聽過這個名字？」艾娃自言自語般看著字條。

「艾娃，妳必須打住。」

「是不是……等等，喬好像提過……」她望向卡倫納。「我是在幻想嗎？你該不是真的和駭客案件中那家核心公司的人聯絡吧？首相親自監督的案子？」

「我說了，妳別管。」他說。

「我以為你只是採取你擅長的作法，從某個騙子或見不得人的對象身上取得資訊。你知不知道……」艾娃的臉激動到幾乎要漲成深紫色。

「小聲點。這不關妳的事。這只是一間寫在紙上的公司名稱而已，揉掉，妳可以走了。也許妳會明白為什麼我不希望妳牽扯進來。」

「啊，對，當我們一起丟了工作之後，提醒我買瓶酒感謝你。你派薩特去幹嘛？你有沒有想過你會讓她陷入多麼麻煩的處境？而且你完全沒警告她？你真的是笨蛋，我衷心希望你有點自知之明！」

她匆忙走去門邊，拽開房門。他撿起掉落在地上的紙條，撕成碎片後扔進垃圾桶。

35

艾娃居然能夠壓抑住想要尖叫的情緒，慢慢走回辦公室。歐韋貝克警司令人費解的問題終於水落石出，卡倫納的確該死，難怪被投訴。她發現自己又在轉動手指上的訂婚戒指，思索喬究竟掌握了多少。如果他注意到卡倫納的小動作，肯定會對她說吧？她的頭隱隱作痛，最近她彷彿無時無刻都在頭痛。要是娜塔莎在就好了，她會不帶批判地傾聽，讓艾娃撐到下個月。

卡倫納太過分了，事實是根本沒有轉圜的餘地。她難以置信，他要不是笨，就是不顧後果。賭上他的職業生涯，甚至面對犯罪起訴，值得嗎？喬完全不提他的調查工作。有天晚上，她做飯時，聽到他在電話裡提到網路弩砲。看來無論卡倫納需要這家公司的任何資訊，都值得他冒著失去一切的風險。她吞了兩顆乙醯胺酚止痛藥，穿上外套，回到走廊。這次她連門都沒敲。

「我們去散步。」她對卡倫納說：「前門見。」

她一次跳下兩階樓梯，希望這陣子有時間能運動，抵達一樓時，她已經氣喘吁吁。兩分鐘後，卡倫納面色凝重跟了上來。他們遠離警局，都沒有開口，直到附近沒有人了，他們才坐在草地上，仰望天空。

「你是讓自己身處險境。」艾娃說。

「妳以為我不知道？」卡倫納從口袋裡拿出一包高盧香菸，抽了一根出來，向後躺著，直接吸沒點燃的菸。

「讓我試試看。」艾娃從盒子裡抽出另一根菸，學他一起向後躺。她先聞菸草味，然後在指間把玩起來，想要習慣香菸的手感。「大學之後我就沒抽菸了，那時我也只是想要酷而已。我不喜歡抽菸。」她把菸塞進嘴裡，吸起氣來。「你為什麼假裝抽菸？」

「提醒我簡單快樂的時光。」卡倫納閉上雙眼。

艾娃坐起身，一手撐著身體，望著他。

「你的線人有什麼特質是別人沒有的？」她問。

「我不想和妳討論這個。」卡倫納說。

「你會說，所以你才跟著我來這裡。你知道我會問。而且，如果你不說，你就讓我別無選擇，只能去向歐韋貝克報告整件事。」

「妳不會。」卡倫納說。

「你可能太看得起我了。」艾娃說：「今天別考驗我這件事。說吧，盧克，我了解你，如果不是追求合理的結果，你不會冒這種風險。我不用知道所有細節，我不希望一切搞得太複雜。我只要知道你做的一切是為了拯救人命。我需要了解這點。」

卡倫納睜開眼睛，目光跟著一抹飄過天際的雲移動，然後翻身趴著。「網路弩砲裡有個工程師，他駭入暗網，而那兩個凶手都和這個網站有關。我們捏造了一個用戶身分，假裝這個身分對命案感興趣，我們正在等待進入網站的密碼。」

「但我們找過倫敦的一流網路公司研究過，他們說程式滴水不漏，毫無頭緒。」艾娃疑惑反問。

「所以要仰賴駭客的技術。我聯絡的人是世界頂尖的駭客。」

「他要為銀行竊案負責？」艾娃問。她不想聽答案，但不問這個問題似乎又太懦弱。

「妳是問是不是他做的，還是妳未婚夫認為是不是他做的？第一個問題，我沒辦法回答，第二個問題，我不會回答。」

「老天，盧克，你做了什麼？」

「我可能找到全英國唯一一位有能力追蹤凶手的人，我在做我的工作。我們該回去了，如果我不能派人去找他，我就自己去。」他起身，伸手要拉起艾娃。

「別傻了，你已經被投訴了，可以說正在風暴中。好，你需要什麼？」

「我需要班．波森離開他的辦公室，想辦法進入暗網。我們很確定他工作的電話線路並不安全，而他不接手機。我需要有人直接去找他。」

他們往回走，拍掉後背的草，瞇起眼睛迎上陽光。連愛丁堡的風似乎都為了回應他們低落的情緒而停步。

「聽著，盧克，為什麼不讓我和喬談談？假使他曉得人命危在旦夕，我想我可以讓他理解，我相信他會明白的。」

卡倫納爆出笑聲。艾娃看著他笑到停不下來，還扶著肋骨兩側。她雙手環胸等他停下來。

「你太沒禮貌了。」艾娃走開幾步。

「抱歉，只是妳根本不曉得喬瑟夫．艾德格是誰，他的真面目，而妳還想和他共度下半生？我已經得到警告了。結案就是保證他安穩往上爬的手段，還會直跳好幾道臺階。他不會讓任何事阻止他，就算是幾具屍體也不行。」

艾娃倒吸一口氣想說話，她想幫喬解釋，否認卡倫納的指控。但就算她能辯解，她也無法假裝喬是多高尚且配得上她的人。

「我去。」她說：「他們不會注意到我。你不能讓你的手下冒險。要是喬發現，我就說我只是在追蹤案件的線索，我完全不曉得網路弩砲裡的狀況。他不會申訴我，對吧？」

卡倫納看看手錶，他們想的是同一件事。時間不多了，茱莉亞．史汀普命在旦夕。

他們抵達警局停車場，艾娃說：「我這就去。」

「如果我說不行，妳會打消念頭？」卡倫納問。

「只會加深我反抗你的程度。除此之外一點幫助也沒有。給我二十分鐘。」

艾娃在不致違法或引起注意的前提下飆車過去。她把車停在網路弩砲的大樓後方，然後穿過停車場，前往辦公區的接待櫃檯，要求使用他們的電話。

「我必須和波森先生談談。」她告訴網路弩砲的櫃檯，但接聽電話的先生聽起來很自以為是。

「小姐，不可能，他和老闆都在忙。」

「拜託，我是他女朋友。我就在樓下的櫃檯。」艾娃從喉頭擠出一點哽咽聲，這招是博取同情，也是種威脅。她使出較委婉的手段。

「波森先生應該對妳說過，私事回家再談。這是公司的政策。」

「但我……」艾娃讓聲音卡在喉頭。「我說不出口。」

「妳還好嗎？也許我們該報警？」他說。

「不，只是有人闖進我們的公寓，警察來過了。但我很害怕，我必須知道保險文件在哪裡，這樣才能修門。不能鎖門，我現在回家真的覺得很害怕。我只要見他一分鐘就好。你幫幫我好嗎？拜託？對他說我很抱歉。」

他的聲音變得柔和。「我看看我能幫什麼忙，妳先待在原地。」

艾娃放下電話，遠離一樓的接待櫃檯，慶幸現在是夏天，她有藉口戴墨鏡和帽子。她身上的褪色牛仔褲與白T恤，看起來就和城裡閒逛的觀光客沒兩樣。就算如此，她還是避開大樓的正面窗戶。

過了好一會兒，一個二十幾歲的男人走出來，他皮膚黝黑，頭髮稍長，略帶叛逆的態度。艾娃伸出手，曉得櫃檯人員剛剛聽到了她在電話裡胡謅的悲慘說詞。

班拉著艾娃的手臂，勾著她穿過前往停車場的門。

「除非我誤會了，不然妳應該不是我女朋友。事實上，妳對我來說有點老。」

「卡倫納要你聯絡他。」艾娃說：「立刻，很急。」

「我不曉得妳在說什麼。」班說：「我覺得正確的順序應該是妳先自我介紹，解釋妳來的目的。」

艾娃咬緊牙根。卡倫納沒提醒她眼前的男孩這麼難應付。

「我只是傳遞訊息，你知道我在說誰。這可不是鬧著玩的。如果你能幫忙，我們現在需要你的協助。」

「艾德格總督察讓妳接近我實在很低級。」班一臉無奈。

「什麼？」艾娃退開。「你知道我是誰？」

「我猜妳正在錄影或錄音。我要鄭重聲明，我沒有聽到我的權利，我也不曉得卡倫納是誰。對艾德格說，他得加把勁才行。抱歉了。」

「班。」艾娃開口，他正要離開。「我懂，我完全不想因為你的行為受到牽連。看一下你的手機，案件有進展，你有未接電話。當艾德格總督察結案時，你就會遭到逮捕，在那之前，你也許會想幫忙調查，替竊案戴罪立功。不曉得為什麼，盧克很信任你。他冒了無比的風險，別搞砸這一切。」

「隨便啦，謝謝妳的打氣。代我問候妳未婚夫。」他穿過門，門自行關上，撞擊聲迴盪在混凝土柱之間。艾娃咒罵起來，這件事可以處理得更好。他也許是電腦天才，卻也是自以為是的討厭鬼。

36

卡倫納回到案情室時，賴弗利警佐已經在等他了。

「有個女人在辦公室等你。」賴弗利說。

「警佐，說清楚一點，還是要我自己猜？」

「是莉安．霍斯金，婚前姓史汀普，夠明顯了吧？她想知道警方尋找她媽下落的進展。她很難過。」

「她當然很難過。」卡倫納說：「請人泡杯茶，順便要薩特進來。有個女性在場會很有幫助。」

「我來泡茶。」賴弗利說。卡倫納一時間還以為自己聽錯了。每個人都曉得賴弗利只會替自己張羅飲料。薩特拿著筆記本走過來。

「不需要筆記。」卡倫納說：「我要向茱莉亞．史汀普的女兒報些壞消息，但如果妳可以，妳知道……」

「安撫她？」薩特確認。

「沒錯。」卡倫納走進辦公室。

莉安．霍斯金和她母親很像，身形和長相都非常神似，一樣高大。她一臉嚴肅坐在位置上，緊抓著腿上的包包。卡倫納介紹自己和薩特，坐下時，賴弗利端茶進來。卡倫納以為警佐會離開，但他沒有，而是靠在牆邊，喝起他的咖啡。卡倫納和薩特沒有喝的，意料中事。

「霍斯金女士，我們正在竭盡所能尋找令堂。」卡倫納開口。

「這樣還不夠！我可憐的老媽，鬼才曉得她經歷了什麼。你們找出她的下落了嗎？」

「還沒，但快了。我們相信綁架她的男人是斯洛維尼亞人，也向媒體公開了他的外貌描述。」

莉安抽出手帕，擦拭眼睛。

「你們完全不曉得他把她綁去哪裡，對嗎？」

「恐怕還不清楚。不過我們得到其他消息——我很遺憾必須告訴妳，這名綁架令堂的男子已採取行動，企圖證明他不是說說而已。」

「什麼？」莉安雙眼圓睜，茶杯停在她嘴唇前方。她愣愣地輪流看著卡倫納、薩特與賴弗利。「你是什麼意思？」

「雖然難以啟齒，但是令堂的手指遭到切除，寄給我們其中一位警官。還附上一張和近期記者會發言有關的字條。」

「你說什麼？」莉安問。她一臉緊繃，眉毛揚得老高，嘴巴闔不上。卡倫納不想繼續解釋任何細節。「怎麼會發生這種事？」

「霍斯金女士，我們可以替妳聯絡誰嗎？妳會需要支持。」薩特溫柔地伸出手搭在女人肩上。莉安甩開她。

「這樣不對。」她大吼：「我要離開這裡。」她起身，杯子飛了出去，那杯茶灑在卡倫納桌上。

「不打緊，我來清理。」薩特說：「我該請人送妳回去嗎？妳現在最好不要開車。我們理解這個消息對妳來說有多驚嚇。」

「妳哥哥呢？」賴弗利問：「我們還沒聯繫上他。如果妳有他的手機，我們就能請他來接妳。」

「他在外地工作，不願聯絡，我們太難過了。那麼你們現在打算怎麼做？」莉安問。

「我們正在追查一些線索，希望早日得到令堂的下落。有任何進展，我們會第一個通知妳。」卡倫納說。

「我會聯絡媒體。」莉安說：「你們不該讓這種事發生，你們知道她有危險，你們一開始就該安置她。」

「霍斯金女士，這個階段聯絡媒體只會讓事態惡化。而妳最好別將我告訴妳的資訊透露出去。凶手渴望目光，走錯任何一步也許會讓他做出更激烈的行為。」

「大眾有權知道發生了什麼。」莉安大聲擤起了鼻涕。「我自己回家。」她走了出去。

「長官，要我去追她嗎？」薩特問。

「沒關係，薩特，我去就好。」賴弗利說：「妳蹺著腳，不然對寶寶不好。」

賴弗利離開後，卡倫納問：「妳都說了？」

「對，我想是時候了。我只是不希望得到差別待遇，或身邊的人忽然改變態度。這很難，但我喜歡警察的工作，懷孕是意外。」薩特說。

「也許這樣最好。妳會是個好母親，而妳回來之後，執法生涯還等著妳呢。」

「習慣需要一點時間。」薩特清理起茶水。卡倫納壓抑住想從她手中搶過抹布的衝動。薩特說得對，旁人的直覺就是忍不住想給她差別待遇。「但我現在一有空就會想像第一次抱起孩子的感覺，想名字啦，擔心，又開心。真的很怪，可以愛上這個根本還沒碰觸到的小東西。」

薩特淚光閃閃。卡倫納想保護她，無論事態變得多複雜，他很慶幸艾娃當時衝進來阻止他。班給他的手機響了，他抬頭望著薩特。

「長官，沒事。我整理好了。」她說完走出辦公室。卡倫納在她身後鎖上了門。

37

班沒心情幫警察。卡倫納居然派艾德格的女朋友來找他，真是夠了。彷彿這從一開始就不是圈套一樣。重點在於，網路弩砲的老闆正在氣頭上。他整個早上都在接受問話、制定策略、重新測試公司內部安全系統的輪迴當中。他知道自己不會被解雇。他是網路弩砲獵人頭來的，班在矽谷的同事讚美他多有才華、天底下沒有多少人能勝任他的工作……目前能拯救他的也就剩這點了。

現在他趁著午休搞消失，儘管他本該乖乖待在座位整理昨天混亂的殘局才是。警方什麼也沒查到，他沒那麼大意。他們得闖進他家，而他的電腦正登入系統，這樣才算「接觸證據」，但這種事不可能發生。假設警方真的突襲，他還有應變的策略。要是他們闖進來，他只要同時按下兩個按鍵，一切資料就會自行刪除。萬無一失。

通納督察造訪後，他才不會冒險立刻回到自己的住所。卡倫納相信通納，他可能是個笨蛋，但是出於好意的笨蛋，就像班的父親，恪遵正確的目標做個好警察。對好警察來說，升遷不是重點，所以偶爾踰矩也無所謂。重要的是逮捕壞人，保護無辜市民。他父親經常談起對輕鬆人生的看法。現在他父親不在了，而他意識到父親所代表的一切似乎非常重要。正義、平等，他面對那些有錢的上流階級人士，那些人貢獻極少，還從他們的頂樓豪宅或企業的摩天大樓裡睥睨這世界。

班抓起筆電，一邊回想艾娃撒謊他家遭到入侵，然後走去「水準之下」咖啡廳。路上，他傳訊息給卡倫納，要他出來「喝咖啡」，卡倫納曉得該去哪裡。寶莉露出笑容歡迎他。

「班，都還好嗎？沒料到你今天會來。你要去後面的房間，還是待在這裡享受我的陪伴？」

她穿了一件裁短的T恤與牛仔短褲，頭髮用粉紅色的絲巾綁起來。她一直掛在肚臍上的綠寶石鉚釘在他的白色襯衫上投出綠色的光。他想伸手觸碰，但他可能會因此喪命。他看過幾個對她不禮貌的男人，最後都被她修理到抬不起頭來。她說話很直。這也是他喜歡她的其中一個原因。

「寶莉，如果沒人，我要去後面房間，拜託了。」

「火腿酸麵包三明治和一杯咖啡？」她面露微笑，手動作起來。

「妳真是天使。」班說：「會有訪客，上次那個男人。讓他直接進來，好嗎？」

「可真掃興。」寶莉咕噥著：「上次多有趣？但既然你都這麼客氣了。」

「以防妳沒注意到，我每次都很客氣。也許我的口音讓妳誤會了？也許這能解釋為什麼我每次約妳出去都被妳拒絕。」

「也許只是毅力問題。」寶莉說：「女孩得知道自己是短期對象還是長期對象。聽起來，你已經要放棄嘍？」

「才沒有，還早得很。特別是妳現在似乎又給了我一點希望。」班對她微笑。

「別期望太高。」她笑著走開，還微微搖起屁股。班看著她的背影，曉得她知道他在看。就算如此，他還是無法移開目光。「水準之下」是朋友的朋友開的，老闆非常理解「埋沒之人」的工作。咖啡店是見面的地點，能夠阻擋任何窺探的目光。來來往往，在這裡幹的一切也會跟著你一起離開。寶莉開始在這裡工作後，班就比較常來了。他習慣了加州那些複製人一樣的女孩，每個都是金銅色皮膚、白閃閃的牙齒、瘦到不行、一頭金髮，那是他所痛恨的一切；寶莉似乎是種仙丹妙藥。建制派、盲從，社會就是窺探隔壁窗戶的鄰居，羡慕別人的成功，熱愛指出對方的缺點。蘇格蘭的直率粗鄙似乎是對抗那一切的方法。

班打開筆電，等著卡倫納加入。五分鐘的安全程序結束，他打開管理員寄給羅里．韓德的電子郵件。裡頭有各種指示，打開加密軟體後就可以進入網站，這是暗網的標準配備。提供帳號名稱，班登錄之後可以自行更改。密碼是隨機的二十一個字元，包括數字和大小寫字母。

卡倫納開門，沒有說話直接進來。寶莉跟在他後頭，將咖啡與承諾的三明治放在桌上後就離開了。

「你再搞這種把戲，咱們就吹了。」班說。

「狀況很複雜。」卡倫納說：「無端捲入了一張字條、孕婦和威脅。」

「省省吧。」班說：「但我猜有新進展？」

「收到凶手的包裹。我們沒時間了，」卡倫納說：「我們現在有什麼？」

「羅里．韓德的歷史足以說服網站管理員他夠格加入俱樂部。我正在登錄密碼。」班花了幾秒鐘輸入，然後等待。一個選單跳出來。

「要選哪個？」卡倫納問。

「別管用戶簡介，我們不用增加細節，別引人注意比較好。你的選項有『投票』、『討論區』和『圖庫』。」

「圖庫似乎是檢查我們是否走對路的方法。」卡倫納將椅子拉近桌邊。

圖庫裡有四個標籤，分別是：索邦、洛特、史旺與堡卡斯基。卡倫納不想打開，並不是因為可能會看到讓他不舒服的圖片——應該也沒有足以讓他意外的畫面。而是他彷彿踏進一個他一直對抗的世界，那些在社會上失去一席之地的嗜血之人將玷汙他。班打開第一個視窗。

是社交平臺上的席姆．索邦照片。顯示出這個年紀的人痴迷於記錄下一切，甚至還有男孩血流不止的照片。有驗屍報告的檔案副本、媒體報導、幾條新聞影片連結。看起來和案情室的牆面沒兩樣，但在這裡的目的全然不同。卡倫納明白其他「圖庫」頁面裡還有什麼，實在不用提醒他這些命案有多血腥。

「去『討論區』。」他告訴班。進去後，是一連串的討論發文、用戶代號，以及最後留言日期。上頭聊犯罪、聊殺人技巧，更多在討論不同國家的連環殺人魔，以及種種陰謀論。一條是專門推薦虐殺的影片連結，一條是各種凶器的詳細購入方式，從刀到槍，從毒物到化學物質。「你覺得這裡有多少人？」卡倫納往下瀏覽張貼文章列表。

「好幾百人吧，這網站肯定經營了好一陣子，會吸引全世界的流量。」

「我們無法追溯使用者的身分？」卡倫納盡量不去想自己到底在看什麼。一旦開始想，無法停止的質疑就會浮現。

「對，加密軟體太強了。」班說。

「我們要從哪裡開始？」

班點下最後的選項。「投票」區分成兩塊，第一塊標示「下一次殺戮」，但目前沒有任何資訊。

「進不去。」班說：「這裡應該有一個核取方塊和可輸入欄位，但還沒有。我猜現在沒開放投票，試試另一邊。」他在「殺戮成績」上點擊滑鼠。

一個說明框跳出來。班讀著上頭的文字：「『一位用戶只能投一票，一旦送出就不能更改。』我不懂。」他往下拉，找到受害者的姓名列表。當他拖移滑鼠到受害者姓名上時，側欄冒出三個勾選處，勾選項目包括：流暢度、原創性、恐懼感，下方說明顯示：「最高可以輸入到一百。」

卡倫納放下咖啡杯，感覺太陽穴抽動起來。「他們替命案打分數？」他低下頭，想要克制住血液直往腦衝的暈眩感，但沒有用。

班沒說話，只是盯著螢幕。

「班，要怎麼抓到他們？現在我們清楚他們的邪惡行徑，整件事就是一場見鬼的遊戲。如果不能接近他們，了解這些有什麼用？」

「凶手潛伏在某處。」班說：「這樣他們才能得到指令。我需要時間瀏覽這些內容，看能不能再掌握一些資訊。不過我下午得回去工作。晚上回家就開始。」

「你需要幫手。」卡倫納說：「我們可以找蘭斯。」

「我來聯絡他。」班說：「你看起來氣色不太好，需要幫忙嗎？」

「我需要他們綁架茱莉亞．史汀普的地址。」卡倫納說：「只要綁架她的凶手一想出如何以最高分的手段殺害她，一切就太晚了。」

卡倫納先離開，幾分鐘後班也走了。他們沒有注意到對街的艾娃．通納。她卻緊盯著他們。她看到卡倫納出來時一臉驚嚇與疲倦，班則行色匆匆，頻頻看手錶。接著，她看到店員女孩在櫥窗掛起「休息中」的牌子。

38

蘭斯打電話給卡倫納，他的手還在抖。他不確定自己的眼前出現了什麼東西，但那肯定非常不妙。今天早上本來很愉快，上工前稍微慢跑，讓血液活絡起來，新報導需要新資訊，收到兒子寄來的生日卡，兒子外出旅行一年，卻沒忘老爸的生日。前往租用的小辦公室路上也挺愜意的，一路上沒什麼車，摩托車騎得很順，沒有下雨。然後包裹送來了，他午餐吃得晚，一邊吃一邊拆，真是不幸。

「嘿，蘭斯。」卡倫納說：「我正要找你。我今晚需要你幫忙，班會打給你……」

「有人寄給我一部分人體。」蘭斯說：「抱歉，聽起來很怪。我是說，我打開一個包裹，裡面是看起來像人類皮膚的東西，軟軟的，不曉得是哪個部位……」

「茱莉亞．史汀普。」卡倫納說：「你在哪裡？」

「在辦公室，我該怎麼做？」蘭斯低頭看著這團原本應該是健康粉紅色的東西，現在看起來比較像生的蝦子。

「別動，真的，什麼都不要動。我立刻派人過去。什麼都別碰，特別是包裹。我馬上趕去。」

蘭斯平常不太容易反胃。這些年來，人際上分分合合，年輕時打英式橄欖球，揹隊友下場時遇到的意外也不算少；他還曾親自接生第二個孩子，因為孩子來得太快，讓他和前妻措手不及。不過這一次，眼前的狀況更可怕。而他清楚知道，那塊部位與身軀分離時，有人受盡折磨，

第一位犯罪現場調查員進來時，她已經穿好防護服，蘭斯覺得自己就像置身於一部正在放映

的科幻電影裡。警官查看他是否無恙，拍下他與大腿上那塊肉，詳加檢視、打包、貼上標籤，然後以同樣的步驟處理包裹裡的每一樣物品。終於，蘭斯按下指紋後離開辦公室，用來排除他在包裝盒上的指紋；再來警方要送他去安靜的地方做筆錄。

卡倫納抵達時，制服警員才剛替蘭斯送上一杯茶。「蘭斯，你還好嗎？」

「有人將信封塞進前門。這裡是分租辦公室，他們每天會收到上百封信件，午餐後到處發送。」

「很遺憾你遇到這種事。」卡倫納說。

「這不是你的錯。」蘭斯說。

「要不是我讓你散布麥可．史旺編造出來的驗屍報告，凶手肯定不會找上你。對了，鑑識病理學家說那是耳垂，不是致命的部位，希望知道這點你會比較好過。」

「老天，可憐的女人。」蘭斯說。

「蘭斯，我不曉得那是你的辦公室。」賴弗利警佐從卡倫納身後開口：「我可以倒一點單一麥芽威士忌給你，但我覺得督察會對我皺眉，居然在上班時間搞這個。你還好嗎？」

「聽說我可以離開了。我不確定我該不該騎車回去，但我不想繼續耗在這裡。我可以搭個便車回家？」蘭斯問。

「如果老大不覺得違反健康安全條例的話，我沒問題，兄弟，你也知道管理階層都是這樣。長官，我受命回局裡向你報告，我們可以順路送蘭斯回家。」賴弗利說。

「警佐，愛丁堡裡好像沒有你不認識的人？」卡倫納問

賴弗利聳聳肩回應。「我和蘭斯一起打過英式橄欖球，那時跌斷骨頭，他們只是在你身上潑

點冷水，然後送你回場上；就算找物理治療師給你『呼呼』，也沒好到哪裡去。」

「我兒子出生後就沒時間打球了，」蘭斯笑著說：「那時禮拜天可都毀在比賽後的宿醉。」然後對卡倫納說：「但你們不方便送我也沒關係。」

卡倫納客氣地說：「我們當然可以順道載你一程。對了，賴弗利，你要報告什麼？」

「有人看到一輛廂型車，外觀符合茱莉亞・史汀普失蹤時出現在她家外頭的車輛。警車想逼停，但對方加速逃逸。警員無法追趕，那是繁忙的徒步區。目前還沒找到廂型車，但我們有一組人馬正在調閱全城的監視器畫面，希望快點找到這輛車。」

「我們出發吧。」卡倫納說。

蘭斯坐進後座，閉上雙眼。「你們有突破了？」

「也許沒辦法證明什麼。」賴弗利說：「我只是希望我們還沒有喪失逮到這個混蛋的機會。」

「我可以引用這句話嗎？」蘭斯問。

「差點忘了你是記者，你們和那些吸血的律師就是一步之遙。你要是敢引用，以後你在城裡停車就等著每一次都被拖吊，懂了嗎？」

無線電傳來聲音，一秒後，卡倫納的手機響了起來。無線電贏了。

「所有待命單位前往奧米斯頓的莫法特路，保持低調。警員已經抵達現場，等待後援。確認位置。」

賴弗利將車調頭，打開警示燈，加快速度。卡倫納同時打電話給崔普。

「長官，我正要打電話給你。」崔普說。

「奧米斯頓，對嗎？我和賴弗利開警車過去。」卡倫納問：「還有什麼狀況？」

「尋找廂型車有了進展。應該就是這輛車在案發前停在茱莉亞．史汀普家前面。」崔普接著說：「有人目擊這輛車離開一間酒鋪，後來追丟了，然後又在監視畫面上看到。未標記的警車跟上去，一路跟到一間看起來滿可疑的房子。」

「奧米斯頓在哪？」卡倫納轉頭問賴弗利。

「離市區東邊幾公里。那一帶大多是住宅區。」賴弗利說。

「描述現場。」卡倫納繼續對崔普說。

「一位白人男性下車，走進屋內。警員注意到所有的窗簾都拉起來，一、二樓都是。男人拿著一袋酒和幾樣食物，拉起帽T的帽子，大熱天的還戴手套，而且車牌和交通工具並不相符。」

「房子是誰的？」卡倫納一邊問，一邊將細節傳訊息給艾娃。

「屋主是艾倫．蘭維利太太，但過去四個月她都住在老人之家，所以屋子是空的。外頭還立著一個待售的牌子。照理說屋裡不應該有人。」崔普說。

「廂型車呢？」卡倫納問。

「沒有登記，沒有繳稅，沒有保險，車牌應該改過。」

「逮到他了。」卡倫納說：「武裝部隊在哪裡？」

「兩條路之外，等你或通納督察趕來，看誰先到。急救人員也在場待命了。所有單位都不亮燈、不鳴笛。」崔普說：「你一聲令下，他們就準備好行動。」

39

格鑼替導護媽媽的手更換繃帶。他切手指的時候非常俐落（他並不打算讓她失血過多而死），但傷口處留下黏稠的半凝結痕跡，說真的，已經開始發臭了。他受夠這股氣味，以及她動不動就要上廁所的毛病。他不確定她是真的需要上廁所，或只是隨時隨地搬出膀胱和尿意來折磨他。不管怎麼樣，房裡的空氣變得溼熱凝重，就像他父親的馬廄一樣。如果空氣有顏色，那麼這裡流動的是紅褐色的。

他煮水，倒進玻璃杯拿給她喝，大部分流到她大腿上。他加了一匙鹽到壺裡。這也是他在馬廄學的，現在看來，他大部分的教育是在馬廄裡完成的，性、出生、死亡，奪走生命時如何減少痛苦；以及等待時機成熟，如何延長痛苦，讓死亡成為慰藉與挫敗。他第一次清理、包紮傷口的對象是他父親的馬。這匹母馬在狩獵時不肯跳進河裡，氣得格鑼的父親拿起一根大樹枝刮擦牠後臀及腿部的皮膚。牠瘸了兩天。清理與療傷，是格鑼的工作。格鑼打算使用他照料馬匹傷口的方式處理老女人，而他覺得自己更加同情那匹馬。

他等熱鹽水降溫，這樣才不會燙傷，硬拉著她斷指的部位泡進鹽水中。導護媽媽哀號、掙扎起來，但他仍緊緊握住。然後他拿出從廁所藥品櫃中找到的乾淨繃帶，將傷口扎實地包起來。那匹馬又活了一年，顯然比老太婆接下來的命運好多了。十二月的某天早上，當他父親想將馬從馬廄拖出去，那匹馬猛力踢在他父親的胸口上。那一刻，大塊頭無助地飛了出去，他看著父親扶著胸口摔在地上，動也不動，格鑼覺得自己樂壞了。但快樂的感覺霎時又消散，他發現父親沒死，那老混蛋只是哀號了幾聲，舉起一隻手。格鑼的世界又回到原本的蒼白荒蕪。他父親將繼續活著講述這件事，伴隨胸口一道馬蹄鐵的瘀青。受苦的是那匹馬。

他父親將馬牽到樹林裡，將牠綁在三棵樹上，一根繩索套著牠的頸子，兩條後腿分別繫著繩索，讓牠無法掙脫。之後他在馬兒身軀下方點火。起初火很小，只起一點煙，小小的樹枝燃燒作響，風勢吹滅了火，格鑼心想火熄了，父親或許能恢復理智。不過老人又扔進更多引火的木柴，然後是木塊，忽然間，馬兒又踢又跳，往左也不是，往右也無法，根本躲避不了高溫，頭不住撞擊上方的樹枝，蹄子踢踹樹幹。火光對抗冬日的冰冷空氣，緩緩燃起，山腰上滿是濃煙，烈焰舔上馬兒肉體時，牠意識清醒。格鑼記得最清楚的是氣味。燃燒毛髮的刺鼻味後變成焦肉味，煙燻的味道，還有濃稠血流的金屬味。他父親在一旁大笑不止。

格鑼盯著老女人，他曉得該拿她怎麼辦了，真是天才。這次的殺人手法會讓聖庫芭的努力看起來像萬聖節派對上幼稚的蠟筆塗鴉。他要活生生燒死這個老太婆，四肢伸展綁在柴堆上。但他要想出最適合的地點。他要拍影片，而且在他完成任務前，還不能驚動警察。他也許需要兩天研究、購買需要的材料，兩天就夠了。

路上閃過的動靜吸引他的注意力，他迅速走到窗邊查看狀況。老女人叫住他，她又要上廁所。他扭頭，掄起拳頭想解決一切，一了百了。最後他還是耐住性子。現在他已經構思好他的傑作，距離勝利不遠了。

40

賴弗利將車停在與莫法特路平行的一條街上。停好車子，卡倫納下車，一群人圍住他。其中一人遞給他一件防刺背心與頭盔，另一人拿耳機給他。破門鎚已經架在門上，尺寸之大，撞下去的瞬間附近幾間房子都會感到震動，周遭也已經圍起封鎖線，阻止車輛進出。

「你留在車裡。」賴弗利對蘭斯說：「低調點，別亂跑。別攪和進來，別拍照片。等現場安全後，我會盡快回來，之後就送你回家。」

「了解。」蘭斯才說完，賴弗利已經消失在人群之中。記者隨即東張西望起來。

這一帶最特別的是一片灰濛濛的，不只是道路和人行道，半連棟的一排排房子外牆也是灰色系的礫石灰漿，散發出衰敗的氣息，顯然是在大眾眼皮子底下最理想的藏身處，凶手要進城「投遞包裹」也很方便。一方面，蘭斯希望警察好好修理這個混蛋；但理智的他偶爾會參加人權遊行、寫文章捍衛公平正義，而他很清楚，出庭與終身監禁是將這頭野獸與一般人分隔開來的唯一辦法。

蘭斯坐在後座，做起筆記，他拿出手機，開始寫報導的草稿。賴弗利沒叫他不要寫，他也只承諾不會引用賴弗利的話和不拍照而已。他幫忙卡倫納，但他也是記者，而這條新聞肯定關乎公眾利益。最棒的是他搶到第一手報導。

賴弗利替他留了窗戶縫隙。蘭斯在不惹人注意之下，脖子伸得長長的，聽取外頭的簡報。

「我們同時從前後門進入。附近每一間房子都已安排警力站崗，避免凶嫌闖入，挾持額外的人質。狙擊手會瞄準進出目標建築的每一扇門窗，進入後將室內窗簾拉開。」蘭斯判斷開口的是武裝部隊成員，這部分應該不是由卡倫納負責。不過，蘭斯倒滿欣賞這名督察，不是因為那張俊美的臉、操著一口討女人歡心的法國口音，或隱約帶點疏遠的氣質（基本上這些特質都很難讓蘭斯喜歡他），但他盡心盡力；雖然是警察，卻不致太惹人厭。

「我會敲門，表明身分。」蘭斯聽到卡倫納說：「首要目的是確保受害者安全。凶嫌有武器，盡快讓他繳械。茱莉亞．史汀普很可能處在驚嚇之中。我們知道她的手和耳部有傷，或不只如此。別逞英雄，這男人非常強壯，也許需要強力壓制。」

蘭斯繼續輸入，簡短描述現場狀況。車子很多，至少二十名武裝警察，警方和善地要求周遭關切的民眾返回自家。然後你會以為建築物內部活了起來，窗簾下窸窣著些微動靜。他補上最後的細節，儲存草稿，坐看這齣戲正式上演。

「好，就定位。」卡倫納下令：「我一聲令下就行動。」他拉好身上的防護衣，然後和武裝部隊成員一起跑向目標建築。這間房子正在凋零，斑駁的牆面、髒汙的窗戶。他看不見燈光。手持破門鍾的警察走在前面，握著器具兩端。所有人就定位，然後是短暫的寂靜。

「警察，立刻開門。」卡倫納大喊。

裡頭傳來女人的尖叫聲，然後是家具翻倒的聲響和甩門聲。

「行動，所有單位，出動。」他的耳機裡傳來這句話。破門鍾向後拉，然後用力往前撞。木頭裂開，門紋風不動。撞第二次，門鎖才屈服，門向後飛噴開來。同一時間，他聽到後門也崩開的巨大聲響。警方前後包抄屋子。樓上傳來叫喊聲，女人歇斯底里的哭叫。警方喊傳指令。卡倫納走上階梯，推開人群，茱莉亞．史汀普就躺在床上，枕頭蓋在臉上。

他深深吐出一口氣，至少這條命保住了，他們及時救下了她。無論她受了哪些苦，她都逃過最糟的時刻。

他前往下一個房間，看到亮出的武器，以及至少三個警察將一名大漢壓制在地。

「他有武器？」卡倫納問。

「長官，沒發現。」其中一人回答。

「好，陪受害者等急救人員過來。車子開來門口，直接讓凶手上車，毯子蓋住他的頭，我不要他的照片出現在網路上。一切保持低調，等我們準備好聲明。立刻找人聯絡茱莉亞・史汀普的家屬。」

「我來打電話給她女兒。」賴弗利從走廊上喊。

卡倫納在一排警察隨同下，協助歇斯底里的茱莉亞・史汀普安然下樓。

「史汀普太太，沒事了。」一名警察說：「急救人員在等妳。綁架妳的人已經落網，就算他還有一口氣，也無法再上街殺人。」

這話卻讓史汀普太太淒厲地哀號起來，摻雜著聽不懂的隻字片語。送她出去時，卡倫納回頭望向屋內。這個空間很溫暖，沒有掙扎的跡象。廚房餐桌上攤開著一份報紙，還有導護媽媽綁架案的剪報，小電視機正播放著白天的連續劇。看起來就像尋常人家。廚房的檯面留下幾塊比薩，水槽裡有待洗的餐具。

卡倫納決定去外頭等。現在除了逮捕凶手及後續程序之外，他暫時沒有能做的事。

「逮住一個，還有一個，是吧，長官？」賴弗利說：「聯繫上女兒了，她卻掛我電話。還在等她回電，這樣才能告訴她，她媽去了哪間醫院。」

蘭斯在車上看著茱莉亞·史汀普，她的體型很好認，她被送上救護車時還在尖叫哭泣。他加上標題，以及不常用的聳動字眼，然後按下發送。愛丁堡少了一個變態殺人狂在外遊蕩，今晚可以稍微睡個好覺。

＊

這一天終於來到，「管理員」引頸期盼許久，終於開放下一位受害者的票選活動。他要確定格鑼已經沒戲了，新聞頻道則非常直接，沒錯，事情和他預期得不一樣，但現在這不重要。愚蠢的斯洛維尼亞人落網了，他的導護媽媽受害人顯然沒死。新聞報導將警察寫得非常英勇，事實是，格鑼肯定是蠢到不行才會被警方一路跟蹤到奧米斯頓，然後被逮捕，而導護媽媽還活著。不過，現在聖庫芭更有理由完成她的三連殺，證明自己才是終極殺手。她才不會嚇到逃走，「管理員」很確定這一點。瘋婊子的計畫肯定會比平常更駭人，狠狠地嘲諷牢籠裡的格鑼。他之所以挑選這兩人，是因為他們很自大，而要操縱自大的人非常輕鬆。對多數人來說，取人性命是出於私人理由；但少數天選之人需要殺戮，並且渴望從中得到仰慕。「管理員」早在先前就發現，參加甄選的人遠遠多過他的預期。

他採取的第一個行動，就是鎖住格鑼進站存取的資格，取消他的密碼。之後他翻找用戶資訊，刪除任何一處提到格鑼的討論，還有他的申請表、電郵信箱、他們之間每一則聯繫。他其實不在乎格鑼向警方透露任何訊息（這麼做也不可能換取減刑），但小心駛得萬年船。至於新的投票，他大幅縮短提名期間。沒必要繼續等下去了，他已經耐心等候許久，計畫了好幾個月，耗費無數小時，才讓每個人出現在對的時間點。最後一步就是通知所有用戶，最終的票選開始了。

已經不需要塗鴉了，格鑼出局了。其實原本的策略滿有用的，讓聖庫芭與格鑼在城裡互留訊息，通知對方下一個目標的身分，這能讓比賽加溫，增加曝光度。也幫了蘇格蘭警署那些笨蛋一個大忙，讓他們搞清楚遊戲究竟是怎麼進行的。但他絕對不能冒險讓下一個目標離開愛丁堡。那樣對他完全沒好處。而只有一個人能夠接觸這個目標。

他查看手錶。他得快點出門採買，在妻子回家摧毀另一個夜晚前，他還有兩個小時可以清閒獨處。「管理員」上傳新的投票，然後出門去買燻鮭魚。

41

艾娃來不及趕到奧米斯頓參與突襲，但她已經在醫院門口等候載著茱莉亞．史汀普的救護車抵達，還有兩輛警車護送。車門還沒打開，她就聽到裡頭傳來女人的喊叫聲：

「我要見我兒子！讓我打電話給我兒子！」

艾娃做好心理準備，今晚會非常漫長，必須讓茱莉亞．史汀普冷靜下來，才能做筆錄。但至少殺害海倫．洛特和愛蜜莉．堡卡斯基的凶手落網了，不需要繼續與喬調查的犯罪首腦合作。班．波森讓她感到不安，見個面得偷偷摸摸的；那二十幾歲的女孩則一臉漫不在乎，看起來就像諷刺漫畫裡的人物，波森與卡倫納離開後還立刻關起店門。一切都太專業，艾娃不喜歡這樣。而卡倫納深陷其中，根本聽不進去。

救護車終於開了門，輪床推出來。艾娃直接走過去，亮出警徽，盡量以具權威感也令傷患安心的語氣開口。

「我是艾娃．通納督察。我可以確認妳是住在芬霍恩街的茱莉亞．史汀普嗎？」

「我是。」女人高喊，還高舉雙手。她在發抖，顯然需要一點鎮定劑。

「沒事了，史汀普女士。我們要送妳去醫生那裡，並請警員站崗。等妳冷靜下來，我們需要向妳問話。」

艾娃看著女人瘋狂梳理頭髮的雙手。她一開始沒注意，但她立刻明白了。

「能請妳伸出雙手嗎？」艾娃問。

女人乖乖照辦，艾娃必須牢牢握住她顫抖的手才能看個清楚。

「請妳左右轉個頭。」艾娃下令。女人聽話轉頭，顯然嚇壞了。艾娃赫然發現茱莉亞・史汀普驚嚇的原因和他們期待的不一樣。

「史汀普女士，和妳一起待在屋裡的男人——警察逮捕的那個人，妳能告訴我他的身分嗎？」

「我就是一直在說這個！」她高聲說：「那是我兒子。他沒有想要傷害任何人！我們只是要待一陣子，然後他會送我回城裡。」

「妳是自願離開的？」艾娃的聲音變得沙啞，她察覺自己就快掩飾不了高漲的怒火。一位急救人員想介入，艾娃伸手阻止，示意目前插手是個壞主意。

「我工作沒了！」茱莉亞・史汀普高喊：「那些八卦的混蛋居然敢投訴我，說我言詞不當，說我靠在牆壁上指揮小孩過馬路。還因為這樣就懲戒我！我的身體根本找不到別的工作。」

「沒有任何人傷害妳或威脅妳？」艾娃問，她的手握成了拳頭。

「沒有，我在那間房子的時候一直想對警察解釋，我兒子不會傷害我。我們只是需要一點錢。那些雜誌會花大錢買好故事。沒有人受傷，對不對？妳有沒有看到他們是怎麼對我兒子的？一副當他是那些該死的罪犯，他們有槍，是真槍。我還以為他們要對我們開槍！」

「妳身上完全沒有傷口需要治療？」艾娃確認。

「沒有，我說這麼多次了。我的孩子絕對不會傷害我。只不過是個小小的騙局。」

艾娃覺得臉頰滾燙，膽汁也爬上喉頭，但她還是克制住自己。她必須聯絡卡倫納，但在那之前，她得親自做一件事。

「茱莉亞・史汀普，妳被逮捕了。」她說。

幾分鐘後，艾娃讓制服警員將哭哭啼啼的婦人送回警局。史汀普女士的確有故事可以賣給雜誌社，只不過要等到她出獄之後才能規畫了。

卡倫納朝拘留室走去，此時手機響起。他差點沒接到電話，但他登記時，嫌犯保持沉默，流程稍微延宕。

「是我。」艾娃在他開口前就說：「別浪費時間錄口供，讓賴弗利負責就好。那不是我們的凶手。」

「什麼？妳怎麼——」

「茱莉亞．史汀普的手指和耳朵都是完好的，她和她兒子搞了這個計畫。他們想利用名氣賺些小錢，只不過警察找到了她。」

「哦，老天，這代表——」卡倫納跌坐到旁邊的椅子上。

「我們還是不清楚人質的真實身分。」艾娃接著他的話。「我再請人去查是否有其他的導護媽媽失蹤，我們需要找出真正的受害者。無論受害者是誰，肯定都命在旦夕。」

「我得掛了。」卡倫納結束通話。「賴弗利警佐呢？」他問起經過的警員。

「長官，他在偵訊室了。嫌犯剛進去。」

「好。」卡倫納開門。賴弗利才剛開始，茱莉亞．史汀普的兒子哭哭啼啼的。卡倫納說：「抓錯人了，他是想騙媒體錢的史汀普家兒子。用妨礙公務和所有能塞給他的罪名起訴他。」

「他媽的，我就知道。」賴弗利說：「你妹妹也很清楚，對吧，兄弟？當我們跟她說，你媽少了根手指的時候，她那表情可經典了。她根本沒料到！能哭就哭吧，當你一天二十三個小時得蹲在牢房裡的時候，你就有理由哭了。」

「我們沒有惡意。」男人一邊抽噎。

「對，你也不是故意把老媽的家搞得像犯罪現場，害警方沒辦法善用人力進行真正的調查。」賴弗利說。

「我不想坐牢，這不是我的主意。」史汀普的兒子哭訴。

「你不該繼續開口。」卡倫納說：「不然你該擔心的就不只是坐牢。」

卡倫納回到辦公室，各方早已爭先恐後來詢問茱莉亞．史汀普及綁架犯案件；最糟糕的是愛蜜莉．堡卡斯基的父母與海倫．洛特的家人也聯絡警局，想問個清楚。媒體又跑在警方聲明之前，但這次他們掌握的是錯誤的報導。這怎麼可能呢？他四十五分鐘前才離開奧米斯頓。

「蘭斯。」卡倫納說：「該死。」

警察送記者回家，卡倫納則趕回警局。卡倫納忘了先告訴他不要報導，他以為蘭斯不會做這種事。都是卡倫納的錯。帶記者去犯罪現場還以為噩夢能夠就此打住。

他撥通蘭斯的電話，接電話的卻不是記者。

「嘿。」加州口音出現。「我在蘭斯家，他買了啤酒。聽起來你們現在少了一個瘋子要抓，幹得好！」

「班，你必須想點辦法，蘭斯的報導有誤。我晚點解釋，但你必須繼續盯著網站。盡量研究裡面的討論文章。我現在又回到原點，只能等著『收包裹』了。」

「已經登進去了。」班的口氣聽起來很輕鬆。卡倫納聽到電話旁邊傳來酒瓶的碰撞聲。「蘭斯一貼出逮捕凶手的消息，網站上就出現新的投票。我收到一封信，要我在兩小時內投票。我唸那封信給你聽。蘭斯，拿著手機。」班說。

「盧克，不來慶祝嗎？」蘭斯問。

「蘭斯，我們抓錯人了，你還搶在我們確認前發表報導。」

接著是一陣長長的靜默。卡倫納幾乎都能在這段空檔裡煮完開水。

「我完了。」蘭斯說。一陣手忙腳亂，班一把搶過手機，開始讀信：

「**投票規則和之前一樣。每位用戶只能提名一次，提名結束，投票區就會關閉。提名的目標是最值得的受害人，描述職稱或工作頭銜，必須是公眾會哀悼的對象。請勿輸入人名，受害者的身分由選手挑選。請用英語輸入。提名次數最高的職業會被選中，並且通知選手。**」

「就這樣？」卡倫納問。

「還有一個輸入方框。」班說：「你知道我們必須輸入一點東西進去。我已經登入了，網站上有紀錄。申請會員之後卻不提名，管理員馬上會知道羅里．韓德有問題。」

「寫點荒謬的答案，他們不會去找的對象。」卡倫納說。

「有個參考方向？」班問。

「不如找個一般人討厭的職業。」他聽到班正在打字。「票選還有多久結束？」卡倫納問。

「七十分鐘。」班說。

「繼續盯著。」卡倫納說：「看看你能不能查到凶手的相關訊息。他還逍遙法外，人質也還在他手上。此刻我完全不曉得他們在哪裡。」

「了解。有電話進來，我再聯絡你。」班掛斷卡倫納的通話，接起另一支手機。「喂？」

「班，我是寶莉。我知道你在忙，但老戴給我你的電話，要我打給你。他請你明天不要來咖啡廳，街上太多警察了，整個市區有點瘋狂。他要我向你道歉。」

「寶莉，沒問題，謝謝妳通知我。我一點也不介意讓妳知道我的號碼。」班說：「如果妳是真的想找我聊聊就更好了，但安慰獎我也接受。」

「是嗎，」她大笑起來。「你現在終於跟我講到了電話，卻不想約我出去？」

班原本正用蘭斯完全跟不上的速度打字，卻在寶莉停止開玩笑或挖苦的這一刻停下。「好，呃，這個，我有沒有機會請妳花點時間和我相處？不是咖啡廳，沒有客人，沒有別人，只有我們，也許加上啤酒和一點吃的？」

「可以啊，我今晚沒事。」寶莉說。班在蘭斯面前脹紅了臉。

「今天晚上？呃，好，可以。我讓手邊的事告一段落，然後妳過來我家？我傳地址給妳。」

「當然好，你家？別想太多。你知道我答應只是因為你很煩。」她大笑起來。

「實在想不出更充分的理由。一小時後見。」班掛斷電話，露出微笑，然後繼續在電腦輸入文字。「蘭斯，得加快腳步了，我還要趕去別的地方。」

42

新聞鋪天蓋地報導格鑼的失敗與落網。他就是這麼粗心大意，連人都沒殺。聖庫芭贏了，只要她完成最後一項任務、繼續逍遙法外就好。她才不會落網入獄，她是自由的靈魂，不受這世界的束縛，不受社會常規限制，更不會受到良心與恐懼的譴責，多少比不上她的人都屈服於法律與約束之下。誰也別想折斷她的羽翼。

她打開電郵信箱掃視，略感意外。這次的目標有趣多了。她將合適的字眼輸入搜尋引擎，研究起搜尋結果。這次的目標類型在愛丁堡不會太多，而格鑼的選項這麼多，居然還會搞砸，真是太可笑了。不過，限縮的搜尋範圍說明她得盡快找到目標，確定受害者的身分。聖庫芭對蘇格蘭感到厭膩，渴望無盡綿延的沙灘與將蛋白質烹調成美食的地方。

事實上，她花不到一小時就找到完美目標，並且掌握目標的工作地點、住家地址與喜好的餐廳。剩下的任務就是要構思出合適的死亡方式，殺人手法必須充滿巧思，殘酷冷血，駭人聽聞，等到她跳上飛機前往人煙稀少之處，那些人還是會為此嚇到合不起嘴來。文章讀了，網站看了，然後寫下地址，她開始挑選下一個目的地。她心想，南美洲應該不錯，選了一本護照與同樣身分的信用卡。又差不多到了化身為別人的時刻，同時繼續沉醉在勝利的回憶之中。

格鑼不敢置信地盯著螢幕，眼前的報導他讀了一遍又一遍，他不禁懷疑起他的英語能力。他沒被抓啊？也沒人來救那個老女人啊？管理員會怎麼想？那個自大的臭巫婆聖庫芭肯定以為自己贏了。他想登入暗網，讓管理員知道一切只是誤會。他的密碼失敗了一次、兩次，再打一次，重新整理，檢查網路連線，他的帳號自然被凍結了。管理員會認為，他現在已經遭到拘留。

他走去窗邊往外看。留在老太婆家裡的確很冒險，但他行動前觀察她兩天。沒有人走上她家的車道，沒有送牛奶男孩或快遞，沒有親友登門拜訪。有一天她搭公車出門，兩小時後抱著一大包食物雜貨回家——但超市店員應該不會太想念她。她居住的平房坐落在愛丁堡外郊相鄰的小村莊，這一帶沒有多少居民。連位於雜草叢生的花園後面的十字路口也沒人經過了。城裡每個人都在找他，移動老太婆似乎是一步險棋。原本他需要時間計畫、思考、追求殺戮的完美。現在他只希望他能開車上高速公路，將她的斷肢一塊一塊扔出去。

回到廚房，導護媽媽正將烤豆子塞進嘴裡。她已經不對他嚷嚷了，他覺得感恩。他還是得留下她這條命。而他原先竟然蠢得以為他能按照自己的時間表來做事。現在不行了。他必須立刻採取行動，證明他還沒有出局。

「放下盤子。」格羅拿出他最喜歡的刀。

導護媽媽沒搭理他，繼續將橘色的橢圓形物體塞進嘴裡，醬汁從她嘴角溢出來，沿著她的皺紋向下滴。他一拳砸向盤子，盤子從桌上飛過去，尾巴拖著一團髒亂，他等等還得收拾，算了，不重要。他要收拾的很快就不只盤子與豆子了。

她抬頭望著他的臉，吐出嘴裡還沒嚥下的食物，噴得他眼睛和額頭都是。她瞧著，猛然大笑，歡快地高舉雙手，此時，他聞到一絲尿味。她竟然沒跟他說要上廁所，他早該知道了。距離上次去廁所才不到一小時。她無力的骨盆肌肉實在追趕不上老化的速度。他一把揪住她的頭髮，讓她從椅子上站起來。他感到五味雜陳，臉上露出嫌惡的表情。她在他面前搖晃著身軀，猶如淫透被遺棄的玩偶，她抓起裙襬隨意擦抹液體，雖然頭皮被扯得很痛，她仍時不時迸出笑聲。

「手伸出來。」他下令，放開手，讓她摔在地上。

「逼我啊。」她說。

格鑼的確逼她伸出雙手。

43

艾娃得與喬談談。一切都太超過了。與醫護人員永無止盡的諮詢，在等待室消磨的時光；時間似乎變成液體，每一滴都緩緩膨脹，直到再也撐不住它們的重量，一滴一滴墜落，像打入她母親手臂裡的化學物質，卻無法拯救她的生命。在癌症早期，尷尬與自尊這種讓人短命的組合，讓她母親沒有及時尋求醫療協助，現在癌症侵蝕了她的腸子，將毒害的軍隊派遣至永遠無法撤退之地。他們此刻只能爭取時間。

就艾娃的淺見，遺憾是個遭到低估的字眼，但她找不到更好的同義詞。多年來，她與母親不親，她並不懊悔。艾娃本來就不是想要改寫歷史的人。她母親有自己的人生，在女兒逐漸長成的歲月裡，母親從未顧及她的想法。這不意外，於是女兒早早擁抱獨立，拒絕日後母親想親近她的努力。悲慟太強烈。等待失去降臨的日子裡，她沒有哭，也不會流露出誇張的態度。簡簡單單，只是遺憾。遺憾自己不是個好女兒，也遺憾自己無法原諒母親的缺陷。遺憾她沒辦法將鎮日偵辦案件的專業手法，應用在自己的家庭生活之中。那是一段艾娃無法理解母親的童年，她們永遠無法打造出艾娃渴望的親密關係。

另一個結果是警察這條路。艾娃的選擇一部分是出於忤逆，一部分是想在無趣的英國學校調教她的口音、注重她的打扮與拋光她的指甲後，故意弄髒雙手。她父母希望她選擇不太吃力、適合上流社會的工作。時裝設計師，當然是高檔服裝的設計師，這可以接受。或是，如果她真的藏不住有話直說的特質，可以擔任大企業的律師。她父親鼓勵她朝外交發展，母親也附和，這條路足以找到能登上國際媒體版面的乘龍快婿。

艾娃不屑他父母的建議，認為自己的使命就是走向他們替她計畫好的方向的另一頭。當上警察之後，她身邊總是不乏粗鄙的人。她突破父母的保護傘，直視人們流血與社會的慘況。她父母花了個把月說服她，先是說道理，當道理不管用時，就徹底拒絕承認。她母親出於絕望，威脅要斬斷能夠讓艾娃購買上好新車與豪華公寓的金流。於是艾娃走出家門，決定自食其力。她並沒有與家人停止聯繫，她沒有心懷惡意或企圖報復。不過，沒說出口的規矩是，只要她母親在，她就不能提到外面世界的骯髒。艾娃必須將案件調查工作留在父母的家門外。在她企圖讓自己的人生與現實社會的步調趨於一致時，她與父母卻逐漸發展出惺惺作態的關係。如今母親病危，一場對誰都沒有好處的心理遊戲蹉跎了過往多少光陰。

艾娃現在開始彌補，母親態度軟化了。過去幾個禮拜，她可以擁抱母親，在母親顫抖且安靜坐在化療隔間時，握住她的手，感覺這段親密關係。多麼可怕，曉得失去降臨眼前，她才從自大中清醒過來。不過，還有時間，一點點時間。她可以停下那套老舊的把戲，誠實面對母親、面對自己，特別是面對喬。

她欺騙了這個即將與她展開新生活的男人。她只要好好解釋班．波森的行為是在做好事，還不求回報，相信喬肯定能理解。她要做的是在不帶壓力的恰當時機找到她的未婚夫，他已經承受太多上頭施加的搜查壓力。

喬在大學時也一樣，總是要出頭，一定要當英式橄欖球隊的隊長，在演辯社當社長。硬要跟著艾娃去採買，確保她買下最美的禮服，出席他們即將參加的舞會。他無時無刻斤斤計較的態度壓得她喘不過氣，也是她結束關係的原因。不過，她母親喜歡喬，艾娃覺得她和喬分手，是在已然緊繃的母女關係間扎下另一根刺。喬在社會地位與工作上總是野心勃勃。既然艾娃答應嫁給他，對他藏著祕密就會危及他的工作。

她開車前往喬的短期公寓，看到他驅車前往市中心。她思考要不要打電話和他談這件事，卻曉得如果解釋時不能直視他的雙眼，狀況只會更糟。她還有很多事要做，但這場對話不能再拖。艾娃跟著他開往莫萊菲區，駛上羅斯伯恩街，他放慢速度，艾娃也減速，內心又開始掙扎不該跟蹤他，但這不足以讓她掉頭。她知道喬對這一區根本不熟。他們共進早餐討論工作時，他從來沒有提過這個地區。其實她不見得都知道喬在忙些什麼，但他來這裡有些不對勁。喬把車開進停車格。艾娃見狀開始找地方停車，卻沒能立刻找到，她駛過喬的車，去遠一點的路旁找位置。

她經過他車尾時，注意到一個人從另一輛車跳上喬的副駕駛座。那人刻意加快腳步，還拉起領子，戴墨鏡，猛力甩上車門。艾娃繼續往前，希望自己沒看到那一幕，她氣她自己。她沒有停車，直直朝體育場開，然後在西區通道交叉路口左轉回市區。

她打開收音機，讓額外的噪音壓過她喧鬧的思緒。雖然僅短暫一瞥，但她認得那個跳上喬車子的人。艾娃重重捶打方向盤，咒罵起來。

44

班花了一個小時向蘭斯保證，他的錯誤報導不值得他跳樓自殺；同一時間，他還忙著輸入程式碼到網路的暗黑空間。只不過他的注意力早已飄向他處，三十分鐘後他就要趕回家。他在蘭斯的公寓打開筆電，遠端查看家中的監視器，確認是否要少花些時間寫程式，多費點心思布置。看到水槽裡的髒碗盤與沙發上散亂的衣物時，他面露難色。他太習慣將人們從自己的空間推開，實在沒準備好迎接訪客。

十五分鐘後，他能做的都搞定了，他向蘭斯告別，返家。公寓並不豪華，他不喜歡炫富，努力過著簡單的生活，而屋內溫暖、乾淨也舒適。他關掉頭上的大燈，只開幾盞小燈，卻又覺得這氣氛彷彿在暗示什麼，於是又打開所有的大燈，然後驚覺他忘了冰酒，冰箱裡也沒有冰塊。門鈴響起。雖然明知有訪客，但他應門前還是會先檢查攝影機畫面。就算在做夢，這種根深蒂固的習慣還是跟著他。

寶莉放棄門鈴，直接敲起門來。班擦了擦額頭的汗水，打開家門。

「終於來了！」寶莉走過他身邊，進入客廳。「我帶了啤酒，當然是有機的，還有我閃亮的存在。我該……開酒嗎？」

「好，哦，抱歉。」班上前接過啤酒。「妳現在要喝？」

「現在有這個想法沒錯。」寶莉大笑起來。「真有趣，在咖啡廳這麼久，你常一副胸有成竹的樣子，在家卻變得很不一樣？」

「只是很久沒做這件事，呃，我們不是一定要做什麼，呃，該死。聽著，我去拿啤酒，讓我先喝個半瓶，然後再聊，好嗎？」

寶莉跟著他前往小巧玲瓏的廚房，靠在門邊，他抓起開瓶器。

「警察的事還好嗎？」寶莉問。

「應該沒事。他們只是來讓我老闆不爽、讓客戶不安而已。」班將一瓶啤酒交給寶莉，然後互敲瓶頸。「乾杯。」

「乾杯？你也太英國了。」寶莉走回客廳。

「離鄉背井的可不只我一個。妳怎麼淪落到蘇格蘭？」

「還滿無聊的。」寶莉一屁股坐上扶手椅。「我爸媽離婚了，要賣掉老家，買兩間小公寓，我就沒地方住了。反正早該搬出去。蘇格蘭的湖和高地很吸引我，但我還沒離開愛丁堡去看看那些地方。所以，今晚是要比誰童年較慘，還是你要弄點東西吃？」

「妳不介意的話，我來叫外送？」班說：「老實說，我的廚藝差不多就停留在早餐。」

寶莉大笑。「記住了。要是有不錯的中式料理，叫一點也不錯。你打電話的時候，我能借用一下洗手間？」

「當然，左邊第二間。門鎖有點故障。」寶莉咯咯笑了起來。

班在滿是外帶菜單的抽屜裡翻找。他思索起寶莉似乎不吃肉，還是純素？純素的選擇有哪些？此時，他的手機通知叮了一聲。

他抓起手機，知道他不該查看通知，他只想與一個女孩共渡尋常的一晚。背叛他的是他的手指，滑開了閃爍的圖示。班盯著通知，這些資訊也許能夠協助卡倫納。花不了多少時間，只要幾分鐘，然後他就能若無其事地延續這個夜晚。寶莉還在廁所，希望她不是正想辦法溫柔地拒絕他。雖然他外表不錯，但泡妞的運氣一直很差，她們第一眼與最後一眼看到的，都是他科技狂的標幟；當然，他也不善社交。他這輩子與電腦發展出來的穩定關係遠勝於他人生中所有關係。他不想破壞這次的機會。寶莉從廁所出來，班決定不要因為總是盯著螢幕而打壞今晚的興致，於是關閉通知，撥打外賣的電話，點了蔬食料理與麵食。

「聽起來不錯。」寶莉坐了下來，拿起啤酒和班的 iPod，帶著古怪的微笑，揚起眉毛瀏覽他的音樂播放清單。

他想穩住情緒，思索他能聊的所有話題，但他嘆了口氣，在位置上靠向前，直直望著寶莉的雙眼。「寶莉，我很抱歉。我需要做一件事，而這不能等。餐點二十分鐘後會到，我五分鐘後就出來。拜託別走，妳要保證。」

「好啦，別激動，我當然不會離開。我可以幫忙嗎？我是說……我很好奇，你、你的生活，還有你做的事。」寶莉微笑，她身上掛著叮叮噹噹閃著光澤的裝飾，讓她看起來就像都市童話裡的公主。

班曉得他不該讓任何人進他的書房。他在那裡做的事情，他在那裡儲存的資訊，只有他一個人能看到。不過寶莉在咖啡廳證實了她的忠誠，還有老戴，「埋沒之人」長期的朋友，他也不是傻子。老戴接納她，讓她走進他們的圈子。而班長年來盤踞的宇宙一隅逐漸感到荒涼，彷彿獨自駕駛太空飛船在生命的軌道航行，固定和任務控制中心交談，沒有溫熱的肢體接觸。是時候讓別人走進來了。

「我啟動開機程序的時候，可以請妳等一下嗎？」班說：「我必須一個人進行。」

「遵命！」寶莉假裝敬禮。她伸手讓班拉她起來。他握住她的手，想著是吻她的機會，但機會很快地在他思考她會怎麼反應時溜過。「帶路吧，我守在門口，等你開口為止。」

班前往走道，從脖子上取下鑰匙，打開書房的門。寶莉後退，給他空間，注視著一幅大蘇爾海岸線的黑白照片。

「這是加州嗎？」她問，此時他正收起鑰匙，在數字鍵盤上按下六個數字。

「對，距離卡梅爾不遠。每次開車經過時都不會無聊。等我一下。」這是她進家門後，他第一次感到放鬆。

「快點，不然在你弄好之前，晚餐就到了，天底下我最討厭的莫過於冷掉的晚餐。」

班在身後關上門。他的電腦在門沒關好之前是不會啟動的，這是他另一個對於安全的執著。他開始登入的例行公事，然後才讓寶莉進來。房裡只有一張椅子（他不需要第二張），寶莉便靠坐在扶手上。

「看起來沒什麼啊。」寶莉說：「我還以為這裡會像企業號的太空船。」

「所有的魔法都在這裡。」班指著地上的一排電腦主機。

「我以為是這裡。」寶莉伸出手指點了點班的額頭。他脹紅了臉，忽然注意到房間很小，沒有窗戶，他連忙打開空調，從荒謬的青少年般的手足無措中恢復過來。

班打開檔案，只期待數據轉存，只希望那裡沒什麼有用的資訊。他打了幾行指令，在幾排符號中搜尋，皺起眉頭緊盯螢幕，感覺他花在理解眼前畫面的每一秒鐘都是在浪費寶貴的時間。

「出去。」他不想讓寶莉看到他有多驚慌。「我是說，我現在就要出去。」

寶莉連忙蹦跳在他前面離開房間，他沿著走道快速前進，甚至沒有停下來關閉電腦。他要做的事情可不等人。班抓起手機跑進浴室，甩上門，跪在地上。

電話另一頭說：「卡倫納。」

「是我。」班說：「一切都亂了套。我以為他們不會這麼做，但他們做了，我得到回傳的數據。我收到通知，而且——」

「班，說慢一點。我聽不懂出了什麼事。深呼吸。」卡倫納說。

班停下來深呼吸幾回，把持住核心肌群，避免吐出才喝下肚的啤酒。

「我剛剛破譯出管理員與其他用戶之間的通訊內容，他們一直提到兩個人，我只有帳號名稱，但從上下文看來，他們顯然是凶手。一個叫格鑼，一個叫聖庫芭，我還沒能掌握細節，但我曉得下一次命案的目標了。盧克，我很抱歉，我希望我能收回。」

「你的話很亂，要我過去一趟？」卡倫納問。

「沒時間了。」班說：「無論那個聖庫芭是誰，你都得阻止她，而且你要在她之前找出目標。我沒料到他們會選這個。」

「班，告訴我，到底是什麼？我得立刻行動。」

「盧克，是我提名的職業。你叫我挑個多數人討厭的職業，而他們居然就選了！只有一些變動。」

卡倫納低聲喃喃著：「我的老天，班，你提名什麼？」

「對不起，我以為……律師，我提律師。如果你不快點找到聖庫芭，她就會挑律師下手。盧克，你得阻止她。我不能替這瘋婊子的行為負責。」

「你說有些變動，他們改成什麼？」

「他們選了唯一一種大眾會同理的律師，人權律師。你沒有多少時間了，寫給聖庫芭的信件要求她二十四小時完成殺戮。」

45

新聞檯編輯愛笛正在一桌一桌走訪。自從命案接連發生，她就在每個座位穿梭，幾乎每一則快訊、報導、廣播、線上新聞，多少都會提到這些命案。受害者家屬發表的每一則聲明、每一篇暢所欲言的評論，以及每一位潛在的目擊者，統統會被記錄下來，報導出來，重新編寫發布。但事實是，愛笛已經受夠了（大家往往會誤會愛笛〔Eddie〕是編輯〔editor〕的暱稱）。她不是沒有同理心，只是心生厭煩。她渴望以真實世界的角度加入辯論政治、經濟、哲學的組織。她的經歷令人佩服，但某些日子，她還是會覺得沒報導任何一條驚人的新聞，她就是失職。真是疲憊。

包裹送來時看起來非常無害，只不過是一只稍微鼓起的牛皮紙信封，打字機打出的地址與收件人：愛笛．吉特女士。她每天都會收到好幾個包裹，有些人會寄來自家孩子贏得體操比賽的照片，更多的是新開張餐廳、酒吧、俱樂部爭取免費的曝光機會。差不多九成的包裹，她會直接扔進垃圾桶。

櫃檯人員喊她的名字，將包裹丟給她。愛笛一手拿著熱氣騰騰的熱巧克力，單手就接住了包裹，她沾沾自喜。她允許自己一天享用一次甜食，晚上八點過後才可以，因為通常這個時間最糟糕的危機都已經過去了。

愛笛坐下來聽同事間的玩笑話，準備晚上播送的內容，同時責備自己居然蠢到穿了新鞋，還註冊網路交友。走熟悉的道路，生命會輕鬆一點，也不會磨出水泡，或引起不必要的注意。

「我們在追什麼？」同事一手壓在話筒上大喊。

「茱莉亞．史汀普被抓了！而警方還沒抓到真正的凶手。」愛笛接著喃喃自語：「我們無視非洲上萬名餓死的居民，亞洲那數百位遭到非法監禁的人，還有南美詭異的人口販運，一切都一如往常。」她一邊啜飲熱可可，一邊將包裹夾在大腿間，一隻手拆起了包裝。包裝裡卡得很緊，她手指伸進去，扯出卡在裡面的物品，字條倒是挺好抽出來的。

「**願這份禮物能讓妳的報導增添一點血肉。妳的導護媽媽沉默了。格鑼。**」

「這是在搞什麼？」愛笛斜拿起信封，檢視裡頭的物品，一樣東西掉到她的大腿上，精確來說，是掉在她奶油色的長褲上。她的第一個念頭是，褲子才送乾洗回來。掉在愛笛大腿上的是兩塊一模一樣的圓形皺縮皮膚，邊角因乾涸的血而泛黑，每塊直徑約二點五公分，中央呈深色的漩渦。她用指尖戳其中一塊，然後驚覺她看到字條時就該找人求救，現在已經來不及了。愛笛身體一抖，杯子從手中掉落地面，砸在她腿上，灑得肉塊上都是，還燙傷了她，她之前對褲子的擔心根本不算什麼。「哦，見鬼，不！」她驚聲尖叫。「走開、把它拿走，把這噁心的東西給我拿走！」

此時同事紛紛騷動起來，抓起杯子，擦著她燙傷的腿，沒有人看到她見到的物品，有些人踩到了該讓警方當成寶貴證物的那兩片組織。

「撿起來！」她大喊：「在地上，你們踩到了。哦，老天，我的腿。」她迅速脫下長褲，完全不在意誰看見她穿的是超市販售的內褲，還有那雙沒有除毛的腿。

「報警！找卡倫納或通納督察過來。跟他們說，凶手寄了受害者的組織過來。每個人都後退，組織就在地上。」

所有人乖乖聽話，記者的直覺終於上線。他們現在也是報導的一部分，事態愈來愈嚴重。櫃檯人員一邊撥打重案組的電話，一邊問：「愛笛，我們要找什麼？」

「那個。」愛笛指著地上一塊被踩扁的團狀物，高跟鞋的鞋跟印清楚出現在上頭。「應該有兩塊，我相信那是人類手臂的皮膚。」

卡倫納打電話給艾娃，原本並不期待她會接起來。她答話時，不是他以為的深夜細語，顯然喬不在旁邊。

「蘇格蘭BBC電視臺收到包裹，寄件人自稱格鑼。說得精確一點，又是身體部位。」他說。

「哦，天啊。」艾娃驚呼：「這次是哪裡？」

「鑑識人員證實是兩側手肘的大片皮膚，兩塊都來自同一人。那個部位的血應該很快能止住，雖然不至於造成生命危險，但一定非常痛。更糟糕的是可能引發感染。不過以目前的狀況來看，我想這不是眼前的重點。最後，我們有了下一個目標。妳在哪裡？我去接妳。」

「不用，」艾娃說：「我的車在外頭，我們局裡見。你打算公布嗎？」

「不，」卡倫納說：「我覺得那是最糟的作法。我已經請警司趕來了，妳十五分鐘內能到嗎？」

「可以。」艾娃說：「盧克，掛電話之前，我就問一聲，你怎麼得到情報的？」

「喬在旁邊嗎？」卡倫納確認。

「他在工作。我覺得他的小隊差不多要進行最後的掃蕩了，他們似乎得到很重要的情報。」

「班．波森。」卡倫納說。

「你知道我不能告訴你目標是誰。」艾娃說。

「我不是在問妳，我是告訴妳消息來源。班駭入一部分的網站內容，找到他們通訊的入口。情報就是來自這裡，很可靠，是最近的聯絡內容。我們局裡見吧。」他掛斷電話。

既然艾德格已經決定展開搜捕，卡倫納也幫不上班的忙。不過，要是班遭到定罪和判刑，他對於命案的協助或許能讓法官酌情判刑；儘管可能減不了多少刑期，畢竟「埋沒之人」駭入、羞辱的是位高權重的上流人物。要是卡倫納立刻警告班，艾娃透露消息的事遲早會曝光。他不能這樣對她。

他停好車，闊步走進警局。他的下屬集結，但他需要先向歐韋貝克與艾娃報告。他無法確定的是，二十四小時的期限從哪一刻起算，以及目標範圍究竟多廣。兩名凶手依舊逍遙法外。格鑼挾持的受害者可能處於驚嚇狀態，說不定已經死亡。另一個凶手聖庫芭對邪惡暴行的胃口則是他前所未見。一旦她找到下一名受害者，她唯一的目的就是以超越先前命案令人驚異的手法，將她的藝術美學展現到極致。薩特在案情室門口找到他，手裡拿著一疊文件。

「長官，拿來了。」薩特說：「城裡所有的人權律師與民權律師名單，差不多二十人，範圍不算太大。」

「還是太多了。」卡倫納說：「我先和警司與通納督察開會。請所有人準備好晚點聽取簡報，確保有足夠的車輛派遣。我要警察站上街頭。」他前往歐韋貝克的辦公室。他知道他不會受到歡迎，但他幾乎要習慣了。

「讓卡倫納和通納進來。」歐韋貝克的聲音從助理的免持聽筒傳出來。警司沒等他們坐下。「你們現在有一名人質，綁架地點不明，但飽受折磨，身上有多處傷口；還知道了一個新目標，但身分無法確定。你的線報對人權律師的資訊正確嗎？」

「絕對正確。」卡倫納回答。接著是漫長的靜默。

「卡倫納，你如果想要我拜託你透露細節，你可是走錯地方了。我需要了解確切的資訊，才不會搞出另一場徒勞無功的戲碼。茱莉亞・史汀普的爛帳害我現在飽受抨擊。」

「長官，我不能提供線人的名字。這是情報，真實性毋庸置疑。」卡倫納堅持。

「督察，你不是該死的記者。別來不具名當事人這套。我們需要證據、揭發與規矩。你要不現在告訴我，否則就帶著你該死的線人繼續幻想吧。」

「那律師會死，我們不能袖手旁觀。」卡倫納說。

「那是匿名的線報。」艾娃插話：「打電話進來，是我接的。」

歐韋貝克睜大眼睛瞪著她，咬緊下脣。「我們走到這一步了，是不是？你們現在打算搬出一些屁話，騙我捲進這座城市有史以來最悲慘的案件中？」她忿忿地說。卡倫納和艾娃保持沉默。「你們曉得這是在威脅我，對嗎？如果我不讓你們行動，有人死了，責任就在我。如果這一切只是一場胡鬧，還讓我們浪費時間與資源，責任還是在我。我就說這一次，給我滾出我的辦公室，別讓任何人死掉！」

他們一路上都沒有交談，直到走進卡倫納的辦公室。

終於，艾娃緩緩開了口：「波森給的資訊是正確的，對嗎？我居然當著長官的面撒謊。現在我們就像在玩俄羅斯輪盤，賭上我倆的職業生涯。」

「這是數據，不會說謊。」卡倫納希望自己是對的。

「波森真的那麼厲害，可以一路駭進層層加密的暗網？」艾娃透著一絲懷疑。

「妳未婚夫似乎就是那麼想的。」卡倫納說：「簡報給妳主持。我們這次一定要逮住聖庫芭。歐韋貝克說得對，不能讓任何人死掉。」

46

案情室裡忙亂得要命，制服警員人數陸續增加。誤以為明天能夠休假的人只得認清現實。艾娃站到臺前。

「我們得到情資，下一個目標是人權律師，男女都有可能，年紀還不明確。我們唯一可以確定的是他們住在愛丁堡、或在這裡工作。名單發下去，會指派夥伴給各位。請各位理解，目前只需要盯梢。我們不會與名單上的任何人交流。你們的工作是確保指派給你們的律師能夠活過今天。」眾人議論紛紛。

艾娃已經準備好面對下屬的疑惑。「這次要動手的是網路名稱為聖庫芭的女人。」

「長官，這個帳號有什麼特別的意義嗎？」崔普發問。

「就我們所知，這個詞在葡萄牙語中是無罪的意思，也許說明了她的國籍，或與她的過往有關。我們相信，音樂祭上的席姆．索邦與麥唐納路圖書館的麥可．史旺都是這名女性殺的。她的影像已經發出去了，臉部仍不太清楚，但我們估計她的年紀在二十六到三十二歲之間，身高一百五十八公分。她很危險，難以捉摸。一旦走投無路，她很可能會挾持人質或殺害路人，身邊的物品也可能充當凶器。不要低估她。她是心理病態，只要能不落網，什麼事都幹得出來。」

這時，一名制服警員發問：「先前的受害者被選中，似乎都是因為他們在工作領域上得到媒體關注。我們沒辦法透過同樣的方式過濾出最可能的受害者嗎？」

「有一組人馬正在著手調查。到時能夠排除哪些人選，我們會通知各位。」艾娃說。

「長官，為什麼不直接聯繫潛在的受害者？隱瞞他們感覺滿瘋狂的。」有人高聲發問。艾娃沒看到開口的人，但不重要，整個團隊顯然都在想這個問題。

「我們上次通知所有可能的受害者，結果並不理想，說不定還順了凶手的意。這一次事前通知潛在受害者的話，他們肯定會改變生活模式，也許會請假，或變換交通工具。目前我們最有把握的，就是在聖庫芭跟蹤或試圖綁架目標時，趁機逮捕她。」

「要是她直接拿狙擊槍打死目標，或開車撞死對方呢？我們不僅無法保護受害者，也逮不著凶手。」賴弗利警佐說。

「我懂你的擔憂。這個計畫並非萬無一失，但我們有理由相信聖庫芭採取的殺人手段非常複雜，是需要時間的方法。要是這一次讓聖庫芭逃走，我們可能再也沒機會逮到她了。如果目標改變行程，她會察覺我們已經盯上她，也許會因此更換目標，這樣我們又會回到原點。我要你們半小時後出發，人力已經調派到極限，所以接下來十八小時不會有人換班。要飲食就趁現在。全程便服行動，保持聯絡。武裝部隊會高度警戒。別忘了，外頭還有另一名受害者，身上多處傷口。鑑識人員正在處理證據，希望蘇格蘭BBC電臺發現的組織上能找到蛛絲馬跡，一掌握更多資訊會立刻通知各位。總之，大家提高警覺，還有兩個人等我們救命，而我們距離他們還很遙遠。好了，解散。」

薩特湊到艾娃身邊，低聲詢問：「長官，我不在名單上。」

「沒錯，妳不在名單上。需要人力留守進行調度。」艾娃說。

「我是懷孕，不是沒用。妳需要人力上街頭。調度這種事一般職員也能做。」

「薩特警員，妳是在指控我性別歧視，但我只是不希望危害到孩子。生命中最珍貴的事物不該暴露在不必要的危險中。就算只有千分之一的危險，我也不會冒險。」

薩特將手放在腹部。她藏得很好，但很快她鬆垮的襯衫底下就會明顯隆起。

「男孩還是女孩？」艾娃問。

「女孩。」薩特壓低聲音說：「我們還不想宣布，想保留一點驚喜。」

「很棒。」艾娃說。

「妳和艾德格總督察會組織家庭嗎？我覺得妳會是個好媽媽。」

「我還沒想那麼遠。」艾娃說：「得出門了。確認每個人都出發，然後妳可以稍微休息一下。今晚會很難熬。」

卡倫納正要離開警局，艾娃叫住他。已經清晨了，市區交通號誌亮起，路上沒幾輛車。愛丁堡凝視著嶄新的一天。觀光客會進出皇家一英里；跑者會在城市的小丘上鍛練自己；家長會帶孩童去草地上野餐、玩球；蘇格蘭警署會盯著將近二十四名律師，其中一人的生命正在倒數計時。

「妳已經提醒收到包裹的新聞編輯不要報導嗎？」卡倫納問。

「我聯絡主管了，確保他們不會報導。他很不錯，聽起來對整件事非常反感。班那邊有什麼新進展？」

「還沒。」卡倫納說：「我覺得我們應該同意不要討論他。妳目前的處境夠棘手了。」

「我不喜歡他。」艾娃說：「但這不代表我不感謝他出手相助。」

「他也不喜歡妳，但他不會因此拒絕幫忙。也許你們雙方都不該彼此批判。」

「省省吧。」艾娃說：「你壞了所有的規矩，包括好幾條一般人想都沒想過的規矩。」

「我知道。我們最好逮住這個瘋女人。這一次失敗了，我不確定我還能撐多久。」卡倫納說。

「你說什麼？」艾娃問。

卡倫納停下腳步，伸出食指和拇指捏了捏鼻梁。

「有個票選目標的活動，我們有帳號，我叫班輸入一個沒有人會同情的職業。」

「哦，天啊。」艾娃說。

「然後我們就在這裡，等著看聖庫芭到底有多精明。」

「這不是你的錯。」艾娃說：「你根本不知道別人提名哪些職業，而我們在網路搜尋上縮小範圍也並不順利。問題在於，這些律師的案件都上過新聞，每個人都有一堆網路報導。城裡的人權律師都能搜到結果，沒有哪一個特別突出。就算你們的提名造成影響，最後的受害者也不是你們選的。」

「謝了，但我不確定我的良心與妳看法一致。」卡倫納拉開車門。「今天小心點。」

她等他上車，示意他搖下車窗。

他發動引擎時，她問：「盧克，你為什麼不喜歡喬？」

「我認為更重要的問題是：妳為什麼喜歡他？」他緩緩將車駛離。狩獵開始了。

47

時鐘顯示凌晨四點，亞莉馨娜．歐洛克已經醒來一個多小時，她雙眼後方穩定而緩慢的痛楚已經持續一陣子。她盡可能不吵醒丈夫，但要翻找家裡強效的止痛藥或倒水肯定會吵醒他。

她下床時，他問：「親愛的，妳還好嗎？」她剛披上睡袍，才要悄悄走向臥室門口。

「頭有點痛，抱歉吵醒你了。你繼續睡。」她說。

她經過床邊，他伸手拉住她的手指，輕輕將她拉回床邊。

「哦，不准走。」他說：「妳躺回來，我去。別跟我爭。痛多久了？」

「差不多一小時。」她感激地躺回床上。

他親吻她的額頭，撥開垂落她臉上的髮絲，然後將被毯拉到她的下巴。「給我一分鐘。」

他套上T恤時，她低喃著：「魏斯？」他靠過來。「謝謝你。」

＊

兩小時後，亞莉馨娜從短暫的睡眠中醒來，疼痛感從她的右眼一路蔓延到頭部，最後與太陽穴的脈動同步尖叫。她奔跑進臥房裡的盥洗室，對著馬桶乾嘔，再緩步走回床上喝水，體認到偏頭痛接下來要糾纏她至少十二個小時。她不禁哀號。為什麼不在週末發作？那時她才有時間躺在床上，自怨自艾。不，偏偏挑上工作日，新的簡報在桌上等她，日誌上還記錄著今天要與客戶開會。魏斯理不在床上。他每次都這樣，一醒來就睡不著了。

亞莉馨娜下了床，悄悄走下樓，她需要冰敷，還要倒水。魏斯理在他的電腦前面，他通常醒了就是在忙工作。她聽到他在書房的打字聲。她注視著一片片白色牆面。她承諾自己，這個週末，他們要把筆電和手機扔進櫃子裡，直到禮拜一早上才能拿出來。應該有些古董市集或拍賣會，讓他們一起出門的活動，重新關注彼此，就像他們一開始交往的時候一樣。一雙溫暖的手臂搭上她的腰，魏斯理的頭溫柔地靠在她肩上。

「怎麼不叫我？」他說：「我幫妳拿冰塊就好。」

「不想打擾你。」她閉上眼睛，靠在他結實的胸膛上。「我要打電話請假。」

「我也這麼想。」魏斯理伸手拿起煮水壺。「一天沒有妳，他們得想辦法撐過去。要我幫妳泡杯伯爵茶嗎？」

「水就好了。」她說：「唔，這個週末，我們替家裡買些好東西回來吧？你的書房可以擺幅畫，客廳加個茶几。我們都喜歡這些。一定很有趣。」

「搶先妳一步。」魏斯理露出微笑。「這樣好不好，我們買完東西，找家飯店，在鄉村的酒館吃晚餐，暫時拋開外面的世界。」

亞莉馨娜的手交扣在丈夫後背，對著他的胸膛吐氣。「天啊，好，就這麼決定。」她略顯痛苦地睜開雙眼。

「好，送妳回床上。禮拜六早上，我要妳健健康康，做好被寵壞的準備。我出門時會鎖門。妳再睡一下。」他親吻她的頭頂，將一包冰塊放在她手上，送她上樓。

他穿好衣服，準備上班。最好早點進公司，衝刺今天的工作，早早下班回家。他做了雞肉美乃滋三明治，擺好盤，包上保鮮膜，留了張字條：「娜娜，盡量吃一點。餓肚子，偏頭痛只會更嚴重。今天不准工作！愛妳多一些，魏。許多親吻。」

48

班翻身，端詳起身邊的女人。寶莉還沒醒，她的髮絲散落在臉上，灰塵的微粒在她沐浴的陽光下起舞。昨晚恐怖又歡樂。他以為他情緒崩潰之後，她就會離開，他沒辦法解釋他和卡倫納在電話裡談了什麼，也羞恥到不敢讓別人曉得他們幹了什麼好事。寶莉還是留下來，泡了咖啡；當他仍驚魂未定，她堅持要他多少吃一點他已經遺忘的食物。幾瓶啤酒下肚，他稍微放鬆了一點，寶莉聊起旅行時差點引發災難的趣事。不過，最終他還是提不起聊天的心情。她問他是否沒事，他無法回答，此時她冰冷的手伸到他的後頸，輕輕吻起了他，她的舌頭挑逗他，還坐到他大腿上。出人意表，令人難以置信，剩下的是歷史了。寶莉留下來過夜，真是美妙。沒有急就章，沒有尷尬。她還提醒他要鎖上書房的門。

班悄悄下了床，確認冰箱裡是否還有早餐的食材。他手機顯示半小時前，蘭斯傳來的訊息。他很慶幸卡倫納沒有找他。正如那句老話，沒消息就是好消息，蘭斯顯然沒有跟上最新消息。班打電話給他。

「嘿，兄弟。」班說。

「班，你還好嗎？你聽起來……」蘭斯吞吞吐吐的。

「對，不，昨晚有點怪。聯絡上盧克了？」班轉換話題。

「我打了兩通電話給他，但他都沒接。我擔心出事了，所以傳訊息給你。吵醒你的話，真是抱歉。」

「你沒有吵醒我，等等。」班關上廚房的門。「盧克今天會很忙。我貼在網站上的投票提名……蘭斯，我寫了律師，而他們的下一個目標就是律師。我完全不曉得——」

「你只是做了盧克要求你做的事。如果你因此徹夜難眠，就是在浪費時間。總之，應該是票數最多的選項成為目標吧。我知道你為什麼選律師，但其他人也提名律師？感覺不合理。」

「這不重要了。我昨天很晚才把資料都載下來。管理員只給殺手二十四小時解決目標。或許因為這樣卡倫納才不接電話，我猜他們全數動員了。」

「班，感覺不太對。」蘭斯透著疑惑的語氣。「律師？你說真的？」

「正確來說是人權律師。我猜連管理員也認為一般律師不夠格成為令人同情的目標，很難引起大眾關注。」班說。

「我很感謝你做的一切，但你現在可以來一趟嗎？」蘭斯問。

「事實上，我今天有計畫了。曬點太陽，想想事情，呃，命案之外的事。」

「班，你知道我一個人辦不到。在我搞砸一切發布警方抓到一名凶手之後，我覺得我虧欠卡倫納。一小時就好，到時我什麼也沒想通的話，你就再去忙你的。」

「早安，帥哥。」寶莉只穿著班的四角褲走進廚房。

「班，抱歉，你有客人，現在幾點？」班聽到蘭斯袖口摩擦的聲音。「六點半。我搞不清楚時間。聽著，今天早上，真的很重要，不然我不會開這個口……」

「我明白，我也想幫忙。我七點半過去，好嗎？你最好可以用雞蛋變出早餐來。」班說。

「孩子，這我還行。要我怎麼料理雞蛋都沒問題。」蘭斯掛斷電話。

艾德格的人馬蓄勢待發，今晚是最終行動。這一次，他們會取得所有證據，將「埋沒之人」的首腦關進監獄很長一段時間，等他出獄，任何人都聽不出他的加州口音。他的外表與自大也將不復存在。監獄是個神奇的地方，能夠讓每個人縮至最小，無法再躲在高智商或羅賓漢式的荒謬犯罪藉口之後。

艾德格的簡報會議在早上八點結束，是時候確保不會再橫生枝節。為此他需要再開一次會，但不是在局裡。他很清楚，儘管警告無比明確，卡倫納督察還是持續與班・波森聯絡。這點也在艾德格的預料之中。他花了一個晚上，徹底研究卡倫納的檔案與性侵指控文件，得到不少背景資訊。卡倫納願意冒險，有點特立獨行，比起與長官交際，更喜歡與下屬相處。這傢伙過去幾年刻意遊走在死亡邊緣，不是企圖自殺，就是調查時展現英雄情結，但喬・艾德格一點也不在乎原因。班・波森嚐到第一口監獄伙食時，卡倫納也差不多該完蛋了。讀起來更有趣的是國際刑警組織的心理學家報告，那是卡倫納訴訟撤銷、轉到蘇格蘭警署前強制進行的程序。這位前任探員也許擁有一張電影明星的臉孔，內心卻受創很深。當然，艾德格本來不該看到那類隱私檔案，而是蘇格蘭警署評估卡倫納時，調來了這些文件——班・波森並不是唯一能夠接觸機密資訊的人。有些位高權重的朋友的確能讓生活變得輕鬆一點。

早上十點，艾德格走進愛丁堡舊城的奧古斯丁聯合教會，欣賞變黑的磚牆外觀及高聳的拱窗。他的目的並非禱告，也絕非對建築的熱愛。每年八月，教堂會搖身一變，成為愛丁堡國際藝穗節的表演場地，以及湧入群眾的無名咖啡廳，很近、也很方便。艾德格沒時間參加什麼藝穗節；他回想二十出頭和艾娃交往時，曾經陪她參加這種活動，順便見她父母。所謂的喜劇看起來非常可悲，他必須忍受長達三小時的無聊女性主義題材戲劇。臺上的人扮相古怪、容易取悅的觀眾侵犯他的私人空間，他覺得很不自在。在他的經驗裡，最棒的部分莫過於劇終散場。他完全不明白艾娃怎麼會喜歡這些玩意。

他到了之後，聯絡人迅速出現。

「今晚準備好了？」艾德格問。

「嗯。」簡單的回答。

「電腦必須運轉，必須繞過所有防護程式。要是波森有機會關機……」

「這我們之前都思考過了。」

「我們正在重新思考。」艾德格說：「要是他關閉系統，我們就再也無法開機了。要是他按下警報按鍵，所有的硬碟資料都會消失，無法修復。我們抵達時，他必須遠離電腦。必要時限制他。」

「我可不是第一次做這種事。你們只要準時抵達就好。我明白其中的技術細節。」

「今晚的結果關係到我的前途，明白嗎？」艾德格喝完太水的咖啡，臉皺了起來。「『埋沒之人』的幾個可疑成員都在監控中，英國兩人，中國一人，美國十二人。中情局盯著我們的一舉一動。要是這次行動搞砸了，世界強權可會把責任推到我們頭上。」

「我知道。你還記得『埋沒之人』的第一手資訊是我弄到的吧？在那之前，你只有一些無憑無據的謠言與懷疑。抓到主謀後，我也要得到同樣的讚揚。安排小隊七點整抵達，別讓卡倫納牽扯進來。」

「他暫時沒空管這個，所以才選今晚。馬上會有一起連續殺人犯的攻擊事件，卡倫納不會曉得波森出了什麼事。我猜每件事都有一線曙光。」

「你會保證我能得到應有的肯定？」

「當然。」艾德格戴上墨鏡，走進愛丁堡短暫的夏日陽光之中。他並不擔心蘇格蘭的秋天。等艾娃的母親過世——從她衰弱的狀況看來也不會太久了，喬相信他能說服艾娃跟他一起搬去倫敦。他根本沒想過住在其他地區。

49

十一點鐘，每個小組都打電話回報了他們潛在目標的現況，只有兩組沒有回報。五組警察詢問後，確認他們的目標不在愛丁堡，兩名律師在斯特拉斯堡，一人造訪西班牙的監獄，另外兩名律師度長假去了。範圍稍微縮小了一點，但仍不足以增加額外的街頭巡邏，因為還有一批人正在拜訪每一位登記在案的導護媽媽，確認她們沒事。城裡每一名警察都同時包辦三份工作，人手還是相當吃緊。

卡倫納手機響了。「我是警員辛姆，理查．布恩斯律師排了休假，不過人還在愛丁堡，住在女朋友位於莫萊菲區的住所。我們現在正要過去。」

「待在屋子外頭，直到一切結束，會有人通知你們。」卡倫納說：「要是布恩斯出門，跟著他。」卡倫納掛斷電話，致電另一組還沒回報的警員。「我是卡倫納，狀況如何？」

「長官，沒有動靜。」瑞弗警員說：「亞莉馨娜．歐洛克今早應該會出門上班，但已經十點了，她的車還在。丈夫八點半出門。我們打去亞莉馨娜的公司，顯然她今天請病假，不會進去。」

「丈夫出門之後，看到誰進屋了嗎？」卡倫納說。

「長官，完全沒有動靜。」

「有一直盯著她？」

「剛才在樓上的窗邊看到她，但時間很短，距離很遠。他們的房子很大，車道又長，稱得上豪宅，我想至少有六間房。外面有警報系統和監視器俯瞰車道，看起來在屋內應該滿安全的。」

瑞弗詳細描述。

「繼續觀察。如果中午前還沒有動靜，找人去按門鈴，問路什麼的都可以，別嚇到她，只是要確保她的安全。」

卡倫納回報歐韋貝克，就那麼一次，警司沒有惡言相向。之後，他打給艾娃。

「沒有動靜？」她問。

「只是還沒，」他向她確認：「等待最糟糕了。妳和崔普一組？」

「嗯。」艾娃說：「他充滿熱忱，你怎麼撐過來的？」

「派給他做不完的事，他毫無怨言。」卡倫納說：「但別被騙了，在那活力充沛的外表之下，遲早有個賴弗利等著冒出來。警察再當二十年，差不多就會讓他消磨殆盡。」

「也許我該介紹他給娜塔莎？她那過頭的一本正經足以澆熄任何人的熱情。」

卡倫納大笑。然後問她：「妳通知娜塔莎妳的好消息了嗎？」

「我想當面告訴她，她很快就回來了。我想也許會喝點小酒，我們可以來場多人約會。」

卡倫納話沒出口。如果「多人」裡包括喬．艾德格，就肯定沒有卡倫納一起喝酒的可能性。

「電話進來了，持續向我彙報狀況。」卡倫納按下一個鍵，手指掃過螢幕。「我是卡倫納。」

「盧克，我是蘭斯。」

「蘭斯，我現在不方便講電話。得保持線路暢通。」

「我想也是。我今天早上和班忙了一個小時，他告訴我事情經過了，所以我才打給你。班去公司了，但我們傍晚會見面。我聯絡不上他平常那支號碼。他還有別的聯絡方式？」

「只剩下直接去公司找他，但我不建議。有人在監視他。很緊急嗎？」卡倫納問。

「關於那場鎖定律師的受害者投票，我總覺得不對勁。我是說，居然還有人提名那麼無趣的職業？班想進入票數資料分析內容。他不能帶筆電去工作，所以信轉給我。我已經收到好幾條通知，就我看來，每一條都沒道理。」

「蘭斯，我知道你對發布茱莉亞．史汀普的錯誤報導很自責，但你不需要再自責了。我保證事情都在掌控之中。班工作的時候很難聯絡，等他下班吧。他結束之後就會查看訊息。我不確定搞清楚多少人投票給律師，對於案件會有什麼幫助，但我還是感謝你的努力。」卡倫納說。

「好吧，你說了算。」蘭斯說：「這一切結束之後，我們騎車去兜風。看看我們在人類苦難之外還有哪些共通點。」

50

聖庫芭準備好了。她很走運，找到一間廢棄皮革工廠，她需要的基礎設施裡頭都有。而訣竅在於：給自己足夠的時間。昨晚，她買了一臺新的網路攝影機、一些基本的攝影燈具，還有一部發電機，因為不幸的是，皮革工廠的老闆記得切斷電源。她倒是覺得無妨，工廠附近還有一處水源，以及不錯的手機訊號，可以進行殺戮直播。她需要的是一個大水槽，以及上方架起來的滑輪系統，而皮革工廠兩樣都有。幾世紀前，將人活活煮死是一項卓越的藝術。她心想，世界拋棄了多少舊時手段，真是可惜。如此別出心裁的懲罰根本是藝術。忘了素描、照片和外洩的驗屍報告吧。確保她歷史定位的唯一方式是實況轉播，尤其需要畫面與聲音同步，她要讓觀眾聽到受害者的哀求、爭論、收買、憎恨，以及淒厲的尖叫。吐出所有的話語之後，大家就只聽得到尖叫了。聖庫芭為此激動不已，感覺臉頰發燙，手心冒汗。

現在她要做的就是將受害者從臥房騙來後花園。她的計畫相對來說簡單也流暢。她備好槍，拿起石頭，躲在灌木叢後面，然後朝溫室窗格扔過去。

幾秒鐘之後，窗簾有了動靜，意料中事，窗戶開啟，一張臉探出來。聖庫芭看不到表情，但她想像應該是蹙眉，然後翻起白眼，人生永無止盡的待辦清單上又多了一項。

她等著，眼睛緊貼瞄準鏡，繃緊的身體期待後座力，但後門沒打開。無法接受，她不能現在就失敗，她做了這麼充分的準備，一切並不簡單。思考她該何時退場是最困難的部分，特別當她直到早上才曉得亞莉馨娜．歐洛克今天不會進公司。聖庫芭原本已經計畫好路線，打算跟蹤歐洛克太太，然後忽然切換車道、煞車，讓律師撞上她的車尾。之後看是要上誰的車，交換保險細節，這時槍就能派上用場。應該會是一次俐落的綁架行動，現在卻似乎無法完美地按劇本走，一定程度上增添了故事的複雜度。不過，無論遇上任何狀況，她總能展現聰明才智，她處變不驚，高人一等。她投注了太多心血，不能在此刻出錯。

聖庫芭撿起一根掉落的樹枝，朝溫室同一塊窗格扔去，將破洞砸得更大，製造出一般人理當無法裝作沒聽到的聲響。這次沒有拉開窗簾，但她等著。

過了幾秒鐘，亞莉馨娜似乎下了樓。這次女主人直接走出後門，來到花園。聖庫芭沒有遲疑。她等到亞莉馨娜整個人踏出門，她微微吐氣，然後吸氣又吐氣，接著開槍。這一槍正中靶心，如她預料，直接擊中大腿，麻醉針直接扎進肌肉最厚的部位，開始將令人癱瘓的物質輸送到全身；麻醉藥也會立刻讓她失去聲音，叫不出聲來。

麻醉槍擊中目標，亞莉馨娜只來得及倒抽一口氣，起初是驚訝，不是疼痛，接著一切都像慢動作。她的手優雅下移，手指碰觸到麻醉鏢，浪費了寶貴的幾秒鐘，因為她的大腦還在思索是不是該拔掉那東西。等到她抬頭，尋找攻擊來源時，她已經點起頭來，雙腿發軟。是一齣悲慘的芭蕾舞劇碼。

聖庫芭走進屋裡。房子很大，花園設計來舉行社交派對，只有積極進取人士才會搞這種活動。要是聖庫芭不介入，這座花園會是派對的場景，升起火坑，捕捉年輕時的風采，幾個蠢蛋會以為自己的吉他造詣能夠贏得觀眾的心，外燴負責人會躲在廚房，直到有人叫喚，他們才會出來。現在這個地景將永遠和失蹤、悲劇、謎團、荒廢脫不了干係。

亞莉馨娜躺在地上抬起頭來，表情顯得困惑也不解。聖庫芭讓她側躺，同時準備撤退。倘若這位中了麻藥的女士在路上被自己的舌頭噎死，那也真是諷刺得可以。棚屋裡有一輛獨輪手推車，重視工作的亞莉馨娜，以及她那同樣穿西裝、提公事包的丈夫才不會去碰呢。那座棚屋完全是園丁負責的範圍。聖庫芭只擔心這個，擔心園丁冷不防現身，所幸他今天沒來。本日神明站在她這邊。

她從亞莉馨娜的雙腋下環抱起她，而且小心不傷到她。神經肌肉阻斷劑讓亞莉馨娜無法動彈，但她還是感覺得到疼痛，不過聖庫芭希望她晚點再感受到痛就好。經過一陣又推又塞，亞莉馨娜上了推車，聖庫芭還蓋了一層防水布，麻醉槍扔在上頭，一路將她推到屋子一側，接著跑回來關上後門。她能保留愈多時間愈好，誰曉得晚點會不會有人出現。

走正常的側面柵門太冒險了，因為這扇門和隔壁鄰居在同一條走道上，但房子後面有面鐵絲網圍籬，連接到另一座花園。聖庫芭可以從那一頭出去，不用穿過鄰居的後院柵門。她確認過那戶鄰居已經出門上班了。鐵絲網很高，原本設計用途是出於安全考量，但鐵絲網剪得斷，聖庫芭就是這樣進來的。她將整面鐵絲網拉開，推著推車過去，再小心翼翼地將樹枝蓋回原位。她甚至在防水布上放了些落葉與樹枝，掩蓋人體的形狀。聖庫芭壓低鴨舌帽。租來的四輪驅動汽車就停在兩個花園之外。她走著走著聽到遠處門鈴響起，兩聲、三聲，此時她已經打開後車廂，將推車上的目標送上車，看起來就像將花園廢料裝上車的平凡工人。

51

聽到男人聲音裡的顫抖，卡倫納就曉得大事不妙，和先前電話裡的口氣截然不同。

「長官，我是瑞弗。我們按了亞莉馨娜・歐洛克的門鈴，沒有回應。撥打她家的電話號碼，也沒人接。」

「有她的手機？」卡倫納問。

「正在詢問她的事務所。」

「別問了。」卡倫納說：「直接進去，必要時砸窗也行。我的手錶顯示十二點十三分，十分鐘內回報，彙報狀況。」

「遵命，長官。」瑞弗警員快速答應。

卡倫納上車出發。

他抵達距離莫萊菲高爾夫球場以北八百公尺的歐洛克住所時，現場已經停了兩輛警車，以及一臺鑑識人員的廂型車。嶄新的房子來自老舊住宅翻新。屋內的低調奢華則暗示著還沒受到孩童、個人愛好與粗心大意的折舊。卡倫納在屋子後側的廚房找到瑞弗警員。

「我們掌握了什麼？」卡倫納問。

「長官，她不在屋裡。」瑞弗說。

「我知道。」卡倫納說：「還有呢？」

瑞弗指著煮水壺旁邊的杯子，茶包擱在杯裡，還有準備用來攪拌的湯匙。卡倫納一手放在煮水壺上，還有溫度，距離水開已經有一段時間了。隔壁是一份保鮮膜撕開、咬了一口的雞肉三明治，旁邊還有一團紙條。卡倫納打開字條，讀起上方只有亞莉馨娜．歐洛克丈夫會留的文字。他緩緩放下字條，幾乎希望自己沒看過上頭的內容。就算沒看這對夫妻最後一次珍貴的交流字條，要向歐洛克先生開口也已經夠困難了。

「她的手機？」卡倫納問。

「在床邊，筆電在床上，開著。看來她只是下來泡個茶，然後就消失了。」瑞弗說。

「沒有搏鬥的跡象？」卡倫納問。

「鑑識人員正在檢查，還沒發現。」

「門窗呢？」

「沒有破壞的痕跡，所有的門都是關的，但後門的兩段式門鎖沒鎖上。已經聯絡上丈夫，應該隨時會到家。」瑞弗說。

卡倫納上樓，主臥室很大，地毯看起來像沒人踩過，房內衛浴的磁磚下方還有地暖系統，卡倫納感覺得到升上來的熱氣。尺寸大到足以做為晚餐派對螢幕的電視機水平盤據在牆上。梳妝檯上最顯眼的是新婚夫妻照片，亞莉馨娜．歐洛克充滿愛意地望著丈夫，丈夫似乎在向畫面外的親朋好友舉杯，畫面之美，像是從圖庫買來的。

卡倫納走到窗邊，望向外頭的後花園。室外庭院得到的關注不高，綠色植物顯得生氣勃勃。種了幾株樹與灌木，幾片花床的土比植物多，還有一處溫室。他打開窗戶，仔細看著溫室的屋頂。

「瑞弗！」他大喊：「去後花園！」

瑞弗趕在卡倫納下樓之前抵達，命令其餘警員避開平臺上的碎玻璃。

「長官，沒有血跡。」瑞弗說：「我在溫室地上看到石頭和樹枝，看來是直接掉進去的。」

「從哪裡掉進去的？」卡倫納抬起頭。最近的樹在花園中間搖曳。「這不是意外，歐洛克太太泡茶時，聲響可能驚動到她。」他走進花園裡，土地乾硬，因為夏日的太陽，以及「很不蘇格蘭」的連日無雨。「採不到鞋印。」卡倫納說：「請你的人仔細檢查這一帶。監視器呢？」

「播放需要密碼，我們希望丈夫回家可以協助我們。」

前門大力拉開，急切的腳步聲迴盪在屋內。

「她在哪裡？」同樣急切的聲音傳來：「亞莉馨娜怎麼了？」

卡倫納前方的警員先走近安撫歐洛克，沉穩地與他交談，也請他遠離鑑識小組正在蒐證的區域。

「歐洛克先生，我是卡倫納督察。你曉得你太太可能突然去哪裡嗎？也許是鄰居家，或是她可以步行前往的地方？」

「不，我們沒在這裡住很久。你們為什麼會過來？我不明白。誰打電話報警的？亞莉馨娜今天不太舒服，在家工作。」

卡倫納帶他到客廳，請瑞弗泡茶。

「目前我們還不確定出了什麼事。如果你願意讓我們查看監視器畫面，也許會有幫助。家裡的監視器有打開嗎？」

「然後你會回答我的問題？」歐洛克先生反問。他渾身顫抖，喘起大氣，卡倫納覺得需要施加壓力請他配合，但又不能失去同理心。

「我會的，請叫我盧克。我知道目前狀況很難理解，但我們希望能盡早查明你太太人在哪裡。」

「我叫魏斯理。」他起身。「我的書房可以控制監視器。」他沿著走廊前進，抵達客廳對面的門。書房牆上有個數字鍵盤，上方是一個黑色的顯示器。「關掉了。」他說：「你的人動過？」他的語氣近乎指責，氣急敗壞。

「不，我們沒有關掉，我們等你回來協助我們操作。」

「娜娜，拜託。」他喊了一聲，還重捶桃花心木書桌。「一定是她關掉了，她不喜歡監視器，總說不該讓鏡頭監視我們的生活。我敢說，我一出門，她就關掉了。」

「可以請你告訴我，最後錄到的畫面是幾點嗎？」卡倫納問。

魏斯理．歐洛克重新啟動保全系統，重新播放，螢幕亮起，顯示出四支監視器，分別對準屋外三個不同的位置，以及他們剛剛經過的一樓走廊。

「這裡，早上八點三十分。」歐洛克先生指著螢幕右下方。「然後應該就被關掉了。」

「還有誰知道你太太不喜歡監視器？她會和清潔工或園丁討論關閉監視系統的話題？也許跟親戚聊過？」

歐洛克先生搖搖頭，一屁股跌坐在辦公桌旁的皮椅上，臉埋進掌心。

「說實話，我們幾乎沒有社交生活。我們才買下這個地方。亞莉馨娜很重視工作，每週工作六十小時，我也差不多，我們在附近沒有家人，也沒有傭人。我們不常在家，所以家裡還算整齊。督察，你覺得出了什麼事？我很想知道。」

卡倫納簡短地解釋。歐洛克靜靜地聽，無法直視卡倫納的眼睛，雙手緊握椅子的扶手，不斷點頭。

「你為什麼不通知我們？」歐洛克問：「我是說，你們就在門外，你們大可進來警告她。我就會待在家，保護她。而且如果她知道，她肯定不會關掉監視器。」

「我們已經派駐太多警察在外頭，監控每一位潛在受害者。我們不想嚇到民眾，可能的目標實在太多了。」卡倫納說。

「我們週末本來還要出遊。」魏斯理的聲音變得低沉。「我還先訂了聖博斯韋爾斯的巴克盧阿姆斯酒店，要是她出了什麼事……」

「長官，後院的鐵絲網有剪斷的痕跡。」瑞弗從走廊大喊。卡倫納暗自咒罵他真會抓時間，還如此直接，他只能請另一位警員過來陪魏斯理．歐洛克，他走去外頭查看。

鐵絲網圍欄差不多一百二十公分高、九十公分寬，剪開了一個洞，可以掀起來順利進出。圍欄另一邊是鄰居的花園。卡倫納踏在修剪整齊的草地上，這一頭的草比較綠，也比較有生氣，顯然是因為有效率卻無視夏日省水需求的照顧方式。

「這裡有灑水器。」卡倫納走到更裡面。「別過來。」他告訴跟在他後頭的人，小心翼翼走向旁邊，遠離後門一路過來的步行路線。從旁邊看，可以明顯看出這片草地最近被碾壓過，痕跡一路從圍欄延伸到後面的柵門。「有人最近才經過，草被壓平了。」

「長官，那是獨輪手推車的軌跡。花園棚屋有闖入的痕跡，現在說得通了。」瑞弗說。

「開始挨家挨戶問話，瑞弗警員。無論帶走歐洛克太太的人是誰，我們都要假設是我們正在追捕的殺人凶手。凶手不會直接推她上街，肯定有人看到車輛，將其他潛在目標的駐守員警減到一人，閒置人員統統調過來追蹤本案。附近每個人都要問話。聖庫芭開車經過這些路，停在附近，出來時推著推車，上頭載了一個人。肯定有人看到什麼。」

卡倫納打電話給艾娃，匆匆掛斷，他們沒有時間也沒心情多講幾句。警方還是會繼續監視其他潛在目標，以防聖庫芭的突發計畫，或可能出現罕見的意外，導致她的計畫無法順利進行。經過茱莉亞．史汀普的誤會，艾娃和卡倫納都不願在單一目標受害時，完全支開警力。從格羅到聖庫芭，愛丁堡的資源已經緊繃到極限，不料還是道高一尺，魔高一丈。

薩特打電話來，此時卡倫納正在指示歐洛克家的警員避免讓魏斯理獨處，還要有人守著電話，免得他太太或綁架犯主動聯絡。

「長官，搜尋引擎上有幾則關於歐洛克太太的介紹，還有她手中最新案件的報導。她似乎最近才開始撰寫以人權為主題的部落格，還入圍某個法律獎項。聖庫芭很容易搜尋到這些文章，當然還有更顯著的目標，看來她運氣很差。」

「我猜，妳沒有查到其他歐洛克太太可能忽然失蹤的原因？」卡倫納問。

「沒有。他們結婚才四年，剛從愛丁堡的另一個地區搬過來，經濟狀況穩定，貸款貸了不少錢，但他們還很年輕，又有專業工作，收入很好。她娘家很有錢，讀公立學校，母親健在，父親過世，生前當過法官。看來她繼承了家族衣缽。」

「她先生非常激動。我已經請警員照顧他，但我擔心他會做出什麼意外之舉。」

「長官，你要我過去陪他嗎？我很樂意。」

「警員，已經坐不住了嗎？我想妳還是待在局裡就好。我需要信得過的人待在案情室。」電話那頭傳來失望的嘆息。卡倫納壓低聲音問道：「薩特，艾德格還在？他的手下行動了嗎？」

「還在局裡。他們有任何動靜，我再通知你？」

「可以麻煩妳嗎？只不過低調一點，別讓其他人知道。」卡倫納說。

「好的，長官。今天至少做了一件有用的事。」薩特說。

「照顧好妳的寶寶就是有用的事，等這一切結束，我們都需要來點期待。妳的寶寶是在我的指揮下第一個出生的孩子，至少我可以期待孩子是用我的名字命名吧？」

「長官，如果不是男孩，我不確定該怎麼辦。」

「盧克（Luc）加個y就是露西（Lucy）了。一有狀況就聯絡我。」

52

卡倫納向艾娃簡短報告完亞莉馨娜．歐洛克失蹤案後，她立刻接了一通電話。她在車裡坐了幾秒鐘，然後無視限速，直接疾駛前往皇家醫院，指尖陷進方向盤裡，專注在身體的吸氣與吐氣之中。

車子橫跨了兩個停車格，她幾乎是衝下車。急診室靜悄悄的，真意外。院方立刻讓艾娃進去，只在等待醫生說明病情時拖延片刻。安姬魯．阿迪沙醫生身材高大，體態優雅，皮膚黝黑。她讓艾娃想到等待風暴來臨的戰士。阿迪沙醫生請艾娃坐下，她解釋起事情的經過，此時，艾娃覺得自己在座位裡好渺小，好幼稚，坐立不安，無法專注。阿迪沙醫生不疾不徐耐著性子解釋了三遍，彷彿本來就該如此。

「妳要等家人過來再一起進去嗎？」阿迪沙醫生問。

「家父正趕過來，但他在新堡，昨晚出席一個董事會會議，是他加入的慈善機構。我不確定他什麼時候會到。我們都以為還有時間。」艾娃說。

「我明白，恐怕這種事很難預料。令堂的顧問醫生也無法料到這種事。」阿迪沙醫生說：「萬一妳需要協助，我會請護士在一旁待命。」

艾娃等醫生離開才走進母親的隔間，強忍淚水，開口說話。病榻兩旁的機器透露了沒有意義的訊息。「媽，我來了。」她說：「妳聽得見嗎？」

艾娃的母親眼皮慌亂地眨了幾下，手在艾娃的掌心下顫抖起來，彷彿正在努力划水要游上水面一樣。然後她清醒了過來。

「艾娃，親愛的，妳的馬術課結束了？」

「不，媽，妳在醫院。醫生聯絡我的。妳記得急救人員送妳上救護車嗎？妳在城裡逛街，結果暈倒了。」艾娃說。

「哦，我只是頭暈。惹得大家大驚小怪。我跌倒時有沒有弄髒外套？」

「完全沒有。」艾娃從母親的眼睛前面撥開頭髮。「妳的外套沒事。妳感覺如何？」

「恐怕我頭有點痛，是我的錯，昨晚吃太多起司了，每次吃起司都會偏頭痛。親愛的，妳不是該在工作嗎？」

「今天休假。」艾娃撒謊，口袋裡手機的重量非常明顯，她暗自祈禱手機不要忽然響起來揭發她的謊話。「妳需要什麼嗎？」

「哦，艾娃，看，這麼漂亮的戒指！」她母親的指尖輕撫過這枚陌生的訂婚戒指。「妳都沒告訴我。」

艾娃想提醒她，他們慶祝當晚，喬保證會在蘇格蘭舉辦婚禮，她和她母親還閒聊可以上哪裡買婚紗。不過，此時罕見但眾所皆知的化療副作用發作，母親腦中出現血栓，她因此暈倒，喪失了當時的記憶，只留下痛苦。

「對，我訂婚了。」艾娃說：「妳還要選新衣服在婚禮上穿。」艾娃微笑，手背抹過臉龐。

「哦，對，還有好多東西要買。我得了癌症，對不對？」母親問。

「對。」艾娃說，語言卡在她的喉頭。「但妳恢復得很好。呃，妳、妳真的很堅強。」

「親愛的，別哭。」她母親緊握艾娃的手指，但因為太吃力，隨即放開。「妳知道的，其實沒那麼糟。」

「哦，天啊，媽。我很抱歉，我太固執了。我明明很需要妳，卻總是推開妳，現在卻……」

「妳記得妳七歲的時候，當著全校師生一個人上臺唱歌嗎？那個小混蛋賈克．楊恩跑到妳身後，掀妳裙子。別的女孩肯定會哭著跑走，妳卻露出蔑視低等生物的眼神，拉好裙子，要求音樂老師重新替妳進行開場介紹。之後校長打電話給我，說那個賈克眼睛上有個烏青，卻不肯說是誰動的手。」

「妳怎麼還記得？」艾娃驚呼，望著母親微笑的臉，淚水止不住地流。

「那天，其他人終於明白我早就知道的事。艾娃．通納，妳是一股不容小覷的力量。那天妳讓我肅然起敬，之後也是。我總希望妳能過著平順安穩的生活，但我錯了，妳本來就經得起磨練。妳讓我驕傲，我親愛的，別為我落淚。生活還要繼續。」

她的手指抽動起來，嘴角微微鬆開，然後又闔上。機器發出警告的嗶嗶聲，接著又穩定下來。

「媽，我去叫醫生。」艾娃說。

「妳是和那個好男人訂婚嗎？」她母親再次握住艾娃的手。

「對，媽。」艾娃說：「他人很好。」

她母親的呼吸又變得急促，肩膀繃緊，肩膀的肌腱猶如身體與頭部之間的繃繩。

「媽，先放開我。」艾娃柔聲地說，想要掙脫母親緊握的手。「我得去找阿迪沙醫生。」

「她束手無策了。」她母親說：「親愛的，幫我拿外套去乾洗，好嗎？」

「我會的。」艾娃承諾，母親的身軀在她的雙手下方搖晃起來。

「很高興妳不是嫁給那個小伙子喬，他是自以為是的蠢蛋，討厭極了。妳選另一個真是選對了，他看妳的眼神多深情。」

「阿迪沙醫生！」艾娃大喊。她母親翻起白眼，胸口起伏，氣喘吁吁。「我需要協助！」

阿迪沙醫生衝進隔簾的空隙，後頭跟著兩名護士，她們訓練有素地將艾娃拉去一旁，趕她出去，然後交換一連串醫學用語。她站在走廊上，聽著機械的動靜、短促的動作，還有連珠砲般的指令。最後的動作結束後，徒留寂靜。然後一個聲音讀起秒數，第一位醫護人員從窗簾隔間走出來時，艾娃跌坐在地。

喬瑟夫．艾德格組與倫敦的刑事檢察院正在進行電話會議，期待著晚上即將來到的大搜捕。通話結束後，他跟唐寧街十號的顧問還有另一通電話約會。首相急著掌握最新消息，好安撫那些遭「埋沒之人」鎖定、轉移金錢的菁英權貴「捐款人」。所有人等著他逮到主腦。還需要一點曝光，最終他的人會確保攝影師不小心（但很確定）在對的時機，出現在對的地方。拍下喬．艾德格替班．波森上銬的畫面。

艾娃打電話來，他考慮該不該接。距離下通電話只剩幾分鐘，但她會想聊天，真煩。他工作時不喜歡模糊焦點。他將她的來電轉進語音信箱，晚上他可以找她出來慶祝。他撥下一通電話，向首相顧問保證一切都會順利。前往與技術小隊開會的路上，他聽取語音留言。網路安全部門主導武裝行動會有問題，這不是跟隨線索，就能逮到壞蛋的任務。鎖定壞人之後，你必須取得他的資料，還要理解內容，整理成其他人也能夠明白的證據，確保壞人安上應有的罪名。他部門的技術要素是本案能否成功的關鍵，要是到頭來什麼也端不出來，無論調查工作進行得多好，也毫無意義。兩則訊息來自他的小組成員，確定動作完成，已經就定位。最後一通來自艾娃。

「喬。」她的聲音非常沙啞，他必須拉長耳朵聽個仔細。「我媽、我媽她今天下午過世了。我知道現在時機不對，可以請你打電話給我嗎？拜託？」喬聽到她的哭聲，接著變得微弱，掛斷電話。

他看看手錶，將手機放進口袋裡。現在沒時間打電話給艾娃，她可能有一堆文件要填，家人也會趕來。如果他這個階段打電話給她，誰曉得這通電話得講多久？死亡又不意外，也許比想像中快了點，但她媽本來就難逃一死。而且，這樣艾娃就能離開愛丁堡了，可以和他一起展開新生活。他又掏出手機，思索他是不是打個電話過去說他正在忙，最後又作罷。晚一點打，艾娃的母親也不會活過來，到時他還是可以成為艾娃需要倚靠著哭泣的肩膀。現在，他還有更要緊的事。

53

卡倫納一路跑進急診室。二十分鐘前，艾娃打電話給他，他聽不懂她說了什麼，只知道她在皇家醫院。他從召集來的警員那邊開走警車，閃著警示燈，一路飛奔、橫跨愛丁堡。

「艾娃．通納督察？」他對著櫃檯的助理大喊，其中一人帶他穿過診療區。他問：「她受傷了？」

「她在裡頭。醫生想要給她一點鎮定劑，但她拒絕。」

「謝謝。」卡倫納道謝後走了進去。這個區域是白天活動的康樂室，比窄小的候診間沒大到哪裡去，都是粉色調，還有幾張不成對的塑膠椅，容易擦拭乾淨的那種坐椅。「艾娃？」他說。她從黃色的塑膠椅上抬頭望向他，表情說明了一切，滿臉淚痕，雙眼無神。

她朝他伸出手，他蹲在她面前，讓她伸手環抱他，然後整個人倒進他懷裡。他曉得等她哭完，她就會開口解釋一切。一年前，他肯定無法接受親密的肢體接觸，一有女人碰觸他，他就會感到不舒服，身前逐漸搭出一道堅不可摧的屏障。不過，艾娃以友誼、誠懇和細膩心思卸下了他的心防。她終於抬頭，從桌上抽了一張肯定得一直補充的衛生紙。

「我媽走了。」她說：「就在這裡，今天下午的事。」

「是意外？」他問。

她搖搖頭，擤著鼻子，扯著另一張衛生紙的邊緣，開口解釋：「她罹患了癌症，大腦裡出現血栓，是化療的副作用。」

「我很遺憾，我完全不知道……」卡倫納驚覺艾娃應該要向喬傾訴，他該去找她的未婚夫過來。「我這就回局裡找艾德格，不會花太多時間。」

「他在開會。」艾娃說：「一個半小時前，我留了訊息給他。今天是他的大日子。」

幾個不同的回應想要竄出來，但卡倫納只能說出最簡單的答案。

「是的。」他說。

「我要過去看她，向她道別。他們送她去樓下了，但我還可以見她最後一面。盧克，你願意陪我過去？我覺得我沒辦法一個人去。」

他牽起她的手。他們跟著指示前進，面無表情的工作人員讓他們進去。卡倫納讓艾娃決定他該何時止步，願意讓她在最後一刻拋下他，獨自進去道別，但她拉著他的手，擱在自己的腰上，靠他的支持前進。

同樣的流程，他們經歷過好多遍。不鏽鋼床板，蓋在屍體上的白布，減緩腐壞速度的必要低溫，讓工作人員願意在此工作的冷氣。他們見過多少死狀比自然死亡還慘的個案，但愛是最殘暴也最傷人的情緒，卡倫納非常清楚。無論何種死法，失去所愛，讓愛從指尖輕易流逝，都是一種折磨。

艾娃伸出手，手指輕輕滑過母親的臉，努力壓抑住啜泣，強忍的情緒讓她的身體顫抖不已。卡倫納幾乎認不得她母親。他只見過她一次，艾娃堅持要他一起去派對。她說，擔任護花使者。他問，有什麼好護的？她說現場會有很多她母親邀請來的黃金單身漢，她母親會想替他們與自家女兒做媒。卡倫納那晚非常愉快，可以說挺有排場的。他本身也是場上竊竊私語的焦點。艾娃的母親非常和善，不斷找他聊天。他會避開工作及相關話題，免得場面尷尬。食物美味，酒類繁多，艾娃雖然嘴上說不想來，但那晚她還是光彩耀人。她和任何人都能交談，不會遲疑。卡倫納看著她在會場上與老友寒暄、交新朋友，最後回來找他，宣布是時候該撤退了。如今躺在面前的女人變得極度憔悴消瘦，癌症侵蝕了大部分的她，治療完全追不上癌細胞的貪婪胃口。

「我們可以走了。」艾娃與他十指緊扣，彷彿要橫渡深淵上的鋼索，直到抵達雙扉推門後的走廊安全地帶，她才忽然驚叫，雙手掩住臉：「盧克！你在這裡做什麼？我都忘了，我忘了還有一堆事。你得走了，你得去找亞莉馨娜．歐洛克！」

「愛丁堡的每一位警察都在找她。妳需要我在這裡。」卡倫納說。

「要是歐韋貝克知道……」艾娃說。

「去他的歐韋貝克。」卡倫納打斷她：「妳比她和工作重要多了。」

艾娃緊盯著他，兩人手指交握在一起，直到一位護理師禮貌地清嗓子，等他們借過。

「你得走了。你能夠造就不同的結果，你卻在這裡陪我，這樣我無法忍受。我的家人正在趕來的路上。我等他們來，然後回市區找你。」

「妳不要勉強。」卡倫納說：「妳回家，慢慢來，不急。」

「我必須提供協助，這是我的選擇。我母親說，我讓她驕傲，至少我聽到了這句話。我想，如果我繼續做好我的工作，她會非常驕傲。現在快走吧，這是命令。」

「我可不曉得妳是我的長官。」卡倫納溫柔地吻了吻她的臉頰。

「你做夢！」艾娃擠出淺淺的微笑。「但我想我們擺脫不掉歐韋貝克。」

卡倫納跑回車上時看向手錶，然後加足馬力讓車子從一灘爛泥掙扎出來，一上路就開警示燈。五點鐘，手機一則訊息也沒有。蒐證的軌跡看來徹底無望，只期待亞莉馨娜．歐洛克還有生存的希望。

54

一整天，蘭斯都有營養不良的老鼠在啃咬自己五臟六腑的感覺。今天早上和班談過之後，他總覺得哪裡不對勁，卻也無計可施，只能繼續等待，愛丁堡朝九晚五的上班族湧上街頭，提著健身用品包、低脂拿鐵，以及搭配晚餐的昂貴葡萄酒。班終於在五點半回電。

「老天，蘭斯，怎麼了？十二通未接。」班說。

「抱歉，你到家了？我們能討論一下早上的資訊？」

「再三分鐘就到。」班配合腳步氣喘吁吁。蘭斯不禁想叫他走快一點。「我到家後就打電話給你，這樣比較快。我的安全開機系統需要一點時間。安啦，好嗎？」

「老天，」蘭斯對著手機略顯擔憂地說：「我們把希望維繫在一個說『安啦』的孩子身上。拜託別釀出什麼天大的錯誤才好。」

蘭斯將煮水壺放在爐子上，開火，又關火，又從冰箱裡拿出啤酒。快喝完了，手機才響起。

「登錄了嗎？」蘭斯搶在班開口前問。

「給我一分鐘？我下載了一些資料回來，還在解碼。你想再釐清些什麼？」

「跟我說說投票的狀況，希望能解釋一切。」

嗶嗶嗶，班的打字聲，還有電腦冷卻風扇的運轉聲。蘭斯不住抖腳，默唸秒數。

「有了，提名名單只有管理員看得到，其他用戶看不見，按照提名時間順序排列。哇，很多，什麼職業都有，綠色和平異議人士、身障照護員、輔導教師、食堂阿姨、足科醫生——但字打錯了，可能是別的職業，寄養家庭父母、菸酒戒癮員、老人照護員、觀護人、義肢設計師——職業類型分得太細了吧，還有軍人、警察，警察只有一票……」

「等等，」蘭斯說：「找律師就好，出現過幾次？」

班一邊咕噥，一邊研究螢幕上的資訊。「一次。」他說：「怎麼會？這肯定是我們提名的。我也看得到每項提名的時間戳記，是我們上線的時間沒錯。」

「其他選項有超過一票嗎？」蘭斯問。

「某些有。」班說：「寄養家庭父母至少就有四個人提名，輔導教師三票，不少選項也有兩票。為什麼管理員會挑選我們的提名？他盯上我們了？也許他已經聯絡真正的羅里．韓德，想給我們一個教訓？」

「奧坎剃刀理論[3]。」蘭斯說：「最簡單的解釋是，這一切與我們無關，完全掌控在控制遊戲的人身上。如果他針對我們，何必改成人權律師？因為我們很可能一輩子也不會知道只有我們提名律師。」

「我不懂這對我們有什麼幫助。」班說。

「我得去找卡倫納。」蘭斯說：「你待在原地，也許還有我們能幫上忙的地方。快六點了，給我一個小時，我過去找你。你再看看能不能從網站上挖出更多資訊。我們必須進入管理員的通訊資料。申請會員的時候，他索取很多羅里．韓德的個人資料，也許找得到同樣詳細的凶手檔案。」

「那個區塊的加密方式很複雜，而且有個前提，要是他審核會員後就刪除資料，那就什麼都找不到。以目前分秒必爭的狀況來看，你得想出比駭客更可靠的辦法。」

55

警員薩特在案情室裡，她已經接了一整天電話。然後卡倫納衝了進來，要求她完整回報。她也希望手邊能得到更多資訊；不過，看見歐洛克家後面那輛四輪驅動車的鄰居不覺有異，於是她沒有記下車牌號碼，也沒留意廠牌型號。要在愛丁堡隨機追蹤深色的四輪驅動車，就像在湖中追蹤一條魚，同時猜想牠要去哪裡。

卡倫納解釋通納督察為何聯絡不上，還叮囑薩特若非必要，別給她壓力。然後他又消失了，匆匆走進辦公室。他正在躲可怕的警司大人，薩特能理解他。警司今天跑來案情室好幾次了，每一次都更加氣急敗壞，反覆要求了解枝微末節的片段資訊，而薩特似乎要對整個案件毫無進展負起責任。

卡倫納出現後一個小時，另一個人在警局的櫃檯警員畢德康的陪伴下，沿著走道匆忙行進，或者該說畢德康正氣喘吁吁地追著那男人跑。

「他登記了，我檢查過證件。」畢德康絕望地說：「但他是媒體。」

薩特心想那男人猶如帶著傳染病。

「交給我。」薩特喊著，起身朝男人走去。「先生，有什麼我可以幫上忙的地方？」

---

3 Occam's Razor，由方濟會修士奧坎的威廉提出的原則：「如無必要，毋增實體。」也就是「當兩個假說具有完全相同的解釋力和預測力時，通常以較簡單的假說做為討論依據。」

「卡倫納呢？」男人顯得很焦慮。「我是蘭斯・普羅孚特，他不接電話。我打他手機，轉到語音信箱。」

「他現在有點忙。而且老實說，目前督察沒心情接受採訪。也許你可以讓我瞭解情況，我再……」

當上警察多年，薩特已經變得不容易大驚小怪。她原本期待眼前的男人依舊堅持找卡倫納、態度怒氣沖沖、不願理會小警員，也許這些反應會同時出現。結果呢？他溫和嚴肅地握住她的肩膀，直直盯著她的雙眼，一字一句清晰地吐出這段話：

「人權律師不是票數最高的目標，是網站管理員刻意安排的。某人出於某個動機選擇了這個特定目標。如果卡倫納想要找到被綁架的律師，他就得搞清楚是誰挑選了律師。」

薩特與他四目相視沒超過三秒鐘，然後她拔腿就跑。

「普羅孚特先生，待在這裡，哪裡也別去。」她高喊。

幾乎同樣短暫的時間，卡倫納就沿著走道匆忙走來。

「蘭斯，你確定嗎？」他問。

「確定，班挖到資料了。」蘭斯說。

卡倫納連忙要他閉嘴，手忙腳亂推著他進案情室，同時要薩特進來，然後甩上門。

「低調一點，別提名字。」卡倫納瞥了窗戶外一眼，希望艾德格的人別碰巧經過。他們看過蘭斯和卡倫納進出班的公寓，而此刻可不是這位記者現身警局的好時機。

「我們找到所有會員提名給管理員的選項。」蘭斯壓低了音量。「律師顯然絕對不是最熱門的選擇。寄養家庭父母就有四個人提名，而根本沒有人提到人權律師。」

「你的意思是，這是設局？」卡倫納問：「但先前的受害者，還有聖庫芭與格鑼的比賽都不是假的。律師的選項難道是因為資料出錯？」

「不，我今天一直想不通。資料不會出錯，保護得很好。我沒辦法保證之前的受害者只是一時興起的結果，還是偽裝成用戶的提名投票；但這一次的目標是刻意挑出來的。而且肯定和我們的提名無關。」

卡倫納低頭盯著鞋子，等待答案浮現。說不通啊，一切是變態的遊戲，那樣已經夠糟了，然而整件事居然是操弄……

「薩特，」卡倫納說：「妳去搜尋那篇可能讓亞莉馨娜．歐洛克成為受害者的文章，我要看看。」薩特帶他們到電腦前面。「蘭斯，你看，這是我們查到的結果。就算人權律師的分類是經過設計的，聖庫芭也仍是透過搜尋結果選中亞莉馨娜．歐洛克。這一點和其他受害者沒有不同。身負特殊職業的人，因為善行得到大眾關注。也許經營網站的人的確作弊，在提名列表上動了手腳。這種狀況能有各種解釋，而律師是比較容易鎖定的目標，也會得到較多的報導與關注。假設人權律師的職業是刻意挑出來的，但是網站上並未提供明確的受害者姓名；事實上警方起初也沒有鎖定她，其他律師也找得到類似的媒體報導。因此，歐洛克太太被選中是隨機行為。也可能只因為她是最容易找到的目標。」

蘭斯搓揉著太陽穴，坐了下來。

「盧克，抱歉，你是對的。我是在浪費你的時間，你還有一千件事情要做。管理員應該不是故意針對亞莉馨娜．歐洛克。我不煩你了。」

「有時線索的確無法完整拼湊起來。」卡倫納說：「但如果不是你注意到塗鴉，我們現在也不會在這裡。」

「我希望你搞定這個案子。」蘭斯拍了拍卡倫納的肩膀。「也謝謝妳，薩特警員。抱歉造成困擾。」

「完全不用客氣，普羅孚特先生。很高興認識你。」薩特說。

蘭斯對她笑了笑。「危機時刻還不忘老派的禮儀，這就是蘇格蘭的基石。」他說，然後揮手道別，拖著腳步從走廊離開。

電話響了。卡倫納示意薩特他先回辦公室，她轉身接起電話。

「重案組，我是警員薩特。」她說。

「我是畢德康。剛才接到一通電話，是一位女士，她擔心她上了年紀的鄰居安危。她們住得有點遠，但通常一個禮拜會見一次面。只是最近她鄰居沒接電話。她過去查看卻沒人應門。那位女士似乎也沒有家人，而我目前找不到任何人手，每位制服警員今天都在市區，艾德格總督察又調走了剩餘的人力。我真的一個人也沒有了。剛才看到妳，才想到能不能把這件事從櫃檯轉給妳……」

「我現在只剩下長途跋涉叫聽不見門鈴響的老太太起床的功能了，是不是？」薩特嘆了口氣。「好，只要能離開這張椅子都好。」

「我把我的筆記和聯絡地址、電郵寄到妳的信箱。抱歉這事交給妳了，但我實在不能扔下櫃檯不管。」畢德康說。

「就剩壁花看家啦。」薩特說：「我們可以邊吃蛋糕邊自怨自艾，我外帶回來。有特別想吃的嗎？」

「如果妳碰巧經過烘焙坊，幫我帶一份肉派。只要有蛋白質，什麼口味都好。」畢德康大笑。

「沒問題。收到信了，我再打電話回報狀況。」

薩特抓起警徽和沒有標記的警車鑰匙。如果沒有其他要忙的，她倒是可以慢慢開，搖下車窗，稍微享受點陽光。

班雖然盯著電視，心裡卻是焦急地在等待他駭進網管通訊內容的程式碼回傳內容。時間迫在眉睫，蘭斯傳來訊息證實又有一個女人遭到綁架。要是他能找出聖庫芭的電郵信箱或手機號碼，警方就更有機會救出最後一名受害者。

他的門鈴在傍晚六點四十七分響起，門外是蘭斯，他抓著一個紙袋，傳出來的味道聞起來是炸魚薯條。

「晚餐！」蘭斯高舉手中的好料。

「進來吧，冰箱裡有啤酒。你要叉子嗎？」班問。

「手拿著吃就行了。」蘭斯說：「還有，別擔心程式了。我剛去找盧克，搜尋結果的確出現好幾篇受害者和關於她工作的報導，足以讓她進入凶手的決選名單。光是設定人權律師為目標，還是沒辦法控制凶手挑選哪一名受害者。」

「你怎麼知道？」班從袋子裡將報紙包裹的熱騰騰食物拿出來。

「我看過了，寫的都是她，在哪裡工作、替哪些人打官司，上頭清清楚楚。差不多三十秒就查得到她家的地址和電話。可憐的女人一點機會也沒有。」蘭斯開了啤酒，一屁股跌坐在椅子上。

班關掉電視，拿出手機，一隻手打著字，瀏覽螢幕。「我找到的第一篇文章，作者沒什麼公信力。」他說。

蘭斯仰頭閉上眼，拿著啤酒，忘了大腿上的炸魚薯條。「網路文章不標示作者很正常，多半是某個網站連結。」他說。

「你說得對，但這篇的來源不像是媒體、知名部落客或法律相關社團。」班說：「而且文章落在搜尋引擎第一頁下方，為什麼會引起聖庫芭注意？」

「你想說什麼？」蘭斯睜開雙眼，伸手抓薯條，但手上的鹽巴比馬鈴薯多。

「我想說網路的重點就是，閱聽者很容易相信看到的內容。走吧。」班朝走道前進。

「我受邀進入偉大的未知領域了嗎？」蘭斯問。

「你必須讓我看那些文章。」班在書房門口旁邊的數字鍵盤上輸入進門密碼，然後拿出鑰匙開門。「啤酒留在客廳裡，液體不准靠近我的硬碟。」

「液體包括番茄醬嗎？」蘭斯跟著班進入書房。他拿起另一塊薯條時，門鈴再度響起。蘭斯說：「我來開。」

「不，沒有人要來。我不喜歡莫名登門的訪客。你待在這裡，但別開門。沒事我再叫你開門。」班說。

蘭斯低頭看著電腦螢幕上一片不斷變化的圖示。

「你登入電腦了嗎？我應該按什麼鍵？」

「珍惜生命就什麼也別碰，在那裡等我。」班說。

56

亞莉馨娜．歐洛克吐了。嘔吐物在她仰躺時從胃裡湧上來，充滿死亡的氣味。往上嘔吐也許是絕望的最佳隱喻。等待蓄勢待發，她從來沒想過往上嘔吐的感覺多可怕。她只想往旁邊滾，但她無法動彈。她想抗拒這股爆發的力量，此刻生理現象是她的敵人，她喉嚨閉鎖，試圖抵禦反方向的入侵，但她的胃需要沖刷，這股勢力不容小覷。嘔吐物上湧，她盲目恐慌自己會因此昏倒或嗆到。嘔吐物還沒到嘴邊，膽汁的味道已經上來了，散發著酸敗奶製品氣味。她滿嘴都是，她不能吸氣或吐出來，她也不能伸舌頭移開嘔吐物，因為那麼做只會卡在她的喉頭。她彷彿是用嘔吐物為自己漱口，這是她最後一個念頭，然後眼前霎時一片灰，她缺氧的身體要放棄了。她胃裡的最後一擊拯救了她，口中的沉澱物統統噴向空中，衝出的後座力之大，讓她閉不上口，嘔吐物砸向她之前，她緊閉雙眼，溫熱惡臭，滿臉都是。

她的雙手綁在身後，腳踝也綁縛著，腳踝骨明顯互相碰撞。她每一道毛孔裡都爬滿恐懼，她肌肉痙攣，身體縮起來。亞莉馨娜希望自己暈過去，而她馬上就會看到綁架她的人。

她臉上黏著一層酸臭的液體，皮膚刺痛，眼睛如著火般，鼻腔裡也是。這時她從車後被拉進一臺改造過的拖車裡，一路顛簸碰撞，她吐出胃裡最後一點「涓涓細流」。她渾身顫抖，牙齒也不住打顫。粗糙的表面摩擦她的臉，她的皮膚刺痛起來，但什麼都比先前那張散發惡臭的面具好。

一隻手伸過來按壓她手腕內側，撐起她的頭部，讓她喝水。

「等下妳感覺就會好一點了。」耳邊傳來一個聲音。「慢慢呼吸，想吐是因為麻藥正在退。」

亞莉馨娜多喝了幾口水，讓自己恢復正常，她感覺鬆了口氣，溫柔的話語驅散了她的恐懼。

「謝謝，太感謝妳了。」她說：「我好害怕。妳能替我鬆綁嗎？我不確定到底出了什麼事。」

「不行，如果妳因此逃跑，我可沒時間追著妳到處跑。我讓妳側躺，以免妳繼續嘔吐。這樣應該會有幫助。」

「妳不是……我不明白。妳得替我鬆綁。有人朝我開槍，我跌倒了……」

女人蹲在亞莉馨娜身旁，戴著橡膠手套的藍色手指將溼黏的頭髮從她額頭上撥開。

「是我開的槍，不是私人恩怨。我讀到妳的報導，妳替很多囚犯聲討人權。但妳可能搞不清楚狀況，他們既然蠢到落網，就根本配不上能引起大眾同理心的訴訟手段。」

「妳沒有要救我。」亞莉馨娜低聲說。女人開始擺弄腳架，在上頭固定一臺小型照相機，相機連接筆記型電腦。「如果妳要錢，我可以打電話給我母親。家父去年過世了，他留給我的遺產足夠妳隨心所欲。我打個電話很快。」

「錢我多的是。」聖庫芭走去旁邊，調整發電機的位置。「不夠的是時間，二十四小時真的不足以完成太多事。」

「二十四小時？然後妳要做什麼？妳是誰？是因為哪一場敗訴官司要報復我？我可以再研究，申請上訴。拜託，告訴我妳要什麼就好！」

「嗓子留著晚點用吧，我會錄音。現在我要繼續了。搞這一切花了我太多時間，發電機的狀況也沒有我想像得好。」聖庫芭像在自言自語。

她走回亞莉馨娜身邊，風從破裂的窗戶玻璃溜進來，吹動她俐落的短髮。亞莉馨娜嘗試看清楚周遭環境。這裡是一處老舊工廠，放置很多沉重的機具，但看來已經廢棄。她整趟車程都不省人事，不確定現在幾點了，也不曉得距離市區多遠。沒什麼噪音，沒有明顯的車流，更沒有腳步聲。有另一種氣味，儘管她頭髮溼透、皮膚散發惡臭，還是聞得到的味道，硫磺味，肉味，既濃郁又酸臭。

「妳想知道這一切是怎麼回事？」聖庫芭開了口。

「對。」亞莉馨娜低聲地說。

「好。我在光天化日的演唱會，當著幾千人的面殺害了一個男孩，他叫席姆．索邦；然後我在圖書館地下室殺了一個老頭，麥可．史旺，我活生生剝下他的臉皮。這樣妳明白了嗎？還是要我繼續說下去？」

亞莉馨娜．歐洛克放聲尖叫，聖庫芭沒有試圖讓她安靜下來。她覺得無助。聖庫芭甚至懶得制止她喊叫。就在此刻，亞莉馨娜徹底絕望。

57

寶莉站在班的家門口，一手握著一瓶葡萄酒，另一手提著小塑膠袋。

「卡本內蘇維濃，加州的，給你家的感覺，還有北邊品質最好的大麻。你今早溜得太快，又沒來『水準之下』，我來帶點提神的給你。」

「我很需要。」班說：「但我現在有訪客，寶莉，抱歉。妳晚點再過來好嗎？」

「當然可以，紅酒留給你，大麻我先帶走。女孩就是要有些補償嘛。你結束再打電話給我。」

她靠上來吻他，舌頭滑過他的下唇，身體壓在他身上。班注意到寶莉沒穿胸罩，不禁希望蘭斯別待太久。

「妳知道嗎？我們快好了。妳先進來看電視吧。有吃的，還有啤酒，我找一下開瓶器……」

「扭開就可以了，不是軟木塞。但我不想打擾你和你朋友的隱私。」寶莉說。

「妳是要我求妳嗎？」班問：「二十分鐘就好，快說妳會留下。」

寶莉翻起白眼，緩緩走進門，從口袋裡抽出菸紙。

「要一根嗎？」她捲起菸紙。

「也許晚點。」他說：「我先處理一下事情。替我倒杯酒？」他在走道上喊：「嘿，蘭斯，你要紅酒，還是喝啤酒就好？」

蘭斯皺起眉頭替班開書房的門。

「那是誰？」蘭斯問。

「寶莉。」班說。蘭斯揚起眉毛。「你知道，『水準之下』的寶莉？你今早打電話時，她在旁邊……」

「懂了。」蘭斯說。「但你確定現在適合嗎？這需要一點時間，如果只有我們可能比較好。」

「寶莉沒問題。」班從一疊雜誌底下拖出一張凳子坐在蘭斯旁邊，他們望向螢幕。「我們趕快看看。好了，文章都無法追溯上傳的位置。」

「這意味著什麼？」蘭斯問。

「寫這些文章的作者不想被追溯。」班打開搜尋引擎，開始輸入文字。

「這是什麼？」蘭斯問。

「亞莉馨娜．歐洛克不是獲得某個獎項的提名嗎？她的名字應該出現在名單上。」他們研究起名單。

「她不在裡面。」蘭斯說：「可能搞錯了？或是她考慮後不想領獎？」

「哦，是嗎？你說的什麼剃刀呢？」

「奧坎的剃刀。」蘭斯說：「別拿記者的話回嗆他，很不禮貌。不過，這些都無法解釋凶手為什麼會挑上亞莉馨娜。這些文章都在搜尋引擎排行的後面，有幾篇甚至在第二頁。要是有人真的費心假造文章，也沒辦法確定聖庫芭能透過這些搜尋鎖定歐洛克太太。」

班沒有說話，敲著鍵盤。蘭斯認真吃起薯條。

「排序的歷史紀錄。」他說：「老天，這……哎呀，蘭斯你都不曉得你說對了。你看，昨晚，只有一小時，這些文章統統衝上搜尋引擎排行前幾名，他媽的每一篇都是。起始時間恰好是網站選出下一個殺戮目標的時候。之後有人更改了相關的搜尋字眼，這幾篇文章的排行就開始往下掉。」

蘭斯愣住，薯條停在半空，皺起眉頭來。「這個，抱歉，我不太懂……」

「昨晚，聖庫芭得知目標是人權律師之後，肯定最先搜到這些文章；而這些文章明顯指向一名特定目標。因為聖庫芭只有二十四小時行動，她必須快點決定人選。她做了功課，選上亞莉馨娜．歐洛克，然後展開計畫。但到了晚上，這些文章就從搜尋排行往下掉。」班說。

「對於多數人來說，亞莉馨娜．歐洛克根本不可能引起他們的注意。薩特警員一定是在亞莉馨娜遭綁後才搜到這些文章。如此一來，亞莉馨娜遭綁看起來就和其他命案沒有差別；而警方再去找媒體文章，也不可能會事先鎖定她，阻止綁架案發生。如果我們的推論是正確的，之前的命案其實只是要讓這起案件看起來像連環命案的障眼法。四個無辜的人死去，只是要確保亞莉馨娜．歐洛克的死不會啟人疑竇。我們必須聯絡卡倫納。」蘭斯快速撈起手機開始撥號。

「總結我們掌握的資訊，某人具有架設暗網網站的技術；事實上，同樣的技術還讓他在搜尋引擎插入熱門文章，引導凶手找到特定目標，最後移除文章，掩蓋手法。可能是懷恨歐洛克太太的人？」班繼續推測。

「或是會因此得到好處的人？」蘭斯聽見嘟嘟聲。「我向盧克解釋這一切。你繼續查亞莉馨娜的背景。」

只花了兩分鐘就讓卡倫納明白了。

「還有其他人涉案。老天，蘭斯，我很抱歉。如果我早點聽你的話，我們說不定已經找到她了。」卡倫納帶著點激動。「我回歐洛克家，確認她丈夫能否想到任何人有理由要她的命。但我不確定我該怎麼向那位悲慘的男人解釋來龍去脈。」

「設局的人把我們每個人都攪和進去。」蘭斯說：「要不是班……」

「我知道。」卡倫納說：「幫我向他道謝。繼續研究，好嗎？我們離亞莉馨娜也許又近了一步，儘管可能還是很遙遠。而格鑼仍然挾持另一名受害者，那位導護媽媽要是還活著，現在可能也失去了求生的希望。」他掛斷電話。

輕輕的敲門聲。寶莉問：「我可以進來嗎？」

「我覺得現在時機不對。」蘭斯說。

「讓她進來。」班沉浸在網路提供的亞莉馨娜．歐洛克資訊中。

「班，我們得快點結束。你不能分心。」蘭斯說。

「在碰觸才有反應的電腦之外，我也是有生活的。蘭斯，沒事的。開門。」班笑著說。

蘭斯開了門，擠出燦爛的微笑，門口的女孩拿著半瓶酒和一根大麻捲菸。

「你們在忙什麼？」寶莉問。

「找動機。」班咕噥著。「抱歉沒有太多椅子，妳不介意的話，可以從後面拿個板條箱坐。」他指著身後。「硬碟放在角落地上就好了。好，從哪裡開始？」

「她的電郵信箱。」蘭斯低聲說，回頭瞥了寶莉一眼。「她應該會將私人帳戶和公司帳號分開，工作的信箱隸屬法律事務所，我猜應該比較難進去。」

班嘖了一聲。「我們是剛認識嗎？」他說：「我已經登入她的工作信箱，沒有重新編碼，古老的保全手法。密碼很簡單，和她的私人信箱一樣。真不敢相信多少人都警告過這樣不安全，而每個人還是一個密碼用到底。」

「對我們普通人來說，要記住每個信箱、社交平臺、網路銀行或各種帳號的密碼實在太累了。你該不是要說，你在網路上的所有密碼都不一樣吧？」班揚起眉毛望向他。蘭斯擺擺手。

「對，你當然都設不一樣。我們現在要找什麼？」

「我正在搜尋關鍵字，但不容易。通常一般人的信箱裡不會出現太多冒犯的字眼，但她有口供筆錄和訴狀，而所有法庭案件都可能涉及嚴重的犯罪。目前信箱找不到線索。」

「今天的日期呢？」蘭斯建議：「誰問起她在哪，她要做什麼，或要求見面之類的？想要限制她的活動範圍？」

班輸入文字，寶莉讓頭靠在他肩上，也看著螢幕。

「我錯過了什麼嗎？」她問：「這是誰的信箱？」

「只是幫朋友忙。」蘭斯靠上來，指著螢幕上的信件內容。「她今天應該要陪她母親吃午餐，一週前卻取消行程，和客戶約碰面。」

「你覺得有關？」班說：「會不會想太多了？」

「統計數字是怎麼說的？」蘭斯說：「我去年寫過一篇報導，平均起來，只有八分之一的女性是死在陌生人手裡。我們必須先考慮她身邊的人。她的信箱是一張大網。我先讓卡倫納知道有一場取消的午餐約會。反正多點資訊也沒差。」

卡倫納讀完蘭斯的訊息，立刻要求一組人馬前往亞伯丁一戶民宅。

「我是盧克．卡倫納督察，我負責亞莉馨娜．歐洛克的綁架案。你現在和她母親在一起？」

「長官，是的。」現場的女警說：「我們剛剛才告訴她這個壞消息，她現在狀況不太好。我們可以大概……這個……十五分鐘後再和您聯絡嗎？先泡杯茶，讓她冷靜下來。」

「如果一輛車平均時速六十英里，十五分鐘這輛車可以跑多遠？」卡倫納問女警。

「呃，我不確定……」女警支吾起來。

「再跑十五英里。這就是我等亞莉馨娜母親冷靜下來之後，將亞莉馨娜塞進後車廂的變態凶手繼續前進的速度。就算我們能確認她所在的位置，這一拖也讓我們救她的路程多了十五英里。所以我們要繼續等下去嗎？」

「將電話交給她。」電話另一頭傳來女警說明情況的含糊聲音。停頓片刻後，另一個聲音接過電話。

「抱歉這種時候向妳請教，但我們正在理解令嬡的日常行程。我們明白，妳們今天原本要共進午餐。」卡倫納說。

「對，她幾天前打電話來取消，我想是因為有個急迫的案子。」她母親說。

「一開始誰先約的？」卡倫納問。

「我不確定，這重要嗎？我不曉得這怎麼能協助警方找到亞莉馨娜。」她母親的聲音結巴起來，話筒傳來窸窣聲，卡倫納心想她可能掏出了手帕。

「我必須知道，是她主動約妳、主動取消，還是有任何她無法控制的因素。餐廳有訂位？」

「我們會去她公司對面的一間西班牙小酒館，不用訂位，算不上正式場合。你知道她為什麼會遇上這種事？亞莉是最好的人，她一直很受歡迎，工作認真，對客戶盡心盡力……」她開始啜泣，卡倫納聽到女警安慰她的低語。

「最後一個問題，我知道妳很難過。亞莉馨娜的生活最近有任何明顯的轉變？請原諒我這麼問，妳是否懷疑過她外遇？她有沒有躲著妳？或是妳覺得她可能隱瞞妳任何事？」

「沒有，什麼都沒有。她父親的死讓她很難過，但她還是尋求正向的力量。她想將繼承的財產全數投資在慈善事業。亞莉工作之餘都忙著建立這個計畫。外遇?她根本不會考慮這種事。忠誠與誠實是她最自傲的特質。」

「我明白了,謝謝妳。我們會盡快找到令嬡。」卡倫納說:「警官也會繼續陪妳。如果妳想到任何可能有幫助的資訊,請他們跟我聯絡。」

「亞莉馨娜的丈夫有全職工作,白天不會在附近出沒。」班說:「有媒體報導他們的婚禮,看來是件大事,她很漂亮,是不是有人想掩飾綁架?也許是跟蹤狂,或是前男友?」

「有可能。」蘭斯說:「不過,難道她沒發現自己被跟蹤?尤其是不肯放手的前男友?」他的手機震動起來,是卡倫納。快速講完電話,他對班說:「顯然亞莉馨娜繼承了一筆錢,她打算將這筆錢投入慈善活動。卡倫納想知道我們能否找到相關資訊。」

班兩分鐘沒開口,他打字速度飛快,還屏住呼吸。「她繼承了將近一千一百萬英鎊。」班吹了聲口哨。「這筆錢來自她父親二十年前精準的房地產投資,這樣苗頭就對準了魏斯理・歐洛克,他們沒有孩子,亞莉馨娜死後,只有他能繼承這筆錢。」

「這解釋不通。」蘭斯打斷他。「他丈夫只要和她離婚,不就能得到一部分的錢了?他們也許結婚沒多久,他沒辦法拿到整整一半的金額,但也很可觀了。沒必要搞出人命吧?」

「亞莉馨娜正在建立一個反對女性割禮的慈善事業,目前還在初始階段,但她收到一些關切的電郵。也許離婚會花很多時間。」班說。

「只要魏斯理・歐洛克在這筆錢投入慈善事業前聲請離婚,也許就能得到一部分。在法律上他站得住腳。丈夫今天提出離婚,妻子就沒辦法將一毛錢弄進慈善事業裡。又碰壁了。」蘭斯說：「我將這些資訊整理給盧克。回去網站吧，看我們能不能從那裡找到亞莉馨娜．歐洛克的下落。」

蘭斯離開書房，打電話給卡倫納。寶莉坐上他原本的位置，靠在班身邊，問：「這一切是怎麼回事？」

「只是在貢獻社會。」班靠過去，親吻寶莉的嘴唇。「我要讓這個軟體跑一下，也許能找到聖庫芭更多的資訊。十分鐘後，我就是妳的了。」

蘭斯走回來，抓起寶莉剛剛坐的箱子，拉到辦公桌邊靠近門口的地方。「我聯絡上盧克了，把我們知道的有限資訊告訴他。我覺得他認為他正在原地打轉。」他看著班和寶莉，他們的手在桌底下交握。他若無其事地說：「我猜你們今晚有計畫了。你要繼續找亞莉馨娜？」

「我會讓程式繼續跑，反正現在也沒有我能做的事。抱歉要送客啦，蘭斯，但我和寶莉……」客廳裡的手機響了起來。班說：「我來接，等我一下。」

「你不是該……」蘭斯看著班跑出去。

「你怎麼認識班的？」寶莉坐上班的椅子，雙腳蹺在桌上。蘭斯聽到客廳裡的班壓低聲音講電話。「你們兩個看起來不像平常會玩在一起的人。」她一手滑過鍵盤。

「我覺得妳不該碰那個。」蘭斯起身望向走道。

「老天，酒瓶空了。你當個好人，去冰箱裡拿瓶啤酒來，好不好啊？」寶莉問。

「我覺得我不該離開電腦。也許會有資訊進來。」蘭斯說。

「我會看著，反正你一下就回來了。我在咖啡廳站了一天，腿超痠的——」

班冷不防在客廳裡大吼起來，然後是一陣喊叫及重擊木門的聲響。

「班，出了什麼事？」蘭斯大叫。

「我說，鎖上書房的門，別讓……」班尖叫起來，此時，大門遭到破門而入。

蘭斯往後跳回書房，撞到原本要趁他在走廊關上門的寶莉。他側著身子，快速踢門關上，再伸手開啟門內的輔助鎖，背貼在加強的木門上，胸口激動到幾乎要爆炸。

58

卡倫納在歐洛克的豪宅外頭停下車，不曉得艾娃現在怎麼樣，是不是比他掌握到更多狀況。蘭斯告訴他的一些關於亞莉馨娜的資訊，對於推動調查進度完全沒有幫助。他能做的就是返回犯罪現場找出可能遺漏的蛛絲馬跡，並且向魏斯理．歐洛克保證，他們會盡力找到他的妻子。

卡倫納正要往屋後走，一名警員打開了歐洛克家的前門。

「歐洛克先生呢？」卡倫納停下來問他。

「長官，他在書房。」警員說。

卡倫納敲門，轉動魏斯理書房的門把，發現門鎖絲毫沒有動靜。「歐洛克先生，」卡倫納喊著：「能請你開門嗎？」

裡頭傳來收拾物品、蓋上筆電的聲音，然後是朝門口走來的腳步聲。

魏斯理一開門，劈頭就問：「卡倫納督察，你們找到娜娜了？」

「恐怕還沒。我們正在詢問附近的居民，檢查所有路線的監視器畫面，根據對汽車的描述與時間尋找監視器畫面。我們還有人在網路上尋找聖庫芭的足跡，釐清她可能的位置。」卡倫納說。

「媒體呢？你不能請他們，也許，我不知道，如果有人看到一名女性駕駛四輪驅動車，或發現這種車可疑地停在路邊，就請讀者盡速通報？總之，你知道的……你們必須多採取一些行動。」他跌坐回辦公桌旁的椅子上。

「我知道。我現在要做的是重建今天的事件，以免有我疏漏的地方。你介意讓我再確認監視器畫面嗎？也許上頭會有蛛絲馬跡。我今天早上只快速瀏覽過去。」

「沒有用的。我們都清楚娜娜被抓走的時候，監視器是關閉的。你就只有這點能耐？你可知道那殘暴的婊子會對她做出什麼事？」

「如果監視器畫面拍到任何人在案發前路過，或是四輪驅動車經過車道盡頭，所有資訊都可能幫得上忙。」卡倫納說：「不管怎麼樣，我們都要拷貝一份監視畫面做為證據。」

「你的警員看過無數次了。他們都同意畫面沒有意義。要是你能別繼續浪費時間，我會非常感激。娜娜的手機呢？你們檢查過她的訊息了？可能是她認識的人？像是那些迷戀她的客戶。她曾幫忙辯護的精神病患都能關滿一座監獄了，那些人不值得調查嗎？」

「值得。」卡倫納說：「肯定值得，那就是另一個我想從監視器畫面著手的原因。無論是誰策畫了案件，絕對都曾監視你們一段時間，確保你出門上班。要是他們認為你的妻子也要出門，那麼你離開時，凶手很可能早已埋伏在附近。你能讓我再確認一次畫面嗎？」

魏斯理聳聳肩，活動下巴關節。卡倫納明白他的無力感。關注細節總會讓關係人以為是浪費時間。不過，細節通常是推動案件進展的關鍵。魏斯理倒回影片，站去一旁，播放影片，轉頭望向窗外。卡倫納看著畫面關閉前的最後幾秒鐘，重看，研究起空無一人的車道、花園，以及一樓走廊。

「歐洛克先生，謝謝。」卡倫納說：「不打擾你了，我去看看鑑識人員在花園裡有什麼發現。」

卡倫納走出書房，前往客廳，掏出手機。他從屋後的窗戶看著花園裡的鑑識人員，然後打電話給亞莉馨娜．歐洛克的母親。

十分鐘後，卡倫納再次敲起魏斯理的書房大門。桌上的筆記型電腦闔上了，但卡倫納伸手碰觸時，機體還溫溫的。

「你和你岳母談過了嗎？」卡倫納問。

「沒有。」魏斯理說：「我不想在你們什麼都不確定的情況下讓她擔心……」

「我明白。」卡倫納說：「我只是好奇你是不是正好在寫信或傳訊給她。你開門前才關掉電腦？」

「只是我的習慣。」魏斯理說：「我任職的銀行部門很注重安全。他們堅持只要進入系統、就得鎖上大門的政策。」

「原來你還在工作。」卡倫納問。

「可以分心，不要淨是糾結眼前的事。」魏斯理轉開頭。「你的人查到什麼了嗎？」

「你能開電腦嗎？」卡倫納說：「說不定綁架犯會寫信來提出要求。」

魏斯理．歐洛克盯著卡倫納，壓低聲音，搖了搖頭。「辦不到。我解釋過了，我的老闆很注重安全。」

「我不曉得那麼嚴重。」卡倫納說：「我可以打電話和銀行溝通。我相信我可以說服他們，眼下狀況緊急，你失蹤的妻子可能遭遇不測。」

「我不希望扯進我的工作。」他說：「我是約聘人員，不是正職員工。任何一點風吹草動都可能影響銀行是否續約。」

「你在銀行的工作內容到底是什麼？」

「老天，我妻子命在旦夕，現在你卻浪費時間檢視我的履歷？我要向你的上級投訴，有人需要負起責任。」

「你說得對，你的妻子命在旦夕。」卡倫納說：「但你的合約比你妻子的性命還重要？」卡倫納一手壓在筆電上。魏斯理走向前，又退後。「說不定你妻子使用過這臺筆電。我們要將電腦當成證物，也許會有她目前下落的線索，也許綁架她的人在社交媒體上追蹤她，或是以某些方式聯絡過她。」

「她從來沒有碰過這臺筆電。她連開機密碼都沒有。我想也許我該打電話給亞莉馨娜的母親，可以讓我先獨處講個電話？」

「在那之前，我要請你播放最後一個監視器影像檔案。也就是監視器關閉前那個檔案。」卡倫納說。

魏斯理．歐洛克皺起眉頭，緩緩朝桌子走去。「你到底想知道什麼？」

「我只是要確認最後的時間戳記，好比對其他的監視畫面。」卡倫納說。

「我明白了。」魏斯理捲動時間軸。「你要這些影像的話，我可以下載拷貝給你，但我不曉得這有什麼幫助。」

「你說得對，的確一點幫助也沒有。」卡倫納說。他走向書房門口，叫來一位制服警員。「你在銀行負責網路安全部門，對嗎？資料保護、網站安全、國際路由和編碼加密這類事務？」

「對，我不懂你為什麼……」

「你們簽了婚前協議。要是離婚，你沒辦法取得你妻子的財產，包括她繼承的遺產，對吧？」長長的靜默。魏斯理．歐洛克明顯流露出不滿的情緒。「太丟臉了，我懂這是怎麼回事。你是為了自保，想陷害我。你的手下搞砸了，他們在門外也無法阻止她遭到綁架，而你找不到她，是時候責怪她先生了。督察，我愛我的妻子，你可以打電話去巴克盧阿姆斯酒店，我今天早上才訂了週末的房間。我替她做午餐，這樣生病的她就不需要自己打理，我甚至還留字條給她……」他激動地拔高音量，氣憤地轉開頭。制服女警下意識走上前，看到卡倫納的表情後一愣。

「這些事的確消除了我們對你的懷疑。」卡倫納說：「我們不需要你承認婚前協議，你的岳母手中有副本。要是遺產流入慈善信託，你簽的婚前協議會讓你一分錢也拿不到，你將損失一千多萬英鎊。不過，要是亞莉馨娜在慈善事業籌備完畢前死亡，那些錢就都是你的了。」

「你覺得有動機就可以逮捕我？我妻子是律師，法律我也略知一二，你要有證據才能指控我涉案。」

「你說得對，」卡倫納從制服警員身上拿下手銬。「你的妻子沒有關閉監視器。如果是她關的，最後的畫面應該是你出現在門口走廊或是車道上，但是完全沒有你的身影。請轉過身。」門鈴響了，卡倫納聽到艾娃在車道上叫喚。他示意警員：「讓通納督察進來。」

魏斯理緩緩轉過身。卡倫納將他的臉推到牆上，替他上銬。

「你知道，你說得對。今天早上我大受打擊，我忘了是亞莉馨娜在我出門時叫住我，要我替她關閉監視器。」

「早上你不是這樣說的。」卡倫納扣好手銬。

「早上？你是說你和我私下交談，而且沒有別人在場的時候？我沒有聽到任何警告或聲明的時候？」魏斯理扭過頭，伸長頸子在卡倫納耳邊低語：「督察，我不這麼想，我不覺得那足以讓你押著我走出我家車道，更別說因此偵訊我。」

「你的技術足以架設網站，在網站上規畫妻子的綁架案。」卡倫納說：「我現在有你的筆電了，你真的以為擔心失蹤妻子的人還能分心在工作上？我會請技術人員過來。分析每一筆資料，證實你我已知的真相。」

「用不了幾個小時，律師就會讓我恢復自由。」魏斯理聲嘶力竭。

「幾個小時就夠了。」卡倫納說：「你最好祈禱在那之前我們已經找到你的妻子。」

「沒有證據顯示是我做的。」魏斯理說：「只是你的臆測。你在碰運氣。」

「我有全世界最頂尖的駭客，他有你暗網網站的存取密碼。」卡倫納說：「我覺得這樣就夠了。」

59

蘭斯驚訝地看著寶莉，眼前的她就像動作電影裡的演員。一轉頭，班的電腦彷彿擁有生命，新的資料不斷在螢幕跑。蘭斯慢慢靠近電腦，但還卡在寶莉與門之間。用戶名稱、密碼、電郵信箱，整個螢幕都是。

「班！」蘭斯大喊：「我們進入管理員的檔案了！」

「我是警察。」寶莉說：「離開那扇門。」

蘭斯的目光從螢幕上滿滿的資訊移開，注視著寶莉，伸手護住門鎖。

「告訴我，這不是妳和班上床的原因。」蘭斯說。

「我命令你離開門口。」寶莉向前一步。

「妳怎麼能這麼做？他真的很喜歡妳。」蘭斯緊盯著她。「這樣臥底是否太不道德了？」

「記者什麼時候在乎道德了？別批判我，你知道女性要在網路犯罪部門熬出頭有多難？我的表現好壞從不是重點，而每當大家要喝咖啡，所有人都會看著我。」

「就算如此，和嫌犯上床難道就能改變同事看妳的眼光？」蘭斯掏出手機，開始撥號。

「有成果一切好辦。」寶莉說：「現在，放下手機，走開，不然我就逼你滾一邊去。」

「恐怕辦不到，我們在做的事可比妳升官更重要。」蘭斯憤怒回應。他拉了張椅子擋在他和寶莉之間，無視門後的瘋狂場景。卡倫納接起電話。「盧克，有資料了。」蘭斯大喊，企圖壓過外頭的喧鬧。

「立刻掛斷電話！」寶莉大吼。

「蘭斯？」卡倫納說：「發生什麼事？」

門的另一側大力撞擊，震動傳到蘭斯的背部，讓他想起了物理治療。他前進半步，靠近寶莉。

「警察突襲！」蘭斯朝卡倫納大喊：「聖庫芭的電郵信箱是rainhadador@bmail.com！」蘭斯拼出字母，在撞擊聲中希望督察聽得懂。

「現在就放下手機！不然我就要使用武力了！」寶莉吼叫著。

「記下了嗎？卡倫納，我聽不見！」蘭斯高喊。

寶莉撲了上來，一把搶走手機，肘擊蘭斯的肋骨，他跌倒時縮成一團。他的頭撞到桌邊，門往內飛噴開來，接著幾名警察衝進來。

「保全現場！」一名警官高喊。

「長官，他的系統正在運行。」寶莉說：「已經通過開機的安全流程，你可以直接複製硬碟內容。」

班出現在門口，雙手銬在身後，左右兩側各站著一名警察。他嚴厲注視著寶莉，寶莉則轉頭看向電腦螢幕。蘭斯面朝下倒在地上，警察正替他上銬。他的腳踝是全身唯一可以動的部位，他的腳纏著地上一團連接電腦和延長線的電線。班搖搖頭。

「班，你做得夠多了。」蘭斯氣喘吁吁，警察將他的臉壓在地上。

「艾德格總督察，嫌犯已經壓制。我們該帶他上車嗎？」正壓制蘭斯的警官開口。

「不，蘭斯。」班大喊。

「誰來阻止他們繼續溝通，把他們都弄出去！」艾德格高喊。班兩旁的警察將他從門口拖進走道，蘭斯則繼續趴著掙扎，頭不斷撞擊地板，揚聲喊叫。艾德格從門口走進書房，拉住蘭斯的手臂，讓他站起來。「我說，把他弄出去。」

艾德格又一把將蘭斯使勁往外扯，蘭斯整個人撲向門口，摔在走廊上，傳來一陣骨頭脫臼或斷裂聲。緊接著，辦公桌下方冒出火花，此刻翻滾仰躺倒地的蘭斯，快速扭頭確認痛苦付出的代價是否值得。

「呃，長官……」艾德格的一名手下壓低音量。

「剛剛他媽的發生了什麼事？」艾德格怒吼。

「我們什麼也沒碰。」艾德格的人紛紛自清。雖然身體很痛，但蘭斯還是忍不住泛起微笑，回想他兒子每次弄壞東西，就會說類似的話。

「快裝回去！」艾德格氣急敗壞地吼著，瞪著氣喘吁吁倒地的蘭斯。艾德格的目光移到蘭斯的腳踝，只見記者苦著一張臉，腳踝不自然地纏著各種顏色的電線，沒有連接插座的插頭則孤零零地垂在另一側。艾德格脫口大喊：「你幹了什麼好事！」

「這可要怪你。」蘭斯喘著大氣說：「我跌倒時腳勾到了，要不是你推我……」

艾德格的臉從蒼白脹成紫紅色。他兩度想開口，卻說不出話來，像魚嘴一樣，開著卻出不了聲。然後他舉起自己的靴子，瞄準重擊，蘭斯很快失去了意識。

60

薩特把車停在破爛的平房一側，打電話給畢德康警員，回報她已經抵達，然後走下沒標記的警車。前方的屋子坐落在小村莊郊外的十字路口一角，看起來住戶多年前就放棄了除草、擦窗等各種形式的維護。屋子格局上有標準的兩個前窗及大門，窗簾下拉。車道上沒有車。薩特上前也看不出端倪，門窗緊閉。

她敲門，沒有回應，按電鈴，耳朵貼在門上，確保門鈴沒壞。屋內傳來微弱的電鈴聲，彷彿電鈴也只剩最基本的功能，還是一片靜悄悄。

「塔斯偉德太太，我是薩特警員。妳聽得到嗎，塔斯偉德太太？」沒有回音。薩特繞到屋子側邊，掂著腳尖踩在雜草已經長得很高的草地上，避開用來絆倒不速之客的廢棄物。她注意到垃圾沒被清走，蹲下來打開髒汙的垃圾袋，蒼蠅爭先恐後往開口飛。現在經常緊繃的膀胱提醒她，距離上次如廁已經過了一小時，她要是不快點離開，很可能來不及上廁所。

後門鎖上了，窗戶也關著，她敲門還是沒反應。薩特看看手錶，發現她準備返回局裡之前，她就已經該下班了。但還剩幾分鐘，她還有時間去拜訪屋主的鄰居，就是那名通報警方葛拉蒂絲．塔斯偉德失蹤的婦女，然後再下班也不遲。兩個小時之後，還有一堂她不想錯過的新手媽媽瑜伽課。她在那裡結交朋友，共同分享興奮與恐懼，了解那些沒有人會警告妳的噁心事。於是薩特決定立刻動身，開車去兩百公尺外的房子短暫造訪。薩特開上小徑時，關切塔斯偉德太太的鄰居已經站在門口了，顯然很享受陌生訪客，以及橫生風波的新鮮感。但對話結束時，薩特寧願自已沒特地來一趟。

「好的，史考特太太。」薩特朝門口移動。「我完全理解。就像我說的，塔斯偉德太太的房子完全沒有破壞的跡象，也有新的垃圾，我認為她最近應該還待在家裡。」

「但親愛的，妳會再回去檢查一次，對嗎？」史考特太太堅持。

薩特嘆了口氣，她盡量不騙人。撒謊是一條太輕鬆的滑溜斜坡。向對方保證，然後閃人就好。不過時間緊迫，她想在瑜伽課之前填點肚子。她最近真的不是想吃就是想排尿，現在她兩者都想要。她嘆了口氣，回去路上再敲敲門其實並不算過分的要求。

「我當然會回去，妳別擔心。」她說，面露微笑，疲憊感從她的腳踝爬上脊椎，今天晚上睡覺時肯定很有感。「希望妳不介意，請問我可以借用洗手間嗎？我懷孕了。」

「哦，妳怎麼不早說呢！左手邊第二間。」

薩特衝進廁所，解放的同時，無奈發現史考特太太繼續站在門邊提供資訊。

「妳知道，我通常不會這麼大驚小怪，只是我五天聯絡不上她了。我還對葛拉蒂絲說，她不該上電視談她當導護媽媽的工作。我說：『葛拉蒂絲，妳不能讓人有機可乘，妳也許退休了，但是……』」

薩特的解放忽然停下，肌肉變得緊繃。她焦躁想發問，但仍不忘如廁後洗手。

「她是導護媽媽？」薩特問。

「嗯，我想最近城裡發生那麼多事。妳也知道，另一位導護媽媽的兒子居然還綁架母親……」

「他其實沒有……算了。史考特太太，待在屋裡，鎖好門窗，幫我立刻報警，把妳剛才對我說的一切統統告訴他們。現在就去！」

薩特說完全速跑向車子，邊跑邊扣好褲子鈕釦，手忙腳亂翻出車鑰匙。她的第一個念頭是，或許她反應過度了。葛拉蒂絲．塔斯偉德退休多年，她終於回想起曾在電視上看過她的訪問，但記憶甦醒得太晚。她花了半分鐘駛回葛拉蒂絲家。她拿起無線電，想要呼叫支援，但又暗暗尋思，其實她無法確定是否真的出了意外，而蘇格蘭警署的人力又已經緊繃到即將崩潰的地步。至少史考特太太會打電話去解釋狀況；而她能做的是在大隊人馬動員之前，先蒐集第一手證據。

她緊急煞車，穿過院子，這次無視前門，直接往屋後走。她聽到屋內的碰撞聲，以及咒罵聲。男人的聲音，沙啞又粗野。

薩特蹲低身子，朝後方廚房的窗戶前進，低下頭，確保無線電不會發出聲音，暴露她的位置。一陣尖叫，聽不清楚，但很尖銳，接著是重物砸木頭的聲響。她冒險從窗戶望進去，看到一個身型嬌小的老婦人縮在椅子上，頭靠在廚房的餐桌上。老婦人幾乎沒有動靜，唯一的生命跡象是隨著急促呼吸飄動的稀疏髮絲。無論監禁她的人懷有任何企圖，都可以看出老婦人的時間不多了。她不再青春的身體頂多再承受一絲折磨，就會放棄掙扎。薩特朝車子走去，等待支援，但此時，後門開了。

61

艾娃看著魏斯理．歐洛克坐進警車，送去警局進行後續的調查問訊。明天一早，禮儀公司會來接走她母親的遺體，病情很明確，不需驗屍。醫生已經簽立死亡證明。艾娃的家人也趕到了，彼此互相支持、哀悼，然後討論葬禮事宜。她知道她的位置就在這裡。而她也終於明白她母親要的是什麼。亞莉馨娜．歐洛克可能還有救，但她那個混蛋丈夫肯定不會供出她的下落。卡倫納正透過電話，回報已知的有限資訊；同一時間，警員正大舉進屋搜查犯罪線索。

「叫薩特來聽。」卡倫納命令，電話另一頭沉默。「她不該外出，應該待在案情室。」他停下來，聽著對方的藉口。「好，你告訴畢德康警員，我的手下不該去找哪個村裡錯過茶會的老太太。給我轉崔普。」

「薩特去哪裡了？」艾娃問他。

卡倫納伸手蓋住話筒。「有個太太報警稱鄰居失蹤了，敲門也沒回應，可能是身體出狀況。但因為城裡人力緊繃，沒有人可以前往查看。」他將注意力放回電話上。「崔普，我是卡倫納。我傳聖庫芭的電郵信箱給你，你看看能不能登入，然後交叉比對她的信箱與今天的案件。」

「長官，沒有格鑼的信箱？」

「目前沒有，他的名字沒出現在資料上。先找聖庫芭，然後聯絡鑑識人員，也許他們從手肘的組織上有新發現。」卡倫納說。

艾娃看著卡倫納在電話裡下指令。他行動果斷，不是頤指氣使或過度自信，而是專注。他來到蘇格蘭警署，兩人共事才九個月，但她看得出他的擔憂、壓力、疲憊與感到興味的反應。他要開玩笑之前，嘴角一側會微微抽動，思索問題時他會伸展他的手指——也可能他菸癮犯了，想到外頭抽一根。她早已不去注意他的五官有多迷人，最近看到的都是他與別人互動的小細節。他們每次一起用餐，女服務生點餐的速度會變得特別慢；路人經常會多看他兩眼；在酒吧裡，他只要露出微笑就會得到座位。而她最喜歡他的地方，就是他完全沒注意到這些。他的鄰居兔兔很難過，甚至可說大受打擊，因為他們不「來電」。想起那天兩個女人的對話，艾娃覺得臉有點發熱，兔兔透露太多艾娃並不想聽到的內容。當時，她也察覺到內心略為異樣的情緒，聽到卡倫納擁抱兔兔、碰觸她的時候，她的胃翻攪起來。她不習慣這種感覺，甚至還沒準備好該怎麼稱呼這種情緒。

「艾娃，」卡倫納說。她意識到他發現她盯著他看。他一手搭上她的肩，艾娃稍微縮起肩膀。「妳沒事吧？」他問。

「當然，思緒剛飛走了。怎麼樣？」她說。

「崔普正在查。屋裡呢？」

「技術專員到了，正在查看能從魏斯理的筆電找到什麼。我們該進去了。」艾娃說。

資訊人員感覺像只有十五歲。魏斯理的筆電連接一臺警用電腦，一旁放著一個外觀正方結實的硬碟。

「什麼都別碰。」資訊女孩說：「我正在開機。」

她操作起魏斯理的電腦。卡倫納腦中忍不住想像筆電即將引爆，或是像〇〇七那樣開始倒數計時。筆電傳出沉悶的嗶嗶聲，以及要求輸入密碼的閃爍方塊。

「該死。」資訊女孩低聲埋怨，瘋狂敲鍵盤，不斷按下Enter鍵，呼吸愈來愈沉重，聽起來情況不妙。

「怎麼了？」艾娃說。

「嘗試輸入正確密碼的次數沒有受限，這我還可以作弊。我敢說密碼是基於擊鍵特徵設計的……」

「什麼意思？」卡倫納問。

「你輸入錯誤密碼時系統會無視，但是……舉例來說，一旦持續按錯某個字母就會……」資訊女孩沉默下來。

螢幕霎時一片漆黑，筆電內部的風扇也安靜下來。

「一切都在雲端，對嗎？」艾娃問：「我是說，無論網站在哪裡，資料都會在某個地方。我們只要找到方法進去就好。」資訊女孩望著艾娃，像在說圓的輪子和方的輪子都能轉動一樣。

「我猜這是否定的意思。」艾娃說。

「艾娃，我需要幫忙，非常重要。」卡倫納溫柔拉起她的手臂，帶她到人較少的地方。「可以請妳和喬談談嗎？我需要班使用他的電腦。蘭斯打電話給我的時候，警方正突襲班的住所。他告訴我的最後一條線索就是聖庫芭的電郵信箱。要是班能插手，他也許能夠找到其他資訊。沒有班，我們一點機會也沒有。」

「盧克，他現在遭到拘留。」艾娃說：「喬不讓任何人接近他。」

「艾娃，我知道越界了。但這關係到一條人命。」

她開始思考要怎麼開這個口，這就像推著她進行一項不可能的任務。而哀傷的事實是，她內心並不想欠她未婚夫那麼大的人情。

「我試試看。」她說：「給我五分鐘打通電話。」

62

聖庫芭正在安裝絞盤，那東西比她想像中還要重，而她的後背已經開始痠痛，更別說她還要忍受那女人哭哭啼啼的噪音。煩躁至極的景象，她很不習慣。席姆・索邦沒時間恐懼；一拿出麥可・史旺寶貝妻子的照片，老頭也就乖乖聽話了。現在呢？亞莉馨娜・歐洛克吵個沒完。

「閉上妳的嘴。」聖庫芭一邊拉緊繩索固定，一邊高喊。

「告訴我，妳在幹嘛？」亞莉馨娜抽咽著。「那是要做什麼的？」

「這是一份禮物。」她笑著將一面超大的粗繩網袋勾起來，然後操控絞盤上下滑動，查看距離。

「我不要禮物。」亞莉馨娜嘴邊流下唾沫，麻藥還沒完全退去，她只能癱在地上。聖庫芭心想，最後階段應該也不需要綁住她了。不過，她還是吵個不停，聖庫芭不想分心。她走向她，伸手進連身工作服的口袋，翻出一捲封箱膠布。

「傻瓜，是給我的禮物。一點小小的獻禮，紀念我即將離開，標記我即將展開的假期。而妳呢，」她扯下長長一段銀色膠帶，從亞莉馨娜後腦一路繞過她的嘴巴，然後繞到她頭的另一側。「可以協助我進入休息與放鬆的狀態。所以乖乖閉上嘴就好。」

聖庫芭拍了拍亞莉馨娜的頭頂，然後走開，留下她透過殘留嘔吐物的鼻孔呼吸。聖庫芭扭動脖子和肩膀，準備完成最後的任務。大水槽需要裝滿水，要達成她的目的，必須加很多水，很花時間。然後她需要發電機好好運作，沒有電，什麼計畫都是白搭。

63

「警察在路上了。」薩特說：「他們隨時會抵達。你能做的就是放下那把刀。」薩特望著葛拉蒂絲．塔斯偉德，擔心那把廚房菜刀隨時可能劃破老太太薄如蟬翼的脖子皮膚。

「她死了活該。」格羅說：「她一直吵，還對我吐口水。妳坐下！」他朝著想從廚房餐椅上起身的薩特怒吼。

「好，」薩特的聲調保持平穩。「我坐回去。有沒有我可以幫你的地方？你想要什麼，我都可以替你安排。」

「已經毀了，什麼都完了！」他沿走廊前進，對著葛拉蒂絲比畫刀子，這樣薩特才不會誤判眼前的威脅。

「總會有辦法的。」薩特說：「你來這裡是有原因的，我不想傷害你。我只是想要找出辦法，看我們能不能解決這件事。我叫克莉絲蒂，你挾持的女性是葛拉蒂絲。我該怎麼稱呼你？」

薩特看到眼前的男子人高馬大，光是站起來就能擋住整個廚房門口。海倫．洛特身上的傷勢說得通了。薩特看著他，驚訝於他還費心用櫃子壓死她。他可以輕易徒手殺死洛特女士，一隻手就夠了。薩特四下張望，門口雜亂堆著木柴。牆上並排著四個掛外套的彎曲掛鉤，牆角棄置了一只購物袋，露出袋口半截的是一桶汽油。這段時間他都待在這裡，大火的確是銷毀ＤＮＡ與所有證據的利器。最糟糕的是，火災可能不只是為了摧毀證據，還有其他用途。

「警察小姐，妳跟我來。」格羅從走廊抓起一個背包，塞了幾件衣服進去，葛拉蒂絲忽然倒下。薩特伸手去扶葛拉蒂絲，格鑼卻突然對她亮刀。「妳不要碰。」

「她受到驚嚇了。」薩特說：「她活下來，對你比較有利。讓我替她披條毯子好嗎？如果你不希望我接近她，你來披也可以。」

「她必須死。」格鑼大吼，迅速踢了葛拉蒂絲的腿一腳，還說：「臭女人。」

老婦人動也不動，薩特不喜歡這樣。老婦人眼睛半開，頭往前點。她的兩隻手肘包紮了寬大的繃帶，右手有一處裹著小繃帶，上頭都滲著髒汙的血跡，但總比沒包紮好。至少他還努力避免大量出血。濃重的汗味顯示他們過去五天都沒洗澡，身上的衣物也未換洗過。

還沒聽到警笛聲，薩特滿腦子都在想這個。格鑼不會待太久。她盡量不去想他所能做出的殘暴行為，逼迫自己專注在廚房內部，尋找可以充當武器的物品。所有刀具都收起來了，連平底鍋也沒有。

格鑼在客廳東翻西找，每隔幾秒鐘，就會回頭看向走廊。他正在打包，同時傳出器具的碰撞聲響。

薩特把握機會伸手攬住葛拉蒂絲，查看她的狀況。「葛拉蒂絲。」薩特低語：「葛拉蒂絲，如果妳聽得見就轉頭看我。別抬頭。沒事的，救兵馬上就到。」

葛拉蒂絲微微轉頭，薩特看到沒有耳垂的耳朵，血液已經乾涸，她白髮上滲出黃色的組織液凝結物。葛拉蒂絲·塔斯偉德能活這麼久，真是奇蹟，或該說意志堅定。薩特心想，就像她的祖母一樣，那一代人成長過程中必須微笑面對貧窮，必要時還得起身戰鬥。

「我要上廁所。」薩特想查看廁所裡可以當武器的物品。

「和那老太婆一樣。」格鑼穿好外套走回來。「坐著隨便尿地上就好。」

「我肚子痛。」薩特解釋起來。

格羅瞪著她，看看手錶，然後衝過去。他扯起她的手臂，粗暴地說：「不准鎖門，快點。」

薩特走進浴室幾步就聽到遠處傳來的聲音，差點聽不清楚，那聲音猶如飄浮在空中、帶點機械感的鳥鳴聲。她望了格羅一眼，然後帶上門，暗暗祈禱他沒有聽見那聲音。不幸地，他一張臉已經緊繃起來。

「妳晚點再大便。」他用力推開浴室的門，揪起薩特的頭髮。他調整好後背包，另一手拿著一只滾袋工具包，急忙朝後門走去。薩特掌心握著一個金屬指甲銼刀，她在洗臉臺下撿到的，連忙塞進袖口。殺傷力不大，但她只找得到這個。

格羅查看窗口，尋找警方可能從哪個方向過來。此時薩特盡量不去想她的寶寶。她不希望格羅碰她，他身上的細菌與骯髒會玷汙她的皮膚。她只花了短短幾秒鐘就決定不要請他放女兒一條生路。這樣的人，與一般人如此疏遠，他怎麼會在乎一個女人體內無辜的小生命？更糟的是，她心底浮上黑暗的恐懼，他也許會刻意傷害寶寶，好得到變態的快感。薩特默默向她老早拋在身後的神明祈禱，等待良機，準備帶著葛拉蒂絲．塔斯偉德、她未出生的寶寶還有她自己，逃出險境。

64

「我明白艾德格總督察正在忙。」艾娃等著對方一定會提出的建議。「對，我打過他的手機。」她在車裡，車子停在魏斯理．歐洛克屋子外頭，而她現在只希望她沒打這通電話；或希望至少撥打這通電話時，不要一直覺得自己簡直是個白痴。「不，重點在於我知道聯絡不上他，留語音訊息也沒有用。我要你現在就去偵訊室，請他出來。」

「抱歉，長官，恕難從命。」語氣和喬如出一轍的警察告訴她：「而且老實說……」對方壓低音量。「我覺得妳現在不會想和他談話……」

「懂，我懂，」艾娃感到不耐。「他在忙。但現在有個失蹤女性差不多他媽的快死了，所以現在就叫艾德格總督察過來接電話。」

一陣靜默，然後是開門聲，交談聲，蓋住話筒，但還是足以聽到一連串的咒罵聲，最後是喬的聲音。艾娃深呼吸。

「喬。」她說：「我知道你偵訊到一半，但我知道你拘留了一個叫做班．波森的人。」

「我現在沒時間搞這些。」艾德格的語氣略顯惱怒。

「喬，我需要他。他也許可以進入某個網站的檔案，協助我們找到一名性命岌岌可危的女性……」艾娃語氣很堅定。

「妳知道我經歷了什麼嗎？妳在乎嗎？」

「喬，重點不是你。你拘留的是現在唯一可能拯救她性命的人。」

「妳要我讓他接觸電腦，讓他登入自己的帳戶，刪光我案子裡僅存的證據？」

「我也不願意。但為了救一條命，不值得冒這個險嗎？」

「妳的意思是我的工作和我偵辦的案子，比不上妳手邊在忙的事？反正只是一堆數據和資料，不重要，妳是這樣想的？」

「如果你真的想知道，我覺得你就是一個自以為是的混蛋。你知道有人命在旦夕，而被抓走的可能是任何人；如果今天變態殺手綁架的是我，你還是不肯幫忙嗎？」

停頓儘管就一拍心跳般短暫，但的確存在。艾娃心想，最細微的玻璃碎片永遠無法從指尖抽出來了，無論過了多久，那根肉中刺都會隱隱作痛。

「我當然會幫忙。」喬的語氣稍微溫柔了一點。「但是，艾娃，妳必須理解，我壓力很大，如果我讓波森操作電腦，上面那些人可不會同情我。而且一旦他接觸鍵盤，我們沒辦法控制他會怎麼做。今天逮捕時出了狀況，可以說根本一團糟，也許……」

「喬，」艾娃打斷他。「好或不好，你要不要讓波森幫我們？」

「等我們將他的檔案統統下載完，一切做好備份，沒問題之後，我就把他交給妳。到時妳要他做什麼都無所謂。」

「那是幾個小時之後的事了，對嗎？好幾個小時。不是五分鐘？」艾娃確認。

「當然需要幾個小時。」喬沒好氣地說：「這些東西複雜得很，我剛說的妳到底有沒有在聽？」

「兩個小時，也許不用兩小時，亞莉馨娜．歐洛克就會死去。就在你等著取得你要的資料之前，你願意讓她死掉，我說得沒錯嗎？」

「艾娃，妳必須替自己的案件擔起責任，別打內疚牌。如果班・波森是妳最後的希望，那妳也許得想想為什麼重案組查案遲遲沒有突破。」

她掛他電話。

警員崔普不想去聽走廊上那些國家網路犯罪部門成員的對話，只想專心在眼前的工作上。他手邊只有一個電子郵件信箱，以及對於女性駕駛的粗略描述。這個女人從亞莉馨娜・歐洛克家附近開車帶走歐洛克太太，而且看起來是全新的四輪驅動車。賴弗利警佐走進來。

「長官，愛丁堡有幾家租車公司？」崔普問。

「也許十幾家。」賴弗利說：「怎麼了？」

「如果我們的兇手駕駛四輪驅動車，她不可能一路開到蘇格蘭，對吧？她要去哪裡、需要載哪些工具，很可能都是臨時起意。」崔普搜尋起租車公司的清單。

「要是直接向車商購買，她就得出示各種證件與銀行帳戶資料。而如果她直接掏出大筆現金，那就更可疑。」賴弗利接續他的話。「租車行的四輪驅動車不多，主要是轎車或小汽車。我們分頭打電話。」

十分鐘後，他們整理出一份出租四輪驅動車的車行名單。崔普再次比對卡倫納提供的電子郵件，沒有找到符合的租車用戶。這些客戶的名字都不像外國人的名字，列表上也沒有提供手機號碼參考。崔普低頭靠在桌上。

「又浪費了時間。」賴弗利說：「我先回歐洛克家。你想到什麼再打電話給我。」他才一手伸進外套袖子，畢德康警員就跑了過來，在轉角打滑，撞上賴弗利的腿。「妳搞什麼？」他大喊，將她從地上拉起來。「走路小心點，妳……」

「是克莉絲蒂．薩特。」畢德康大喊：「電話不是我接的，制服小隊已經出發。我派她過去的時候根本不知道！」

賴弗利伸手按住她的肩膀，要她冷靜下來。

「警員，振作點。」賴弗利說：「薩特在哪裡？出了什麼事？」

「大家都不在，我請她去確認一通失蹤婦女的報案電話。而勤務中心不久前又接到那位報案的老太太的電話，她和失蹤者住在同一條路上。她說話沒頭沒腦的，只說有個女警請她幫忙。」

「制服警察已經在路上了，對嗎？我們完全不知道是否有人受傷，或遇上什麼危險，薩特會沒事的。」賴弗利放開畢德康的肩膀。畢德康似乎還沒準備好失去依靠，賴弗利已經轉身，但她拉起他的袖子。

「不，長官。我後來又撥電話過去，那個老太太報警時沒說清楚，薩特過去查看後請她報警，是因為失蹤婦女是一名退休的導護媽媽。」

賴弗利率先說不出話來。低迷的氣氛有如病毒快速擴散，整個辦公室彷彿連空氣都凝結了，所有人看著她。第一個行動的是崔普。

「地址。」他對畢德康大喊。她立刻拿出一張紙條。他一把抓住，賴弗利緊跟在後。崔普大喊：「向卡倫納督察報告，然後將我螢幕上的文件一起寄到他的信箱。」

他們拔腿就跑。

艾娃跑著過馬路時，卡倫納正接起手機。跟喬通完電話之後，她停在車上思索，提醒自己母親今天剛過世，她不陪伴家人而繼續工作的理由是什麼。她不想問為什麼，即便今天遭遇那麼多瘋狂又艱難的事，喬依舊沒有關心她過得怎麼樣。現在她得向盧克解釋，與其出手拯救一個女人的性命，她的未婚夫更在意能否成功定罪竊案首腦。她覺得想吐。

卡倫納忽然對一名制服警員大喊，簡單命令後，警員跑回屋內，卡倫納繼續講手機。艾娃加快腳步，思索起她該說什麼。

「盧克，」她說：「我和喬談過……」

「沒時間了。」卡倫納說：「上我的車。薩特似乎找到了殺害海倫．洛特與愛蜜莉．堡卡斯基的凶手。」他們上了車，他猛力踩下油門。

「薩特？」艾娃說：「她應該待在局裡才對。」一名警員站在路中間，揮舞著一疊文件，此時卡倫納正在進行讓輪胎發出刺耳摩擦聲的三點轉向。車子經過時，艾娃開了車窗，一把抓走文件。「他會殺了薩特。」

「看一下清單，」卡倫納說：「那是四輪驅動車租賃客戶的資料，車子外觀描述與車齡和驅車離開亞莉馨娜住家那輛車差不多。」

她曉得他不是故意擺架子，專注在手邊的工作，才能讓她善用自己的精力。文字在她眼前游移，艾娃深呼吸，強迫自己專注，從最上方開始檢視這些資料。

第一條令人起疑的線索在她腦海中浮現，但她還是又研究了五個電郵信箱，然後恍然大悟。

「點pt。」喃喃說完，她的拇指飛快地在手機螢幕上輸入文字。

「妳說什麼？」卡倫納疑惑，但艾娃已經撥出電話，同時伸出手指壓在嘴脣上，要他安靜。自我介紹與初步問話後，她記錄下重點。

「她什麼時候來取車？」艾娃問：「昨晚。你們應該有車輛追蹤系統？現在請立刻找出車子的定位，回我們電話。」她轉頭望向卡倫納。「一開始看名單不會注意到，因為名字很普通。我認為聖庫芭租車登記的電子郵件信箱是paula@brisket.pt，結尾的pt來自葡萄牙的電郵公司。寶拉是她租車時留的姓氏，不是名字，在歐洲某些地方很常見。」

艾娃手機響起，她記下GPS座標，卡倫納在路邊停下車。

「有那輛車的座標了？」卡倫納問。

「有，但薩特可能在某個禽獸手中。我只是靈光閃現，覺得葡萄牙的電子郵件信箱可能屬於綁架亞莉馨娜的人。我可能是錯的。不管怎麼樣，你必須決定我們的下一步。我對自己的判斷力已經沒什麼信心了。」

65

葛拉蒂絲還在地板上，格鑼拉著薩特到前門窗邊，查看是否有警車。不知為何，警笛聲只是在遠處鳴響。薩特不確定自己是鬆了口氣，還是心灰意冷。至少格鑼覺得自己還沒曝光，鬆開了薩特。格鑼又到處張望，決定換個方式拉扯她，這次改抓她的手腕。她感到一陣恐慌，所幸他選了沒有藏著指甲銼刀的那隻手。銼刀無法造成太大的傷害，但瞄準眼睛、鼻孔或耳朵，還是能夠造成些疼痛，替她和葛拉蒂絲爭取逃向屋外的時間。在那之後，她就沒有計畫了。她心想，剩下只能靠腎上腺素。

「鑰匙，」格鑼檢查後門的地形。「在哪裡？」

「我的口袋裡。」薩特說，撤退的選項沒了，除非她攻擊他之後，還能趁機搶回鑰匙。格鑼伸手進她的長褲口袋裡掏出鑰匙。

「我們走。」他拉開後門。葛拉蒂絲原本在廚房爬行，此刻在地上縮成一團，雙手抱著腹部。「妳，老太婆，留妳一條命，比殺妳有意思。」

葛拉蒂絲對他吐口水，超大一口，噴散在他長褲的右腿處，她似乎累積了一大口，就為這一刻。他一度朝門口走了幾步，然後他晃著頭，轉身，朝葛拉蒂絲走近一步，還拖著薩特一起。他高舉另一隻空出的手，瞄準，大大的骨錘準備好出擊，他低吼著。

薩特曉得這力道足以了結葛拉蒂絲虛弱不堪的存在。她等他準備出擊，她背對著他，腹部遠離危險範圍，穩住身子吸收衝擊。她的肩膀撞進葛拉蒂絲的頭部與格鑼之間的空隙。她辦到了。

薩特的身軀穩穩落在攻擊者與受害者之間，同一時間，葛拉蒂絲．塔斯偉德也提前出擊。

老女人伸手的動作快到薩特看不清楚，看起來那麼虛弱的人居然還能做出這種動作。葛拉蒂絲手裡握著半個貓用陶瓷飯盆，碗破裂成長而尖銳的碎片。

格鑼動作的力道將薩特推向葛拉蒂絲，全速挺向伸出的碎片。薩特盡力避開老人。她的第一個念頭是，她要救葛拉蒂絲，卻還是讓老人受了傷，葛拉蒂絲的臉和一旁牆上都是血，鮮血飛濺的線條筆直，彷彿拿尺畫出來的一樣，而滴淌的血開始噴灑。葛拉蒂絲尖叫出聲，格鑼放開薩特，她雙腿無力跌倒，手護著肚子，而不是擋著臉，臉重重撞在牆上。

「妳這瘋婆子！」格鑼大吼，狠狠踢了葛拉蒂絲一腳，薩特聽到老人的大腿骨如木柴斷裂出聲。「我不需要她，現在沒用了。」

薩特還沒意識到發生了什麼事。她的雙腿間變得溼溼溼溼的，葛拉蒂絲與格鑼的臉出現在她面前，她視野周遭飛轉黑色的星星，忽明忽暗。然後格鑼離開，空間天旋地轉。外頭的車子發動。疼痛加劇。

葛拉蒂絲倒在她旁邊，臉重重貼在骯髒的油氈地板上，在日光下，地面看起來又滑又亮。老人緊抓胸口，五官扭曲、面色蒼白。薩特不知道為什麼想不起來老人的名字。太痛了，她可憐的肚子。她必須想起某個東西，她必須保護的東西，只不過已經太遲了。

她想開口，她想在還來得及的時候，叫喚那個名字。那個名字是她與丈夫在深夜時分一起選的，兩人在黑暗中手握著手，低聲細訴他們有多愛這個尚未成形的小生命。不過，薩特現在說不出那個名字，她能做的是呼吸。

「克莉絲蒂！」男人的聲音彷彿來自一百萬公里之外，但一張臉倏地出現在她面前。「急救人員，快來！」有人伸出手按在她身上，拉開衣服，笨拙地摸索她的腹部，然後似乎是啜泣聲。

有人捧起她的頭，讓她枕在他的大腿上。

「好了，薩特，女孩，我是怎麼說的，叫妳遠離危險，是不是？」她努力睜開雙眼，賴弗利警佐的臉飄浮在她眼前。

「有這麼糟嗎？」她低聲地說。

「警員，妳在想什麼？妳明天就可以回來上班了。」他面露微笑。

她搖搖頭，世界好像崩壞了，她只能聽到耳朵深處因腫脹湧起的血流波浪聲。

「警佐，以前都沒對我這麼好。」她想這麼說，只勉強吐出來輕緩的氣息。她的頭滑向一側。「我的孩子……」

「薩特！克莉絲蒂！……親愛的，保持清醒！」賴弗利大喊。指甲銼刀悄悄從她的袖子裡滑到地上。

在褪色的廚房裡，噪音與混亂之間，一名急救人員宣布了死亡時間。

66

「路況和衛星導航完全不一樣。」艾娃不禁哀號起來。卡倫納正在進行顛簸的三點調轉。

「這一帶幾乎是工業用地。如果租車公司給的GPS座標沒錯，她應該會駛離公路網。」卡倫納說。他停車，放大導航的螢幕，到處張望。「一定是右邊這條，左邊會帶我們前往雙向分隔道路，那裡沒有迴轉的岔道。如果她的車停在這條路上，我們應該早就看到了。」

「上面。」艾娃指著螢幕。「這裡有建築的輪廓，但地圖上沒顯示道路。」

卡倫納連忙換檔，車子調頭，輪胎抗議起來。四百公尺後，他們右轉進一條道路，看來已經很久沒有車輛駛過，破裂的瀝青之間冒出一叢叢雜草與鬚根。老舊的路標提供不了任何線索，鏽蝕吃掉了上頭的文字。他們緩緩沿著小路顛簸前進，眼前是一區工業建築，主要道路上根本看不到。

「座標肯定沒錯。租車公司表示出租前都會檢查車上的GPS傳送器，免得車子遭竊。看來就在附近。」艾娃說。

卡倫納把車停在離建築還需要徒步幾分鐘的地方。

「剩下的路得用走的。要是聖庫芭的確在這裡，就算開得再慢，她也會聽到車聲。我先回報我們的位置。」卡倫納說。

「你知道，如果我錯了，我們就是把人力從薩特那邊調走。」艾娃說。

「我的其他人手都和薩特在一起，他們不會讓她失望的。不過，如果妳料想得沒錯，我們就需要支援和急救人員。」卡倫納說。他撥電話，下令關閉警示燈和警笛，要求所有單位注意他們正在追蹤殺害索邦和史旺的凶手。而前往現場的警察絕對不會質疑目標有多危險。通報完畢，他們跑向最近的巨大灰色建築。

「看不到四輪驅動車。」艾娃到處張望。

「她不會停在顯眼的地方，還有兩棟建築。如果我是她，就算不認為有人能追上來，也會停到後面去。」

幾層樓高的巨大紅磚建物，腳程不遠，後來才完工卻也同樣遭到廢棄命運的建築遮住了它。原本想爆破，中途放棄的結果就是留下一堆鋼筋與混凝土碎石。此地有人活動的第一個跡象是發電機的運轉聲。

「有人。」艾娃將手機調成靜音，從口袋裡拿出電擊槍。他們轉進最後的轉角，眼前出現一臺四輪驅動車。車子一路倒車進建築裡，後門敞開，一大片防水布掉在地上，彷彿匆忙將後車廂裡的東西統統傾倒出來一樣。

「妳沒說錯。」卡倫納說：「待在這裡。我找辦法從前面進去。給我兩分鐘，然後行動，好嗎？」

艾娃點點頭，卡倫納離開，她倒數著手錶的秒數，一步一步接近建築周圍。裡頭傳來在工廠會聽到的聲響，碰撞聲、運轉聲、拖拉物品聲，還有人聲。不是卡倫納的聲音，是女性的聲音，以及一陣笑聲。艾娃想起席姆．索邦命案資料中的一段陳述。人群裡有一名荷蘭籍女性，她提到了笑聲，艾娃努力回想她使用的字眼——那笑聲迴盪著邪惡。就是這個。艾娃確定就是這個女人，走跳在人群中，刀刃和她構築殺戮的思緒一樣鋒利無比。

還有三十秒。艾娃壓低身子，往後門緩緩移動，單膝跪下，粗大的水管從裡頭延伸出來接外頭的自來水，她從管線撐裂的縫隙望向裡頭。長長的水管有幾處明顯的漏水，在太陽西下的餘暉中，水滴很快就蒸發。光線逐漸消失，最後幾秒鐘過去，卡倫納應該要回來了，一陣光束從內部打出來，艾娃看不清自己正走向什麼狀況之中。她讓左腳抵在門上，右手拿著電擊槍，然後往裡頭移動。

阻止艾娃繼續前進的是卡倫納的臉，以及他驚恐的神情。

「別動，待在原地！」艾娃大喊，努力想搞清楚強光之下，卡倫納到底看見了什麼。

聖庫芭似乎非常驚訝，但顯然已壓下了內心的震驚。她臉上的笑容讓艾娃明白接下來事情將如何發展。

「你們兩個啊。」聖庫芭稍微鬆開手中的繩索，懸掛在天花板上的袋子搖晃起來。艾娃順著繩索往上看，那頭放置一個絞盤機具，末端勾著一個網袋。艾娃走向前，想要看清楚袋子裡裝了什麼。「想看清楚一點？過來啊。」聖庫芭穿著滿是口袋的工作褲，還有綁帶黑T恤，皮套打開的手槍在她身體的一側。她招呼著艾娃走進光亮之中。在裡頭，一切都變得清晰。袋裡躺著一位蜷縮成球狀的詭異姿態、不住顫抖的赤裸女性，下方是一大槽冒著蒸氣的熱水；那是久遠以前，一皮革工廠為動物皮毛加工用的大水槽。空氣裡還瀰漫著舊時的氣味，永遠滲進建築材料之中，一接觸水蒸氣就喚醒當時的味道。

「我們已經叫了支援。」卡倫納說：「妳被逮捕了，現在就住手，讓妳自己好過一點。」

「哦，閉嘴。」聖庫芭說：「攝影機正在運轉，我時間有限，所以快聯絡你們的朋友，叫他們別過來，免得我開槍殺了你們，順便幹掉上面這個哭哭啼啼的討厭鬼。」

為了強調自己的話，她稍微下放繩子，亞莉馨娜尖叫，在網袋裡扭動著身體。艾娃和卡倫納都沒有拿起無線電對講機，只是越過光源範圍與裝置四目相交。

「好，你們每次不聽話，結果就是這樣。」聖庫芭舉起槍指著卡倫納的頭。「看好了。」

艾娃向前走半步，繩索從聖庫芭手裡滑開，亞莉馨娜再度慘叫，袋子又立時停住，她哭得好慘。

「住手。」艾娃說：「妳被耍了。控制網站的人設了這個局，袋子裡的女人其實是他的妻子。妳不能被那個男人操控，讓他稱心如意。」

「魏斯理？」微弱的哽咽聲從一團人類肢體深處傳出來。

「他們撒謊。」聖庫芭朝著蠕動的網袋高喊。「那女人的丈夫？中產階級男人，住在郊區的大房子裡，有妻子，還有溫室，以及該死的印花窗簾？這一切才不是那種男人策畫的。」

「一切都是為了錢。」卡倫納也往前走了一步。「歐洛克夫婦立有婚前協議，離婚後男方什麼也無法得到。亞莉馨娜正準備將繼承的一千多萬英鎊投入慈善事業，於是那男人盤算著在這之前先殺害她。但是他需要命案的不在場證明，同時掩飾動機，這樣我們才完全不會想到要調查他。他利用妳和格鑼，確保警方不會將他視為嫌犯。」

聖庫芭沒有遲疑，槍口瞄準卡倫納，子彈擊中距離他腳尖前幾公分處。衝擊力道讓碎石從地上飛起，擊向他的臉。他打滑，失去平衡，背朝下倒地。他喊叫出聲。聖庫芭的槍依舊指著他的頭，繩索末端纏在絞盤把手上。她大步走到在地上掙扎的卡倫納旁邊。

「起來。」她說：「我需要人質，而你看起來受傷了。我喜歡。」

她的槍口直直瞄準卡倫納的額頭，踢起他的胸膛。他翻滾，微微起身。他的尾椎是一條疼痛的火線，一路從底部燒到脊椎上方。他只能踉蹌移動。

「好。」艾娃拿著電擊槍的手舉在空中，另一隻手緩緩拿出手機。她按下警局的快速鍵。「我是通納督察，所有單位停在目標區域外圍。」她說：「目前有挾持人質的對峙事件，不要進來，請確認收到命令。」勤務中心確認。

「很好。」聖庫芭推著卡倫納爬向攝影機腳架與大水槽之間的空間。「手機丟進去。」她告訴艾娃。塑膠物品掉進去的時候，熱水嘶嘶作響，噴出滾燙的水花與蒸汽。「電擊槍也扔進去。」

「想都別想。」艾娃說：「要我把電擊槍扔進水裡，我倒是想先開槍，看能打到什麼。」聖庫芭大笑，看著正在現場直播、閃著紅點的相機。她一手扣扳機，槍口抵在卡倫納頭上，另一隻手解開絞盤上的繩索，網袋滑向熱水。

「不、不、不！」亞莉馨娜失聲尖叫，她的手緊緊抓住網袋上方的繩索，使出吃奶的力氣對抗將她送進下方滾燙熱水的地心引力。

「拉住繩索，不然我就開槍了。」艾娃高喊。

「要是電擊我，我的肌肉會痙攣，網袋還是會掉進去。我也會誤觸扳機，妳打算謀殺同事嗎？我怎麼會想打爛這麼帥氣的臉蛋呢？你們上過床嗎？」聖庫芭讓繩索繼續下滑，然後拉住。

「是我就肯定跟他上床嘍。」

「拜託，求求妳，不要！」亞莉馨娜淒厲求饒

「也可能網袋掉進熱水，而妳沒打中我。真不曉得電擊槍如果擊中水裡的女人會發生什麼事。沒想過呢……」

「我們可以送妳離開。」艾娃說：「安全通道，直升機，妳儘管開口。」

「妳知道我最討厭什麼嗎？」聖庫芭露出微笑。「謊言。」

繩索繼續下滑，艾娃扔掉電擊槍，絕望地跑向大缸邊緣。卡倫納抬頭看，卻被槍管敲中顴骨。艾娃屏住呼吸，短短的時間內，這裡迴盪著只有在廚房才會出現的聲響，生肉接觸燒滾的液體，冒著泡泡，水花嘶嘶，皮肉煮裂的聲音。亞莉馨娜．歐洛克因雙腿遭到嚴重的燙傷不住痛苦哀號。

艾娃不得不後退。亞莉馨娜死命踢踏，熱水也燙傷艾娃的臉和雙手。

「慢慢來，我們需要視覺效果。」聖庫芭將繩索往下捲，將亞莉馨娜的雙腿從水中拉起來。皮膚呈現深紅色，在強光下泛著光澤，她被煮得皮開肉綻。所幸亞莉馨娜已經昏了過去。她的頭垂向一邊，嘴脣壓擠在網袋繩索上，看得出來她痛到咬破自己的舌頭，舌頭血流不止，腫脹不堪。

「讓她下來。」艾娃說：「妳已經證明妳的能力了，不用繼續下去。」

「再向前一步，我就對他腦袋開槍。那女人橫豎都要死，妳讓我覺得無聊了。」聖庫芭望向鏡頭，低聲地說：「好好享受。」她的手再次從繩索上移開，後退時，只有指尖還碰觸繩索，她撇開臉，免得被濺出的水花燙傷。

不知從哪兒冒出一個男人，從強光之外飛奔過來。聖庫芭向前絆倒，膝蓋撞到卡倫納的背，她跌到大水槽旁，手槍也掉了。繩索從她手中滑開，包裹著亞莉馨娜．歐洛克的網袋往下方的死亡深淵筆直墜落。卡倫納一個箭步跳起想拉住繩索，艾娃在地上找武器。繩索消失得太快，從他手中滑走。卡倫納一腳踩在水槽的壁架上，撐起身子，想要抓住繩索。在他腳下，聖庫芭與身分不明的男子打得忘我。

「我拉不到！」卡倫納對艾娃大喊。她放棄找槍，朝卡倫納跑來，跳上壁架，拉住繩索。他穩住她的雙腿，很清楚她只有幾公分寬的立足點能夠穩住拖著她的網袋重量。

「別放開我。」艾娃氣喘吁吁地說。

「那是誰？」卡倫納大喊，望著地上奮力扭打的兩個人。

男人身材高壯，後背肌肉的波動猶如想甩掉背上邪惡騎士的公牛。卡倫納轉過頭，看到男人臉上與胸膛有多處刺傷，凶器匕首握在聖庫芭手裡。

「盧克，我拉不住她。」艾娃大喊。

男人大吼一聲，抓住聖庫芭的腳，將她拖往熱水槽，嘴裡唸著卡倫納聽不懂的語言，望向鏡頭，拉著她掙扎扭動的身軀。

「那是格羅。」卡倫納說：「艾娃，妳得抓好。再堅持十秒鐘。」

「不，盧克，別放開我……」卡倫納放開艾娃，她上半身往前傾。他跑進黑暗之中。艾娃調整姿勢，站穩腳步，繩索卻又慢慢從她手裡滑開。格羅的肩膀撞向艾娃的小腿，亞莉馨娜又朝熱水墜落。

艾娃從壁架往上跳，猛地伸出才打滑的手握住即將消失的繩子末端，粗糙的纖維磨破她的手，但她還是不肯放開那條懸著亞莉馨娜性命的繩索。網袋停在半空，亞莉馨娜尖叫著恢復意識，她往上爬，掙扎著讓身體避開那灼燙嗆人的熱氣。

格羅身上滴著聖庫芭刀傷的血，他扯著她的頭髮，將她的頭壓進水槽，對著鏡頭大喊：「想看好戲？這就是好戲！強者永遠是贏家，就是我！我贏了！」他大喊，將聖庫芭的頭顱壓進水裡，拉起來，又壓進去，這次他的手肘壓向她的後頸，一了百了。

艾娃緊抓著繩索，在半空中搖擺，她的體重不足以將網袋從水上拉起六十公分。只見聖庫芭的手腳胡亂揮舞，然後顫抖，最後終於靜止不動，手腳再也沒有用了。

「站好，手慢慢舉高。」卡倫納舉槍指著格羅的太陽穴。「你被逮捕了。」

「別怕。我不抵抗。」格羅說。他們都聽得到他聲音裡的笑意。「我贏了她。」

卡倫納看到格羅高舉雙手，接著說：「跪下。」他呼叫附近的待命單位進來，他們接近時的警笛聲一如黑暗中啕哭的學步小兒。「艾娃，撐住。」卡倫納說：「千萬別動。」

「我哪裡也去不了。」她咬緊牙根。

忽然間，到處都是警察。

「讓通納督察下來，確保固定住那條繩索。袋子裡的女人需要立刻急救。」

「急救人員馬上抵達，長官。」替格羅上銬的制服警員回答。另一名警員將聖庫芭從水槽裡打撈上來，早過了需要查看脈搏的時刻。她變成一團面目全非的肉塊。雖然她犯下那麼多殘虐的暴行、造成無盡的痛苦，卡倫納還是忍不住別開頭。

他們讓亞莉馨娜安然落地，同時關閉發電機，不再加熱。燈光乍然熄滅。

黑暗裡，一隻燙傷的手伸過來，捏了捏卡倫納的手指。

艾娃對著經過的警員詢問：「薩特警員在哪裡？」

「賴弗利警佐和崔普警員在現場。」有人回答：「病理學家也在那裡，但我們已經通知她，請她盡快趕來。」

燈光再次亮起。艾娃將手從卡倫納的手指上移開。亞莉馨娜．歐洛克上了擔架，急救人員將她往外推。超過六名警員包圍格羅，送他上警車。卡倫納的手碰到手機，但他實在不敢打那通電話——了解薩特的狀況。

67

在亞莉馨娜．歐洛克之後沒多久，艾娃和卡倫納也進了皇家醫院。歐韋貝克警司堅持他們必須進行醫療診察，半帶著威脅的態度，只要不配合就是違抗上級命令。卡倫納終於鼓起勇氣撥打電話，但沒人接聽。送他們去醫院的警察不了解狀況。艾娃坐在前座，雙手流著血，出神地望著窗外。

卡倫納想好好坐在後座，卻只能側躺。無論他的尾椎之前承受多嚴重的創傷，相較於現在，根本已然是褪色的歷史。他們從救護車入口進去，立刻有人過來關切。卡倫納拿到止痛藥，還換上十足尷尬的病人服。旁邊隔間傳來艾娃的聲音。

「不告訴我薩特警員出了什麼事，誰也別想碰我的手！」受了傷的艾娃依舊很堅持。

卡倫納聽到走廊上傳來聲音：「我是崔普警員，就算督察治療到一半，他也會想見我。」

「讓他進來。」卡倫納大喊：「崔普，我在這裡！」

簾子拉開，一臉蒼白的崔普走進來，他衣服上帶有血跡。頭幾秒，他就站在那裡盯著地面看。

「說吧。」卡倫納說。

「薩特一開始不清楚狀況。」崔普放低了聲音。「等她察覺葛拉蒂絲．塔斯偉德面臨的危險時，已經無法棄她於不顧。那位通報的鄰居雖然按薩特的請求報警，但她沒有妥善解釋狀況，所以勤務中心一開始輕忽了。等我們抵達時，格羅已經逃離現場，薩特和塔斯偉德太太都倒在地上。」

「她是怎麼死的？」卡倫納咬緊下脣。

「心臟病發。」崔普說：「這一切對她來說太吃力了。」

「心臟病？」卡倫納感到意外。「但是她年輕又健康，而且還懷孕……」

「長官，拜託，我是說塔斯偉德太太。抵達現場時，急救人員當場宣布她死亡。」

「崔普，那薩特怎麼了？沒有人告訴我們她的狀況。」

「她正在接受手術。我和賴弗利警佐一起送她過來。我們當時不清楚你們那邊的狀況。」崔普消沉地說。他坐在卡倫納床邊的椅子上，臉埋在掌心中。「薩特沒保住孩子。她腹部還有一道傷口，出血量超過我們的想像，我們還以為她撐不到醫院。」

「我得通知通納督察。」卡倫納撐起身，面色凝重，輕輕推開崔普伸出來想攙扶他的手。「歐韋貝克警司知道了嗎？」

「警司剛到，她直接去找外科醫生確認狀況。」

＊

卡倫納拖著腳步走到隔壁病房，艾娃正在講電話，耐著性子解釋格鑼要先進行哪些程序，然後等她回局裡。她注意到卡倫納的表情，便掛斷電話。

「薩特活著，但正在進行手術，狀況很危急。」他說。

「孩子呢？」艾娃問。卡倫納搖搖頭。她放低了聲音。「這份該死的工作奪走了一切。我早該跟她說清楚，我甚至該告訴所有人，不該指派外勤工作給她。要是我更……」

「艾娃，她是我的手下。要不是妳提醒，我還不知道她懷孕了。事情一件一件出現，我們都無法料到這樣的結果。」卡倫納試圖安撫。

歐韋貝克警司拉開簾子，昂首闊步走了進來，上下打量兩人。

「薩特警員狀況危急，已經聯絡她的家人了。卡倫納督察，我覺得你需要照X光。我請醫生優先替你安排。手怎麼樣，通納督察？」艾娃伸出手，彷彿學童吃午餐前讓老師檢查手有沒有洗乾淨一樣。「燙傷很嚴重，沒見過這麼腫的手指。我要你們治療後盡快趕回局裡。醫生建議的治療全盤接受，我不希望我桌上出現職業傷害的法律訴訟，然後回來向阿方茲．柯比塔問話。」

「抱歉，妳說誰？」艾娃問。

「殺害海倫．洛特和愛蜜莉．堡卡斯基的凶手。」歐韋貝克冷冷回應。

「格羅，」卡倫納喃喃說著：「我幾乎忘了他也是人，還有個平凡至極的名字。」

「他是我們最不用擔心的。」歐韋貝克說：「魏斯理．歐洛克還在拘留，這傢伙找來律師，態度很強硬。但我猜你們的結論是：他必須為整件事負責。」

「沒錯。」卡倫納說。

「你最好想辦法證實這一點，時間不在我們這邊。他的律師要求起訴或放人。」卡倫納嘆了口氣。「除此之外，我得感謝你們兩位，沒搞砸一切，救出亞莉馨娜．歐洛克。恐怕我沒辦法多讚美兩句。整理一下你們的狀態，了結這個案子。整個警局就像他媽的戰場一樣。」

68

崔普警員正在泡咖啡，艾德格總督察卻叫他來國家網路犯罪部門的案情室。每張桌子都空著，沒邀請崔普坐下，艾德格到處走動，拉下面向走廊的百葉窗。

「崔普警員，」艾德格的聲音壓得很低。「我要給你一個機會陳述你的行為。你現在從實招來，我就放過你的警徽和你往後的執法生涯。你膽敢再惡搞我，我就會起訴你。」

「長官，用什麼罪名起訴？」崔普問。

「選項可多著，我不確定你是整個陰謀的一部分，或你單純只是干擾調查。不管怎麼樣，今天都是你執勤的最後一天。好了，告訴我，你是自願提供情報，還是卡倫納督察逼迫你的？」

「長官，我不清楚……」

「少給我來這套，崔普。」艾德格扔出一把椅子，椅子打轉，撞上窗框，將半張百葉窗打落。「有人向班．波森告密。寶莉說，我們進去之前，波森接到一通電話，於是他喊著要他的記者朋友鎖門。我們那時可還沒破門，他絕對不可能知道我們在門外。事實上，目前只有你接觸過我們的資訊，局裡其他人都不清楚。而我打從一開始就對你說過，要是你敢不遵守保密協定……」

「長官，不是我。我知道你有臥底，但我完全沒和他們聯絡，也絕對不會打電話給班．波森。」崔普注意到走廊的人想要搞清楚裡面的人在吼什麼。

「開會的時候你在，你也能接觸檔案，你知道『水準之下』這間咖啡店，不是你，還會是誰？」

「是我。」艾娃走進來，先彎下腰將掉落的百葉窗裝回去。卡倫納跟在後頭，在身後關上了門。「是我打電話給波森，警告他突襲行動，警告他寶莉是臥底，一切都是我說的。艾德格總督察，你得小聲點。整層樓都聽到你的話了，崔普不該受到這種對待。」

「艾娃，別插手，妳別把這小玻璃的責任往身上攬。我整個調查都他媽的毀了。有人必須負責，如果是妳這群朋友，他們就得負責！」

「我來負責。」艾娃坐了下來，壓低聲音開口。「喬，我看見你和寶莉見面。當時我想找你談，跟著你從警局出去。你去了莫萊菲區，我覺得可疑，然後看到那女孩上了你的車。我認得她在咖啡廳工作，一下就明白了。一點也不難。」

「妳是坦承故意在我背後破壞我的調查？妳他媽的以為妳在做什麼？難道是為了他？」艾德格指著站在較遠處的卡倫納。而卡倫納完全不想讓愚蠢至極的男人對峙來侮辱艾娃。

「重點是班．波森。那時他是我們最好的線索，我找你就是要討論這件事。波森盡全力協助我們逮到兩名殺人犯。喬，他不該坐牢。」

「妳腦子徹底壞掉了嗎？我投訴妳的話，妳要搬出哀傷當藉口？但我記得妳這輩子根本不在乎妳媽，用這招未免太虛偽。」

艾娃起身，崔普看向別處，卡倫納在口袋裡握緊拳頭。

「喬，你想投訴我，請便。不過你要明白，整件事最後會回到你頭上。我請你幫忙，我打電話給你，要求聯絡波森，拯救一個女人的性命，然而你眼中只有升職。」

「哦，是嗎？」艾德格向艾娃走近一步，他們之間離得很近。她仍一臉平靜。「我記得的不是這樣。是有一場對話，妳哭哭啼啼的，話都講不清楚。我說我很擔心妳，覺得妳最好不要參與行動。妳向我保證妳沒事，然後才掛斷電話。」他笑了笑，低下頭，縮短他們之間的距離。「別想威脅我。」

「哦，喬。」艾娃嘆了口氣。「那通電話我錄音了。我猜我打電話之前就料到你的反應。我只是想在我腦袋清醒一些之後，重聽這段對話。搞清楚我們……」她一手搭在他肩上。「喬，這不是威脅。只是當你想要傷害我、破壞崔普或卡倫納的名聲，我就會將這段錄音交給媒體。有什麼下場我也認了，我會失去工作，可能會因為洩漏臥底的身分而坐牢，但你得面臨媒體公審。之後哪個公家職務都不會要你。喬，結束了，我和你，還有這個案子。開始下一個案子吧，你的職業生涯會沒事的。」

艾德格從肩上推開艾娃的手，一副她身上患有傳染病的表情。他向後退，環視周遭，彷彿這才意識到還有旁人在場。

「妳就為了這兩個傢伙，不顧我？放棄我們？我就知道你們之間不單純。他是男同志，而他根本硬不起來。妳覺得在妳媽的葬禮上，究竟是誰該牽妳的手，之後再暖妳的床？」

靜默如同風滾草，一路滾過案情室。

「你覺得是因為性？」艾娃問。沒有回答，艾德格雙手緊貼身旁握拳，低垂著頭，鼻孔憤怒噴氣，呼吸聲粗重。卡倫納從口袋裡伸出雙手，上前幾步，擔心自己一旦出手，就沒辦法輕易停止。艾娃接著說：「我最好的朋友就是同志。你可不覺得娜塔莎有問題。」

「女人不一樣，只是好玩。同性戀對男人來說很不自然。」喬冷笑著。「我比較感興趣的是卡倫納督察。」他轉向卡倫納。「你以為我看不到你的檔案？你提出辭呈前，國際刑警組織強制的心理治療歷程讀起來特別有趣。看來你性侵的那個女孩真的讓你念念不忘。」

「夠了，喬，結束了。」艾娃走到他們之間。

「別浪費時間替他出頭。」喬依舊露出自以為是的笑容。「不舉的性侵犯不像妳的菜。」

「他鄰居可不是這麼說的。」艾娃說：「不管你讀到什麼檔案，你所認知的資訊都有問題。而我建議你最好趁消息還壓得住的時候，離開這間會議室，離開這間警局，離開這座城市。」

「免得妳忘了，我們訂婚了。那只戒指花了我一輛全新保時捷的保證金。」

「哦，真是的，對，還有戒指。」艾娃在口袋裡摸索，掏出一塊斷裂燒焦的金屬，上頭附著一顆色彩黯淡、加上幾道刮痕的鑽石。「因為拉繩索和蒸汽，我的手燙傷很嚴重，腫得很大，所以醫生堅持剪開戒指。雖然其他部分損壞得較嚴重，但鑽石應該還有價值。」她拉起喬的手，將那塊變形的金屬扔在他手上。「你是一個厭女、恐同、自大又自私的蠢蛋。歡迎告訴我們認識的每一個人我配不上你，我根本不在乎。我衷心期待這輩子再也不需要見到你。」

「哦？既然如此，看在舊情人的份上，離開前應該要再打一炮，不是嗎？」喬諷刺地笑著。

卡倫納冷不防舉起拳頭，揮向艾德格，直直瞄準那男人的臉。艾娃轉身迎向他，他一時沒站穩，失去平衡，下背部立刻出現錐心刺骨的痛楚。

「我以為我的人給他一頓苦頭吃之後，他就學到教訓了呢。」艾德格大笑出聲。「艾娃，妳不希望傷了他完美的手指，對吧？」

「不是，」艾娃說：「因為該輪到我了。」艾娃無視抽痛的雙手，努力舉起仍纏著繃帶的拳頭，然後猛力出拳。正中紅心，擊在艾德格的太陽穴上，他一時間呼吸急促，衝擊的力道讓他雖想拉住一把椅子穩住身體，還是踉蹌地跌在地上。

「喬，快滾。」艾娃說：「亞莉馨娜．歐洛克還活著，算你走運，至少你的雙手沒有為此沾上她的血。」

69

卡倫納到處找不到艾娃，於是回到自己的辦公室，吞下止痛藥。

「可以進來嗎？」走廊上傳來聲音，是班。他和蘭斯站在門口，看起來都很邋遢，就是最近才被塞進警車，又和不太注重衛生的疑犯拘留在一起的模樣。蘭斯讓一隻腳保持平衡，另一隻腳纏著厚厚的繃帶。

「快點進來。」卡倫納說：「你們那副德性看起來實在很可疑，到時又要被逮捕。」他們靜靜關上門。「我以為你們還在拘留期間。狀況還好嗎？」

「他們找不到我電腦裡任何檔案。艾德格對蘭斯動粗的時候，一併將我那臺電腦的線全數扯了下來。我的設定是只要不正常關機，系統就會自動清除所有資料。找不到對我不利的證據，也就找不到對我這位同夥不利的證據。」班望向蘭斯。

「班，你可能找回任何暗網的資料？」卡倫納皺起眉頭。「好協助我們定罪魏斯理・歐洛克與他的犯罪行為。什麼都可以。」

「早就沒了。」班搖搖頭。「這就是為什麼艾德格必須在我電腦開機時逮捕我，一旦電腦關機，就接觸不了證據。那網站會自動鎖起來。」

「盧克，我很遺憾。」蘭斯說。

卡倫納感到憤怒，但他不想因此提高聲量，還不小心說了句法語。然後他又以英語說：「你無權這麼做。」

班走向卡倫納，平靜地說：「你這麼說有失公允。但如果要怪，還是怪我吧。要是我沒有參與『埋沒之人』……」

「我打從一開始就知道你的行為，」卡倫納說：「但我期待你遲早會想清楚後果。」他注視著蘭斯。「魏斯理．歐洛克策畫四名無辜市民的謀殺案，他們都死得很慘。」

「而我身邊這位不吝對你伸出援手的人，就要在牢裡待上好幾年了。要不是班追蹤到歐洛克留下來的線索，他的妻子很可能早就沒命。你想要接下來十年裡，都去監獄裡探望你欠人情的對象？」蘭斯冷冷地說。

「殺人犯即將逍遙法外。我們在他的筆電裡卻什麼也找不到，只有動機。蘭斯，一切都是為了錢。他因為貪婪殺了那麼多人，要說他是精神變態都遠遠不夠！」卡倫納大吼。

「你難道以為我不清楚其中的代價？」蘭斯也吼回來：「我接下來的每一天都擺脫不了這個陰影。但即便如此，我明天還是會做出同樣的選擇。哪一天你到了我這年紀，你會明白忠誠的重要。做正確的事通常需要付出代價。我這一代人不會拋下朋友；而你或許可以找別的罪名起訴魏斯理．歐洛克。」

「你以為那麼簡單？」卡倫納說：「突然間安上一個逃漏稅罪名？還是他的DNA神奇地出現在另一件懸案裡？事情不是這樣的。」

「他在哪裡？」班問。

「還在拘留。」卡倫納說：「剩下兩個小時起訴或放人。」

「我有點事要做。」班起身。「等這一切結束之後，或許我們還是可以一起喝個啤酒之類的？我們一起。盧克，替我向通納督察道謝，好嗎？要不是她先打電話來警告我寶莉是臥底，以及整個突襲行動，我就真的得坐二十年牢了。事實上，影響的不只我，還有全世界『埋沒之人』的每一位成員，而我們只是想做點好事。要是讓寶莉進入我的系統，很多人都會惹上麻煩。這也表示我的確是個蠢蛋，居然降低戒心。」

「是珍．奧斯汀寫的嗎？『我們都是愛河裡的傻瓜』？我想是她沒錯。你和寶莉的狀況，我很遺憾。你值得更好的人。」蘭斯說：「我跟你一起走。」

卡倫納深呼吸，然後說：「謝謝，你們兩位。我真的很感激你們所做的一切。」

蘭斯走到他身邊，伸手攬住卡倫納的肩膀，將他拉過來，擁抱他。「我們都盡力了，你、我、班。到頭來，我們救下一條人命，你得試著正面地看待事情。」他鬆開卡倫納，回到班旁邊，班攙扶蘭斯，協助他慢慢往外走。

卡倫納坐回椅子上，反省自己的作法。而他也不禁思索起，換作他是蘭斯，他當時會怎麼做。一陣敲門聲，賴弗利警佐探頭進來。

「克莉絲蒂．薩特離開手術室了。你應該會想知道。」賴弗利說。

「狀況穩定了嗎？」卡倫納問。

「她沒事了。」賴弗利說：「她先生正陪著她，他人很好。我敢打賭她會捱過來，薩特很堅強。」卡倫納雙手掩面。這時賴弗利走了進來，手放在腰上。「有時案子就是會出錯，事情就是這樣。你不可能每次都及時救到每一個人。也不會有人因為生得一張低俗鬍後修容水廣告的臉就格外走運。」

「警佐，謝了。」卡倫納想著眼前的混亂不堪，居然連這位總是尖酸刻薄、嘲諷挖苦的警佐也說出了安慰的話。

「我就說。長官，別臭美了。一個凶手死了，一個拘留了。要是薩特沒去葛拉蒂絲・塔斯偉德的家，格羅也不會偷走警車，在無線電裡聽到你們的位置。如果他沒出現，鬼才曉得情況會不會變得更糟。你救了歐洛克太太的命。你的手下在一天二十四小時裡擠進超多工作，你要請我們大家喝一杯，我是這樣想的。」

「賴弗利警佐，說到重點了。另外，我猜你應該不知道通納督察在哪裡？」

「我聽說她請喪假。原來她母親過世了。」

「嗯。」卡倫納說：「幫我找來小組成員，好嗎？請大家喝一杯，你倒是說對了。」

70

艾娃打電話來，問能不能星期天來找他。她的聲音比平常更沉靜，而他必須壓抑住想問候她的衝動。她狀況怎麼會好？她母親的葬禮到來又結束，僅限親朋好友參加。卡倫納躲得遠遠的，保留艾娃要求的距離與空間。連他也請了幾天假，只在向受害者家屬彙報案情與致意時現身。媒體沒提到魏斯理．歐洛克，關於他的消息，只能流於公眾未經證實的質疑與臆測中。然後他去拜訪亞莉馨娜．歐洛克，打斷她其中一次心理治療，治療目的是希望她接受新的生活。她再也不能行走了，皮肉肌腱的傷勢太嚴重，雖然移植了組織，痛楚與伸展卻讓她寸步難行，一輩子只能活在痛苦之中；她外表的損傷遠超過常人容忍的範圍。卡倫納和她談完聖庫芭與格鑼的狀況之後，她只問了一個問題。他以為她會想知道丈夫的近況，或庭審進度，但她問了一個出乎他意料的問題：

「我猜在蘇格蘭，協助自殺應該短時間還不會合法。如果我母親陪我去瑞士，能夠不起訴她嗎？」

卡倫納盡可能回答這個問題，提出公正、不帶私人情緒的答案。雖然那天豔陽高照，氣溫很高，會面結束之後，他還是覺得自己宛如一腳踩進灰濛濛的冷寂之境。

走廊傳來談話聲，他察覺艾娃到了，一開門發現她正與兔兔熱切交談。

「那我就讓妳走嘍。」兔兔對艾娃說：「妳需要化妝，就傳訊息給我。我們可以一起度過『很女生』的夜晚。」

「我想一定很棒，謝謝妳。」艾娃笑著答應。卡倫納後退，讓她進公寓。停了一下才對兔兔開口。

「妳離開之前，」他說：「我想說我很抱歉，我做了不對的事，只是……」

「別道歉。」兔兔說：「反正也不會成功，我最討厭法國菜了。」她擠出一個燦爛的微笑，親吻他的臉頰。「但如果我家又停電，還是可以找你幫忙吧？」

「什麼事都可以找我。」卡倫納說。

關上門，艾娃正使用法式濾壓壺泡咖啡。他站在廚房門口，看著她在短短不到三十秒弄亂每一處平面。

「你今天沒看訊息？」她塞給他兩個馬克杯，他猜他該乖乖拿著。

卡倫納剛去健身房，但醫生嚴格規定在他的尾椎尚未痊癒前，他只能做手臂運動。他的手機整個早上都設定靜音。

「沒人打市話給我。」他將兩個杯子放在桌上，艾娃拿著牛奶和咖啡壺過來。「應該沒那麼緊急？」

「和魏斯理．歐洛克有關。」艾娃說：「他因為持有並散布不雅圖片遭到逮捕。在他工作的信箱裡找到的。情況很嚴重，最高可以關到五年，而且根據他的罪行，他在裡面也不會太好過。賴弗利說歐洛克矢口否認，還宣稱是警方設計好的圈套，但沒人理他。雖然我並不覺得他是那樣的人。」

卡倫納擔心自己可能說出內心的想法，不敢開口。班的能力的確可以駭入別人的電腦，而且也算還了人情，讓蘭斯能接受他當時做的決定。卡倫納曉得他該多少問候一下，但他們肯定不會承認。朋友就是會保護彼此。他想是時候拿起電話向蘭斯道歉。

「妳有喬的消息？」他問。

「沒有，」艾娃說：「也不期待。我有錯，他也有錯。我發現母親病危時，利用喬和母親和解。我明知道這段關係不適合，卻還是和喬復合，而且以為這是母親所期望的。我不確定自己究竟做錯了多少事。」

「我並不會為他遺憾，」卡倫納說：「他可以照顧好自己。而我可以理解妳。面對哀傷，任何人都無法保持理智。」

「我一直知道喬會背叛我，所以並不難過。話說回來，你，我以為你是我的朋友。」

卡倫納倒完咖啡，將濾壓壺放在桌上，坐直身子疑惑地看著艾娃。

「什麼意思？」他問。

「我指的是喬要手下毆打你的事。你不願讓我知道。但你難道沒想過，我有資格瞭解我計畫攜手一生的人是什麼樣的人嗎？」

「妳覺得妳聽得進去？我依稀記得妳那時可不怎麼理性，尤其當我談到你們的關係。」

「我母親病危，」艾娃說：「怎麼可能理性。我只剩下幾個月的時間，彌補我推開她的那些歲月。」

「我知道。」卡倫納說：「我只是不明白妳為什麼不一開始就告訴我妳母親的狀況？我一定會支持妳。」

艾娃起身。「你最需要母親的時候，你母親拋棄了你，我怎麼能要求你協助我修復我和母親之間那段愚蠢的裂痕？我每次想要找你談，都覺得自己像被寵壞的孩子。那麼多年來，我完全不在乎你最看重的母愛。」

卡倫納朝她伸出手，她的反應卻是後退。「妳獨自面對是不想傷害我？沒有人能一直保持堅強，就算是妳也一樣。」

艾娃咬住嘴唇，想要忍住淚水，卻失敗了。

「我就是來談這件事。」她說：「那時我遇見兔兔，我覺得也許你終於可以前進了……」

「我和她之間什麼也沒有，」卡倫納說。他跨過茶几，一手攬住艾娃的肩膀，將她拉進懷裡。「沒有實質的關係。那是個錯誤。我當時得知妳和喬的事，心想妳努力在警察生涯之外走出新人生，也許我該跟進。」

「喬宣稱看到你的心理報告，我很抱歉。他相信我跟你之間不單純，他就是吃醋。」

卡倫納閉上雙眼，抱著艾娃，幫她擦去臉上的淚水，感受過去超過一年半的時間，他從未有過的平靜。回到家的感覺，到了對的地方。

「艾娃，」他開口：「我沒有和兔兔繼續下去，還有自從妳和喬復合後我一直躲著妳的原因是……」

她的手機響了。她從口袋裡掏出來，看著螢幕皺起眉頭。

「是歐韋貝克。」她說：「盧克，抱歉，我得接電話。給我一分鐘。」

她走進廚房。卡倫納走到窗邊，低頭看著底下的街道，尋常生活，人們外出用餐，回家與所愛之人生活，有理由離開辦公室，趕回家。或許他也該讓自己快樂起來，該說實話了，該冒點險了。艾娃走回客廳，眼睛睜得老大。

「沒事吧？」卡倫納問。

「嗯，沒事。」她說：「他們找人接貝格比總督察的位置。歐韋貝克打電話來通知我他們的決定。」

「只要不是艾德格總督察都好。」卡倫納大笑。「除了他以外，任何人都像天上來的禮物。」

「很高興聽到你這麼說。」艾娃微笑。「因為那個人選就是我。我也不懂，但這是他們的決定。他們要我過去辦一些手續。」卡倫納愣在原地，手默默地插進口袋裡，一時不曉得該說些什麼。

「抱歉，她打來的時候，你那時正要對我說什麼？」艾娃問。

「不重要了。」卡倫納說：「真是個好消息，總督察。妳實至名歸。我想擁抱妳，說聲幹得好，但我不確定擁抱主管是否妥當。」

「的確不妥。」艾娃大笑起來。「不然連新制服都還沒領到，就得先找上性平會。」她看向手錶。「盧克，我得走了，他們正在等我。咖啡改天再喝？」

「當然，長官。」卡倫納替她開門。「什麼都改天吧。」

關於暗網

根據本書的基本前提，我認為值得增加篇幅來談談暗網。對於居住在已開發國家的人們來說，網路就像煮水壺、吐司機一樣是日常不可或缺的工具。我們偶爾會在電視節目或電影裡聽到「暗網」（darknet）這個詞，卻鮮少在媒體上看到相關報導；然而，只要擁有些許知識就可以進入暗網。洋蔥路由器（The Onion Router，又稱TOR軟體）可以用來進入暗網的世界，方法是創造出一層又一層的轉移（diversions），有的行為無法追溯回使用者身上。

那麼，裡面有什麼？我想最好的答案就是，暗網是滿足你內心所有想像的世界。暗網最明顯的真相是，有人利用暗網從事見不得人的行徑。據說，你可以在上面透過比特幣買兇殺人；任何你想得到的色情片上面都有，包括虐殺影片；暗網在毒品槍械販賣網站也很有名。在這本書中，暗網是一個討論區，提供喜愛變態犯罪行為的用戶彼此交流。戀童癖聊天室也在暗網盛行過一段時間，但主題擴展到謀殺、性侵、綁架、人口販運與恐怖分子網絡。

暗網通常是不法勾當的溫床。能夠關閉它嗎？答案是不行。暗網是我們熟知的一部分網路，只是在一般人面前隱藏起來。許多暗網網站都是詐騙網站，等待你出於好奇造訪，有心人士因此侵入你的電腦。許多政府機構正努力破解TOR，想要全面進入暗網，但他們還有努力的空間。殺人比賽真的可以透過暗網進行嗎？不幸的是，的確可能。若這一切真的發生，我們會知道嗎？通常警方還是仰賴現實世界的線索。在我們每天造訪的友善且色彩繽紛的搜尋引擎之下，還有另一個幽暗隱晦的地下世界；而藏在這個地下世界的黑暗深度，我們也才剛剛開始探索。

致謝

我要先感謝愛丁堡的善良市民，原諒我在本書讓愛丁堡成為炙熱夏日裡的歐洲謀殺之都。事實是，我待在別的城市時，很少會比待在愛丁堡更感到安心。我要感謝蘇格蘭警署的警察同仁，非常盡責，對我的問題充滿耐心。感謝愛丁堡市議會，我不曉得世界上哪裡會有這樣一群人，以如此友善的態度回應我。感謝保羅・莫里爾（Paul Murrell），幫忙研究愛丁堡學校的交通指揮員，讓我的描寫符合事實。也要感謝蘇格蘭ＢＢＣ電視臺，我必須談到新聞部門一位接聽我電話的先生，他在書中短暫露臉，但令人難忘，你逗我笑，聽我說話，非常支持我，我都忘了我們素未謀面。

還要感謝一些人，要不是他們，這本書就只是我（過度活躍）的想像力的片段篇章，我每天都心懷感激。感謝我的經紀人卡洛琳・哈德曼（Caroline Hardman），以及喬安娜・史汪森（Joanna Swainson）的支持，要是妳們不相信我，我還是會繼續寫書，但就不會這麼有趣了（而且沒人看！）。還有藝術家夥伴（The Artists Partnership）經紀公司的愛蜜莉・黑伍—惠洛克（Emily Hayward-Whitlock），我們一起共享歡笑與美好的成果。

海倫・惠偉德（Helen Huthwaite），安撫小我的專家，冷靜神經的大師，美化文字的魔術師，也是瘋子中的瘋子，妳讓這一切歡樂不已。至於我的Avon出版團隊，我能說什麼？海倫娜・謝菲爾（Helena Sheffield）、菲比・摩根（Phoebe Morgan）、蘿絲・富比樹（Rosie Foubister）、漢娜・威爾許（Hannah Welsh）、瑞秋・福克納—威克斯（Rachel Faulkner-Willcocks）、奧利・馬爾康

(Oli Malcolm)、借調的維多莉亞・格爾德(Victoria Gilder)和近期加入的路易・帕特爾(Louis Patel),有了你們,真的沒有一刻失去樂趣。也要感謝航空母艦HarperCollins出版社,行銷、設計、支持的團隊,都是你們的功勞,書籍才能上架,才能抵達讀者手中,我對你們的支持點滴在心頭。

寫書是停不下來的旅程。一旦手稿離開我,就會前往我的第一批讀者手中。這本書蹣跚踏出的前幾步,踏進了安卓雅・吉布森(Andrea Gibson)、艾莉森・史拜爾(Allison Spyer)、潔西卡・柯貝特(Jessica Corbett)與阿曼達・帕契特(Amanda Patchett)的想像裡。他們拯救了我永無止盡的錯字、劇情錯誤與角色缺陷。不只如此,他們還告訴我,我需要聽到的話語,也就是,一切都會順利的,這種朋友明白如何以慷慨仁慈撫平批評,這是了不起的成就。

感謝愛丁堡麥唐納路圖書館的員工,回答我各種荒謬的問題,還帶我參觀他們驚人的建築。你們的工作多麼不可或缺,多麼美好。

感謝「報喪女妖」團隊的艾瑪・貝利(Emma Bailey)、葛瑞斯・霍利沃斯(Gareth Hollingsworth)、喬・馬斯頓(Joe Marston)、尼克・普利查(Nick Pritchard)、費德烈科・瑞亞(Federico Rea)、安德烈・斯瑞比亞克(Andrej Srebrnjak)和凱蒂・沃德(Katy Ward),感謝他們的影片、網站,以及善意的玩笑,還有你們都好棒,我來買甜甜圈。

然後是我的家人,無論狀況如何,他們總能讓我保持理智。感謝我的母親克莉絲汀(Christine),我還是不讓她讀我的書(就不太恰當),謝謝妳持續不斷在精神與實際上的支持。謝謝嘉布瑞(Gabriel)、所羅門(Solomon)與伊凡潔琳(Evangeline),在家總是隨機扔下你們的髒衣服、髒碗盤、蘋果核,雖然我會唸你們,但家人就是這樣。我知道這種日子過得飛快,未來哪天你們讀到這一段，你們會知道我能寫作的每一分每一秒都是你們賜予的禮物，我沒有在公園陪你們，沒有唸書給你們聽，沒有烘烤杯子蛋糕，沒有聊起你們一天的生活……文字不足以表達我的感受。

最後感謝大衛・包勃（David Baumber），最支持我作品的人，驅散我的自我質疑，我不確定你還能再給我多一秒的時間，再多一點的支持與熱情（還有很多很多杯的茶）。快吻我。

【Mystery world】MY0021

完美獵物

Perfect Prey

作　　者❖海倫・菲爾德 Helen Fields
譯　　者❖楊沐希
封面設計❖許晉維
排　　版❖張彩梅
總 編 輯❖郭寶秀
特約編輯❖周奕君

發 行 人❖涂玉雲
出　　版❖馬可孛羅文化
10483台北市中山區民生東路二段141號5樓
電話：(886)2-25007696
發　　行❖英屬蓋曼群島商家庭傳媒股份有限公司城邦分公司
10483台北市中山區民生東路二段141號11樓
客服服務專線：(886)2-25007718；25007719
24小時傳真專線：(886)2-25001990；25001991
服務時間：週一至週五9:00～12:00；13:00～17:00
劃撥帳號：19863813　戶名：書虫股份有限公司
讀者服務信箱：service@readingclub.com.tw
香港發行所❖城邦（香港）出版集團有限公司
香港灣仔駱克道193號東超商業中心1樓
電話：(852)25086231　傳真：(852)25789337
E-mail：hkcite@biznetvigator.com
馬新發行所❖城邦（馬新）出版集團【Cite(M) Sdn. Bhd. (458372U)】
41-3, Jalan Radin Anum, Bandar Baru Sri Petaling,
57000 Kuala Lumpur, Malaysia.
電話：(603)90578822　傳真：(603)90576622
E-mail：services@cite.com.my
輸出印刷❖前進彩藝有限公司
一版一刷❖2022年6月
定　　價❖400元

ISBN：978-626-7156-01-8（平裝）
ISBN：9786267156032（EPUB）

城邦讀書花園
www.cite.com.tw

國家圖書館出版品預行編目（CIP）資料

完美獵物／海倫・菲爾德（Helen Fields）作；
楊沐希譯. -- 一版. -- 臺北市：馬可孛羅文化
出版：英屬蓋曼群島商家庭傳媒股份有限公司
城邦分公司發行, 2022.06
384面；14.8×21公分--(Mystery world; MY0021)
譯自：Perfect Prey
ISBN 978-626-7156-01-8（平裝）

873.57　　111007067